UNE OMBRE JAPONAISE

LEE LANGLEY

UNE OMBRE JAPONAISE

Traduit de l'anglais
par Isabelle Chapman

ÉDITIONS FRANCE LOISIRS

Titre original : *Butterfly's Shadow*

À Neil Vickers

Édition du Club France Loisirs
avec l'autorisation des Éditions Fleuve Noir

Éditions France Loisirs,
123, boulevard de Grenelle, Paris
www.franceloisirs.com

© Lee Langley 2010.
© 2011, Fleuve Noir, département d'Univers Poche, pour la traduction française.
ISBN : 978-2-298-05382-1

« Le passé n'est jamais mort, il n'est même pas passé. »

William Faulkner

Nagasaki, 1925

De sa fenêtre, Cho-Cho vit le pousse-pousse s'arrêter en bas de la côte. Elle les regarda en descendre pour gravir à pied le dernier raidillon vers la maison, lui dans son uniforme blanc dont les boutons scintillaient au soleil, elle, les cheveux jaunes, en robe courte imprimée de feuilles vertes. Ils avaient l'air de sortir des pages d'une de ces revues illustrées qu'il lui arrivait de feuilleter : le couple américain parfait.

À un moment donné, la femme blonde se tordit le pied dans ses sandales aux talons absurdement hauts. Il voulut la prendre par le bras, mais elle se déroba et continua à gravir le sentier sans son aide.

À genoux devant la table basse, l'enfant tentait de catapulter une toupie en bois sur le plateau laqué afin de voir les bandes rouges et jaunes tourbillonner. Il la lançait, elle tombait, il la rattrapait, la relançait, elle retombait, et il serrait les lèvres, se concentrant très fort. En vue de la visite, elle l'avait habillé, non sans arrière-pensée, d'un des rares vestiges familiaux qu'elle avait réussi à conserver : un minuscule kimono en soie, peint à la main d'un motif compliqué et brodé de couleurs vives rehaussées de fils d'or. Aux pieds, des chaussettes blanches avec le gros orteil séparé des autres doigts. Un bandeau en soie raide lui ceignait le front.

Dans la pénombre de l'alcôve où elle avait suspendu un rouleau de calligraphie, les traits de pinceau énergiques de celui-ci semblaient s'animer. Dessous, un morceau de soie noire était soigneusement plié en un long et étroit rectangle : il enveloppait le sabre de cérémonie de son père. Elle se remémorait sa voix grave évoquant le bushidō, le code des samouraïs. *Qui ne peut vivre dans l'honneur doit mourir dans l'honneur.*

Aujourd'hui, c'était à son tour de défendre son honneur. Et elle n'avait pas l'intention de reculer. Posant la main sur l'étoffe sombre, elle palpa sous la soie la résistance de l'acier, bien trempé, telle son âme portée par un corps frêle. Ses mains tremblèrent tandis qu'elle se penchait pour caresser la tête de l'enfant comme on touche un talisman.

À quelques pas de la maison, Pinkerton leva la tête au moment où la porte d'entrée s'ouvrit. Nancy à son côté étouffa une petite exclamation de surprise.

Cho-Cho était vêtue d'un kimono d'une blancheur éblouissante se terminant par une traîne, ses cheveux d'ébène relevés en un chignon compliqué aux bandeaux lisses piqués de perles fines. Le visage maquillé de poudre blanche, les lèvres écarlates. Elle avait le bord des yeux rougis, non par les larmes, mais par le pinceau qui les soulignait de pourpre selon la tradition. Debout dans l'encadrement de la porte, elle était radieuse, comme éclairée par une lumière intérieure. Comparée à elle, Nancy, debout à côté de lui, avec sa robe trop courte et son chapeau cloche, avait l'air presque empotée. Il fit taire aussitôt cette pensée, tout honteux de s'être livré à pareille comparaison. Nancy était sa fiancée. Cho-Cho, le souvenir d'un passé dont il n'avait pas lieu d'être fier.

Nancy, sentant qu'il se crispait, lui jeta un regard interrogateur avant de se tourner de nouveau vers Cho-Cho. Elle s'imprégna de cette vision, la femme en blanc, aussi brillante qu'une statue de marbre, le cou aussi gracile que la tige d'une fleur. Oh, que cette petite Japonaise était donc rusée, se dit-elle, admirative malgré elle. Tirant machinalement sur sa jupe, elle redressa le dos en se rappelant que chez elle, en Amérique, on la tenait pour la plus jolie fille de la famille.

Cho-Cho inclina le buste en silence et d'un geste très doux les invita à entrer.

— Il faut ôter ses chaussures, marmonna Pinkerton.

Nancy, d'un coup de pied rageur, enleva ses sandales à talons. Elle était vexée : en lui donnant cette instruction, il se liait en quelque sorte à cette femme, à ce lieu, transformant Nancy en une vulgaire touriste ignorante des coutumes locales.

L'enfant tendit la toupie à son père :

— *Koma*. Encore, s'il te plaît.

Avec un sourire gêné, Pinkerton prit la toupie.

— *Koma ?* répéta-t-il.

Se détournant des deux femmes, il s'accroupit devant la table laquée.

— OK, Joey, on y va.

Il lança la toupie qui se mit à tournoyer. L'enfant tapa de joie dans ses mains et rit aux éclats.

— *Motto motto.*

Seuls rompaient le silence les claquements du bois sur la laque, tandis que Pinkerton réitérait son exploit pour le plus grand bonheur de son fils. Se reflétant sur la surface lisse, la sphère tourbillonnait sur son axe.

Nancy étudia l'enfant. Son bandeau de soie raide cachait en partie ses boucles blondes. Dans son kimono richement orné, il avait l'air très japonais. Elle lança d'un ton un peu guindé :

— Que c'est beau… ce vêtement.

Et comme le silence se prolongeait, elle ajouta :

— De si belles couleurs.

— C'est un vêtement qui dans les familles se trans-u-met de père en fils, prononça lentement Cho-Cho.

Elle espaçait les syllabes, avisée des pièges que d'embarrassantes conjonctions de consonnes semaient çà et là dans cette langue étrangère dont les mots sortaient parfois déformés de sa bouche.

— C'est un *takarabune*, le motif de la nef aux trésors. Si vous regardez bien, la barque à voile est chargée de dix ob-u-jets précieux qui sont un porte-bon-u-heur pour un heureux mariage.

De nouveau, Nancy se sentit humiliée. Cette femme faisait-elle allusion à Ben et à elle ? *Un mariage ?* Elle était consternée, mais son expression était aussi impénétrable que le masque blanc de Cho-Cho.

— Ben, dit-elle en frôlant son épaule du bout des doigts. Peux-tu nous laisser un moment ? Je voudrais parler à… madame, en tête à tête.

Pinkerton hésita. Ce fut Cho-Cho qui donna le signal. Elle eut un mouvement infime de la tête, et il se leva. Il glissa ses pieds dans ses chaussures et sortit dans le jardinet, l'enfant sur ses talons. Ils se penchèrent sur les plantes. Joey les identifia une à une, d'abord en japonais, puis dans l'anglais que lui avait appris sa mère.

Un escargot traversait la terre humide du sentier devant eux. L'homme et l'enfant s'accroupirent pour observer de plus près la manière dont ses antennes palpaient l'air.

Pinkerton ôta doucement le bandeau de la tête de l'enfant et lui ébouriffa les cheveux, libérant ses boucles blondes. Du rectangle obscur de l'entrée lui parvenait la voix murmurante de Nancy. Un silence. La réponse de Cho-Cho, un chuchotement à peine audible. Puis au tour de Nancy. Un silence plus long. De nouveau la voix de Nancy, un ruisseau d'eau vive. À cet instant, Joey ramassa l'escargot et, renversant la tête en arrière, tint au-dessus de sa bouche ouverte la créature qui se tortillait hors de sa coquille. D'une tape horrifiée, Pinkerton fit sauter l'escargot de la menotte. Une fois remis de sa surprise, l'enfant afficha une moue de dépit.

— On ne mange pas les escargots vivants, Joey.

Au fond, peut-être que si, se dit-il. Au Japon, on mangeait bien des poissons dont le cœur battait encore, des crevettes qui sautaient dans l'assiette.

L'escargot reprit son lent cheminement en laissant dans son sillage une trace luisante. Pinkerton chercha quelque chose d'amusant à raconter. Il sourit au petit bonhomme. Hélas, rien ne lui venait.

Combien de temps les femmes allaient-elles rester à chuchoter ?

L'enfant, gagné par l'ennui, commençait à s'agiter : il avait faim, annonça-t-il, en tirant Pinkerton par la manche. C'est alors que Nancy surgit sur le seuil. Elle s'avança vers eux d'un pas rapide.

— Allons-y.

Pinkerton se releva en s'époussetant les genoux et tourna un regard interrogateur vers la maison.

— Ça va, dit sèchement Nancy. Tout est arrangé.

— Arrangé ? Que veux-tu dire ? Que se passe-t-il ?

Elle prit la main de l'enfant et s'accroupit devant lui.

— Joey, prononça-t-elle en articulant avec un soin exagéré. Tu viens. Avec nous. Maintenant.

— Inutile de parler aussi lentement, s'irrita Pinkerton. Il comprend très bien...

Elle rapprocha son visage de celui de l'enfant :

— Tu vas venir faire une petite visite à ton papa.

Pinkerton ne voyait plus Cho-Cho. Nancy se leva. Elle paraissait maîtresse de la situation.

— Es-tu sûre que ça va ?

Son hochement de tête ne lui laissa aucun doute. L'enfant entre eux deux, chacun le tenant par la main, ils tournèrent le dos à la maison et se mirent à descendre la colline sans se presser. Brusquement, l'enfant se libéra dans un cri :

— *Koma*.

Il détala vers la maison.

— Joey, l'interpella Nancy. Attends.

— Il a oublié sa toupie, commenta Pinkerton.

La petite silhouette disparut à l'intérieur. L'instant d'après, ils entendirent un hurlement.

Nancy souffla à Pinkerton :

— Je m'en occupe.

Joignant l'acte à la parole, elle partit en courant. La minute qui suivit, elle reparut avec l'enfant dans les bras, son petit visage blotti contre sa poitrine. Ses frêles épaules étaient secouées par les sanglots. Pinkerton s'enquit d'une voix puissante :

— Nancy ? Que se passe-t-il, enfin ? On ne peut pas faire ça...

— Allons-nous-en.

En un clin d'œil, elle était installée dans le pousse-pousse. Il y grimpa à sa suite, regardant par-dessus son épaule, s'attendant à voir Cho-Cho surgir sous le porche. Nancy chuchotait, tentait de calmer l'enfant, lui répétait que tout irait bien maintenant, que tout serait formidable.

Tandis que le pousse-pousse s'éloignait sur le sentier, Suzuki, qui rentrait du marché, les aperçut au loin : le couple doré. Et entre eux, l'enfant.

Nancy ordonna au pousse-pousse d'accélérer. Ni elle ni Pinkerton ne remarquèrent que des profondeurs de l'ample manche en soie du kimono de Joey poussait une fleur macabre qui s'épanouissait sur les feuilles vertes de sa robe : une tache rouge sang.

Pinkerton se fraie un passage dans la cohue aux abords du port où il doit retrouver Nancy, afin de lui faire ses adieux avant son départ.

Il est en retard. Soudain, il la voit. Accoudée au bastingage, elle le cherche des yeux dans la foule en contrebas, anxieuse, alors que debout contre elle, vêtu d'un simple costume en coton, les yeux arrondis de peur, l'enfant regarde l'eau s'étirer à mesure que le flanc du paquebot s'éloigne du quai.

Le navire de Pinkerton appareillera le lendemain et suivra une autre route, plus longue. Leurs vies sont comme suspendues dans un no man's land flottant. Désormais, il a la sensation de receler en lui quelque chose de lourd, un nœud pesant. Il devra s'y accoutumer. Tout s'est passé si vite, ils n'ont pas eu le temps de changer le cours des événements – du moins c'est ce dont il a réussi à se convaincre.

Il se détourne et se dirige vers l'autre bout du quai.

À bord du paquebot retentit un bruit semblable au rugissement d'une bête fauve. Joey sursaute et lève des yeux inquiets vers la dame aux cheveux jaunes. Elle rit :

— C'est juste la sirène, Joey.

Elle lui répète qu'il va « dans un pays appelé l'Amérique ». Son père l'y attendra. L'enfant se rappelle les histoires que sa mère lui racontait sur un endroit où les immeubles vont jusqu'au ciel et où les fleurs étincellent, un endroit où peut-être ils iraient vivre un jour.

Du pont du bateau, il regarde Nagasaki rapetisser, puis disparaître tout à fait. Il se remet à pleurer, à réclamer sa mère, il dit en sanglotant que sa maison est en train de se noyer dans la mer. La dame a l'air de comprendre, elle lui assure que même s'il ne voit plus Nagasaki, la ville est toujours là.

— Regarde, Joey. Regarde bien.

Par une ouverture carrée pratiquée dans le pont, elle descend un escalier en bois et disparaît peu à peu, d'abord ses pieds, puis son corps, et la voilà invisible. Soudain sa tête reparaît. Elle remonte sur le pont.

— Tu vois, Joey ? Tu ne me voyais pas, pourtant j'étais toujours là. (Elle lui prend la main.) Et maintenant, si on te trouvait une bonne glace ? Tu as déjà goûté à la crème glacée ?

Un peu plus tard, elle lui montre « de gros poissons nommés dauphins » bondissant à côté du bateau. Une fois la nuit tombée, lorsque les pleurs reviennent, elle le prend dans ses bras et le porte sur le pont en le berçant et en lui murmurant des paroles apaisantes. Alors il voit luire sur les flots une écume bouillonnante dans une lumière verte magique où les vagues transparentes dansent, comme éclairées par des lanternes sous-marines. Elle se tient debout au bastingage, le serrant contre elle. Le souffle du vent chaud sèche les larmes de l'enfant.

— Regarde, Joey, c'est phosphorescent... N'est-ce pas formidable ? N'est-ce pas amusant ?

Sur la pente montagneuse en surplomb du port, Suzuki regarde le navire passer entre les phares du port et cingler vers le large. Le navire de guerre emporte au loin le lieutenant Pinkerton. Elle le maudit à mi-voix, elle appelle sur lui le malheur, et une mort affreuse.

Elle ne l'a jamais aimé, même avant de le connaître, elle détestait l'idée qu'un Américain arrogant demande en mariage une Japonaise comme s'il commandait son petit déjeuner. Quand il était reparti, elle s'était dit qu'il ne reviendrait jamais. Si seulement il avait pu rester loin de chez eux.

Les deux bateaux ont pris la mer. Leurs proues fendent les flots sans l'aide du vent. De quelle extraordinaire liberté jouissent ces étrangers qui vont et viennent, sans se soucier de ce qu'ils laissent derrière eux, du chagrin et de la ruine qui s'installent dans leur sillage.

Alors que le port s'éloigne, Pinkerton promène une dernière fois les yeux le long de la côte, guettant l'instant, le temps d'un battement de cœur, où une ombre se glissera sur la parfaite jonction entre le ciel et la terre et où le trait de l'horizon deviendra flou, un phénomène qui se produit aussi bien à l'arrivée qu'au départ, et qu'il avait attendu, comme aujourd'hui, trois ans plus tôt, alors qu'il accostait pour la première fois à Nagasaki.

PARTIE 1

1

Cela avait été un rude voyage, par gros temps, sur une mer houleuse et imprévisible. En distinguant sur le trait net de l'horizon le dessin aux contours vagues de la terre, il remercia le Ciel. Ils avaient passé la journée à peiner dans les détroits de la mer du Japon, leur allure ralentie par des avaries qu'une terrible tempête avait causées à la coque. De loin, la côte semblait n'être qu'une suite de montagnes, jusqu'au moment où ils arrivèrent à la hauteur d'une rade de forme arrondie qui s'ouvrait sur une seconde rade, celle-là intérieure. Grâce à sa carte, Pinkerton savait que la ville de Nagasaki se nichait dans les replis de cette deuxième baie. Il avait hâte de sentir la terre ferme sous ses pieds, de jouir d'un peu de confort et surtout de s'amuser.

Ils pénétrèrent sans bruit d'étroits chenaux entre les feux à éclats des balises à bâbord et à tribord, les formes trapues des montagnes se découpant au loin sur le ciel nocturne. Tout autour d'eux, encore des feux, ceux de petites embarcations qui sautillaient sur l'eau. Et soudain, devant lui, tel l'amphithéâtre qui figurait jadis dans son manuel d'Histoire de la Grèce antique, disposées en demi-cercle sur les versants pentus, les lumières de la ville scintillèrent telles des étoiles, reflétées dans l'eau noire. Nagasaki saurait sans doute pourvoir à ses besoins : un bon repas, une femme légère... Il demanderait à Eddie la marche à suivre. Eddie savait tant de choses. Ils avaient le même âge, vingt-trois ans, pourtant Eddie paraissait plus vieux, et puis il connaissait les lieux. Il était prêt à parier que son ami saurait le guider.

Ils débarquèrent le lendemain matin de bonne heure au moyen d'un sampan qui les déposa sur le front de mer. Certaines pentes étaient trop escarpées pour qu'on y construise des habitations. Ici et là, elles avaient été creusées en terrasses pour accueillir des jardins de la taille d'un mouchoir de poche. Pinkerton y apercevait de minuscules silhouettes courbées sur de modestes champs. Lorsqu'elles se redressaient, frêles créatures sous leur chapeau de paille conique, elles ressemblaient à des champignons plantés au milieu de carrés de verdure.

Une fois débarqués, Pinkerton et Eddie jouèrent des coudes pour fendre la foule des pousse-pousse qui les hélaient et les tiraient par les manches de leurs uniformes pour leur proposer un tour des lieux de plaisir.

Eddie avait beau les écarter sans ménagement, ces pauvres hommes, qui semblaient vêtus de pyjamas, persistaient à leur adresser des sourires obséquieux en leur proposant de les emmener – « vite,

vite » – dans ce que Pinkerton supposait être des maisons closes.

— On n'a pas besoin d'eux, l'informa Eddie. Les bordels sont licites ici. Les plus propres se trouvent en centre-ville.

— Cela ne gêne pas les habitants ?

— Ils ne sont pas comme nous, Ben. Il ne faut pas les prendre pour des gens « immoraux », ils sont en fait dépourvus de sens moral.

Ben et Eddie se frayèrent un chemin dans la foule du quartier commerçant le long d'un dédale de ruelles où les boutiques étaient à touche-touche. À un coin de rue, une odeur les prit à la gorge : fruits de mer et poisson, une puanteur ammoniaquée si puissante que Pinkerton plaqua sa main contre son nez et tenta de respirer à travers ses doigts. Plus fétide que le putois. Il eut un haut-le-cœur et se rappela avec nostalgie la fraîcheur du poisson d'Amérique : les perches grillées, les crabes à carapace molle, la soupe aux palourdes…

Mais ce n'était pas seulement les relents de poisson, cette odeur nauséabonde qui flottait en suspens dans l'air comme un gaz maléfique. La ville tout entière empestait. Des ruisseaux d'eaux usées s'écoulaient de chaque côté des rues étroites pour se déverser un peu plus loin dans des égouts à ciel ouvert. Les habitants, perchés sur leurs socques, y compris les femmes portant un enfant attaché dans le dos, s'ingéniaient à éviter non seulement les bords visqueux des canalisations, mais aussi les pousse-pousse, les chars à bœufs, les voitures à cheval et les bicyclettes. Les deux marins aux tenues immaculées progressaient avec précaution. Devant le spectacle qui se jouait sous ses yeux, Pinkerton se sentait atterré : quels plaisirs pouvaient bien receler des lieux aussi vils ?

— Eddie ? s'écria-t-il d'une voix désespérée.

Le brouhaha était tel qu'il devait hurler pour se faire entendre. Il questionna à tue-tête son ami sur les jardins de thé et les jolies filles... Mais en vérité, la puanteur l'empêchait de penser à autre chose qu'à fuir ce cloaque.

Alors qu'ils abordaient un quartier plus tranquille, Eddie, qui en avait vu d'autres, balaya ses doutes d'un rire joyeux. Il avait tout le temps de s'acclimater en attendant que le navire soit réparé. Il n'avait qu'à louer une maison dans un coin agréable, et prendre la gentille « épouse » japonaise, jolie et propre, que lui fournirait l'entremetteur local. « Elle est à vous tant que vous aurez besoin d'elle. »

2

De la fenêtre de la petite maison à flanc de coteau, elle voyait au loin les navires étrangers au mouillage dans la rade, aussi dodus et tranquilles que des cygnes. Au fond du port en forme de fer à cheval étaient amarrés des bateaux de pêche. Des sampans chargés d'hommes et de marchandises allaient et venaient entre les quais et les grandes embarcations. Il n'y a pas si longtemps, Cho-Cho serait descendue longer le sentier du bord de mer en compagnie de son père. Ils auraient regardé ensemble les pêcheurs remailler leurs filets. Il lui aurait expliqué comment on appâte le poisson, comment on l'écaille avant de le découper. C'était ainsi qu'il plantait les petites graines du savoir dans son esprit, grâce à ces leçons de choses toutes simples. Et maintenant, sans son père pour guider ses pas, elle se retrouvait seule sur le seuil de l'inconnu.

On lui avait donné quelques informations, mais elles étaient bien maigres au regard de tout ce qu'elle ignorait, d'autant qu'elle n'avait aucune expérience. Un homme allait venir. S'ensuivrait une cérémonie. Elle deviendrait une épouse. En attendant, elle se préparait en ne pensant qu'à l'aspect superficiel de l'événement, à des détails : étoffe, peignes, sandales, ceinture…

Le kimono de mariée, *shiromuku*, se devait d'être en soie épaisse, de couleur blanche, symbole de pureté, tissé de manière à rendre la promise aussi éclatante que la fleur du cerisier *shogetsu*. Le vêtement devait être ajusté à la perfection et la perruque aussi lisse que de la laque avec, par-dessus, une grande coiffe modelée pour cacher les éventuelles cornes de la jalousie et de l'égoïsme. Elle ne savait pas ce que c'était d'être jalouse, mais égoïste, peut-être l'était-elle sans s'en apercevoir ? La coiffe lui donnerait de la force, au même titre que le petit sac à main, le miroir, l'éventail et le *kaiken*, le petit couteau dans son fourreau à pompon. Elle se demanda pour quelle raison la coutume imposait à la mariée le port d'une lame acérée. Un porte-

25

bonheur, peut-être ? Et en cas de déshonneur, le *kaiken* était l'arme traditionnelle de la femme.

Elle regarda les arbres en fleurs par la fenêtre, et écouta les oiseaux chanter. Est-ce qu'elle entendrait un jour la voix d'oiseaux nouveaux, différents de ceux d'ici ? Et les fleurs, comment seraient-elles ? La lumière qui tomberait sur les jardins serait-elle autre... si elle avait la chance qu'on l'emmène en Amérique ? À quoi pouvait bien ressembler un jardin américain ? Ni mousse, ni sable, ni étang, ni graviers soigneusement ratissés. Elle se figurait de larges corolles d'un orange vif, des arbres tutélaires dont les fûts s'élevaient telles de majestueuses colonnes dans le ciel d'un bleu intense, des maisons plus hautes encore que les arbres, aux vitres étincelantes. Dans les gazettes illustrées rapportées par des voyageurs, elle avait été éblouie par les photos : des marchands de glace et de hot-dogs, des femmes vêtues de robes courtes, le chapeau sur l'oreille. Tout en Amérique semblait si coloré.

Elle retourna en pensée à ses préparatifs où la tradition ne laissait rien au hasard : un kimono de mariage blanc dont le bas matelassé s'évasait en une traîne ondoyante. Des manches amples et une ceinture large, l'*obi*. Une *obi* fermée par un nœud *cho-cho* : en forme de papillon. Il fallait qu'elle apprenne à le faire...

Comme si ses os étaient en train de fondre, elle s'assit sur ses talons et posa la tête sur ses genoux. Incapable de retenir plus longtemps ses larmes, elle mouilla le tissu de son kimono.

Elle tremblait, à croire qu'elle avait de la fièvre. Ses mains étaient glacées, alors qu'il ne faisait pas

26

froid. La pièce où elle se trouvait était dépouillée. Il n'y avait pas de costume de cérémonie. Elle se cramponna à la scène nuptiale imaginaire, passant obstinément en revue dans sa tête les objets traditionnels. Elle s'attarda sur la qualité de la soie ivoire et écaille de tortue. De belles images. Pourtant elle savait qu'à terme, une fois ce type de mariage prononcé, les *shoji* coulissent sur leurs glissières et coupent la mariée du monde extérieur : elle se retrouverait alors en tête à tête avec l'étranger qui avait acheté son corps. Il s'attendrait à ce qu'elle enlève son kimono, il s'attendrait à ce qu'elle se plie à tous ses désirs.

Shikata ga nai. Cette vieille expression résumait sa situation : « On ne peut rien y changer. »

Mais elle avait seulement quinze ans, et elle était terrifiée.

À partir du port, la route en lacets grimpait jusqu'à un promontoire rocheux dominant la baie puis disparaissait derrière un bosquet d'érables avant de déboucher à une centaine de mètres de la maisonnette. Elle avait dû détourner un instant les yeux, car elle avait manqué le moment de son apparition, et le voilà qui montait vers elle, tout de blanc vêtu, la visière de sa casquette ombrageant son visage. Soudain, il l'ôta pour s'essuyer le front, et ses cheveux d'or brillèrent au soleil. Elle était stupéfaite : une chevelure dorée, comme lumineuse, une chevelure… américaine.

Il s'arrêta et se retourna. C'est alors qu'elle remarqua un deuxième étranger qui gravissait la colline à sa suite, maigre, très brun, plus âgé que le premier, habillé d'un costume sombre : le consul. Sharpless-*san*. Elle l'avait déjà rencontré : il avait connu son père. Les deux hommes reprirent leur ascension, côte à côte, de sorte que Cho-Cho eut l'impression que l'homme de lumière était accompagné d'une ombre vivante.

3

Sharpless se chargea des présentations :

— Lieutenant Benjamin Franklin Pinkerton, Cho-Cho-*san*...

Dans l'exercice de ses fonctions, le consul avait souvent l'occasion de présenter des gens pour une raison ou pour une autre, quoique rarement pour vendre une jeune fille à un marin. Cette mission lui déplaisant au plus haut point, il aurait préféré s'esquiver, mais on avait besoin de lui, pour traduire, et surtout pour prêter un vernis de normalité à la transaction.

Le rituel avait été respecté, les deux hommes s'étant déchaussés dans le vestibule.

Pinkerton tendit machinalement la main à Cho-Cho, au moment où elle se pliait en deux en une élégante révérence. Sa main frôla la pommette de la jeune fille.

— Oh, fit-elle en reculant, confuse, persuadée que l'impair était de son fait.

— Oh, mer… pardon.

Il esquissa un geste gauche. Dans cette pièce aux cloisons de papier, il avait l'impression d'être trop grand, maladroit… un intrus.

La jeune fille entonna un petit discours de bienvenue et se prosterna de nouveau devant lui. Sharpless traduisit.

— Bien, conclut Pinkerton.

Il chercha quelque chose à dire. Pendant ce temps de pause, il lança à Sharpless un regard qui était aussi un appel à l'aide. Le silence se prolongea. Puis, après un bref échange en japonais entre le consul et la jeune fille, le premier s'enquit :

— Elle voudrait savoir quelle religion vous pratiquez.

— Ah. Bien. (La question le prenait de court.) Ma famille… nous sommes méthodistes. Mais je suppose que peu importe ici…

Sharpless communiqua à la jeune fille les informations qu'il jugeait utiles. Elle acquiesça. Silence. Encore quelques mots murmurés en japonais. Sharpless traduisit tandis que la jeune fille se tournait vers le lieutenant, attendant visiblement quelque chose de lui.

— Elle demande à quel jour vous souhaitez fixer la cérémonie.

— Quelle cérémonie ?

— Votre mariage.

Comme Pinkerton fronçait les sourcils, Sharpless ajouta :

— Je vous ai expliqué tout à l'heure…

— Ah, oui, j'oubliais. C'est un mariage. (Une note d'impatience.) Je ne pensais pas que nous aurions besoin d'une vraie cérémonie... (sous-entendu : pour louer les services d'une fille).

— Elle se considérera comme votre femme, lieutenant.

De plus en plus irrité, Pinkerton écouta Sharpless lui exposer une nouvelle fois la situation. Il y avait des formalités à respecter, la jeune fille n'était pas une prostituée.

— Elle s'attend à une cérémonie.

Pinkerton était pressé, il était attendu à bord pour faire son quart. De sa poche, il sortit une flasque de bourbon. Avisant deux minuscules coupes en porcelaine sur la table basse, il dévissa le bouchon de la flasque et versa une larme de whisky dans chacune. Après en avoir tendu une à Cho-Cho, il leva la sienne comme pour porter un toast.

Elle attendit en tenant fermement sa coupe du bout des doigts, ses yeux interrogeant tour à tour les deux hommes sur ce qu'on attendait d'elle. Pinkerton n'était plus tellement enthousiaste. S'efforçant néanmoins de renouer avec un semblant d'esprit festif, il leva de nouveau la coupe.

— À la vôtre.

Elle le regarda vider la coupe.

— Je nous déclare mari et femme.

Pinkerton adressa à Sharpless un signe de tête.

— Pouvez-vous lui dire que nous venons de procéder à la cérémonie ? Dites-lui que c'est un mariage à l'américaine.

La phrase sonna d'autant plus agréablement à son oreille, qu'elle paraissait justifier sa conduite. En Amérique, dans des circonstances semblables, c'est ainsi que l'on procéderait, n'est-ce pas ? Sharpless avait beau lui seriner qu'elle n'était pas une catin, quel genre de jeune fille acceptait de se « marier » avec un marin de passage ? Elle devait connaître la chanson. S'il s'agissait seulement de sauver les apparences, il était disposé à jouer le jeu, même si ce n'était pas bon marché : la licence coûtait quatre dollars, le loyer trente, sans compter les dépenses courantes, la nourriture et le reste. Il avait remarqué une petite boulotte qui s'affairait à l'entrée de la maison. Une servante qu'il faudrait sans doute rémunérer. Toutefois, l'endroit semblait propre, et il avait trois ou quatre semaines devant lui. Il serait mieux ici que dans un bordel louche au fond d'un coupe-gorge.

— Vous devrez signer au bas du contrat de mariage, lui rappela Sharpless. Pour la bonne forme…

Décidément, son compatriote était un raseur. Un rond-de-cuir.

— Entendu. Vous n'avez qu'à vous en occuper.

Il sentit le regard du consul peser sur lui, froid, aussi sévère que celui d'un officier. Pinkerton, malgré lui, se redressa comme pour se mettre au garde-à-vous. D'un ton adouci, il se reprit :

— Merci de votre aide, monsieur le consul.

À sa consternation, la jeune fille s'agenouilla devant lui et se prosterna en posant le front contre le sol. Que devait-il faire ? Il se pencha pour lui prendre les mains. Elle leva son visage vers le sien, tout près. Elle avait un teint d'une fraîcheur exquise, non pas rose comme les jeunes filles de son pays, mais de la couleur de l'amande pelée. Et ses yeux avaient l'éclat mystérieux de la pierre précieuse brute. Elle lui souriait, la tête renversée légèrement en arrière, car même si elle se tenait très droite, elle lui arrivait à peine à l'épaule. L'espace d'un instant, il resta saisi, et son cœur fit un bond dans sa poitrine. Il retint ses mains dans les siennes, la douceur de ses doigts comme une caresse au creux de ses paumes. Guida-t-elle sa main ? Toujours est-il qu'il se surprit à porter à ses lèvres les petits doigts fins. Heureusement, Sharpless regardait alors par la fenêtre. Son embarras resta sans témoin.

— Dites-lui, voulez-vous, que je reviendrai tantôt avec mes bagages.

Pinkerton inspecta plus attentivement la pièce. Pas d'armoire, aucun coffre. Où ces gens rangeaient-ils leurs affaires ? Ces maisons en bois avaient l'air si fragiles, avec leurs châssis de papier en guise de murs. Autant oublier ses rêves de confort douillet…

Sharpless lui souffla le japonais pour « au revoir » :

— *Sayonara.*

Déformé par son accent américain, le mot prenait une sonorité curieusement plate. Après s'être rechaussé, il fit coulisser trop vite la frêle porte qui claqua en bout de course.

La jeune fille le suivit des yeux tandis qu'il rejoignait son navire d'un pas élastique, nonchalant et joyeux. Sa chevelure d'or resplendissait au soleil. Il jeta un coup d'œil par-dessus son épaule et lui adressa un petit salut. Elle lui rendit son sourire. Il avait l'air plus jeune quand il souriait, presque un adolescent. Elle croisa les bras dans les manches de son kimono et serra nerveusement ses coudes. Ce qui avait commencé comme l'accomplissement d'un pénible devoir, l'acceptation résignée du destin, prenait soudain une autre tournure. Elle continua à observer l'Américain dont la silhouette rétrécissait peu à peu avant de disparaître tout à fait en songeant à ses yeux bleus comme les eaux de la baie, ses cheveux pareils à un champ de blé mûr, ses mains si fortes quand elles avaient saisi les siennes, le contact stupéfiant de sa bouche sur le bout de ses doigts. La façon dont sa haute stature dominait Sharpless-*san*. *Un peu plus, et sa tête cognait contre le plafond.* À cette pensée, elle sourit. Oui, le lieutenant Pinkerton était sans nul doute un homme magnifique.

La transaction était précaire, elle le savait. Pourtant elle avait à présent l'espoir que ce mariage temporaire deviendrait permanent. Elle saurait se rendre utile, indispensable même. Peut-être obtiendrait-elle de lui qu'il l'emmène en Amérique.

Elle avança timidement :

— Diriez-vous, Sharpless-*san*, que le lieutenant Pinkerton est ce qu'on appelle un bel homme ?

Elle ne se serait jamais permis d'exprimer cette opinion en son nom, cela aurait été *noroke*, trop inconvenant, mais solliciter l'avis du consul était une manière détournée de donner le sien.

— C'est un Américain, répliqua Sharpless d'une voix neutre.

Lorsqu'elle s'était enquise de la cérémonie de mariage, et avait reçu la réponse sèche de Pinkerton, il avait noté que son petit visage s'était rembruni.

Quelle autre cérémonie pourrait-il y avoir ? se dit-il en concluant qu'il y avait chez Cho-Cho un côté Ophélie, cette figure délicate et raffinée devenue pour son entourage un objet de tractation et, pour un homme, un objet de désir, susceptible d'être jeté après usage.

À l'époque où il avait été promu consul, c'était la seule fonction qui lui avait déplu. Il l'estimait indigne d'une mission diplomatique. Son prédécesseur, à qui il avait fait part de ses réticences, lui avait rétorqué :

— Vous pouvez refuser, bien sûr. Cela n'a rien d'officiel, et de toute façon cela ne se produit que rarement. En général, nos marins préfèrent les maisons de thé. Évidemment, quand leur navire se trouve au mouillage pour un certain temps... Personne n'a envie de voir nos petits gars ramener au pays d'horribles maladies, n'est-ce pas ? Le système est commode, et a l'avantage de fonctionner. Tout le monde y gagne.

Et en effet, tout le monde y avait gagné, jusqu'à aujourd'hui, jusqu'à Pinkerton et Cho-Cho. Or la jeune fille réclamait la présence du consul : il avait connu son père, elle lui faisait confiance. Cette affaire de mariage temporaire était tellement embarrassante.

Il avait vu avec quels yeux elle regardait Pinkerton. Il brûlait de lui crier : Pars tout de suite. Fuis. Trouve du travail dans une maison de thé respectable, apprends à chanter et à jouer d'un instrument. Tu n'es pas obligée de te prêter à cette triste comédie. L'entremetteur avait été clair : avec deux parents dans la tombe, et, pire encore, un père mort couvert

34

de dettes, tombé en disgrâce, racheté seulement par son suicide, la jeune fille appartenait à son oncle, et celui-ci avait négocié ce contrat pour elle. Elle était un bien comme un autre.

À ce récit, le consul avait été atterré.

— Et les souhaits de la jeune fille ?

— Elle n'en a pas, répondit l'entremetteur. Elle n'a pas voix au chapitre.

La mine de Sharpless s'allongea. Cho-Cho regardait toujours par la fenêtre, les yeux fixés sur le sentier comme si elle y percevait le fantôme lumineux du jeune homme. Pour Sharpless, celui-ci n'était qu'un mufle. Heureusement, la liaison promettait d'être brève. Il avait pitié de cette jeune fille sans expérience, elle en sortirait sans doute meurtrie. Il espérait que Pinkerton, sous ses airs frustes, se révélerait finalement avoir un cœur.

À l'autre bout de la pièce, Cho-Cho, le visage toujours tourné vers la fenêtre, murmurait qu'elle ne connaissait que quelques mots de cette langue étrangère, glanés auprès de voyageurs en visite chez son père. Elle aurait voulu apprendre des mots américains. Pouvoir parler, comprendre ce qu'on lui disait. Elle apprenait vite, c'est du moins ce qu'on lui avait dit. Sharpless-*san* serait-il assez aimable pour lui venir en aide ? Il y avait peut-être un manuel qu'elle pourrait étudier… ?

— Je suis sûr que nous avons des livres dans la bibliothèque du consulat, opina-t-il. Je pourrais te donner quelques leçons. L'anglais n'est pas une langue difficile.

— Pas comme le japonais, vous voulez dire ?

Ainsi elle n'était pas non plus dépourvue d'humour, constata Sharpless qui rétorqua :

— En échange, tu corrigeras mes erreurs de syntaxe.

— Oh, votre japonais est parfait, Sharpless-*san*. Après une hésitation, elle ajouta, espiègle :

— Enfin, presque.

Un charmant sourire, des yeux en amande pétillant de malice. Le consul sentit son cœur se serrer tout à la fois de plaisir et de douleur. Sentiment paternel ? Ou pulsion moins louable ? Il la salua d'une profonde inclinaison du buste et prit congé en se rappelant à lui-même qu'elle n'était qu'une enfant.

4

La première nuit, après le dîner, en entendant ses genoux craquer à force d'être resté des heures, lui semblait-il, assis sur ses talons sur un coussin en forme de galette, Pinkerton se promit de se faire livrer de toute urgence deux chaises et peut-être une vraie table. Jusqu'à quel point fallait-il tolérer l'inconfort pour respecter « la tradition » ? Dans son pays, il avait un jour rendu visite à une famille d'amish, et conclu que toute personne refusant les aménités de la vie moderne était un peu fêlée. Sa mère, elle, avait eu la bonne idée d'acheter l'« aspirateur » de M. Hoover : elle en était folle.

Le repas n'avait pas été une grande réussite non plus, se résumant à un assortiment de petits plats immangeables. Il avait tout juste réussi à avaler un peu de riz et de minuscules tranches de ce qui était peut-être du porc, ou peut-être pas. Le saké, passait encore. Mais il n'y avait aucune chance pour que cette boisson détrône le bourbon.

À la vérité, la soirée ne s'était pas du tout déroulée comme prévu. Tout ce côté cérémonieux japonais n'était décidément pas... sa tasse de thé.

Il était grand temps de porter cette jeune fille jusqu'à leur couche. Elle ne lui en laissa pas le temps. Elle fit coulisser la porte d'entrée de la maisonnette et indiqua le ciel d'un geste gracieux. Il opina.

— Oui, concéda-t-il. C'est la pleine lune.

Il avait assez attendu comme cela. Le silence commençait à lui peser, ces célèbres silences nippons... qui d'après Sharpless « permettaient de parler entre les mots ».

Lors de leur première entrevue, le consul lui avait récité un poème japonais où il était question d'un étang et d'une grenouille sautillante. Il se terminait par ce vers : « Le son de l'eau. » Pinkerton ne voyait pas ce qu'il y avait de poétique là-dedans.

— Ah ! s'était exclamé Sharpless. Nous autres Américains aurions sans doute traduit par *Splash*. Les Japonais, eux, savent tirer un son du silence. D'où ce vers : « Le son de l'eau. » C'en est le charme. Voyez-vous ?

Non, il ne voyait pas du tout. Dans l'esprit de Pinkerton, un poème devait avoir un sens, représenter quelque chose. Et surtout, il lui fallait des rimes. Au lycée, il avait étudié l'œuvre d'Henry Longfellow, dont il connaissait encore certains vers par cœur. On n'avait pas besoin de tendre l'oreille aux silences pour comprendre où Longfellow voulait en venir.

La jeune fille contemplait toujours la lune, dont la fine lueur se reflétait dans ses yeux. À un moment donné, elle joignit les mains et fit une révérence, comme si elle saluait respectueusement le ciel. Puis elle tourna la tête vers lui. À tout hasard, il s'inclina à son tour. Elle esquissa un petit sourire conquis.

Dans la chambre, il dénoua sa large ceinture, souleva le kimono de ses épaules, découvrant sous son col une nuque gracile d'enfant. Il se demanda quel âge elle pouvait bien avoir. À aucun moment il n'en avait été fait mention. Maintenant, il était trop tard pour s'en préoccuper. Pinkerton avait déjà quelque expérience en la matière, pourtant ce corps léger, cette toute jeune fille qui s'offrait ainsi, éveillait en lui un désir d'une force déconcertante. D'une main palpitant d'impatience, il déchira la robe de dessous en coton blanc. Alors qu'il l'écrasait de tout son poids sur le matelas, elle laissa échapper une plainte. Puis un cri.

Le futon se révélait aussi dur qu'il l'avait redouté. Il y eut un ou deux malentendus, quelques larmes, mais elle assimilait vite.

Après, elle le regarda droit dans les yeux et questionna :

— Agréable ?

— Oui, oui, agréable.

— Bien.

Il était étonné.

— Tu parles anglais ?

— J'apprends, répondit-elle en secouant la tête.

Cela le fit rire. Elle était tellement mignonne. Et en effet, elle apprenait vite.

Un peu plus tard, alors que Pinkerton ronflait doucement, elle palpa les plis soyeux de son corps meurtri. Rien que d'y poser le doigt lui causait une douleur aiguë. Elle gémit. Son mari, en enlevant son pantalon blanc, avait révélé une partie de son anatomie stupéfiante, aussi épaisse que son poignet. Les hommes sont parfois brutaux, lui avait-on dit à la maison de thé, mais personne ne l'avait vraiment mise en garde contre la douleur, aussi violente que si on lui avait enfoncé un poignard, une brûlure à blanc entre ses jambes tandis qu'il l'écartelait davantage à chaque coup de reins. Elle se glissa hors du lit.

Parmi ses maigres possessions, elle avait une poupée, une poupée *Cho-Cho*, vêtue d'un kimono et d'une obi nouée par le nœud papillon qui lui avait valu son nom. Elle lui avait cousu ses habits dans une chute de soie, avec des minuscules perles piquées dans la coiffure raide, mais elle ne l'avait jamais déshabillée complètement. Lui ôtant sa robe de dessous et son pagne, elle examina le corps clair. Ses jambes pointaient en prolongement du torse. La poupée ne pouvait être pénétrée. La poupée était impénétrable, imperméable à la douleur.

Elle lava la matière gluante, du sang, et appliqua un onguent d'herbes médicinales. Rappelée par lui au futon, elle obéit, docile, souple comme une liane.

Elle assimilait vite. Au lieu de crier, elle se mordait les lèvres. Elle parvenait à sourire, et finit par savoir bouger comme il le voulait, afin d'intensifier son plaisir à lui. Or il lui restait encore beaucoup à apprendre. Et parfois elle continuait de pleurer, les larmes roulant dans sa bouche ouverte en un sourire de soumission. Et toujours, après, elle interrogeait avec anxiété :

— Agréable ?

Quel n'avait pas été l'étonnement de Pinkerton, la première nuit, en découvrant sur le drap la preuve de sa virginité. Ou était-ce une supercherie ? Ces filles étaient parfois habiles. C'était la règle du jeu.

Elle apprenait à une vitesse étonnante.

— À l'américaine ? demandait-elle à chaque fois qu'il lui montrait quelque chose de nouveau.

Elle manifestait une admiration pour tout ce qui était américain, c'était si touchant. Ces Japonais s'asseyaient par terre et avaient de drôles de mœurs, mais elle était avide de connaître ce qui se passait dans le monde, pas seulement sous l'édredon.

C'était comme pour le jardin. Dans son esprit à elle, une poignée de cailloux, un peu de mousse et un filet d'eau. Il lui montra dans des revues illustrées des images de jardins américains. Il voyait bien qu'elle saisissait la différence.

Elle descendit de sa maison sur la colline pour rendre visite à Sharpless.

— J'aurais besoin de vos conseils pour une affaire mineure, commença-t-elle. (Puis, avisant la pile de dossiers sur le bureau du consul, elle s'empressa d'ajouter :) Je vois que vous êtes occupé… une autre fois.

Le consul était submergé de requêtes de Japonais souhaitant trouver du travail et une meilleure vie en Amérique. Il devait vérifier les dates, tamponner des documents… Mais il lui fit signe de s'asseoir dans le fauteuil en face de lui.

— Un conseil ?

— Sharpless-*san*, je voudrais créer…

Elle marqua une pause, et prononça en anglais :

— Un jar-u-din américain.

— Oui ?

— S'il vous plaît, j'aimerais que vous m'indiquiez ce que je dois planter, poursuivit-elle en japonais.

— Il ne s'agit pas uniquement des plantes que tu vas choisir, il y a aussi la façon dont tu vas les planter. Tout dépend du genre de jardin que tu veux.

— Je veux un beau jardin, mais pas un jardin japonais.

À Sharpless, qui chaque jour se sentait plus proche de ce pays austère, de ce peuple discret, le projet de la jeune fille paraissait navrant. Il esquissa un sourire attristé.

— Si c'est ce que tu souhaites.

Il se leva pour commander un pousse-pousse.

— Où allons-nous ?

— Tu ne vas pas tarder à le savoir.

L'homme émettait des grognements en tirant leur petite voiture sur le chemin de montagne. C'était la première fois que Cho-Cho voyait le port depuis ce versant-ci de la montagne. Elle promenait les yeux partout, et se livrait à des comparaisons : les

41

maisons étaient plus grandes, sur deux étages, avec de solides charpentes en bois, des murs en pierre, des porches spacieux. C'était le quartier des *gaijin*, les riches étrangers. Pour l'instant, elle ne voyait pas de jardin digne d'intérêt. Ils s'arrêtèrent enfin devant une bâtisse en pierre carrée surmontée d'un vaste toit recouvert de tuiles.

— Celui qui a construit cette maison s'appelait Thomas Glover.

— Un Américain ?

— Il était originaire d'Aberdeen.

— C'est en Amérique ?

— Euh, pas tout à fait.

— Mais moi je veux un jardin américain.

— Fais-moi confiance, lui dit-il en la guidant vers le portail.

De part et d'autre de larges allées dallées, on longeait des parterres ronds ou ovales multicolores, des pelouses plantées d'arbres en fleurs.

— Comment appelle-t-on ceci ? interrogea-t-elle en désignant du doigt un somptueux tapis de feuilles vertes piqué de fleurs orange.

— Des œillets d'Inde, l'informa Sharpless avec plus de conviction qu'il n'en ressentait. Du moins je crois. Celles-là, là-bas, ce sont des roses. Certaines sont odorantes.

Il était plus à l'aise sur le chapitre des roses, que les Japonais traitaient comme de simples ronces, leur floraison leur semblant banale.

Tandis qu'il lui faisait visiter le jardin, elle courait de parterre en parterre, butinant chaque fleur tel l'insecte dont elle portait le nom. Elle filait devant lui dans les allées qui serpentaient entre les parterres et les arbres. Il voyait de temps à autre sa silhouette gracile apparaître entre deux buissons. À un moment donné, il la retrouva debout, médusée, devant une petite statue de femme en kimono. Sharpless se maudit intérieurement. Il avait oublié la présence de cette sculpture.

— Qui est-ce ?

— La femme de M. Glover.

— Une Japonaise.

— Oui.

Les deux petites silhouettes se faisaient face, toutes deux en kimono, l'une figée dans la pierre en une pose gracieuse, l'éventail à la main, et l'autre se rapprochant à petits pas, puis reculant, fascinée.

Sur le chemin du retour, elle garda un long moment le silence avant de se tourner vers Sharpless :

— Je veux planter des graines, faire pousser des fleurs américaines.

— Il te faudra être patiente, répliqua-t-il prudemment.

— Oh, j'ai tout mon temps. Le bail de ma maison est de neuf cent quatre-vingt-dix-neuf ans. (Son rire fusa, clair, contagieux, dangereux.) Mon mari dit que notre lune de miel durera plus longtemps que sa propre vie.

Sharpless était confronté à un terrible dilemme. D'un côté, il aurait voulu la mettre en garde, l'avertir qu'il ne fallait surtout pas espérer un amour éternel, et que le bail pouvait être dénoncé du jour au lendemain, dès lors que Pinkerton déciderait de ne plus payer le loyer. Seulement, ce n'était pas la façon de faire japonaise, une allusion aussi directe.

Et puis avait-il le droit de ternir le bonheur de cette enfant, de risquer de gâcher une histoire, qui, malgré tout, pourrait bien se terminer, lorsque devant elle se dressait le témoignage d'un mariage mixte qui avait résisté à l'épreuve du temps ?

Il commanda des semences.

5

Pinkerton trouvait la maison froide, inhospitalière : il n'y avait ni vases débordant de fleurs, ni photographies encadrées, ni tapis à poils longs... Il chercha des mots simples, des mots qui seraient à sa portée, pour lui expliquer la raison de son abattement. Le lendemain, à son retour, il la trouva qui l'attendait toute joyeuse, les mains croisées. Elle avait préparé un petit discours d'accueil :

— J'ai une surprise pour toi, heureux Pinkerton.

Il regarda autour de lui, puis se tourna de nouveau vers elle, perplexe.

Le sourire de la jeune fille se voila. Elle agita une petite main blanche en direction du mur. Le rouleau était un de ses trésors, ayant appartenu à son père. Elle l'avait sorti de sa boîte rouge pour le suspendre dans l'alcôve au milieu de la cloison : le *tokonoma*, la place d'honneur réservée à un objet précieux.

— Il me vient... de ma famille.

Pinkerton examina le rouleau, n'y voyant pour sa part qu'un gribouillis informe, gris sur fond blanc, agrémenté d'un unique point rouge.

— Oh, très joli, vraiment.

Le rouleau n'était pas exactement décoratif. La pièce lui paraissait tout aussi austère qu'avant.

Il y avait aussi la question de la cuisine. Sharpless l'avait prévenu pour la nourriture :

— À la maison, ils mangent des mets crus : considérez qu'on vous sert des salades.

Sur le moment, il avait cru à une blague :

— Du poisson cru ? Vous n'y pensez pas.

Le lendemain, donc, il rentra chargé de quelques plats que lui avait offerts à bord un cuistot compatissant. Il tendit les paquets à Cho-Cho qui les déballa aussitôt et demeura un moment interdite devant les aliments beige-marron, étrangement semblables.

Pointant l'index vers chacun, l'un après l'autre, Pinkerton articula :

— Du pain de viande, des galettes de pommes de terre, de l'*apple pie* comme celle de maman.

Elle brisa un morceau de pain de viande et le porta à sa bouche. Elle fit bonne figure, opina en souriant, mais il voyait bien qu'elle avait du mal à l'avaler.

— Bon, essaie la pomme.

— La pomme, répéta-t-elle en grignotant un petit bout.

— Bravo.

Elle continua à mâcher, précautionneusement.

— C'est bon ?

— Bon.

Non, avait-elle envie de répondre, pas bon, dégoûtant. Mais cela aurait été trop impoli. Elle préférait lui faire apprécier la vraie bonne cuisine.

Il l'observa pendant qu'elle préparait leur repas avec l'aide de la bonne : assise sur ses talons, ses mains d'ivoire maniaient avec une dextérité inouïe la lame acérée avec laquelle elle éminçait des filets de poisson, réalisant des disques presque transparents de finesse, quand elle n'était pas en train de sculpter des légumes en forme de fleurs, ou de transférer de minuscules bols de ceci ou de cela d'une table basse à une autre. Pour finir, elle se tourna vers lui, la tête légèrement penchée, et lui sourit.

— Maintenant, goûte.

Le thon et l'espadon, le riz vinaigré, l'anguille grillée et le cornichon épicé, tout cela lui parut bien plus goûteux qu'il ne l'aurait pensé. Il apprit même assez vite à manier les petites baguettes en bois poli.

Il refusa toutefois de toucher au chinchard vinaigré, tout en avouant que même les aliments qu'il se sentait incapable d'avaler étaient beaux à regarder – assez beaux pour être exposés dans les vitrines d'un musée. Toutefois, de temps en temps, ses papilles réclamaient une autre sorte de nourriture. Alors il remontait du garde-manger du navire quelque paquet :

— Des boulettes de viande. De l'*apple pie* comme celle de maman.

Ses jours de repos se passaient agréablement, sa petite compagne s'ingéniait toujours à trouver de nouvelles façons de lui faire plaisir. De sorte que par moments, pendant quelques instants fugaces, il éprouvait un sentiment d'étrangeté si puissant qu'il en était tout désorienté. Rien jusqu'ici ne l'avait préparé à ce mélange troublant d'intimité et de distance. Paradoxalement, tout en se montrant très soumise, elle le rendait conscient de son ignorance, lui qui prenait la vie comme elle venait, insouciant et sans attaches, qui ne cherchait qu'à satisfaire ses désirs sans se soucier des conséquences. Auprès d'elle, où chaque événement, chaque geste se chargeait d'une muette mais profonde signification rattachée à la tradition, il était amené, bien malgré lui, à admettre qu'il y avait peut-être autre chose dans l'existence.

C'était dans ces moments-là, lorsque Cho-Cho sentait son regard bleu se poser sur elle, que son cœur se gonflait le plus d'espoir. Les jours où il nageait dans la baie, elle l'observait depuis les rochers et guettait la seconde où il surgirait de l'écume, éblouissant de lumière, tel le dieu Ryujin, qui contrôlait les marées depuis son palais de corail au fond de la mer. Quand, pour la saluer de loin, il levait le bras, il en jaillissait une gerbe de gouttelettes qui retombaient dans les vagues en une fine pluie de joyaux. Une fois sur la berge, il la soulevait de son perchoir comme un petit garçon arrachant un coquillage à la roche, et la serrait dans ses bras mouillés, trempant son kimono de coton. En riant, elle poussait alors de petits cris de protestation.

Le navire était sur le point d'appareiller. Bientôt, il serait parti. Mais peut-être que cela ne se terminerait pas ainsi. Elle se persuadait que, pareils à deux fils de couleurs différentes que l'on entrelace, ils formeraient un lien assez solide pour résister à la séparation.

Le dernier soir, Cho-Cho, qui avait donné sa journée à sa servante, prépara le repas de ses propres mains. L'un des plats, à la consternation de Pinkerton, était servi sur une feuille ovale cueillie à un arbre non loin de la maison. À choisir, il aurait préféré manger sur une assiette. Elle remarqua sa stupéfaction.

— La tradition.

— J'aurais dû deviner.

— Ça, feuille de *tegashiwa*.

Elle avait préparé ses paroles aussi soigneusement que le dîner. Elle voulait lui raconter, comme son père le lui avait expliqué, qu'autrefois, quand un samouraï quittait son foyer pour suivre son maître, la coutume voulait que son épouse lui serve son repas d'adieu sur une feuille de cet arbre. Ensuite, selon *oto-san*, la feuille était suspendue au-dessus de l'entrée comme porte-bonheur pour assurer le retour sain et sauf du mari.

— Dans le temps…, commença-t-elle.

Mais ne trouvant pas les mots anglais, elle sourit et lui présenta l'assiette-feuille.

— La tradition, répéta-t-elle.

Une fois le repas terminé, elle lava et sécha la feuille, et la suspendit au-dessus de la porte. Elle se rappelait les paroles d'*oto-san* : parce qu'elle ressemblait à une main humaine, cette feuille, quand elle s'agitait dans la brise, évoquait la manière japonaise dont on saluait un ami, ou une femme son mari.

Pinkerton observait son manège avec indulgence.

— La tradition ?

— La tradition.

De bonne heure le lendemain matin, ils restèrent lovés l'un contre l'autre, tendrement, dans une dernière étreinte au creux de leur futon.

— Tu reviendras, Pinkerton ?

Il acquiesça d'un air ensommeillé.

— Quand ?

Il chercha une réponse assez vague pour lui éviter de contracter une quelconque obligation, tout en l'apaisant. Par la fenêtre, il aperçut un vol d'oiseaux très haut dans le ciel, en formation, aile contre aile, s'en allant vers le large.

— Un jour, quand les oiseaux reviendront.

Il était content de lui. C'était typiquement le genre de chose qu'aurait dit un Japonais.

Elle observa à son tour le ciel traversé de vols d'hirondelles. Les oiseaux migraient. Ils partaient, ils reviendraient aux beaux jours. Elle opina. Oui, elle comprenait.

Elle se pelotonna, sa tête au creux de son épaule, et caressa les duvets d'or soyeux sur ses bras, passa le bout de sa langue d'abord sur un mamelon, puis sur l'autre, comme il le lui avait appris. Il grogna de plaisir, un plaisir teinté de tristesse, car à cet instant il partageait son chagrin.

Il ne tarderait pas à oublier ce moment de mélancolie. Il ne lui traversa pas l'esprit qu'elle en garderait le souvenir.

Lorsque le navire sortit du port, Pinkerton était si occupé que c'est à peine s'il remarqua qu'ils passaient entre les phares et piquaient vers la haute mer. Tandis que le vent se levait et que les vagues se mettaient à battre les flancs du navire, il jeta un coup d'œil à la côte qui rapetissait dans leur sillage et éprouva soudain un enivrant sentiment de liberté, comme si un lien délicat mais puissant qui l'avait retenu enchaîné aussi solidement que le lierre venait de se rompre.

Cho-Cho, sous le porche de la maisonnette, observa le départ du navire grâce à la longue-vue que Pinkerton lui avait offerte. C'était sûrement lui, là, sur le pont, le bras levé. Entendant un petit bruit derrière elle, elle se retourna : dans la brise matinale, la feuille de *tegashiwa* en forme de main se soulevait et s'abaissait, en un au revoir qui était aussi le désir ardent d'un retour.

Lorsque le bateau devint invisible sur la ligne d'horizon, elle eut la sensation que le ciel se couvrait d'un manteau de glace et, en frissonnant, elle rentra dans la maison.

Elle planta les semences et arrosa la terre. De petites pousses vertes pointèrent le bout de leur nez, puis, à son ravissement, apparurent feuillage et bourgeons qui finirent par s'épanouir en superbes fleurs colorées. Alors qu'auparavant elle attendait avec impatience la floraison des cerisiers, des pruniers, des chrysanthèmes, voilà qu'elle ne pensait plus qu'à ces petites corolles dont les coloris lui auraient semblé jadis trop criards, pas assez nuancés. Elle préparait le jardin pour le retour de Pinkerton. Car, bien sûr, il reviendrait.

Il n'y avait pas que dans le terreau de son lopin de terre que la vie germait.

En passant rendre visite à Cho-Cho un soir, Sharpless vit qu'elle s'affairait à l'autre bout du jardinet, penchée sur une haute fleur orange dont elle s'employait à guider la tige à l'aide d'un tuteur en bambou. La servante l'invita à entrer dans la maison et se tint à son côté, les yeux baissés. Au cours des mois qui avaient suivi le départ de Pinkerton, il avait apprécié avec quelle gentillesse cette femme s'était occupée de Cho-Cho, se portant au-devant du moindre de ses désirs, ne la quittant pas des yeux. Or aujourd'hui, son visage large affichait une expression maussade, elle paraissait lointaine.

— Suzuki ? Quelque chose ne va pas ?

— D'une certaine façon. D'une autre, cela ne pourrait pas aller mieux.

Il était assez avisé sur les mœurs du pays pour savoir que pour obtenir davantage d'informations, il devait patienter.

— Elle attend un enfant.

De l'annoncer aussi abruptement dénotait un manque de savoir-vivre scandaleux au regard de la tradition. Ils en avaient tous les deux conscience. Mais Suzuki, moins naïve que sa maîtresse, avait aussi les pieds bien ancrés sur terre.

— Si le lieutenant Pinkerton pouvait en être informé…

Comme Cho-Cho approchait, ils se turent.

Il n'aurait pas dû être étonné. En fait, il était surtout attristé. Cette grossesse n'était pas de bon augure pour l'avenir de la jeune fille.

Lorsqu'il devint impossible de cacher son état, Cho-Cho invita Sharpless à prendre le thé. C'était la première fois qu'elle procédait à cette cérémonie en son honneur. Assis sur ses talons, il la regarda disposer devant eux les minuscules coupes, la louche, la poudre de thé vert, le bol. Elle fit bouillir l'eau, fouetta le breuvage, attendit, concentrée sur les plus infimes de ses mouvements.

Il lissa en arrière ses cheveux plats, si noirs qu'ils auraient pu être japonais – le consul n'avait pas un cheveu gris en dépit de ses quarante-cinq ans. Maigre, presque émacié, il prenait volontiers cette posture assise sur les talons si pénible pour la majorité des étrangers. Il croisa les mains sur ses genoux et l'observa tandis qu'elle se pliait au rituel de la préparation du thé.

Elle avait une fois accompli ce rite pour Pinkerton, dans sa version courte, laquelle durait à peine une heure. Hélas, cela n'avait pas été une grande réussite. Il avait confié ensuite à Sharpless :

— Quelle attente interminable, tout ça pour une gorgée infecte.

Sharpless avait essayé de lui expliquer que pour pratiquer cette cérémonie, il fallait des années d'apprentissage.

— *Chanoyu* est un art, un rituel possédant un sens mystique qui doit être observé suivant un ordre rigoureux et des gestes pleins de grâce.

Pour sa part, il trouvait cette tradition remarquable, et prenait un plaisir délicieux à voir les petites mains de Cho-Cho lever, verser, fouetter le liquide vert jusqu'à obtenir une mousse. Le bol dont elle se servait, un oribe noir qui devait bien avoir trois ou quatre cents ans, était d'une grande beauté, une des rares reliques de l'ancienne fortune familiale. Il en aimait l'asymétrie, la rugosité. Toutefois, au fond de lui, il concédait à Pinkerton que le seul objectif de toutes ces manipulations se résumait à préparer et à servir un peu de thé.

Une fois le rituel achevé, le thé savouré et les instruments soigneusement lavés et rangés, Cho-Cho annonça à Sharpless la grande nouvelle. Il la félicita. Il s'empresserait d'écrire au lieutenant Pinkerton pour l'informer qu'il allait devenir papa.

— Une grosse surprise, déclara-t-elle, tout sourire. Il va être content.

Si Sharpless lui accordait la première affirmation, il était plus dubitatif quant à la seconde.

Une réponse arriva : une brève lettre portant une grande écriture désordonnée, à laquelle était jointe une épaisse liasse de dollars. Pinkerton lui écrivait que cela suffirait à couvrir les frais de l'accouchement et à prolonger la location de la maison. Cho-Cho, ajoutait-il, avait un métier et elle était en bonne santé. Quant à l'enfant, qui sait s'il était de lui ? Il n'y avait là-dedans pas un mot affectueux.

Sharpless, oppressé par un sentiment d'échec, resta longtemps assis à son bureau. Il avait l'impression d'avoir perdu une bataille. Laquelle ? Et contre quel adversaire ? Il n'en savait rien. Le lendemain, il rendit visite à Cho-Cho. Le lieutenant Pinkerton était, bien entendu, lui affirma-t-il, ravi d'apprendre la bonne nouvelle. Il avait envoyé de quoi payer les factures.

— Il dit quand il reviendra ?

— C'est un simple billet, quelques lignes écrites en toute hâte entre deux missions. Le lieutenant Pinkerton est un homme très occupé.

Et lui un consul très lâche, pensa-t-il. Car il lui donnait de faux espoirs. Mais une femme qui attend un enfant est bien trop vulnérable pour surmonter pareille déception. Il se présenterait sûrement des moments plus opportuns, et il trouverait moyen de la mener tout doucement vers la dure réalité.

À la naissance de l'enfant, Sharpless vint féliciter Cho-Cho, chargé de modestes présents.

Elle lui tendit un petit paquet d'où émergeait un minuscule visage tout rouge. À la vue du halo doré qui couronnait la tête du nouveau-né et de ses petits yeux bleus encore embués, aucun doute n'était plus permis sur la filiation. Sharpless ne put s'empêcher de sourire.

— Le voilà, Sharpless-*san*. Mon *Kanashimi*.

— Tu l'as appelé Chagrin ?

— Ça veut aussi dire Ennuis.

— Pauvre garçon.

Elle eut pitié de lui.

— C'est une blague entre mamans. Dis-lui, toi, Suzuki.

— On l'appelle *Kanashimi* pour signifier son contraire : *Sachio*.

— C'est pour déjouer le mauvais œil, expliqua Cho-Cho. Quand on est superstitieux, on cherche à cacher l'arrivée d'un grand bonheur. Je ne suis pas superstitieuse, bien sûr, mais... (Elle émit son rire cristallin.) Sait-on jamais ?

En temps voulu, lorsque l'enfant aurait grandi et qu'il serait plus solide, il pourrait porter son vrai nom.

Après quelques compliments de circonstance sur le nouveau-né, le consul présenta ses cadeaux avant de prendre congé.

Une fois seule, Cho-Cho se pencha sur le bébé emmailloté et examina ses traits. Il allait maintenant falloir apprendre un nouveau rôle, celui de mère. Mais pour commencer, elle devait s'habituer à l'existence mystérieuse de ce petit être qui avait grandi en elle – au début, elle n'y avait même pas cru, puis peu à peu, elle avait trouvé sa présence naturelle. Et voilà qu'il était venu au monde. Cette première séparation, elle devait l'accepter, tout en continuant à le percevoir comme faisant partie d'elle. Elle respirait son petit corps qui sentait le riz et le lait, elle posait sa main sur sa fontanelle, émerveillée d'y percevoir le battement de son cœur. Elle soulevait d'un doigt la minuscule menotte qui, déjà, agrippait fermement. Elle aimait le bouton rose de sa bouche qui connaissait le chemin de ses mamelons. Le bonheur. *Sachio*. La joie.

Sharpless se doutait qu'il ne devait plus rester grand-chose de l'argent envoyé par Pinkerton. Il voulut en donner à Cho-Cho en prétendant qu'il avait reçu un deuxième envoi du mari absent. Elle le lui avait rendu. Qu'elle le crût ou non, peu importait, son raisonnement était exquis :

— J'attendrai son retour. Ce n'est pas correct… autrement.

Accepter ce qui était en quelque sorte un paiement, ce serait réduire la relation à une transaction commerciale. Elle était une épouse. N'est-ce pas ?

En attendant, elle se débrouillait pour préserver son indépendance. Un ami zoologue de son père avait un jour déclaré que la larve du ver à soie était aussi nourrissante que de la volaille. Son père avait rétorqué sèchement qu'il faudrait beaucoup de larves pour obtenir l'équivalent d'une aile de poulet. Mais pour nourrir son enfant, elle était capable de tout. Non loin de sa maison poussait un mûrier blanc. Elle récolta les précieux cocons, les incisa et fit cuire les larves avec quelques épices bien choisies. Elle retourna la terre du jardin et planta des légumes. À la place des fleurs poussait désormais de quoi remplir son assiette. Elle acquit quelques poules. Elle apprit à pêcher à la ligne, accrochant à l'hameçon des berniques prélevées sur les rochers. Elle ramassait des escargots qu'elle faisait cuire. Toutefois, il lui fallut se rendre à l'évidence : elle ne pouvait pas se permettre de garder Suzuki à son service. Tout ce qui avait un peu de valeur avait été vendu. Il ne lui restait plus un sou et toute l'ingéniosité du monde était impuissante à combler le déficit financier qui se creusait de jour en jour.

Restait à trouver la formule qui leur permettrait d'aller chacune de son côté sans risquer de faire perdre la face à l'une ou à l'autre.

Cho-Cho attendit l'heure du bain de l'enfant. Un moment tranquille, où les deux femmes s'occupaient du bébé. Elle commença par dire qu'elle s'inquiétait pour Suzuki. Elle regrettait de lui imposer une vie de recluse, sans distraction.

— Tu dois t'embêter dans cette bicoque où il y a si peu à faire, c'est gâcher tes talents. Suzuki, je te dois des excuses.

Prenant la serviette que sa bonne lui tendait, elle ajouta :

— Sharpless-*san* m'a parlé d'une famille qui vient d'arriver d'Italie. Ils occupent une des plus grandes villas de l'autre côté du port...

Le père était dans la soierie. Il allait passer beaucoup de temps dans les provinces à visiter des filatures. Sa femme, qui était italienne, cherchait quelqu'un pour l'aider avec ses deux enfants en bas âge.

— Sharpless-*san* te fournirait d'excellentes références. Ce serait une occasion...

Et ainsi de suite... Le visage large de la bonne demeurait imperturbable. Elle se contentait d'opiner. Suzuki était en effet versée dans les usages du monde. Elle exprima sa gratitude à Cho-Cho-*san*, ainsi qu'à Sharpless-*san*, pour leur bonté à son égard.

— Je vais me renseigner, affirma-t-elle en emportant le bébé pour le coucher dans son berceau.

Elle savait ce que sa maîtresse était en réalité en train de lui dire, et Cho-Cho savait qu'elle le savait. Les apparences étaient sauves.

Quelques jours plus tard, Suzuki annonça qu'elle avait trouvé un nouvel emploi. Non pas dans la famille italienne, mais dans une filature à la périphérie de la ville. Elle était reconnaissante à Sharpless-*san* : sans lui, elle n'aurait jamais pensé à se présenter à l'embauche de cette usine. Elle était très contente, et remerciait Cho-Cho-*san* du fond du cœur d'avoir attiré son attention sur... Et ainsi de suite.

Brusquement, elle se tut, puis, avec une certaine gêne, demanda comme une immense faveur si Cho-Cho lui permettrait de continuer à pouvoir occuper sa chambrette à l'arrière de la maison. Provisoirement.

— Heureusement, les journées de travail à la filature sont très longues, lui précisa-t-elle. Comme ça, je ne vous gênerai pas.

Cho-Cho savait ce qu'elle était en réalité en train de lui dire, et Suzuki savait que Cho-Cho le savait. Rien n'avait été spécifié, mais tout avait été entendu, et une solution de transition fut trouvée : Suzuki continuerait à étendre son futon dans un coin de la maison. Elle voulut aussi savoir si on l'autorisait à apporter « une insignifiante contribution » aux frais domestiques. Cho-Cho lui assura qu'elle pouvait rester tant qu'elle n'aurait pas trouvé de logis plus confortable. C'était, d'un commun accord, un arrangement provisoire.

Le lendemain, Suzuki revêtit sa tenue de travail en coton épais et sortit dans la brume du petit matin pour aller à la rencontre de sa nouvelle vie.

Une fois que les fermiers avaient récolté les cocons dans les mûriers dévastés par l'appétit vorace des chenilles, ils les emportaient à la filature. Là, Suzuki se joignait aux jeunes ouvrières qui attendaient en rang de recevoir les paniers débordants pour les transporter à l'intérieur et plonger les cocons dans de grandes bassines d'eau bouillante.

Lorsqu'elle rentrait le soir, bien après la tombée de la nuit, morte de fatigue, trop épuisée pour manger, un curieux renversement des rôles se produisait : c'était Cho-Cho qui la persuadait de grignoter quelques boulettes de riz. Elle encore qui la déshabillait, lui faisait sa toilette et lui étalait son futon, tandis que, à moitié endormie déjà, l'ouvrière racontait sa journée.

— Pauvres vers ! Ils travaillent si dur à tisser leurs cocons, et ensuite on les jette vivants dans de l'eau bouillante. Je suis chargée de retirer ceux dont est sorti le papillon.

— Pourquoi ?

— En sortant, le papillon déchire son cocon. Le fil est brisé, inutilisable, dit-elle en bâillant, trop lasse pour mettre sa main devant sa bouche. Lorsque les cocons sont ramollis, on les retire de l'eau et on cherche le début du fil que l'on enroule sur des bobines en fer. C'est ravissant, aussi fin que le fil de l'araignée.

— Ce doit être difficile.

— Difficile, oui, murmura Suzuki. Mais maintenant, je me débrouille plutôt bien.

Seulement, quand elle évoquait les dimensions impressionnantes de l'atelier ; les longues tables où les filles trimaient ; la quantité fabuleuse de fil produit – « le fil d'un seul cocon peut aller de la porte de notre maison au rivage » –, Suzuki taisait les giclées d'eau bouillante qui lui brûlaient les bras, le doigt qu'il fallait tremper dans la bassine pour tâter la température, la dangereuse instabilité du matériel.

Un soir, elle rentra les mains en sang, et répondit aux questions affolées de Cho-Cho par un haussement d'épaules :

— Les machines, ça peut casser. Il y a des ouvrières qui se blessent.

Cho-Cho, bouleversée, appliqua un onguent sur les doigts meurtris.

— Il faut que tu fasses plus attention.

Ensemble, les deux femmes se cramponnaient à une existence précaire, et dans la petite maison sur la colline, Suzuki pouvait encore habiter un autre monde où un bébé commençait à marcher à quatre pattes, puis à marcher tout court. Un monde où l'air était parfumé à la vapeur de riz et au *shoyu*, où le linge claquait sur sa corde près de la porte. Autour d'elle, les autres ouvrières logeaient la nuit dans des dortoirs surpeuplés, étouffants, devaient faire la queue pour prendre leur bain et faisaient des allers et retours à l'usine, pareilles à des prisonnières. Suzuki avait pitié d'elles. Elle s'estimait heureuse.

De temps à autre, Sharpless montait rendre visite à Cho-Cho, toujours chargé d'un cadeau approprié, assez modeste pour être acceptable, glissant un petit quelque chose à Suzuki, laquelle, discrètement, le rajoutait au garde-manger.

Cho-Cho était contente de le voir. Ainsi elle gardait un lien avec son père, avec sa vie d'avant, et avec Pinkerton. Le consul se montrait précautionneux, conscient de son statut privilégié, attentif à ne pas dépasser les limites de la bienséance. Il se conduisait, espérait-il, d'une manière honorable. Du moins en apparence. Quoique pour les Japonais, se rappelait-il volontiers, l'apparence se confondait avec la réalité. Cette pensée le rassurait.

Un jour, alors qu'il complimentait Cho-Cho sur l'intelligence précoce de son enfant, elle commit un impair en lui coupant la parole, d'une voix à peine audible, un chuchotis en anglais, comme souvent lorsqu'elle parlait avec lui, pour pratiquer la langue.

— Sharpless-*san*, où est mon mari ?

Où était Pinkerton ? Il n'en avait pas la moindre idée, mais il avança une vague explication à propos des aléas de la vie de marin. Le lieutenant pouvait se trouver n'importe où.

— Ah. Alors j'attendrai.

Sharpless apprit à ruser. De retour en ville, il paya de nouveau plusieurs loyers d'avance, en racontant au propriétaire que l'argent venait d'Amérique.

Un personnage attendait son heure : l'entremetteur. Il avait l'œil sur la maisonnette au-dessus du port. Un matin, il vint se présenter, tout miel, avec une proposition pour Cho-Cho : un client. Elle ferma tout doucement la porte à glissière.

— Sois raisonnable, insista-t-il.

Pinkerton était parti, englouti par l'océan. Tout le monde s'accordait à dire qu'il ne reviendrait jamais.

— Mais tu as de la chance, il y a plein de beaux poissons qui viennent de son rivage, tu n'as que l'embarras du choix.

C'était oublier que pour Cho-Cho, il n'y avait que Benjamin Franklin Pinkerton. Elle avait déjà un mari.

— L'obstination n'est pas une qualité chez une jeune femme ! s'exclama l'entremetteur, de plus en plus furieux.

Il avait déjà amorcé la descente de la colline, quand la cloison coulissa de nouveau et que Cho-Cho le rappela. Un large sourire aux lèvres, il s'empressa de remonter la pente en s'écriant :

— J'ai des offres intéressantes.

Mais c'était elle qui avait quelque chose à lui offrir.

— Les jeunes femmes de Nagasaki qui « épousent » des *gaijin* vaudront plus cher si elles connaissent quelques rudiments d'anglais, déclara-t-elle.

Les leçons coûteraient à peine quelques piécettes. Elle pourrait aussi les instruire de la culture américaine. Ainsi elles feraient plaisir à leurs maris provisoires.

L'entremetteur s'estimait en droit d'être franc : la conversation et la culture n'étaient pas ce qui intéressait ses clients étrangers. Il ne pensait pas qu'un apprentissage de cette nature augmenterait les charmes des jeunes épousées. En revanche, ses charmes à elle...

Cho-Cho lui referma la porte au nez.

Même lorsqu'il remonta plusieurs jours plus tard pour l'informer qu'un homme d'âge mûr, un monsieur très respectable, un marchand japonais qui souhaitait un héritier, était disposé à l'épouser en bonne et due forme, Cho-Cho demeura intraitable. Lors de la visite suivante, Sharpless lui conseilla de réfléchir à cette dernière proposition : la sécurité d'un vrai mariage valait mieux qu'un avenir solitaire, non ?

Elle se tourna vers la fenêtre et contempla le port. Les yeux fixés sur les flots déserts, comme si, par la seule force de son désir, elle pouvait tirer le navire de Pinkerton jusqu'au mouillage de Nagasaki. Elle répéta les mots familiers : son mari allait revenir, elle en était sûre.

— Un jour, quand les hirondelles feront leurs nids, son bateau sera dans le port. Il me l'a dit.

Elle avait maintenu dans son potager une seule plate-bande de fleurs, tel un acte de foi. « Mon jardin américain », se plaisait-elle à répéter. Entourées de toutes sortes de légumes verts, les corolles orange et roses étaient un hymne à la couleur, une bannière bigarrée.

Mais à mesure que le temps passait, que la moiteur des jours se muait en brouillard et en neige, tandis qu'elle se réchauffait les mains au petit brasero de charbon sous la table basse, et alors que les innombrables pointillés des vols d'hirondelles avaient déjà rempli à deux reprises le ciel sans que le navire de son mari ait reparu dans le port, elle se mit à maigrir, et les fleurs, privées de soins, à dépérir. Les pétales perdirent leur éclat, se fanèrent, retournèrent au noir de la terre.

6

Pinkerton appela le consulat, mais Sharpless était absent.

Il laissa un message indiquant qu'il le recontacterait plus tard, et partit en ville en compagnie de Jensen, un jeune sous-lieutenant dont c'était le premier voyage. Pinkerton se proposait de lui servir de guide et de mentor, comme Eddie l'avait fait pour lui trois ans plus tôt. En traversant d'un bon pas le marché de plein vent où flottaient des odeurs nauséabondes, Pinkerton remarqua les nombreux signes de modernisation.

— Ils ont acheté un camion de pompiers, s'étonna-t-il. La dernière fois, un malheureux courait devant le tuyau d'arrosage avec une lanterne rouge piquée sur un bambou.

Certaines chaussées avaient été pavées, quelques boutiques agrandies. Mais l'éventaire où il avait acheté un jour un bracelet se trouvait toujours au même endroit. Il jeta un coup d'œil aux bijoux en émail serti d'argent disposés sur le drap blanc : le *cloisonné*. C'était elle qui lui avait appris ce mot.

Il entraîna le jeune Jensen vers le marchand de pâtisseries.

— Goûtez-moi donc ça : ils l'appellent un *kasutera*, du portugais *castella*, c'est d'ailleurs un gâteau d'origine portugaise.

Pinkerton ne se posait jamais de questions : il prenait la vie comme elle venait, encaissait les coups, et allait de l'avant. Mais tandis qu'il déambulait dans les rues animées, ses réminiscences se muèrent en une étrange émotion : il se rendait compte qu'il avait été heureux dans cette petite ville portuaire.

Il se demanda, avec une pointe de remords, ce qu'il était advenu de Cho-Cho. Non qu'il ait quoi que ce soit à se reprocher : c'était une fille publique, une simple transaction financière. Pourtant, quelle adorable enfant. Il espérait qu'elle avait trouvé d'autres protecteurs aussi généreux que lui. L'existence d'une progéniture le préoccupait si peu que c'est à peine s'il lui accorda une pensée. Un instant il se figura une Cho-Cho miniature, minuscule Japonaise mignonne à croquer dans un kimono lilliputien. Mais l'image ne présentait aucune consistance, aucun intérêt. Ce qui l'émouvait, c'était le souvenir de Cho-Cho, aussi jolie qu'une poupée de porcelaine dans son costume soyeux, la douceur incarnée, teintée d'une surprenante passion. À moins que ce ne soit là un de ces simulacres qu'on leur apprenait dans les maisons de thé, se dit-il une fois de plus. Un talent que ces filles développaient pour satisfaire le client.

— Ceux qui séjournent quelque temps ici ont de la chance, déclara-t-il à son compagnon en lui expliquant le système de l'épouse temporaire, de la maison, de toutes ces « commodités ».

Gagné par une certaine nostalgie, il se retrouva à grimper le sentier de la colline vers le bois et la maison de papier – si tant est qu'elle existait toujours – où il avait passé tant de nuits délicieuses couché sur le futon, où il s'était régalé de poisson cru.

65

Il était en train de décrire ce qu'était un jardin japonais – « des rochers, du gravier et de la mousse » –, quand ils amorcèrent le dernier virage et découvrirent la maison. À sa stupéfaction, elle était entourée d'une profusion de plantes vertes : des légumes, à ce qu'il lui semblait. Dans un coin, quelques poules picoraient. La porte d'entrée était ouverte. Debout dans l'encadrement, une petite silhouette, très mince, très droite, dans un kimono en coton bleu. De sa voix flûtée, d'un ton ferme, elle s'écria :

— Pinker-ton. *O-kaeri nasai.* Bienvenue à la maison.

Le sous-lieutenant Jensen posa sur Pinkerton un regard interrogateur : ne lui avait-il pas dit que le mariage était temporaire ? Quant à Pinkerton, il contemplait l'apparition d'un air atterré.

— J'ai vu le navire, continua-t-elle. Avec ta longue-vue. Je savais que c'était toi.

Elle parlait bien anglais, ce qui étonna les deux hommes. Pinkerton, pourtant rarement décontenancé et sachant faire face aux situations les plus ardues, resta sans voix. La fille avait peut-être prospéré et gardé la maison. Elle était sans doute juste contente d'accueillir un ancien client de passage. C'était sûrement cela.

Puis, presque invisible derrière Cho-Cho, agrippé à ses genoux, il aperçut l'enfant. Ses yeux bleus fixaient Pinkerton et sa chevelure blonde luisait dans la pénombre de la maison. Le petit portait un costume marin. On aurait dit une poupée vivante. Soudain, une image émergea du fin fond de sa mémoire avec une netteté poignante : lui-même enfant, posant pour le photographe, la main dans celle de sa mère, pendant une visite à la grande foire annuelle de leur État. Il se rappelait la musique grinçante du manège, le brouhaha de la foule, l'odeur de hot-dog et le goût de la barbe à papa. Et le plus beau moment de la journée, quand il avait gagné une peluche au stand de tir. Un jouet aussi grand que lui. La photo figurait dans l'album à la couverture en cuir râpée enfoui dans quelque tiroir chez ses parents. Lui aussi avait porté un costume marin.

Cho-Cho fit passer le petit bonhomme devant elle et attendit, les mains sur ses frêles épaules, que les deux hommes se rapprochent.

— Je te présente ton fils. Il s'appelle *Joy*.

L'instant d'après, tandis que l'enfant s'élançait pour étreindre les genoux de Pinkerton, Cho-Cho se prosterna, front contre terre. Puis elle se releva, souriante.

— Tu peux lui parler. Il comprend. C'est un Américain.

Jensen sauva la mise à Pinkerton en s'avançant pour serrer la main de Cho-Cho. Il se présenta. Jensen s'exprimait avec beaucoup d'aisance : il avait tant entendu parler du Japon. Le lieutenant Pinkerton ne tarissait pas d'éloges sur Nagasaki... Et il continua ainsi, intarissable.

Des années plus tard, devenu capitaine de son propre navire, alors qu'il serait pris sous le feu ennemi, il se rendrait compte que c'était ce jour-là, à Nagasaki, qu'il avait manifesté pour la première fois son aptitude au commandement. Sur le moment, il avait seulement l'impression de tirer de l'embarras le pauvre Pinkerton, qui, comme pétrifié, semblait incapable de prononcer un mot.

Dans la maison, hors de vue, Suzuki s'apprêtait à partir pour la filature. Par la fenêtre, elle aperçut un paquebot au mouillage dans la baie. Elle saisit la longue-vue de Cho-Cho et inspecta le bateau attentivement : la cheminée, les cuivres étincelants et le pont de bois clair. Une jeune femme en robe jaune aux genoux et aux jambes gainées de bas couleur chair était accoudée au bastingage. Ses cheveux jaunes, eux aussi, coupés court, dépassaient à peine du chapeau qui la coiffait comme un bol renversé. Soudain, un homme se leva dans une chaloupe arrêtée bord à bord contre le flanc du paquebot. Il grimpa l'échelle, sauta sur le pont et s'approcha de la jeune femme en jaune. Ils s'embrassèrent. L'homme était Sharpless-*san*.

7

Pendant quelques minutes, bouleversé à la vue du petit garçon, Pinkerton fut incapable d'envisager autre chose que sa brutale reconnaissance de paternité. Il écouta avec stupeur l'enfant réciter son discours de bienvenue, d'abord en japonais, puis en anglais.

Suzuki sortit de la maison, les yeux baissés, honteuse de ses vêtements d'ouvrière, et essaya de contourner le groupe sans se faire remarquer. Mais Pinkerton la héla :

— Hé, Suzuki ! Tu es encore là.

Elle se figea et salua d'une profonde inclinaison du buste, toujours sans lever les yeux, en s'efforçant de dissimuler dans ses manches ses mains scarifiées. Pinkerton, qui cherchait désespérément une diversion au désastre que représentaient pour lui ces retrouvailles, la prit à part et marmonna qu'il avait besoin d'un cadeau pour le petit garçon – pour Joey, car tel sonnait son nom à son oreille américaine.

— Comprends-tu ce que je te dis ?

Suzuki, qui comprenait parfaitement, lança à Cho-Cho un regard affolé.

— Suzuki a du travail...

— Oui, bien sûr, dès qu'elle m'aura trouvé un petit quelque chose pour Joey, d'accord ?

Il fourra quelques billets dans la main de Suzuki et la poussa gaiement vers le sentier.

— Il faut que j'y aille maintenant, déclara Jensen. Je n'aurai aucun mal à trouver mon chemin jusqu'au navire.

Pinkerton, paniqué à l'idée de rester seul avec Cho-Cho, le retint d'un grand geste du bras :

— Pensez-vous. Vous allez vous perdre. Profitez du point de vue, respirez l'air pur.

Mais le jeune lieutenant, se révélant obstiné, partit à la suite de Suzuki, déterminé à la rattraper afin qu'elle lui indique la route la plus rapide vers le port.

À bord du paquebot, Sharpless fit à sa nièce un accueil très affectueux.

— Ma chère Nancy, sois la bienvenue au Japon.

Mary était sa sœur préférée, et la fille ressemblait comme deux gouttes d'eau à la mère. Comme elle, elle retroussait le bout de son nez quand elle riait. C'était si charmant. Il lui sourit. Il la buvait des yeux. Ces cheveux lisses, luisants, ce sourire éclatant. Elle venait d'un monde où les gens se montraient ouverts, directs, un monde où on pouvait dire tout haut ce que l'on pensait. Il avait peu à peu appris à aimer cette société compliquée, insaisissable, tout en subtilités. Il y avait dans ce pays une poésie des rapports sociaux qui transformait en art les échanges les plus banals. Pourtant, de temps à autre, il aspirait à la simplicité. Il avait envie d'appeler un chat un chat. Il regrettait l'Amérique.

Pendant leur traversée de la ville en voiture, il commença à élaborer un programme pour sa brève visite.

— Tu logeras à la mission méthodiste, avec Mme Sinclair.

Manifestement déçue, Nancy murmura :

— Pourquoi pas avec toi ?

Il secoua la tête, un sourire aux lèvres.

— Cela ne te conviendrait pas du tout. Je dois t'avertir : Nagasaki a fait des progrès. Nous avons quelques rues pavées maintenant, mais le confort n'est toujours pas à la hauteur des exigences américaines.

Il se garda d'ajouter que c'était lui qui avait souhaité emménager dans une maison traditionnelle japonaise plutôt que dans un appartement de fonction.

Tout en demandant distraitement des nouvelles de la famille, il lui désignait par la fenêtre de leur voiture qui brinquebalait sur les pavés, les bâtiments et les points de vue qu'il jugeait dignes d'intérêt. De son côté, elle s'étonnait de la tendresse, sinon de la fierté, avec laquelle il lui présentait ce lieu qui lui paraissait surtout malodorant et primitif.

Une fois qu'elle fut assise en face de lui à son bureau, il s'enquit de sa brusque décision de traverser les mers pour venir lui rendre visite à Nagasaki. Elle partit d'un petit rire dont la gaieté était appuyée d'un léger et gracieux mouvement d'épaules.

— Je croyais que tu n'allais jamais me poser la question. Ce voyage coûte une fortune, mais papa m'a dit qu'il ne m'avait jamais offert un vrai cadeau pour mon vingt et unième anniversaire, alors voilà.

Le bout de son nez se retroussa tandis qu'elle riait de nouveau.

— Mon fiancé est ici. Il ne sait pas que je suis là. Je lui réserve une jolie surprise.

— Tu es fiancée. Je l'ignorais…

— C'est arrivé très vite. (Un nouveau rire.) Le coup de foudre.

— Et il se trouve ici, à Nagasaki ?

Un plateau avec du thé et des rafraîchissements apparut dans l'entrebâillement de la porte, aussitôt suivi du jeune serviteur qui le portait. Celui-ci s'inclina, posa son grand plateau et glissa un billet sur le bureau. Sharpless le lut et leva sur le jeune homme un regard étonné :

— Le lieutenant Pinkerton est de retour ?

En entendant le cri qu'étouffa Nancy, tout devint limpide. La main de la fatalité venait de s'abattre. Il se sentit soudain accablé à la perspective de la catastrophe qui se préparait, inéluctable.

— Tu es fiancée au lieutenant Pinkerton, s'entendit-il énoncer.

Elle piqua un fard. Sharpless s'étonna que dans l'Amérique moderne, les jeunes filles rougissent encore. Puis il se rappela qu'en dépit de sa robe courte et de son chapeau cloche qui évoquaient les modèles des revues illustrées, elle n'avait rien d'une délurée, bien au contraire. Petite-fille de missionnaires, fille de pieux paroissiens, elle-même promise à la carrière d'institutrice, elle avait certainement un sens très poussé du devoir, ce qui n'était au demeurant guère une consolation.

Sharpless s'interrogea par la suite : s'il s'était trouvé dans son bureau lorsque Pinkerton avait appelé, son intervention aurait peut-être changé le cours des événements. Quoique, à la réflexion, qu'aurait-il pu faire ? Le malheur devait dérouler jusqu'au bout son écheveau. Il n'y avait pas de cheval emballé à arrêter, ni de voiture lancée à tombeau ouvert. Il s'agissait du destin de trois personnes sur le point de se caramboler avec des conséquences désastreuses pour tous. Lui qui, en homme tranquille, n'était pas sujet à la sensiblerie, se prit à gémir tout haut devant le tableau qui s'offrait à son imagination.

Dans la maison perchée au-dessus du port, Pinkerton eut la sensation que le temps s'étirait, à la manière d'un élastique, le passé et le présent opérant de déroutantes permutations. Tout d'un coup, il percevait la texture rugueuse du tatami sous ses pieds, la luminosité nacrée des murs tendus de baguettes et de papier. Il respirait l'odeur apaisante du riz en train de cuire. À l'autre bout de la pièce, une femme à la peau couleur d'amande pâle l'attendait.

Assis en tailleur, il se mit à jouer avec son fils, un jeu de doigts où il faisait disparaître et réapparaître son pouce. Devant ce mystère, l'enfant gloussait de joie. Cho-Cho les contemplait. À un moment donné, Pinkerton croisa son regard, mais il retourna aussitôt à son jeu, esquivant une conversation forcément pénible. Ce qui aurait dû être naturel lui semblait insurmontable.

— Pinker-ton (elle ne l'avait jamais appelé par son prénom), je vais préparer pour toi un rafraîchissement. (Un petit sourire presque rassurant.) Pas de cérémonie du thé.

Sa maîtrise de l'anglais le déconcerta. Elle avait de toute évidence pris des leçons. Il savait qu'en réalité elle voulait dire : « Il faut qu'on parle. » Mais jamais elle ne prononcerait ces mots. Cela aurait été trop précipité, trop direct, pas dans les mœurs nippones.

Il secoua la tête.

— Je n'ai besoin de rien.

Suzuki ne tarda pas à revenir avec un petit paquet emballé dans un délicat papier violet. Pinkerton tendit le cadeau à l'enfant en s'exclamant :

— Tiens, c'est pour toi, Joey. Une surprise.

L'enfant n'avait jamais reçu de cadeau. Il tint la sphère de papier bruissante au creux de ses mains, la tourna dans tous les sens, caressa l'emballage sombre. Impatient, Pinkerton déchira le papier, dévoilant une toupie en bois décorée de rouge écarlate et de jaune.

— *Koma* ! s'écria le petit garçon en tapant dans ses mains.

— Remercie *oto-san* pour ce cadeau.

— *Arigato gozaimasu*, opina l'enfant, obéissant. Merci, *oto-san*.

Suzuki les observa un moment. En apparence, ils formaient un couple jouant avec leur enfant, mais il ne lui échappait pas que Cho-Cho avait les mains crispées sur ses genoux, et que le visage de Pinkerton brillait de sueur en dépit de la fraîcheur de l'air. Elle sortit à reculons, en s'inclinant à plusieurs reprises, et descendit la côte en courant en direction de la filature.

La paille tressée du tatami n'était pas la surface idéale pour faire tourner une toupie. Pinkerton se pencha vers la table basse et lança le jouet sur le plateau de laque brillant. Les cercles rouges et jaunes, en tournoyant, parurent s'élever au-dessus du disque tourbillonnant. Dès que la toupie s'arrêtait, l'enfant la rendait à son père...

— Encore.

La toupie repartait.

— *Motto motto.*

Il tentait en vain d'attraper les anneaux flottants.

Souriant, Pinkerton ébouriffa les boucles blondes. Puis il se leva.

— Il faut que je rentre au navire.

La tension était perceptible dans la pièce : elle attendait qu'il la prenne dans ses bras, qu'il l'embrasse. Pinkerton souleva l'enfant et déposa un baiser sur ses deux joues avant de le rendre à sa mère, de manière à le placer entre eux deux, rendant toute étreinte impossible. Il jeta un coup d'œil embarrassé à Cho-Cho et consulta sa montre.

— Il vaut mieux que j'y aille. Je te verrai demain. (Il pinça la joue de l'enfant.) Au revoir, petit.

Et la mémoire lui revenant, il ajouta :

— *Sayonara.*

Pinkerton se débattit pour parvenir à remettre ses chaussures, comme si ses mains et ses pieds refusaient de s'entendre. Il partit de manière précipitée, sans un regard en arrière, sentant les yeux de Cho-Cho posés sur lui tandis qu'il descendait la colline. Sous son uniforme blanc, il transpirait à grosses gouttes. Il souleva sa casquette pour s'éponger le front. Son cerveau était pareil à une ruche en folie.

Du haut de sa petite maison sur la colline, elle le vit ôter sa casquette d'officier de marine. Le soleil nimba d'or les cheveux de son mari, son mari doré qui depuis son retour ne l'avait pas touchée.

8

Pinkerton aperçut sur un éventaire du marché une estampe représentant un dragon pris dans un piège, son corps décrivant des volutes torturées sous l'effet de la panique. Il traversait Nagasaki aux rues à présent animées, désorienté, les idées en désordre, l'esprit aussi affolé que l'animal mythique.

Primo, il avait un fils. Deuzio, sa mère était japonaise. Tercio, il ne devait pas oublier sa carrière. Et puis, il était fiancé. Un autre aurait hiérarchisé ces éléments différemment. Si seulement il pouvait se débarrasser de cette sensation d'être un dragon piégé, ou plutôt un rat perdu dans un dédale : un fils, une femme qu'il avait pratiquement oubliée, une fiancée…

Sans le vouloir, il se retrouva devant le consulat. Peut-être avait-il inconsciemment envie de lui demander conseil. Mais alors qu'il s'approchait, la porte s'ouvrit, livrant passage à une femme tout de jaune vêtue, une vision de lumière. Il en fut comme ébloui. Que faisait-elle ici ? Elle aurait dû se trouver en sécurité dans son Oregon natal. Voyant sa stupéfaction, la jeune femme éclata de rire.

— Tu ne t'attendais pas à me voir, déclara-t-elle en ouvrant grands les bras comme si elle venait d'apparaître comme par magie.

Elle se jeta à son cou, et il l'étreignit avec une passion exubérante, jusqu'au moment où, par-dessus son épaule, il aperçut dans l'ombre la mine renfrognée de Sharpless qui les observait à quelques pas. De nouveau, Pinkerton fut couvert de sueur.

Quand il vit sa nièce tomber dans les bras de cet homme qu'il méprisait, l'incrédulité de Sharpless se mua en sentiment d'horreur. Nancy allait-elle suivre le chemin de Cho-Cho et devenir une femme trahie ? Son cœur se serra douloureusement dans sa poitrine, un avant-goût de la souffrance à venir.

L'après-midi glissa vers le soir et le plateau à thé fut remporté par un serviteur, intouché, pour être remplacé par un deuxième, sur lequel la théière avait refroidi à son tour sans que personne n'y touche. Nancy, pelotonnée dans l'énorme fauteuil en bois du consul, tentait de donner un sens aux paroles de Pinkerton. Ce dernier n'ayant plus rien à ajouter, il se tut. Elle regarda tour à tour les deux hommes d'un air pensif, comme si elle essayait de les jauger. Son oncle semblait s'être tassé sur lui-même, devenu un vieil homme au visage émacié, aux traits tirés. Pinkerton se tenait très droit, sa casquette sous le bras, à croire qu'il se trouvait devant un conseil de discipline, ce qui, en l'occurrence, n'était pas totalement faux.

Nancy prononça lentement d'une voix atone :

— Ainsi, tu as un enfant.

Il confirma d'un signe de tête.

— Le savais-tu avant aujourd'hui ?

— Pas tout à fait...

Elle fronça les sourcils.

— Comment cela, « pas tout à fait », Ben ? De deux choses l'une : soit tu le savais, soit tu l'ignorais.

Il affirma qu'il n'en était pas sûr. La vie de marin n'était pas de tout repos, on va de port en port, les communications sont irrégulières... L'excuse était bien mince, même à ses propres oreilles.

Nancy s'efforçait de ne prendre en compte que les faits avérés. Les certitudes d'une lamentable affaire.

— La mère de l'enfant est morte.

— Eh bien... non.

— *Non ?*

L'expression dure et froide de sa nièce n'échappa pas à Sharpless, sa mère avait la même parfois. Les mains crispées sur les bras du fauteuil, Nancy se pencha en avant.

— Tu es déjà *marié* ?

Il lui décrivit tant bien que mal l'arrangement contracté lors de son dernier séjour dans cette ville. Il était seul, loin de chez lui. Il y avait cette coutume locale. Un mariage temporaire, ô combien provisoire. C'était... comment dire ? Les mots restaient coincés au fond de sa gorge comme ces boules de poils que recrachent péniblement les chats. Il toussa, essaya d'avaler.

— Ce fut une erreur. Je le regrette.

D'un air de profond dégoût, elle balaya la pièce du regard comme si elle cherchait à évaluer les estampes au mur.

Pinkerton avait perdu sa bonne mine. Il était livide. On aurait dit un homme malade aux prises avec des difficultés d'élocution. Évidemment, il se doutait que Nancy ne fermerait jamais les yeux sur ce qui s'était passé. Il ne s'attendait pas à ce qu'elle lui pardonne. Rien ne pouvait racheter ce qu'il avait fait. Il était le plus abject des hommes. Désormais, la seule chose qu'il pouvait tenter, c'était de s'occuper de l'enfant. Pourtant, il brûlait de lui montrer qu'elle était ce qu'il avait de plus cher au monde…

Nancy se leva vivement.

— Je retourne au bateau, annonça-t-elle à Sharpless d'une voix au timbre aussi monocorde et désincarné qu'une annonce de gare. Peux-tu me faire appeler un pousse-pousse, s'il te plaît ?

— Attends ! s'écria alors Pinkerton.

Puis, plus calmement, il ajouta :

— S'il te plaît. Tu dois m'écouter jusqu'au bout.

Sharpless se leva.

— Je vous laisse…

Nancy, toujours de cette voix sans vie, pria son oncle de rester.

Pinkerton reprit son récit décousu, cahin-caha, ses mots formant autour d'eux une espèce de brouillard.

— Ce n'est pas la faute de ce gosse… Il est mon fils… Je ne peux pas l'abandonner… Je veux lui donner toutes ses chances dans la vie… Je serais un mauvais chrétien autrement… Ce serait trop te demander, je sais. Mais… peut-on au moins en parler ? Je t'en supplie.

Sharpless avait du mal à respirer. Il se versa une tasse de thé froid et la but d'une traite. Nancy hésitait manifestement. Devait-il intervenir ? Elle se trouvait sur le fil du rasoir. À tout moment, elle allait basculer d'un côté ou de l'autre. Restait à savoir lequel serait le meilleur.

Il n'avait pas l'âme d'un Salomon. Il ne souhaitait aucunement prendre part à ce qui, d'une façon ou d'une autre, se terminerait dans des larmes amères. Pinkerton, mis au pied du mur, tentait à contrecœur d'examiner ce qui relevait de son devoir. Quant à Cho-Cho, toujours drapée dans les voiles d'un espoir illusoire, elle ne voyait pas ce qu'elle avait pourtant sous les yeux. Un jour, disait-elle, un jour, au retour des hirondelles, mon mari reviendra. Il était revenu en effet, mais pas en qualité de mari, et en dépit du soleil, le jour était obscurci par les ténèbres de la trahison.

Toutefois, il ne fallait rien précipiter. Il y avait désormais trois personnes concernées, et la troisième était en train de découvrir un drame qu'elle était loin d'imaginer.

Il s'attendait à une crise de nerfs, ou de colère. Aussi fut-il étonné lorsque, à l'issue d'un long silence, Nancy, d'une voix étrangement calme, sembla vouloir changer de sujet de conversation.

— Ils nous ont dit à bord qu'il y a une église exceptionnelle ici, construite entièrement en bois.

— Ce doit être la cathédrale d'Oura, l'informa Sharpless.

— Est-ce loin d'ici ?

— Pas tellement.

Ce brusque revirement provoqua chez Sharpless une impression d'irréalité. S'entretenaient-ils vraiment de la grande église gothique en bois ? Sa nièce, incapable de faire face à l'adversité, se réfugiait-elle dans une douce dénégation ?

— Je veux y aller. Maintenant. Avec Ben.

— C'est une cathédrale catholique, avança prudemment Sharpless.

— Je pense pouvoir parler à Dieu dans une cathédrale catholique aussi bien que dans une église méthodiste, oncle Henry.

Elle se leva, manifestement impatiente de partir. Sharpless admira son attitude pleine de dignité et de courage. Elle était si jeune et innocente. Pourtant, d'eux trois, elle était celle qui prenait les choses en main.

Il les accompagna jusqu'au perron et les mit dans un pousse-pousse.

Pendant le trajet, elle garda le silence, hors d'atteinte, comme derrière un mur invisible, les yeux fixés droit devant elle. Pinkerton, en nage, fit une seule tentative :

— Nance, lui dit-il en employant le petit surnom tendre qu'il lui donnait de temps en temps. Si tu me laissais au moins t'expliquer...

Mais elle leva la main, l'enjoignant de se taire.

Un peu plus tard, elle s'agenouilla sur un prie-Dieu et enfouit son visage dans ses mains. Il s'assit au fond, près de la porte grande ouverte, et pria, lui aussi, pas pour implorer le pardon ou une quelconque issue, mais afin qu'une brise vienne rafraîchir son corps fébrile. Du temps passa. Les vitraux frappés par le soleil déclinant projetèrent sur le sol des taches de couleur. Des arbres dehors lui parvenait le chant des cigales qui transperçait ses tympans comme des centaines d'épingles. Il soulevait de temps en temps légèrement ses fesses qui collaient à la chaise dans son pantalon d'uniforme. Il attendit

81

qu'elle se lève, enfin. Elle salua l'autel d'une brève inclinaison de la tête et, remontant la travée, passa devant lui sans lui accorder un regard.

Nancy n'avait plus du tout l'air bouleversé. Au contraire, elle était radieuse. Elle avait pris une décision, mais n'était pas encore prête à en faire part à son fiancé. Il ne faudrait pas la prendre pour une sainte. Elle tenait à le voir souffrir un peu. Elle se borna à lui demander de la raccompagner à bord du paquebot. Elle le reverrait, lui dit-elle, à midi le lendemain, dans le bureau de son oncle.

Dans sa cabine, tout en se brossant les cheveux, en se démaquillant, elle ressassa les propos que lui avait tenus Pinkerton, tant et si bien qu'elle finit par saisir le fond du problème. Elle le voyait comme si elle y était : un jeune homme solitaire, crédule, livré à lui-même dans un port étranger… une proie facile pour une femme de petite vertu assez rouée pour éveiller sa pitié. Mais la bonté a parfois des conséquences fâcheuses, et celles-ci avaient été moins qu'honorables – Nancy n'était pas du style à se voiler la face. Pour elle, un innocent était tombé dans les rets d'une intrigante. L'expression lui plaisait beaucoup : les rets d'une intrigante. Elle se la répéta plusieurs fois. Elle avait entendu parler de mésaventures similaires par des missionnaires de retour au pays. Un mari américain, c'était un rêve pour ces femmes. Et quel meilleur appât pour les ferrer qu'un enfant ?

9

Nancy débarqua le lendemain au consulat vêtue d'une robe sobre de couleur sombre assortie d'une voilette noire. Son visage ne portait aucune trace de maquillage. Sharpless ne put s'empêcher de se dire qu'elle avait l'air de se rendre à des funérailles. Dès qu'elle fut dans son bureau, elle demanda qu'il l'accompagne chez « cette femme ».

— Le lieutenant Pinkerton n'est pas encore là.

— Ben viendra plus tard. J'ai besoin de lui parler seule à seule. Et pour cela, il me faut ton aide, mon oncle.

Sharpless, atterré, tenta de s'y opposer, suggérant qu'une pareille rencontre serait non seulement inconvenante mais embarrassante, sinon pénible. Dix minutes plus tard, ils étaient en route. Nancy, conclut Sharpless, était aussi têtue que sa mère, avec en sus la fougue de la jeunesse.

Durant tout le trajet, elle resta assise, les yeux baissés, la respiration oppressée : elle se concentrait avant l'épreuve. Ils s'arrêtèrent sur le chemin à une centaine de mètres de la maisonnette perchée sur une côte trop escarpée pour être gravie à force d'homme.

Sharpless vit la silhouette de Cho-Cho quitter la fenêtre. La seconde suivante, le *shoji* s'ouvrit. Elle les regarda approcher avec une expression indéchiffrable. Sharpless nota l'intensité féline avec laquelle elle examinait l'étrangère blonde qui se dirigeait vers elle. Il la salua de loin :

— *Ohayo gozaimasu*, Cho-Cho-*san*.

Elle répondit par une inclinaison du buste à peine esquissée, et les invita à entrer. Sharpless fit de brèves présentations. Sous la véranda, machinalement, il enleva ses chaussures. Nancy, le regard fixé sur Cho-Cho, ne remarqua même pas son geste. Pour une fois, Sharpless décida de laisser passer.

Debout tous les trois sur le seuil, gênés, ils ressemblaient à des modèles attendant l'intervention de la main de l'artiste, le ciseau du sculpteur, pour prendre vie. L'instant d'après, l'enfant surgit de l'intérieur de la maison et enfouit sa tête blonde dans les plis sombres du simple kimono de coton de sa mère.

Nancy contempla les boucles du petit, les cheveux dorés de Pinkerton, la nuque mince, les jambes pâles. Il était vêtu d'un kimono de coton à la couleur toute délavée. Elle vacilla un peu sur ses jambes. Sharpless s'attendait presque à ce qu'elle s'évanouisse. Mais elle se redressa, le dos très droit, et déclara d'un ton à la fermeté inattendue :

— Peux-tu lui dire, mon oncle, que je suis venue parler avec elle de...

— Vous pouvez vous adresser à moi en anglais, coupa Cho-Cho sans s'étendre davantage. Je comprendrai.

Nancy n'avait pas anticipé une confrontation directe, elle s'était figuré la médiation d'un interprète bien disposé à son égard, une personne en qui elle avait une entière confiance. Soudain, elle se retrouvait seule. Sharpless s'était mis en retrait, dans une attitude d'introspection, bien que son regard soit fixé sur le bleu terne de la mer.

Elle se lança :

— Je vais être claire. Ne croyez pas que je suis venue en ennemie. Si j'ai bien compris, vous avez dans le passé contracté avec le lieutenant Pinkerton un... arrangement.

— Il est mon mari.

— Bon. Il y a sans doute un malentendu quelque part. Je suis sa *fiancée*. Vous ne connaissez peut-être pas ce mot...

— Le mot, si, répliqua-t-elle avec une pointe de dédain dans la voix. Vous espérez un jour devenir sa femme.

— Nous allons nous marier devant Dieu, et devant la loi. Notre union sera scellée au cours d'une cérémonie.

Sharpless se remémora avec un serrement de cœur le mariage de Cho-Cho, cette mascarade. *À la vôtre.* Pinkerton vidant cul sec son verre de bourbon. *Pouvez-vous lui dire que nous venons de procéder à la cérémonie ? Dites-lui que c'est un mariage à l'américaine.*

Il écouta Nancy égrener de sa jolie voix des mots en apparence insignifiants mais que leurs implications chargeaient de venin. Elle projetait un voyage avec deux voyageurs : un père et son fils, et une destination : l'Amérique.

Cho-Cho se pencha pour murmurer quelque chose au petit garçon. Après un coup d'œil aux visiteurs, il sortit dans le jardin. Aussitôt, l'air résonna de cris de poules affolées et de rires d'enfant.

Sa mère dévisageait d'un air incrédule l'étrangère au teint blanc.

— Vous souhaitez que je vous donne mon fils ?

— Pour son bonheur.

Sharpless écoutait la voix de sa nièce : des mots préparés à l'avance, des paroles sans vie. Des boniments tirés de quelque manuel de sciences sociales.

— En Amérique il aura une meilleure vie. Il fera des études. Il aura une bonne situation. Ici, qu'avez-vous à lui offrir ?

La pièce lui apparut soudain à travers les yeux de Nancy : une boîte nue, austère, une bicoque en bois et papier, au sol des nattes de paille, pas de mobilier, aucun confort. Le reflet d'une existence impécunieuse.

— Avec nous, il aura sa propre chambre dans une jolie maison, nous l'inscrirons dans une bonne école, il ira à l'université, il aura une carrière, il sera heureux. Je serai une mère pour lui…

Le calme apparent de Cho-Cho céda. Elle riposta durement :

— Vous ne serez pas une mère pour lui. C'est moi, sa mère.

Nancy opina, elle lui concédait ce point.

— Mais il sera avec son père. Le priverez-vous de cela ? Condamnerez-vous un père à ne jamais voir son enfant ?

Cho-Cho aurait pu rétorquer, songea Sharpless, que Pinkerton n'avait jamais posé les yeux sur son fils et qu'il ne souffrirait guère de s'arracher à un enfant qu'il venait tout juste de rencontrer. Et elle aurait pu ajouter en outre que ce même Pinkerton serait bien aise de rester auprès de son épouse japonaise, la vraie mère de son fils : à eux trois ne formaient-ils pas déjà une famille ?

Mais Cho-Cho se tut. Elle tourna légèrement la tête, comme si elle tendait l'oreille vers un bruit. Puis elle prononça dans un chuchotement à peine audible :

— Je vous prie de partir maintenant.

Nancy leva ses mains en un geste de prière, paume contre paume, et murmura :

— Je vous en supplie.

Cho-Cho se détourna en ramenant une mèche de cheveux derrière son oreille.

Nancy attendit de pied ferme. N'était-il pas dans la coutume de marchander ? Était-ce le moment de mettre de l'argent sur la table ou était-il plus sage de reporter ce moment à plus tard ? Elle devait trouver son point faible. Les pensées de Nancy se bousculaient dans sa tête. Elle se dirigea enfin vers la porte.

— Nous reviendrons demain. Ben voudrait voir son fils.

Rétrospectivement, en s'évertuant à faire la part des choses, à séparer le possible de l'effectif, à distinguer ce dont il avait été témoin de ce qu'il avait seulement entendu, Sharpless ne sut plus que penser. Il voyait bien que Nancy était changée. Elle n'avait plus rien de la jeune fille affectueuse et gaie qu'il avait eu tant de plaisir à retrouver sur le pont du paquebot. Et le lendemain, quand elle entra dans son bureau, il était clair que du rôle de guide elle l'avait relégué à celui de spectateur impuissant.

Les traits durcis, elle avait l'air sévère. Dans ses bras, les joues trempées de larmes, l'enfant.

— Nous sommes venus dire au revoir.

Elle semblait pressée.

— Nous ? s'étonna-t-il.

— J'emmène Joey avec moi.

Ébranlé, Sharpless bredouilla :

— Cho-Cho a donné son accord ?

Elle acquiesça d'un très bref signe de tête puis se dirigea vers la sortie.

— Il ne nous reste pas beaucoup de temps. Le bateau est sur le départ.

C'est alors qu'il remarqua une tache rouge sur le côté de sa robe, à l'endroit où Joey avait posé sa manche au bord mouillé de sang.

PARTIE 2

10

Nancy était une jeune fille de bonne famille, méthodiste de confession, élevée dans le respect dû aux parents, la peur du châtiment de Dieu et l'esprit de charité. Dans le cas présent, son acte de charité consistait à soustraire l'enfant de Ben à l'influence néfaste de cette femme immorale et de tous ces étrangers, afin de lui offrir des retrouvailles avec son père et un foyer.

Elle reconnaissait volontiers que pour arriver à ses fins, elle s'était rendue coupable de duplicité. Elle s'était leurrée et s'était abaissée à un acte perfide. Pourtant, elle n'avait pas été animée de mauvaises intentions. En fait, elle avait caressé le secret espoir d'y puiser une raison d'être, parée de la vertu du sacrifice qui consistait à élever l'enfant d'une autre. Elle s'apercevait à présent que les mots, hélas, faisaient parfois plus mal que les coups et qu'il était possible de vivre un cauchemar en plein jour. Elle accusait les circonstances, « ces foutues circonstances », en se disant que sa mère l'aurait certainement envoyée se laver la bouche avec du savon. Ses remords ne s'amenuisaient pas non plus avec le temps.

S'occuper de l'enfant ne présentait aucune difficulté, mais l'aimer, c'était autre chose. Elle se raisonnait en se disant qu'il était une part de Ben, et que son amour pour celui-ci devait forcément se répercuter aussi sur son fils. Quoique par moments Joey eût un mouvement de la tête, un papillotement des paupières, une petite moue qui n'avaient rien de commun avec Ben. Nancy se prenait alors à lutter contre des pensées malsaines.

Et encore s'il n'y avait eu que cela. Mais le ver dans le fruit de son bonheur, la barrière qui se dressait entre elle et la paix intérieure, avaient une seule et unique source : le mensonge. Car Nancy avait bel et bien menti. Elle s'observait quand elle parlait de ce qui sur le moment avait semblé un mal nécessaire, une transgression mineure au service d'un plus grand bien. Le pire, c'était d'avoir caché la vérité à Ben.

Elle se repassait sans cesse la scène qui s'était déroulée dans la maison japonaise, le corps frêle dans son kimono blanc, l'enfant qui hurlait. De son point de vue de pieuse méthodiste, elle avait en effet eu l'impression d'accomplir une action charitable. Les mots n'étaient qu'un moyen... Pourtant, les mots avaient entraîné des actes, et rien ne s'était déroulé comme elle l'avait prévu.

Enfant, elle prenait modèle sur *Les quatre filles du docteur March*, et voilà qu'aujourd'hui, hantée par sa culpabilité, elle semblait avoir basculé dans un roman puritain à la Nathaniel Hawthorne.

Ses parents l'attendaient sur le quai. En lui adressant de grands gestes de la main, ils regardaient

92

d'un air intéressé l'enfant qu'elle tenait serré dans ses bras, sans doute un petit passager que des parents distraits avaient brièvement confié à sa garde. Quelques minutes plus tard, Nancy, ne se souvenant plus des phrases qu'elle avait préparées, écrites et cent fois corrigées, se borna à bredouiller :

— Maman, papa, je vous présente Joey, le fils de Ben.

Elle posa l'enfant sur le quai et le prit par la main.

Quelques mots ordinaires venaient de faire voler en éclats le beau programme de son mariage : l'idylle charmante, les noces en blanc, la lune de miel… Sa mère fixa le petit blond aux yeux bleus en silence, abasourdie. Son père fut plus rapide à réagir :

— Tu l'as adopté ?

Elle acquiesça.

Louis s'adressa au petit garçon :

— Alors, comme ça, tu t'appelles Joey ? Moi, mon nom, c'est Louis. Mais pour toi, ce sera papy.

Il souleva l'enfant et se tourna vers sa femme :

— Mary, et si nous rentrions tout ce joli monde à la maison ?

Autrement dit : ce qui est fait est fait.

Lorsque Nancy fut hors de portée de voix, il secoua la tête et fit remarquer à Mary que Ben s'était manifestement mis dans de beaux draps.

— Pourtant ce jeune homme n'avait pas l'air d'un idiot, conclut-il.

— On ne sait pas vraiment ce qui est arrivé.

Louis pencha la tête de côté et déclara pensivement :

— Mark Twain a écrit quelque part que certaines évidences sautent aux yeux, je pense à sa petite phrase à propos de la « truite dans le lait »...

Il regarda par la fenêtre Nancy qui montrait à Joey le jardin, son nouveau territoire.

— Et je suppose que voilà une belle « truite ».

Mary appela l'enfant :

— Joey ! Veux-tu de la citronnade ?

Il leva vers elle des yeux bleus à l'expression réfléchie, à la fois semblables et différents de ceux de Ben.

— Qu'est-ce que c'est ?

— Tu verras, c'est très bon. J'allais en préparer. Tu peux m'aider à presser les citrons.

— C'est quoi, pi-resser ?

Louis murmura :

— Mon Dieu, il va nous falloir un miracle.

— Non, répliqua Mary, juste un peu de temps. (Elle fit signe au petit garçon de s'approcher.) Tu vas voir, on va les presser ensemble.

Au grand soulagement de Nancy, ses parents posèrent peu de questions. Avec les amis et relations, l'affaire s'avéra plus délicate : il fallait bien expliquer la présence de cet enfant qui ressemblait trop à Ben pour nier la filiation. De sorte qu'elle inventa une histoire d'amour ancienne, un mariage rompu par une mort tragique. « Pauvre petit », chuchotaient les gens en observant l'enfant avec curiosité, un garçon si sérieux, si silencieux, si sage. Ils avaient pitié de la pauvre Nancy : épouser un veuf avec un enfant à charge.

L'exposition des « faits » fut bientôt au-dessus de ses forces. Elle laissa le soin à ses parents d'arranger le récit à leur manière suivant les interlocuteurs. Parfois, certaines incohérences provoquaient des moments de gêne dans les réunions mondaines. Nancy attendait en fait avec impatience le retour de mission de son fiancé.

Leurs premières retrouvailles après ce jour terrible où dévalant la pente dans leur pousse-pousse, ils s'étaient parlé en hurlant au-dessus de la tête de l'enfant, et où elle avait senti Ben de plus en plus inquiet. Elle l'entendait encore maugréer :

— Nom d'un chien, mais qu'est-ce qui s'est...

— Je t'expliquerai, plus tard, lui avait-elle alors assuré.

Nancy avait demandé au pousse-pousse de courir plus vite. Mais il était trop tard pour offrir une explication, tout comme il était trop tard pour revenir en arrière.

11

Lorsque son navire accosta dans l'Oregon, Ben débarqua pour découvrir que la noce envisagée lors de leurs fiançailles s'était transformée en brève et modeste cérémonie.

Après cette formalité, le pasteur prit à part Nancy et lui déclara avec ces intonations mesurées et pleines de conviction dont les gens se servent pour consoler les affligés, que l'enfant était pour elle une bénédiction.

— Le Seigneur nous met à l'épreuve, Nancy, et comme l'acier trempé, nous en sortons renforcés.

Amen, songea-t-elle en s'empressant d'ajouter la petite prière personnelle qui lui était devenue coutumière.

Un oncle de Pinkerton s'avançait à présent vers eux, accompagné d'un enfant grand pour son âge, blond, les yeux bleus : le physique de la famille.

— Nancy, je vous présente notre cadet, Jack. Je l'ai amené pour qu'il s'amuse avec Joey.

Les deux garçons se regardèrent en chiens de faïence, Joey plus intéressé que Jack, qui affichait la plus complète indifférence. Du haut de ses sept ans, il considérait n'avoir aucun point commun avec ce bébé. Il lâcha la main de son père et se faufila entre les adultes pour se camper à côté de Ben, son grand cousin. Il inspecta sa tenue d'officier de marine.

— Ton navire, il est grand comment ?

— Plutôt grand.

— Tu le pilotes toi-même ?

— Pas vraiment, Jack. Mais j'y contribue.

— Et tu es toujours en uniforme ?

— Oui, bien sûr, sinon les gens ne sauraient pas qui nous sommes.

— Quand je serai grand, je m'engagerai dans la marine et je verrai la mer.

— Pourquoi pas ? Les vastes océans… Rien autour de soi que le ciel et la mer. C'est mieux que la vie de bureau. Bienvenue à bord, Jack.

Il donna à l'enfant une poignée de main, sans se rendre compte que celui-ci prenait sa boutade pour une sorte de pacte solennel.

Les parents de Ben n'assistèrent pas au mariage. Si Louis et Mary avaient accueilli l'enfant à bras ouverts, tel un petit-fils inattendu, les Pinkerton en revanche ne voyaient en lui qu'un rejeton indésirable. La seule fois où ils consentirent à l'approcher, ils l'observèrent comme une bête curieuse. Certes, il avait le teint et les cheveux des Pinkerton. Mais ses yeux… N'y avait-il pas quelque chose de singulier dans ses yeux ? Un petit air étrange… étranger ? Ils apprécièrent sa politesse, ses gestes gracieux : il s'asseyait par terre en tailleur avec une souplesse qui les conforta dans leur opinion : Joey était très japonais. Sans se manifester davantage, ils se retirèrent, et on n'entendit plus parler d'eux. De toute façon, Ben et Nancy déménageaient dans une autre ville.

À nouvelle ville, nouveaux amis. Les voisins se montraient hospitaliers, pourtant Nancy se sentait seule. Tous semblaient prendre Joey pour son fils. Quand elle pressentait une question embarrassante, elle savait parfaitement camoufler cet instant d'hésitation, cette fraction de seconde nécessaire pour trouver la réponse adéquate. Dans sa vie, rien n'était plus jamais simple.

Et puis un beau matin, à la table du petit déjeuner, coup de théâtre : en lui versant une tasse de café, elle demanda à Ben quand serait sa prochaine permission.

Il continua à napper son pancake de sirop d'érable.

— Vois-tu, Nance, à partir de maintenant tu vas me voir plus souvent à la maison.

Il découpa un bout de sa crêpe, le fourra dans sa bouche, mastiqua, souleva sa tasse à café, et la contempla quelques instants.

— Je vais t'expliquer, finit-il par dire en posant sa tasse.

Il aurait eu du mal à nier avoir préparé le discours qu'il lui tint alors : combien il était soucieux de la laisser se débattre seule dans la vie quotidienne. Le temps était venu pour lui de changer. Maintenant qu'ils avaient le gosse...

Le gosse. Le problème. Le fardeau. À chaque fois qu'il voyait Nancy laver les vêtements de Joey, ou ranger ses jouets, ou lui préparer à manger, la culpabilité le rongeait. Dire qu'elle s'était chargée de ce gosse. Bien entendu, un jour, ils auraient un enfant à eux, à tous les deux, mais il était encore trop tôt. La présence de Joey avait bouleversé ses plans. De tout cela, naturellement, il ne souffla mot à Nancy, se contentant de déclarer :

— Je cherche un garage à acheter, avec un show-room.

— Oh ! Mais, Ben, a-t-on les moyens ?

— La banque me prêtera de l'argent. Tu sais ce qu'on dit : « L'automobile, c'est l'avenir de l'Amérique. »

Là-dessus, il émit un petit rire gêné.

— Ben, mais c'est merveilleux.

Elle y avait mis tout son cœur, pourtant son enthousiasme lui parut sonner faux. Elle ne se rappelait que trop bien celui de Ben, vibrant, quand il évoquait la Navy, la liberté du navigateur, la mer à perte de vue, puis, un jour, l'apparition d'une nuée sur la ligne d'horizon : la terre ferme. La nuit, le ciel et la mer se confondaient, les flots devenaient d'encre noire. Elle trouvait ces récits si émouvants, si excitants. C'était en partie à cause d'eux qu'elle était tombée amoureuse de Ben. Et le voilà, à présent, prêt à balayer tout cela d'un revers de main.

— Tu es bien certain que c'est ce que tu veux ? insista-t-elle.

— Absolument, répondit-il, catégorique.

Bon. Que lui avait susurré le pasteur deux semaines plus tôt ? Une épreuve est un autre nom pour une opportunité ?

Comme en écho à ses pensées, Ben s'écria :

— C'est une opportunité.

Dans l'esprit de Nancy, une chose était sûre : leurs perspectives s'étaient rétrécies d'un seul coup. De son côté à elle, il n'était plus question d'envisager une carrière d'enseignante, elle avait désormais un enfant dont il fallait s'occuper. Et il ne s'agissait pas de n'importe quel enfant. À le voir jouer au ballon, il ressemblait à un petit garçon de cinq ans comme les autres. Mais son attitude était plus grave, il était plus réfléchi, et posait sur le monde un regard plus intense, à croire qu'il était en quête de quelque chose. Un jour, où ils se promenaient tous deux dans le parc, il s'était arrêté devant un buisson en fleur. Avec un sourire de ravissement, il avait touché une fleur du bout des doigts.

— Fleurs *ajisai* ! avait-il claironné.

— Non, Joey, c'est un hortensia, avait-elle rectifié.

Puis elle avait compris qu'il devait avoir raison, c'était ainsi sans doute qu'on les appelait dans un autre lieu, une autre langue, une autre vie.

— C'est l'heure de rentrer, avait-elle annoncé d'un ton allègre en faisant mine de s'éloigner. On ne voudrait pas être en retard.

En se retournant, elle avait constaté qu'il n'avait pas bougé. Il était toujours planté devant l'hortensia, une fleur au creux de sa petite main. Il avait levé vers elle des yeux interrogateurs avant de prononcer cette dernière phrase :

— Quand est-ce que je vais voir ma mère ?

Elle était restée sans voix, la tête soudain vide de pensées, d'excuses et d'échappatoires.

— Eh bien... on en parlera un peu plus tard, veux-tu ?

Elle l'avait pris doucement par la main.

Elle était mère, épouse, femme au foyer. Sa maison était d'une propreté immaculée, ses cheveux lisses et vigoureux, et chaque soir elle accueillait Ben avec un baiser affectueux.

Ce jour-là, elle se conformait à ce rôle dans le silence de l'après-midi, sortait la boîte à biscuits et dressait la table tandis que les rideaux en vichy gonflaient dans la brise et que le seul bruit, au loin, était le grincement de la balancelle dans le jardin des voisins : *crik-crik... crik-crik*. Les soucoupes cliquetaient sur le Formica du nouveau plan de travail. La cuisine sentait bon le pain de maïs chaud, et des larmes roulaient sur ses joues. Quelques gouttes tombèrent sur le gâteau quand elle le sortit du four. Oh, si seulement il était en son pouvoir de remonter le temps. Mais à quelle heure, et quel jour ? Et pour prendre quelle décision ?

Elle s'éclaircit la gorge et appela Joey pour le goûter.

Il l'entendit l'appeler mais ne bougea pas. À genoux, il réarrangeait sur le tapis les animaux deux par deux devant l'arche en bois qu'il avait reçue pour son sixième anniversaire – des girafes au long cou, des tigres à la robe rayée... D'après lui, il manquait des animaux à cette arche. Peut-être que Noé n'en avait pas voulu, mais Joey avait décidé qu'ils devaient également être sauvés. Aussi avait-il confectionné en origami deux minuscules grues, deux grenouilles bondissantes et un couple de libellules qu'il avait posées derrière les chevaux et les singes.

En soulevant ses genoux pour attraper un autre animal, il remarqua que le dessin des poils longs du tapis s'était imprimé dans sa peau. Il passa le doigt dessus, en palpa les bords qui composaient autant de croisillons qu'un tatami. Un souvenir lui revint brusquement : au bord de la mer, il trébuchait sur des rochers à demi enfouis dans le sable, aux pointes aussi tranchantes que des lames de couteau. Accrochés à la pierre, de minuscules coquillages, doux comme du satin, et des algues pareilles à de la dentelle vert foncé. Autant de textures, autant de découvertes qui faisaient partie d'une autre existence, au même titre que de dormir sur un futon, et non dans son lit américain au creux duquel son corps s'enfonçait. Sous ses pieds, au lieu de tatamis, il avait désormais des tapis épais. Tout ce qui lui semblait étrange au début lui était devenu familier.

Parfois, des mots résonnaient dans sa tête tel un chant sans fin, des mots couvrant des heures, des jours d'une vie qui pâlissait à mesure qu'il se sentait davantage chez lui dans ce pays immense et plat, recouvert de cultures dont on ne cessait de comparer la couleur à celle de ses cheveux. Il lui arrivait, pour maintenir ses souvenirs vivaces, de dessiner des rochers, des cascades, de blanches écharpes de brume s'enroulant en volutes autour de grands pins. Il traçait aussi des grues des neiges couronnées de rouge écarlate, et de drôles de poules, de formes et de tailles différentes.

Nancy avait des poules, mais elles étaient toutes pareilles, le ventre arrondi, toutes plus dodues les unes que les autres, à croire qu'elles sortaient d'une usine. Celles d'autrefois possédaient de longues plumes qui ruisselaient comme ces morceaux de papier que les gens déroulaient ici pendant les parades, ou bien elles étaient maigres et noires comme du goudron, dressées sur leurs pattes, menaçantes. Et puis il y en avait de toutes les couleurs, bronze, ivoire, dorées.

Il se rappelait aussi des parties de pêche au bord de la mer, où les poissons se cachaient en se confondant avec la couleur de l'eau. Lui manquaient l'odeur du varech, et la pluie, parfois si fine et si serrée qu'elle se contentait de pulvériser les feuilles, d'autres fois féroce, fouettant le flanc de la colline avec une telle violence qu'elle bouchait la vue tel un rideau de lances d'acier.

Des mots, des phrases entières tournaient dans sa tête, le présent et le passé jouant à cache-cache, son quotidien d'autrefois se mêlant à ce qu'il avait appris récemment – base-ball, *ikebana*, pop-corn, *kamishibai*, cinéma, *onsen*, chewing-gum, *sento*, Coca-Cola, *miso*, caramel, radio, steak, hot-dog, hamburger, steak encore... viande. Tant et tant de viande. Alors que dans un recoin obscur de sa mémoire, un lieu rempli d'ombres évanescentes, il se souvint avoir mangé de la pâte de haricots, du riz, des orties sauvages, des jeunes pousses et cette chose noire, l'*arame*, que l'on récoltait dans la mer. Des baguettes lui servaient à porter la nourriture à sa bouche. Ici, les assiettes se couvraient de viande. Les gens tenaient leur fourchette de la main droite et la piquaient dans les aliments comme s'ils cherchaient à déterrer des plantes du sol.

Mais en sourdine, dans le tintamarre des animaux, du gong du temple, du *kamishibai* sur sa bicyclette qui distribuait des friandises et contait des histoires de dragons, de princes et de démons qui enlevaient les petits enfants, son esprit tournoyait autour du non-dit, du jamais formulé. Il serrait ces souvenirs, les pressait ensemble le plus fort possible, et pourtant, au milieu, là où autrefois logeaient l'amour et la douceur, béait un trou, une fêlure, un néant. À ce vide, il prêtait une forme qu'il pouvait dessiner : un kimono clair, une chevelure lisse, la courbe d'une nuque. Ces dessins-là, il les gardait dans une boîte tout au fond de son armoire. Parfois, il les sortait et les tenait tout proches de son visage, comme s'il essayait de les respirer, d'absorber un peu de vie, et alors un autre son lui revenait – un hurlement – et il lâchait le dessin pour se boucher les oreilles et ne plus l'entendre, mais bien sûr, le cri était dans sa tête.

Il s'emploie à présent à se rappeler comment, il y a longtemps, dans ce passé peuplé d'ombres, on l'avait emmené à bord d'un gigantesque bateau et on lui avait dit qu'il allait dans un pays appelé l'Amérique, pour retrouver son père. Il croit se rappeler ses pleurs, mais de plus en plus, il oublie... A-t-il vraiment pleuré ?

Il se rappelle avoir été ballotté de-ci de-là, pressé de regarder de nouvelles choses...

— N'est-ce pas formidable ? N'est-ce pas amusant ?

Il allait beaucoup s'amuser en Amérique. Nancy ne cessait de lui répéter que la vie y était épatante. Là-bas, on avait tout ce qu'on voulait. Mais quand il était arrivé en Amérique – regarde, Joey, de la glace, regarde, des cookies et des patins à roulettes –, ce qui lui manquait, c'était sa mère. Son père n'avait pas tardé à les rejoindre, et bientôt ils avaient habité une maison avec un étage, un canapé et un jardin. Seulement, lorsqu'il avait demandé quand est-ce qu'il rentrerait chez lui, ils lui avaient répondu que c'était ici, chez lui, et que sa mère était morte. Son père ne portait plus son uniforme blanc, et ils allaient voir Charlie Chaplin au cinéma, mais personne ne voulait parler d'un endroit appelé Nagasaki et de la femme qui l'emmenait se promener au bord de la mer.

Il n'aurait jamais dû lui dire son nom.

C'était la première fois qu'un de ses camarades de classe passait la nuit chez lui. Nancy installa un lit de camp dans sa chambre pour Frank. Comme ils avaient un devoir de géographie, ils tannèrent Ben pour qu'il leur montre comment déchiffrer une carte marine. Frank fut impressionné par le père de Joey et le train électrique de Joey, et la médaille du grand frère du père de Joey, Charlie, qui n'était pas revenu de la guerre. Le soir, ils eurent le droit de rester debout tard pour écouter la nouvelle radio.

Dans la chambre, Frank, qui regardait les jouets de Joey, ramassa la toupie en bois jaune et rouge à présent usée, la peinture tout écaillée, et lui demanda pourquoi il gardait cette vieillerie.

— Elle vient du Japon.

— C'est quoi, ça ?

— Un pays. De l'autre côté de la terre.

— C'est ton papa qui te l'a rapportée ?

— Non. J'y étais avec lui.

— Tu es allé au *Japon* ?

— J'y étais déjà. Ma maman vivait là-bas. (Voyant l'air perdu de Frank, il précisa :) Nancy n'est pas ma vraie maman, elle m'a ramené avec elle de Nagasaki... du Japon.

Personne dans la famille de Frank n'avait dépassé les frontières de l'État, encore moins des États-Unis. L'idée que son ami venait non seulement d'un pays de l'autre côté de la terre mais qu'en plus il possédait une deuxième mère dépassait son entendement.

— Ah, bon, alors la toupie vient de ce...

— Du Japon.

— Ah, oui, d'accord… Alors où est ta vraie maman maintenant ? poursuivit-il après une pause.

— Elle est morte. (C'est ce qu'il lui avait dit. Joey se sentit soudain anxieux.) Je crois que je vais dormir maintenant.

Le lendemain, à la récréation, Frank rassembla quelques camarades dans un coin de la cour. Joey, qui jouait à taper dans un ballon, remarqua qu'ils jetaient tous des regards dans sa direction. Puis Frank l'appela.

— Tu sais ce que tu m'as raconté sur ta mère qui est morte et tout ça…

Il aurait pu déclarer qu'il préférait ne pas en parler. Mais comme une des filles lui soufflait que c'était triste, il ne se méfia pas. Ils voulaient savoir si sa vraie mère venait de l'étranger.

— Du Japon, précisa Joey.

— Et comment elle s'appelait ?

Et il avait été assez stupide pour leur répondre.

— *Butterfly* ? Papillon ? C'est pas un nom, ça. Personne s'appelle Papillon.

Instantanément, l'ambiance se modifia : ils le fixèrent avec des mines ahuries, leur coutumière indifférence désabusée ayant cédé la place à une vive curiosité.

Plus d'une fois, il s'était imaginé éveillant leur intérêt et prenant place au centre de leur petit groupe. Pourtant, à cet instant, il aurait préféré être ailleurs. Il aurait dû se contenter de leur dire que sa mère était morte, qu'il était un pauvre orphelin. Mais c'était trop tard.

S'il avait été typé, s'il avait eu un petit air exotique, peut-être auraient-ils été préparés. Seulement, avec sa tignasse blonde et ses yeux bleus, il avait l'air tellement américain. Cela les sidérait.

Ils firent cercle autour de lui, le bombardant de questions sur sa mère, sur cette femme au nom étrange, mais qu'avait-il à leur apprendre ? Une jeune fille. Elle avait épousé son père.

Et après ?

La sonnerie le sauva.

Elle a épousé mon père. Et après ?

Il aurait pu ajouter qu'elle s'appelait Cho-Cho, néanmoins il pressentait que ses camarades lui rétorqueraient que *ça* n'était pas un mot, et encore moins un nom. Certains appartenaient à des familles originaires de pays lointains : l'Allemagne, la Suède. Il y avait un garçon français prénommé John, qui au début, à l'école, l'avait orthographié Jean. Mais au moins « Jean » ne sonnait pas tellement bizarre quand la maîtresse faisait l'appel – il y avait bien des Américains qui s'appelaient Gene. Aussi Joey avait-il traduit Cho-Cho en *Butterfly*. Seulement, aucune maman ne s'appelait Butterfly.

Il se boucha de toutes ses forces les oreilles. À travers le vrombissement sous son crâne, il entendait la voix de Nancy l'appeler d'en bas :

— Joey. Descends. Le gâteau est prêt. Ton préféré. À la farine de maïs.

Il avait sept ans, et cela faisait des années qu'il détestait ce gâteau.

12

Le père de Nancy lui demandait régulièrement si tout allait bien, et Ben répondait à chaque fois :

— Je m'en sors, Louis.

Quand il faisait le bilan, il n'était pas mécontent : il parvenait à honorer les échéances du crédit de la maison. Son chiffre d'affaires progressait lentement. L'automobile, c'était l'avenir, son propre avenir, celui de Nancy et de son fils. Ils s'en sortaient. Ils auraient dû être heureux. Il aurait aimé la voir sourire plus souvent, elle qui avait le sourire et le rire si faciles autrefois, avec cette façon de retrousser le bout du nez qu'il trouvait si attendrissante. Mais la vie vous endurcit, et finalement, le rire vous quitte. Les mots vous restent coincés dans la gorge.

— Le moment est peut-être venu d'avoir un enfant, lui déclara-t-il un jour.

Ils étaient assis sous la véranda du porche, un peu ensommeillés, tandis que dans le jardin en contrebas, Joey, accroupi dans l'herbe, dessinait de grosses abeilles butinant des buissons de myrtilles.

— On pourrait donner à Joey un petit frère, ou une sœur.

— Pourquoi pas ? répliqua Nancy après un temps de pause.

Il la sentait tendue.

— On va y travailler, conclut-il avec un petit rire.

Les parents de Ben n'avaient jamais beaucoup ri ensemble. Ils avançaient dans la vie avec sérieux, imperturbables. Ils s'étaient occupés de leurs enfants conformément à ce que leur dictait le devoir, sans jamais négliger leurs besoins matériels. Seulement Joe et Martha Pinkerton étaient esclaves de la routine, leur existence ne laissait aucune place à la fantaisie. Enfant, si Ben s'était senti déloyal d'entretenir de telles pensées à l'égard de ses parents, curieusement, aujourd'hui, il ne ressentait pour eux que de la froideur.

Un jour, il y avait une éternité de cela, ils l'avaient emmené dans une grande foire. Quel bonheur cela avait été de se promener dans cette foule, au son de la musique, en respirant de capiteux arômes de sucre et de vanille. Et le manège ! Il se rappelait avoir levé vers le manège un regard ébloui. Mais son père avait décrété que c'était jeter l'argent par les fenêtres, et l'avait traîné au cyclorama sur la guerre de Sécession. Puis ils étaient rentrés directement à la maison.

Ils lui prenaient la main quand cela s'avérait nécessaire, par exemple pour traverser la rue. Pourtant, jamais ils n'auraient songé à le cajoler, même un peu. Et quand Charlie avait été tué au combat, Ben avait eu l'impression qu'entre ses parents et lui s'était glissé un panneau de verre : ils pouvaient se voir, mais pas se toucher.

Par la suite, lorsque Joey avait surgi dans sa vie, ils l'avaient déshérité.

À certains moments, Ben aspirait à quelque chose de plus extrême. Un froid polaire, des vents violents, de la pluie battante. La nature dans toute son intensité. À l'intérieur de la maison, ou entre les murs de son jardin, il éprouvait parfois de la difficulté à respirer, il manquait d'air, et à ces instants, il avait envie de cogner, sur rien de particulier, juste comme ça. Il lui arrivait de se montrer sec avec Nancy. Alors il s'interrogeait : Nancy et lui étaient-ils peu à peu en train de se métamorphoser en ses propres parents ?

Comme si elle avait lu dans ses pensées, elle bondit soudain sur ses pieds en s'écriant :

— Joey ? Tu ne voudrais pas une glace ? Un sundae, ça te dirait ?

Il arrivait qu'aux petites heures, après une trop longue insomnie, Ben passe de pièce en pièce, à la manière d'un gardien de nuit chargé de vérifier si tout est bien fermé : les portes, les fenêtres… Tout était en ordre. Mais que disaient les Évangiles déjà ? *Ne vous amassez pas de trésors sur la terre, mais amassez-vous des trésors dans le ciel, où ni les mites ni les vers ne font de ravages, où les voleurs ne percent ni ne dérobent. Car où est ton trésor, là aussi sera ton cœur.*

Cette nuit-là, la chaleur moite le tira du lit. Il se déplaça en silence, afin de ne pas réveiller Nancy. Comme d'habitude, elle était couchée sur le côté droit, un genou remonté, les doigts de sa main gauche posés en éventail sur sa joue.

Un peu plus tôt, ils avaient tenté de faire une petite sœur ou un petit frère à Joey. « Du bon travail », pour reprendre les mots de Ben. Il était reconnaissant à Nancy de s'être offerte à lui avec une aussi tendre docilité. Mais ensuite, leur étreinte s'était défaite comme d'elle-même ; doucement, ils

110

s'étaient séparés, chacun retrouvant avec volupté la fraîcheur des draps de son côté du lit.

Debout à la fenêtre, les yeux baissés vers la chaussée obscure, il songea aux rues voisines, parallèles ou perpendiculaires à celle-ci, et à d'autres plus loin, de plus en plus éloignées, jusqu'à ce que l'asphalte et les maisons cèdent la place aux champs, les routes filant alors à travers un paysage plat : la plaine de l'Oregon se prolongeait au-delà des frontières, au-delà des montagnes, et s'arrêtait pour s'ourler de falaises et de dunes au bord de l'océan, au bord du reste du monde.

Autrefois, ils organisaient sur la plage des pique-niques, des réunions de famille. Nancy en robe sans manches rose vif, allongée sur le dos, paupières closes, le visage offert à la caresse du soleil, tandis que Ben courait au bord de l'eau où les vagues faisaient mousser l'écume entre ses orteils, pareille à des milliers de petites bouches aspirant sa peau et cherchant à l'engloutir.

Il se rappelait cet instant : le brusque plongeon, le frisson de l'eau froide, le sel qui picotait le duvet de ses bras et de son dos. Il nageait vers le large, d'un crawl ample et souple, ramenant chaque bras en alternance d'un geste qui semblait encourager à le suivre un nageur à la traîne derrière lui, parce qu'il était toujours devant tout le monde, sortant de temps à autre la tête pour prendre une inspiration, puis s'immergeant de nouveau, fendant les vagues telle la proue d'un navire...

À Nagasaki, la mer était verte et glacée. Une petite silhouette en kimono bleu et blanc le regardait nager, assise sur les rochers ; elle agitait la main chaque fois qu'il se tournait vers elle, le soleil étincelait sur son bracelet en argent.

Tout au bout du marché, de minuscules boutiques plantées au bord de la route proposaient des bijoux, dont les plus élaborés étaient en écaille de tortue. Sur un de ces éventaires, il avait remarqué un bracelet incrusté d'un motif or et argent représentant des papillons sur un fond d'émail vivement coloré. Il l'avait acheté. Cho-Cho, avait-il appris, signifiait « papillon ».

Dès qu'il eut franchi la porte en bois et en papier de la maisonnette, il lui avait lancé le bracelet en s'exclamant :

— Tiens, madame Butterfly. Une surprise pour toi. Une petite gâterie.

— Ah ! Du *cloisonné.*

Ce mot n'ayant aucun sens pour Pinkerton, il avait cru à un autre mot japonais pour dire merci. Elle avait levé le bracelet et attendu qu'il l'attache autour de son frêle poignet. Puis elle l'avait conduit au futon.

Il contemplait la rue, les taches lumineuses, les ombres, la rangée de maisons, toutes identiques. Oh, il y avait des différences entre elles, certes. La véranda de l'une était équipée d'une balancelle dont les grincements, lorsque le vent soufflait, lui rappelaient le chant des cigales. Le jardin d'une autre comportait un arbre que le voisinage jugeait trop grand, voué à être déraciné un jour par l'orage. Les gens d'à côté avaient un chien, qui aboyait. Une seule famille profitait de sa compagnie, se disait Ben, et tout le monde devait supporter son raffut. Un peu plus loin, des nouveaux venus avaient peint leur porte d'entrée en jaune. On n'a pas idée ! Une porte d'entrée jaune. Une couleur dérangeante qui évoquait la foudre, une couleur de migraine. D'ailleurs, il en sentait une venir. Ben se dirigea vers la cuisine.

La rampe en bois était lisse au creux de sa paume. D'en bas montait l'odeur de laine chaude des tapis, pas désagréable, même si elle avait quelque chose d'un peu rance, quelque chose d'entêtant. La lumière qui provenait de la fenêtre glissait le long du mur. L'obscurité était douce. Il sentait sa caresse contre sa peau tandis qu'il la traversait comme s'il se mouvait dans un élément liquide. Il lui suffirait de lever la tête, et il prendrait une inspiration à la surface. Sauf qu'ici, il n'y avait pas de surface, l'obscurité emplissait la pièce du sol au plafond. Il était semblable au noyé dont le corps repose au fond de l'océan.

Cette image lui fit un choc, lui qui aimait tant l'eau. N'était-il pas un très bon nageur ? Il ne risquait pas de se noyer, pas lui. Il était aussi en sécurité dans cet élément qu'ici, sous son propre toit.

Il s'en sortait bien.

Il alluma une cigarette et regarda briller dans le noir son bout incandescent d'abord rougeoyant puis, alors qu'il la tenait entre ses doigts, pâlissant peu à peu pour devenir gris. Dès qu'il tirait dessus, l'incandescence réapparaissait, baignant sa main d'une lueur. C'était cela, le truc : il ne fallait jamais arrêter d'inhaler, à cette condition seulement la lueur persistait.

Dans la cuisine, il se remplit un verre d'eau au robinet et but lentement, épousant en pensée le trajet du liquide dans son gosier. Après quoi il retraversa la maison en sens inverse. Devant la porte de la chambre de Joey, il marqua une halte, tourna la poignée, entra. Le garçon dormait, ses couvertures en bas du lit, sa toupie usée posée près de lui sur l'oreiller. Roulé en boule, ses jambes repliées, il ressemblait à une grenouille prête à bondir.

De retour dans sa propre chambre, Pinkerton s'assit tout doucement au bord du lit puis s'allongea sous les draps frais.

Tournée de l'autre côté, paupières closes, la tête enfouie dans l'oreiller, Nancy écouta sa respiration devenir peu à peu plus profonde tandis qu'il glissait vers le sommeil.

13

— La famille de mon papy vivait sur l'île de Nantucket. Il travaillait sur un baleinier quand il était jeune, et ça c'est une dent de baleine. Elle est gravée. Regardez. On y voit des arbres et des maisons.

La grosse dent en ivoire de baleine passa de main en main, soulevant un intérêt mitigé chez les enfants mais passionné chez leur institutrice.

— Le grand-père de Janet compte parmi les nombreux marins qui ont produit de belles gravures sur ivoire comme celle-ci. Cela porte un nom. C'est l'art du *scrimshaw*.

La craie crissa sur le tableau noir.

— *Scrimshaw*. Essayez de vous rappeler ce mot. Et qu'avons-nous d'autre ?

Une rouquine avait apporté un flacon d'huile, d'après elle, fabriqué à partir de petits poissons que les Indiens Cree appellent *ooligan*, ou poisson-chandelle.

— On s'en servait comme d'un médicament, cette huile avait beaucoup de valeur. Mon papa dit que c'est d'*ooligan* que vient le nom de notre État : l'Oregon.

— Très intéressant, Sandra. Bien sûr il existe plusieurs théories sur l'origine du nom de notre État. Les explorateurs ont colporté de drôles d'histoires sur nous. Sur les anciennes cartes, l'Oregon est baptisé parfois *Terra Incognita*...

D'autres présentations se succédèrent. Quand vint son tour, Joey montra à la classe une photographie :

— C'est une photo de mon papa quand il était dans la marine. Il sait naviguer rien qu'en se fiant aux étoiles. Avant ça, il gagnait des coupes dans des compétitions de natation.

La maîtresse sursauta :

— Joey, ton père ne serait pas *Benjamin* Pinkerton ? (L'enfant confirma d'un signe de tête.) Mais c'était un champion. Un héros. Ben Pinkerton a gagné le cinquante mètres nage libre au championnat interuniversités dès la première année. Il a remporté des compétitions en Europe. On pensait qu'il allait nous représenter aux jeux Olympiques. Que s'est-il passé ? Je veux dire, pour quelle raison a-t-il décidé d'abandonner la natation, Joey ? se reprit-elle, consciente d'avoir employé un ton trop accusateur.

L'enfant haussa les épaules.

— Il n'en a jamais parlé.

— Bon, eh bien, tu lui diras qu'il a une fan dans cette école. Lors de la prochaine réunion parents-professeurs, je serais fière de lui serrer la main... Maintenant, à qui le tour ?

— Elle veut te serrer la main. Elle dit que tu es un champion.

— Tout cela, c'est du passé.

Joey observa son père pendant qu'il découpait le rôti. Il procédait avec le plus grand soin, n'étant pas homme à se précipiter. L'officier de marine sur la photo avait des cheveux lumineux, ses épaules étaient plus larges que ses hanches et son sourire découvrait des dents aussi blanches que son uniforme. Joey se rappelait l'avoir vu il y a bien long-temps dans cette tenue, dont la blancheur restait tapie dans les replis obscurs de sa mémoire.

Son père était devenu plus corpulent, et ses che-veux avaient foncé pour prendre une teinte tirant sur le moutarde. Même ses yeux avaient perdu leur éclat. À l'instar de sa maîtresse d'école, il avait envie de lui lancer : Dis donc, papa, qu'est-ce qui s'est passé ? À présent, il comprenait la pensée qui motivait sa question : Comment se faisait-il que Benjamin Pinkerton ait cessé d'être un champion ? Mais Nancy avait surpris son regard, et l'envoya se laver les mains.

La photo était restée posée sur la desserte. Elle se rappelait le jour où elle avait été prise. Il y en avait eu une seconde, d'ailleurs, de tous les deux : Ben en uniforme, Nancy dans une robe vert menthe à la jupe ample et au décolleté en forme de cœur. Elle levait vers son fiancé un visage rieur. Il était sur le point d'embarquer pour un nouveau voyage, et elle lui préparait une surprise de taille : elle imaginait sa tête quand le paquebot la déposerait à Nagasaki. Sur le tirage, ils riaient aux éclats, baignés de lumière, l'air jeunes et insouciants. S'ensuivraient la traversée proprement dite, et tout le reste. Ce cliché avait capté le moment où elle avait été totalement heureuse pour la dernière fois.

Joey revint à table.

— Papa…

Pinkerton devança sa question :

— J'étais bon. Très bon même. Je gagnais haut la main. Et puis, lors d'une compétition, j'ai rencontré un type appelé Weissmuller. Celui-là, il remportait tout, c'était un vrai champion, en chemin pour le championnat du monde. Il est devenu célèbre. Il est allé à Hollywood. J'ai entendu dire qu'il préparait un film. À l'époque, il m'avait raconté ce que cela lui coûtait comme efforts, chaque jour, jusqu'à tomber d'épuisement. Il nageait pendant des heures et des heures. Il disait que son entraîneur était le bon Dieu et qu'il ne lui laissait rien passer. J'ai conclu alors que la vie était trop courte. Et toute cette eau, puisque je n'allais pas y nager, autant y naviguer.

Pinkerton se rendait compte qu'il parlait trop, qu'on ne lui en demandait pas tant. D'un autre côté, il ne disait pas tout : ses parents jugeaient certes la natation comme un passe-temps formidable, mais un homme ne pouvait compter dessus pour gagner sa vie. Ils le poussaient à entrer dans la banque. Le fait que Ben ait choisi de s'engager dans la Navy avait été leur premier vrai sujet de discorde. À présent, il préférait ne pas évoquer ces heures pénibles, ces mauvais tournants qu'il avait pris ou ces opportunités qu'il avait omis de saisir au vol. En outre, il avait fini par comprendre que la vie n'était pas trop courte, bien au contraire, elle avait l'art de se prolonger indéfiniment de déceptions en désillusions.

Weissmuller avait décroché plusieurs médailles d'or olympiques et établi un nombre impressionnant de records du monde. Pour sa part, Ben avait suivi une autre voie. Il ne s'en remémorait pas moins avec émotion l'éblouissement de cet instant où le nageur s'élève dans les airs avant de fendre l'eau dans une gerbe de gloire. Jusqu'au jour où il avait émergé pour s'apercevoir qu'il avait échoué sur la terre ferme.

Il examina dans son assiette le tas de viande et de pommes de terre, tout luisant de jus.

Sur une table basse laquée un assortiment de poissons et de légumes délicatement émincés, découpés et disposés de manière à faire chanter les couleurs, vert et rouge rubis, ambre, rose et blanc, dans des bols en porcelaine, aussi étincelants que des bijoux…

Se saisissant de sa fourchette, il piqua dans une pomme de terre.

— Pourquoi est-ce que tout ce qu'on mange est marron ?

Nancy lui jeta un regard étonné.

— Quoi ?

— Oh, rien. Juste que… oh, oublie ce que j'ai dit.
Il baissa les yeux sur son assiette.
— C'est très bon.

Pour Thanksgiving, comme chaque année le qua-
trième jeudi de novembre, ils se rendirent chez
Louis et Mary. Cette dernière apporta à table une
énorme dinde brillante. Mary était une excellente
cuisinière. Ben se régala.

Le repas se termina par une meringue au chocolat, un gâteau aux noix de pecan et de l'*apple pie*.

— Comme l'*apple pie* de maman, déclara Joey, qui
répétait ce qu'il avait entendu dire à d'autres
enfants.

— À cinq, on n'arrivera jamais à bout de ce festin,
commenta Louis d'un ton léger. Un de ces jours,
j'espère que l'on sera six autour de cette table,
quand Joey aura un petit frère.

— Ou une sœur, renchérit Mary.

Ben sentit sa poitrine se contracter, comme
chaque fois que lui venait l'envie irrépressible de
frapper, rien en particulier, juste de taper sur
quelque chose.

— N'espérez pas trop, lança-t-il spontanément, et
regrettant aussitôt d'avoir haussé la voix.

Louis et Mary échangèrent un coup d'œil, tandis
que Nancy, le nez dans son assiette, poussait un
morceau de meringue du bout de sa cuillère.

— Bien sûr, s'empressa d'opiner Mary, notre
futur est entre les mains de Dieu… Veux-tu encore
un peu de tarte ?

14

La cuisine était toute bruissante de sons électriques : la cafetière flambant neuve gargouillait, des tranches de pain brunissaient dans le nouveau toasteur qui grillait des deux côtés, des œufs grésillaient sur une plaque et dans son coin, le réfrigérateur émettait une plainte qui pour être discrète n'en était pas moins stridente.

Nancy appela Joey à table, puis attendit le bruit familier : Joey descendait toujours l'escalier par bonds, en cognant son cartable contre les marches.

Il promena un regard circulaire dans la cuisine encombrée d'appareils ménagers.

— Un petit déjeuner électrique ?

— Tu devrais être content, lui fit remarquer Ben. Tout le monde ne peut pas se payer les appareils dernier cri.

— Ça améliore le goût de la nourriture ? lança Joey, espiègle.

Nancy déposa un toast doré sur son assiette.

— Sans doute pas.

— Alors, pourquoi on est obligé d'avoir tout ça ?

— Pour se faciliter la vie.

— Et parce que c'est l'avenir, ajouta Ben en levant les yeux de son journal. L'électricité, c'est l'avenir.

— Papa, tu disais que c'était l'automobile.

— Eh bien, les deux.

— Tu devrais inventer une auto électrique.

— J'y songerai.

Elle se dit qu'ils avaient de la chance d'avoir un enfant tellement intelligent, curieux et vif d'esprit. Si elle était restée institutrice, elle aurait souhaité avoir un élève tel que lui. Elle posa la main brièvement sur ses cheveux en passant derrière sa chaise. Croisant le regard de son mari, elle lui adressa un sourire, et le bout de son nez se retroussa.

Lorsque Joey sortit rejoindre un petit voisin avec qui il faisait chaque matin le trajet de l'école, en sautillant, Ben s'attarda dans la cuisine devant une deuxième tasse de café. Nancy tendit la main vers le journal.

— J'ai rendez-vous cet après-midi avec Daniels à la banque. À propos de mon emprunt.

— Tu es décidé, alors ? Tu ne m'en as pas reparlé.

— J'ai bien réfléchi. Maintenant, je suis sûr. Il me faut un local plus grand, un vrai atelier.

— Ben ? Est-ce de la spéculation ?

— Un investissement. Pourquoi cette question ?

Elle tapota le journal et lut tout haut :

— Hoover lance une mise en garde contre la spéculation rampante. Qu'est-ce que tu en penses ? Le président sait-il quelque chose que nous ignorons ?

— Agrandir son garage, tu trouves que c'est « de la spéculation rampante », toi ? Moi, non. À la banque, ils ont étudié mon bilan. Il n'y a aucun risque, en cinq ans, le prêt sera remboursé. Chérie, c'est maintenant qu'il faut sauter le pas.

Par la suite, en se rappelant sa décision, il répéterait à Nancy une vieille blague de son père : « Tu veux faire rire Dieu ? Expose-lui tes projets. »

Au début, le problème semblait éloigné : seules les grosses fortunes étaient affectées. La Bourse serait peut-être un peu houleuse pendant une semaine ou deux, mais la vie continuait et les petites entreprises restaient en bonne santé. La presse nationale multipliait les articles encourageants, les gazettes locales s'employaient à rassurer leur lectorat. Pinkerton prit l'habitude de lire à haute voix à Nancy les manchettes des journaux.

— Écoute-moi ça. Irving Fisher dans le *New York Times* : *On assiste en ce moment à une chute du prix des actions en Bourse, mais rien qui ressemble à un krach.* Ce type-là est un spécialiste de l'économie très connu, il est bien placé pour savoir. Tiens, en voilà un autre...

Pourtant, d'un seul coup, Wall Street cessa de figurer parmi les lieux éloignés dont on n'entendait parler que dans les pages financières. Les nouvelles de New York sillonnaient d'un bout à l'autre le pays sur les rails des chemins de fer et les câbles télégraphiques. La nuit, son spectre venait frapper aux carreaux des braves citoyens. Alors Pinkerton remontait ses couvertures jusqu'au menton en regrettant le temps où il trouvait le sommeil sans difficulté.

— Papa ? Où il a eu lieu, le krach ? demanda Joey. Un garçon à l'école m'a dit que son père lui avait dit qu'il y avait eu un krach.

— Il ne faut pas croire ce que racontent les gens. Il n'y a pas de krach, un point c'est tout.

Il lut dans le journal une citation d'Arthur Reynolds, le président de la banque Continental Illinois de Chicago.

— Selon lui, la crise financière n'aura pas d'impact sur la vie des entreprises.

C'était le 24 octobre. Cinq jours plus tard, l'indice Dow Jones reculait de 11,73 points.

— Ben ? Crois-tu que nous allons être touchés ? l'interrogea Nancy le soir même.

— La chute du cours des actions et des titres ? Je ne vois pas pourquoi. Nous ne jouons pas en Bourse.

Les amis de la famille se plaisaient à qualifier Ben Pinkerton de « golden boy ». Au lycée et à l'université, ce champion de natation scintillait comme l'eau des piscines olympiques à laquelle il devait ses médailles. Dans la Navy, il brillait dans son uniforme blanc aux boutons en cuivre doré. Lorsqu'il avait ouvert son garage – un des premiers en ville –, il étincelait comme les carrosseries de ses automobiles. À l'image de son affaire, il avait pris de l'ampleur. Mais à présent il perdait de son éclat, le doré se patinait, les cuivres noircissaient.

Le coup de téléphone de la banque ne l'affola pas. M. Pinkerton pourrait-il passer quand il aurait un moment ? M. Daniels souhaitait avoir une petite conversation avec lui.

La conversation se révéla plus déplaisante que prévu. Pas tout de suite. Gerry Daniels, qui s'était toujours montré amical et disposé à rendre service, se montrait encore affable :

— Comment va Nancy ? Et le fils ? Bien, un garçon qui ne donne que des satisfactions.

Il aborda ensuite la question de la situation économique, des problèmes auxquels le gouvernement se trouvait confronté, parsemant son discours d'expressions du style « annulation de contrat », « effondrement », « crise économique »... À mesure qu'il parlait, son visage s'allongeait.

— Certaines sociétés d'investissement se sont effondrées, Ben. À cause d'un usage malavisé des « fonds » des investisseurs.

— Voyons, vous n'allez pas me faire croire que les banques sont au bord de la faillite. Vous voudriez que je pleure sur le sort des millionnaires ?

Mais Daniels ne riait pas.

— Si ce n'étaient que les riches. Nous sommes tous dans le même bateau. Les temps sont durs, Ben, pour tout le monde. L'argent ne coule plus à flots...

— Où voulez-vous en venir ?

Daniels déplaça de quelques centimètres sur son bureau, son encrier, puis son buvard, et enfin la photo de son épouse. Après quoi, il leva les yeux vers Ben et lui adressa un sourire toujours cordial, mais affligé.

— Le prêt, Ben. Le moment est venu de rembourser.

— Hé ! Ce n'est pas la première fois que je traverse des turbulences. Et je m'en suis toujours sorti. L'automobile, c'est l'avenir.

— Ben, si j'avais touché un dollar chaque fois que j'avais entendu cela, je serais un homme riche.

— Non, Gerry, vous vous trompez. Combien de gens dans cette ville ont pu vous le dire ? Dix ? vingt ? cent ? Pourtant c'est la vérité. Le garage marche très bien. Il ne s'agit que d'une difficulté de trésorerie passagère. Donnez-moi un peu de temps…

Daniels haussa les épaules afin de bien montrer qu'il n'y pouvait rien.

— C'est bien ça qui nous manque. Le temps. Je suis désolé, Ben. Si cela ne tenait qu'à moi…

Si cela ne tenait qu'à lui, il serait trop content de lui laisser… blablabla… seulement la banque réclamait le remboursement du prêt. Tout de suite. Ben lui assura qu'il comprenait et ils se serrèrent la main. Daniels le raccompagna à la porte, la main sur l'épaule, qu'il serra amicalement en le priant de transmettre ses salutations à Nancy.

À la consternation de Ben, il se trouva dans l'incapacité de rembourser son emprunt à la banque pour la simple raison que ses clients n'étaient plus solvables. Et lorsqu'il ne parvint pas non plus à honorer les échéances du prêt pour la maison et qu'il reçut un commandement aux fins de saisie, il commença à comprendre que le Dow Jones et la chute des valeurs boursières les affectaient hélas eux aussi.

— Je vais chercher du travail, annonça Nancy. Maintenant que Joey va à l'école, j'ai le temps.

— Ce ne sera pas nécessaire.

Pourtant, cela s'avéra vite indispensable. Nancy trouva un emploi. Rien de particulièrement plaisant, mais elle n'avait pas le choix. Ils avaient déjà perdu le garage. C'était maintenant le tour de la maison et de la cuisine « tout électrique ».

Nancy mena les choses rondement : elle se concentra sur ce qu'il fallait prendre, et abandonna le reste, emportant toutefois quelques petits objets, ceux dont la valeur, dans les ventes, est qualifiée de « sentimentale ». Elle garda ainsi un plat en faïence mexicain, un cadeau de mariage, et des ciseaux à raisin en argent, vestige d'un mode de vie brutalement englouti. Ben glissa dans sa poche la médaille militaire de son frère Charlie.

Elle sélectionna et plia ses vêtements de tous les jours. À la vérité, le reste de sa garde-robe ne quittait guère son placard. Joey l'observait. Il n'avait jamais été très porté sur les jouets. Elle lui dit qu'il pouvait garder ses livres préférés.

Une fois emballés, les cartons furent déposés sous le porche. Au moment où Nancy sortait, deux Ford Model T passèrent devant la maison. Si les autos arboraient encore le lustre du neuf, elles étaient chargées à ras bord de meubles et autres articles ménagers. Autour de Nancy, leurs possessions étaient exposées avec une pancarte indiquant : « À vendre au plus offrant. »

Qu'allait-on pouvoir leur en offrir ? Combien de dollars pourraient la consoler de la perte de ces objets qu'elle avait elle-même choisis en y mettant tout son cœur… la consoler de voir la desserte en bois d'érable, la lampe à pied, le bureau avec le tiroir secret, s'éloigner à l'arrière de la voiture de gens qu'elle ne connaissait même pas.

Nancy interrogea :
— Où est Joey ?

Ben était occupé à remplir des cartons. Elle rentra dans la maison, l'appela. En arrivant en haut de l'escalier, les jambes lourdes, le gosier desséché par la poussière, elle répéta :

— Joey ?

Ben l'entendit appeler Joey à l'étage d'une voix de plus en plus angoissée alors qu'elle passait de pièce en pièce. L'instant d'après, elle dévalait l'escalier et sortait en trombe, les deux mains dans les cheveux. Elle scruta la rue par-dessus la silhouette accroupie de Ben et s'écria :

— Il est parti.

15

Sur le trottoir, dardant son regard à droite et à gauche, elle réitérait son appel, tout en sachant qu'elle n'avait aucune chance d'obtenir une réponse.

— Joey ? *Joey !*

— Je n'ai pas bougé du porche, fit observer Ben. Il ne peut pas être sorti.

Il essaya de se mettre à la place de l'enfant.

— As-tu cherché dans le grenier ? suggéra-t-il.

Elle repartit aussitôt, grimpant l'escalier quatre à quatre. Elle marqua une pause sur le palier : comment avait-elle fait pour ne pas voir l'échelle du grenier dépliée, la trappe ouverte ?

Joey se tenait accroupi dans un coin sous la lucarne, un sac en papier brun plein de livres serré contre lui.

Nancy énonça d'une voix égale :

— Joey : on va commencer à charger le camion…

— Je ne pars pas.

Il se recroquevilla par terre en une boule bien serrée, bien lourde, n'offrant aucune prise.

Elle redescendit avertir Ben, mais lorsqu'elle tenta de lui expliquer ce qui se passait, il s'impatienta : ces enfantillages relevaient du domaine de Nancy.

— Tu n'as qu'à le forcer. S'il le faut, donne-lui une bonne gifle.

— Une *bonne* gifle ?

Nancy sentit monter en elle une vague de colère, mélange de fatigue, de rancœur et de solitude.

— Joey est *ton* fils, lui dit-elle. C'est à toi de monter le chercher.

Et elle s'assit lourdement sur une marche du porche, les épaules rentrées, le dos voûté, indifférente à la saleté de l'escalier.

— Tu n'as qu'à lui donner une gifle toi-même. Si tu crois que c'est la *bonne* politique à adopter. Je refuse de le frapper.

Ben monta au grenier.

— Salut, toi.

Il se pencha sur la petite boule blottie contre le mur de la soupente. Dans la pénombre, il avait l'air moins blond, et quelque chose dans la façon dont il tourna la tête de côté en levant une épaule pour le regarder lui rappela une vision poignante. Ben voyait soudain en lui l'enfant de Cho-Cho.

Joey se mit à pleurer, de grosses larmes tombèrent sur ses genoux.

Ben s'accroupit en s'adossant au mur.

— Qu'est-ce qui ne va pas ? dit-il d'une voix conciliante.

C'est alors que Joey demanda :

— Nancy va vraiment mourir ?

— Quoi ?

— Quand on sera partis. Elle sera morte ?

Lorsque Ben redescendit, Nancy était toujours sur les marches du porche, les yeux clos. Il s'assit auprès d'elle.

— Il a peur.

Elle ouvrit les yeux tout grands :

— Mais de quoi ?

— Il dit que la dernière fois qu'on l'a emmené loin de sa maison, sa mère est morte et il ne l'a jamais revue. Il a peur que cela ne se reproduise et ne veut pas d'une nouvelle maman.

Atterrée, Nancy eut la sensation que le passé se dressait brutalement devant elle, pareil à une vague monstrueuse sur le point de l'écraser.

— Oh, mon Dieu, mon Dieu !

— Ne t'inquiète pas. Je lui ai promis que ce malheur ne se reproduirait pas.

— Ben. On a peut-être eu tort.

De l'intérieur de la maison leur parvinrent les bruits feutrés de l'enfant descendant l'escalier.

— Je lui ai dit qu'il pourrait s'asseoir sur tes genoux dans le camion. Il ne peut rien t'arriver tant qu'il est là.

À quoi, il ajouta avec une ironie cinglante :

— Il se fout pas mal de ce qui pourrait m'arriver à moi.

16

Joey demanda où ils allaient. Nancy lui répondit dans une nouvelle maison. Il changerait d'école.

— C'est une aventure. Tu vas voir, on va bien s'amuser.

Dans le garni, ils étaient les uns sur les autres, mais Joey avait encore une chambre, si tant est que l'on puisse qualifier de chambre un placard fermé par une tenture, un réduit où il avait tout juste la place pour son petit lit, avec ses jouets et ses livres rangés en dessous dans des cartons.

Le regard de Ben glissa sur l'évier ébréché pour se poser sur la table de la cuisine au plateau tout griffé sous la lumière crue du plafonnier.

— Ce n'est pas un endroit pour nous, articula-t-il.

— C'est temporaire.

Il réussit à garder le camion, avec lequel il fit la navette entre les petites fermes des environs et les magasins en ville, transportant des produits agricoles, du matériel, des provisions. Les manchettes des journaux n'étaient plus à l'optimisme, mais Ben s'efforçait de ne pas flancher lorsque l'enfant était à portée de voix.

— On s'en sort, se plaisait-il à répéter. On s'en sort très bien.

Il se félicitait de n'avoir que Joey. Lui qui avait tant souhaité avoir un enfant de Nancy, et exaucer ainsi le souhait non formulé de ses beaux-parents, à présent il se disait – pour reprendre le proverbe : « À quelque chose malheur est bon » – que leur infertilité avait au moins un avantage : c'était une bouche de moins à nourrir.

Il aurait volontiers bu un verre à l'occasion, mais voilà, la consommation d'alcool n'était plus autorisée : la prohibition n'était pas une bonne chose pour la société et, selon lui, vu l'état du monde, les tensions supplémentaires qu'elle engendrait étaient en quelque sorte la goutte d'eau qui faisait déborder le vase. Cela dit, un de ces jours, il risquait de violer la loi. Il se mit à fumer davantage, puis il s'arrêta : les cigarettes ne poussaient pas sur les arbres.

Nancy travaillait dans un jardin d'enfants. Elle s'occupait de la progéniture en bas âge des femmes qui avaient la chance d'avoir un vrai emploi. Ses cheveux ne rebondissaient plus sur ses épaules, ils n'étaient plus aussi brillants. Lavés moins souvent, sans mise en plis, ils pendaient, désespérément plats. Elle se contentait de les ramener derrière ses oreilles. Pour le goûter, la famille avait droit à du gâteau préparé à partir d'un mélange industriel, et pour le dîner, à du pain de viande avec beaucoup plus de pain que de viande.

Joey n'avait jamais été un enfant bruyant. Il devint plus silencieux encore.

Il lui arrivait, allongé dans le noir, de songer à sa vraie mère. Il se demandait alors quel genre de personne elle avait été, ses seuls souvenirs étant un kimono se mouvant sans bruit sur des tatamis dans une maison aux murs en papier, une main légère lui caressant la tête, la douce chaleur de son corps quand elle épongeait ses pleurs, et leurs longues promenades au bord de la mer. Il ne parvenait à se remémorer ni la forme de son visage, ni le son de sa voix.

Il se rappelait des hurlements, et lui se bouchant les oreilles pour ne pas entendre. Mais qui hurlait ainsi ? Et pour quelle raison ? Tout ce qu'il savait, c'était qu'on l'avait emmené.

Dans la cour de l'école, il attendait derrière le grillage que Nancy passe le chercher à la sortie de son travail.

Un samedi après-midi, en l'aidant à débarrasser la table, il inspecta d'un regard circulaire la pièce qui leur servait tout à la fois de cuisine et de séjour.

Au-dessus de l'évier, le linge mis à sécher rendait l'air perpétuellement humide et froid. En dépit des efforts de Nancy – les chemises essorées avec soin gouttaient sur la porcelaine – le blanc restait obstinément gris.

Joey prononça tout bas :

— C'est horrible, ici.

— Oui, approuva Nancy, c'est horrible.

Elle contempla le pain de viande sur la table. Elle veillait à ce qu'il ait assez à manger, pourtant il était de plus en plus maigre.

— Ça te plairait de faire un gâteau aux mûres ? lui proposa-t-elle à brûle-pourpoint. On pourrait aller en ramasser à la campagne, comme quand on habitait la grande maison.

Une décision extravagante : ils se rendirent en bus dans leur ancien quartier, puis continuèrent à pied. Nancy prit soin d'éviter la rue bordée d'arbres où ils avaient connu des temps plus heureux. À la sortie de la ville, elle s'attendait à tomber sur l'espace vert où la nature encore à l'état quasi sauvage leur permettrait de remplir un plein panier de mûres gorgées de suc. Mais à la place de ce havre de fruits et de fleurs avaient poussé des cabanes misérables composant un paysage désolé où le vent soulevait des papiers gras. Les mûriers avaient été arrachés, les arbres abattus. Autour du bidonville, des chiens abandonnés formaient des meutes qui fouillaient les poubelles en quête de nourriture.

L'enfant leva un regard perplexe et demanda :

— Qu'est-ce qui est arrivé ?

— Ce sont des gens qui ont perdu leurs maisons, Joey. C'est ici qu'ils habitent maintenant.

Ils continuèrent leur promenade. Elle le mena au bord de la rivière où, il n'y a pas si longtemps, ils passaient le dimanche après-midi à observer les martins-pêcheurs et les libellules. À l'époque, des petits garçons pêchaient à la ligne à côté de leur père. À présent, de misérables cahutes occupées par des gens sans domicile parsemaient la rive. Des carcasses de camions sans roues étaient échouées, telles des barges à l'abandon.

— Il y a beaucoup d'endroits tels que celui-ci, déclara Nancy. On les a baptisés *Hooverville*, d'après le nom de notre président. On croirait une plaisanterie, mais cela n'a rien de drôle.

En silence, ils longèrent les constructions de planches pourries, carton, et bouts de ficelle. Des cheminées confectionnées à partir de boîtes de conserve pointaient de toits recouverts de toiles goudronnées maintenues en place au moyen de branches. Certaines baraques étaient même pourvues de portes qui battaient dans le courant d'air.

Des femmes les observaient de leurs yeux cernés de noir. Nancy, qui d'instinct aurait préféré se détourner, s'obligea à regarder en face ces silhouettes aussi grises que la cendre, marquées de l'invisible signe de la honte. Elle se forçait à les voir comme des ménagères ordinaires. Il n'y a pas si longtemps, elles possédaient des maisons agréables, leurs maris partaient de bon matin après le petit déjeuner, elles achetaient parfois un bouquet de fleurs à poser sur le rebord de leur fenêtre. Seulement aujourd'hui, elles n'avaient plus rien d'ordinaire, elles avaient glissé hors des mailles du filet de la normalité, elles se noyaient dans le désespoir. Nancy remarqua qu'il n'y avait aucun homme en vue, une absence aussi étrange qu'inquiétante, puisque les chômeurs n'avaient nulle part où aller.

Une fillette du même âge environ que Joey s'accroupit pour déféquer derrière une cabane et tourna vers eux un visage impassible. Nancy prit Joey par le bras et lui fit rebrousser chemin en s'exclamant :

— Et voilà ! Il n'y a plus de mûres par ici. On trouvera bien autre chose. Une maman du jardin d'enfants m'a dit qu'elle essayait toutes sortes de nouvelles recettes. Elle a fait de la soupe d'orties, par exemple.

Joey fronça le nez, titillé par un vague souvenir.

— Les orties, c'est bon. J'en ai déjà mangé.

Elle était étonnée.

— Quand cela ?

— Je ne me rappelle plus.

Il commençait à se sentir anxieux.

Des orties. Et quoi encore ? se demanda Nancy. Les prix grimpaient, les fermiers produisaient moins. Pourquoi pas au menu des martins-pêcheurs et des libellules ? Des cigales grillées ? Tout ce qui était comestible.

Elle se rappelait une citation d'Ambrose Bierce qui l'avait particulièrement réjouie à l'époque où elle était étudiante. Bierce donnait comme définition du mot comestible : « Susceptible d'être mangé et digéré, comme un ver pour un crapaud, un crapaud pour un serpent, un serpent pour un cochon, un cochon pour l'homme et l'homme pour le ver. » Aujourd'hui, ce trait d'humour lui paraissait beaucoup moins réjouissant.

Les tout-petits aimaient chanter en tapant dans leurs mains, et Nancy chantait avec eux – elle adorait entendre leurs charmantes voix flûtées entonner les rimes des comptines. Or il y avait des jours où, brusquement, sa propre voix restait coincée dans sa gorge et où, les larmes aux yeux, elle parvenait à peine à articuler quelques sons rauques. On aurait dit alors que la musique libérait au fond de son âme des flots de tristesse. Mais au lieu de laisser libre cours à son chagrin, elle le réprimait, ravalait ses pleurs, battait la mesure et encourageait les enfants de joyeux hochements de tête.

La tristesse devenait pour elle une seconde nature. Raison de plus pour la dissimuler aux yeux du monde. Cela ne lui était pas très difficile, il y avait longtemps qu'elle avait perdu l'habitude de sourire. Seulement un jour, au jardin d'enfants, alors qu'elle était en train de consoler un petit qui venait de s'érafler les genoux, ses nerfs craquèrent : les épaules soudain secouées de sanglots, elle versa des larmes dans les boucles de l'enfant qu'elle serrait très fort dans ses bras sous le regard inquiet de ses collègues.

Elle trouva des prétextes : elle était indisposée, elle dormait mal depuis quelques jours... On la renvoya chez elle en lui conseillant de se reposer.

Dans son lit, elle se recroquevilla en pressant son oreiller contre son ventre et ne retint plus ses sanglots. Quand elle l'avait adopté, Joey avait déjà trois ans. Elle avait manqué le stade du bébé, le petit corps quittant le ventre de sa mère pour atterrir dans ses bras, toutes ces sensations qu'une maman éprouve quand un nouveau-né vagissant cherche le sein. L'odeur de lait et de talc.

Le lendemain, elle était de nouveau comme d'habitude. Mais le soir, quelques larmes tombèrent sur sa lettre hebdomadaire à sa mère, et la feuille s'étoila de taches d'encre.

17

En rentrant chez lui au volant de son camion, Ben s'efforça de mettre au point un petit discours en cherchant les mots qui feraient le moins mal à Nancy. Devait-il procéder par circonvolutions, afin d'adoucir le choc, ou bien valait-il mieux annoncer la chose de but en blanc ? Ces derniers temps ils ne se parlaient plus guère. Et il fallait bien avouer que, dans le fond, peu importait la forme... Rien que d'y penser, il en avait la nausée.

À la périphérie de la ville, il vit s'élever devant lui un nuage de poussière. Alors qu'il s'en rapprochait, il discerna un groupe d'hommes à pied : les maris, les frères et les pères des femmes de *Hooverville*, une colonne dépenaillée, et grise.

Il passa la tête par sa fenêtre.

— Quelqu'un aurait-il besoin que je le dépose quelque part ?

Quelques hommes le saluèrent d'un geste amical, deux d'entre eux grimpèrent à bord puis tendirent les mains à des femmes avec de jeunes enfants dans les bras.

— Où allez-vous, messieurs ?

— À Portland.

— Vous n'avez qu'à nous déposer au carrefour.

Ben jeta un bref regard aux hommes serrés dans la cabine de son camion. Il reconnaissait vaguement l'un d'eux.

— Vous êtes... Walt, n'est-ce pas ? Qu'est-ce qui se prépare, dites-moi ?

Une fesse posée sur le coin de la table de la cuisine, il buvait un verre d'eau à petites gorgées.

— Alors, je lui ai demandé ce qui se passait.

Elle préparait le dîner, allant et venant de la gazinière à la table, de la table à l'évier. C'était devenu une habitude chez elle, de l'écouter d'une oreille distraite tout en vaquant à ses tâches ménagères. Ben s'adressait à l'arrière de sa tête.

— Et tu sais ce qu'il m'a répondu ?

— Non.

Mais elle savait qu'elle n'allait pas tarder à le savoir. Alors qu'elle éminçait en tranches fines un petit morceau de jambon, elle marqua une pause pour jeter un coup d'œil par-dessus son épaule.

— Au fait, j'ai reçu une lettre de ma mère ce matin.

Il opina puis vida son verre d'eau.

— Voilà ce que Walt m'a dit…

Le camion bringuebalait sur les ornières de la route. Walter lui annonça avec son accent traînant que « les gars » s'étaient donné rendez-vous à Portland d'où ils avaient l'intention de partir pour Washington dès le lendemain.

Ben déchira le papier d'un chewing-gum, et ajouta celui-ci à la boule fade qu'il avait déjà entre les dents. Il mâchonna un moment, absorbant avec délice le jus mentholé.

— Le Washington, ça fait une sacrée trotte.

Ses deux passagers échangèrent un regard amusé.

— Washington D.C., Ben, le Capitole. La Maison Blanche.

— Vous n'êtes pas sérieux, les gars. Vous n'allez quand même pas traverser tous les États-Unis ?

Ben était en train de dépasser le cortège désordonné en roulant au pas afin de ne pas soulever trop de poussière.

— Washington D.C. Mais c'est à quoi… cinq mille kilomètres.

Cette fois, Nancy suspendit son geste pour lui prêter toute son attention.

— Washington ? Ces hommes sont d'anciens soldats, n'est-ce pas ?

Joey, depuis son lit dans sa chambre-placard, intervint :

— Pourquoi des anciens soldats veulent aller à Washington ?

Nancy se disait que si Ben avait eu deux années de plus, lui aussi serait peut-être en route pour la capitale. Ainsi que son frère aîné, Charlie, si ce dernier était revenu de France. Mais il n'était plus qu'une croix blanche parmi tant d'autres marquant les tombes de ceux tombés au champ d'honneur.

Elle contourna la table en dressant le couvert, disposant avec soin couteaux, fourchettes, assiettes. Ben s'était détourné. Il regardait Joey : au moins son fils, lui, l'écoutait.

— Ces types-là... (Ben secoua la tête.) Ils sont animés par de grandes idées. Ils ont déjà fait des pétitions, organisé des meetings...

Ben avait lu des articles sur le soulèvement des vétérans de la Grande Guerre. Les éditorialistes traitaient leurs revendications par le mépris, mais la mémoire de Charlie reposant dans un cimetière français le rapprochait de ces hommes. Il comprenait que se sentant floués, ils puissent se mettre à casser des carreaux et à taper sur des gens.

Et aujourd'hui, en voyant ce cortège d'hommes qui se dirigeait lentement vers sa ville, Ben avait pu évaluer leur degré de colère et admirer la détermination qui les envoyait sur les routes dans une

139

longue marche galvanisée par l'espérance – une aventure sans précédent.

— Ils sont fous, soupira-t-il. Certains sont presque des invalides, les pauvres, c'est dur pour eux. Tu te rends compte ? Aller à pied jusqu'à Washington ? Ils ne vont jamais y arriver.

Tout en surveillant ses haricots et en coupant son jambon en dés, Nancy l'écoutait.

— Tu vois, Joey, ils n'ont plus ni travail ni maison. Ils veulent seulement attirer l'attention du président sur leurs malheurs. Ils réclament qu'on leur paye tout de suite la prime – le « bonus » – qu'on devait leur verser en compensation de leur service à la patrie pendant la guerre. Ils ne peuvent pas se permettre d'attendre encore douze ans. D'ici là, ils seront morts de faim.

Nancy posa son couteau et se rinça les mains. En les essuyant sur son tablier, elle pivota sur ses talons pour lui faire face :

— Ben ?

— Je veux dire, ils n'ont pas encore trouvé le bon moyen...

— Tu pars pour Washington.

Le son de sa voix ne laissait planer aucun doute, il ne s'agissait nullement d'une question. Il se tut.

— Tu vas partir pour Washington, insista-t-elle.

— Qui a parlé de... Est-ce que j'ai dit quelque chose... J'ai dit qu'ils sont fous... tu ne m'écoutes pas.

— Je t'écoute, Ben, même si j'ai l'air d'avoir la tête ailleurs. Pourquoi voudrais-tu te joindre à eux ? Pour commencer, tu n'es pas un vétéran.

Ensuite, tu as trop de problèmes. Tu as des responsabilités familiales. Et enfin... Tu as peut-être autre chose à me dire ? ajouta-t-elle après une pause.

Il émit un bruit de gorge. Le langage lui résistait comme une terre compacte sous la lame de la charrue.

— Tu dois rester ici pour nous, pour Joey et pour moi.

Même si Ben refusait de l'admettre, cette marche concernait uniquement Charlie, le frère disparu.

— Tu t'inquiètes pour les vétérans alors que tu ne devrais te soucier que de nous.

— Je pense tout le temps à vous. C'est généralement ce qui se passe avec ceux que l'on aime, non ?

Au tour de Nancy de rester sans voix. Il y avait si longtemps qu'il ne lui avait dit qu'il l'aimait. Hélas, ils étaient si loin l'un de l'autre maintenant que sa déclaration ne parvint pas à l'attendrir.

— Ma mère dans sa lettre... m'invite à rester chez eux pour quelque temps, dit-elle, feignant de changer de sujet de conversation. Ce n'est pas une mauvaise idée, étant donné que le jardin d'enfants n'a plus les moyens de me rémunérer.

Elle savait ce qu'elle était en réalité en train de lui dire, et savait qu'il le savait.

Il acquiesça, lentement, comme s'il s'agissait d'un problème complexe auquel il devait réfléchir. Alors qu'elle venait d'en formuler la solution. Tout en percevant la scène comme à travers un brouillard, il décida qu'il ne pouvait pas lui cacher plus longtemps la vérité.

— Ma chérie, c'est formidable. J'aimerais vous y conduire. Hélas, je n'aurai pas le camion.

— Une panne ?

— La dette... J'ai dû le rendre.

Elle lui lança un regard dur, préférant se taire en présence de l'enfant.

— On en parlera plus tard, se contenta-t-elle de répliquer. Joey, à table. Lave-toi les mains. (Elle lui sourit.) Demain, on a une journée chargée. Il faut faire nos valises. On va rendre visite à mamy et papy. Et ton père va à Washington.

Un peu plus tard, assise au bord du lit, lasse, de mauvaise humeur, elle interrogea Ben en chuchotant :

— Qu'est-il arrivé ?

— Personne n'a plus besoin de transporteurs, Nance. Les fermiers brûlent leurs propres récoltes de maïs pour se chauffer. Personne n'achète plus rien.

— Pourquoi ne m'as-tu rien dit ? J'aurais pu demander à papa...

— Pas question de mêler tes parents à ça, comme s'ils n'avaient pas assez de problèmes. Je trouverai bien quelque chose. Je peux creuser des fossés s'il le faut...

— Il n'y a pas de fossés à creuser, Ben. Sinon, tu penses, les vétérans auraient la pelle à la main.

Sans l'assistance de ses parents, ils auraient été grossir la population de Hooverville.

Dans quel autre pays, quelle autre vie, avait-elle possédé une cuisine « tout électrique » ? Une maison à deux étages, avec un escalier, de grandes pièces, de hauts plafonds ? Elle se remémora les tapis à poils longs qui réchauffaient le parquet, leur réconfortante odeur de laine, aussi doux au toucher que de la laine d'agneau. Par l'entrebâillement de la porte, elle voyait la pièce voisine : les murs sales, le mobilier bon marché, usé. Même le parquet était fendillé.

Comme elle détestait cet appartement ! Pourtant cette nuit, il lui semblait un bienfait : un lieu où ils étaient à l'abri, sous un toit qui ne fuyait pas, où ils pouvaient lire dans un fauteuil à la clarté d'une lampe. Elle se rappela les misérables cabanes sur les berges de la rivière, les femmes acariâtres, échevelées, les enfants aux pieds nus et aux frimousses marquées autant par la crasse que par le malheur. Et elle pensa à Joey.

Ben articula :

— Je vais trouver quelque chose de mieux que cet endroit. Dès que je serai rentré de Washington. Ce ne sera pas long.

Il la regarda avec ce sourire qui jadis avait conquis son cœur. Sincère, oui, il l'était, sans aucun doute. Elle battit des paupières, ravalant ses larmes. Ils s'apprêtaient à emballer ce qui leur restait de possessions. Ils étaient sur le point de perdre ce qu'ils avaient un temps appelé leur chez-eux. Soudain, elle fut submergée par une détresse intense, où le chagrin se mêlait à la peur. Ben prit sa main dans la sienne, et elle la lui abandonna, toute molle, tel un oiseau blessé.

18

Environ trois cents hommes se trouvaient déjà rassemblés au dépôt de la gare de Portland lorsque Ben se joignit à eux. C'était une belle matinée de mai, une petite brise tempérait l'ardeur du soleil. Certains étaient restés en bleu de travail, d'autres avaient endossé leurs vieux uniformes militaires. S'ils s'étaient eux-mêmes dénommés la « Bonus Army », ces anciens combattants ne se prenaient pas pour autant au sérieux. Quelques-uns avaient épinglé leurs médailles au revers de leurs vestes d'uniforme défraîchies.

— Bon, alors, qui a de la monnaie ?

Éclat de rire général. Personne n'avait de quoi se payer un billet de train.

Ils calculèrent que leur caisse commune se montait à trente dollars. Aussi furent-ils étonnés lorsque la compagnie Union Pacific les invita à monter dans des wagons de marchandises vides en partance pour l'Est. Comme par hasard, les gardiens intraitables, avec leurs matraques et leurs chiens, n'étaient visibles nulle part.

— Ils veulent qu'on débarrasse le plancher, plaisanta à moitié Walt. Moins ils ont d'ennuis, mieux ils se portent.

— Nous sommes des indésirables, renchérit Ben.

— Ça nous arrange. Une fois à Washington, on ne bougera pas tant que l'octroi du « bonus » ne sera pas voté. (Haussant la voix, il harangua la foule :) Alors, c'est bien compris, les gars ? On ne mendie pas. On ne boit pas. Et… on ne parle pas politique, ajouta-t-il avec un sourire goguenard. Vous ne voulez pas être pris pour des communistes.

Bercé par le rythme du train, accroupi, tassé contre les autres, épaule contre épaule, respirant leur sueur, leur mauvaise haleine et leurs pets nauséabonds, Ben, pris d'une crampe, changea de position. En s'asseyant en tailleur, il se revit assis de la sorte sur la surface soyeuse d'un tatami, il sentit sur lui les mains fraîches de Cho-Cho et contre son corps la douceur de ses formes graciles.

Tout un univers ressurgissait qui lui semblait à présent extraordinairement propre et sécurisant. Par un interstice dans la cloison, il regarda le paysage étincelant qui défilait à toute allure, tout près de lui et pourtant hors d'atteinte. Il avait la bouche sèche, les yeux qui piquaient. Le bétail éprouvait-il le même inconfort ? La conscience de sa souffrance était-elle le propre de l'homme ? Ces pensées n'avaient encore jamais traversé son esprit. Dans cette autre vie, Cho-Cho, après leurs ébats, l'avait lavé puis conduit à un bain brûlant avant de lui tendre des vêtements repassés. « Agréable ? » demandait-elle chaque fois. Oh, oui, divinement agréable, reconnut-il, soudain bourrelé de remords. Il se vit un instant comme à travers la lentille d'un périscope temporel. Le voilà débarquant en roulant des mécaniques, jeune et fringant officier de marine cherchant à se payer du bon temps, sans se soucier du monde fragile où il ne cherchait qu'à assouvir sa soif de plaisirs. Ce qu'il découvrait sur lui-même était laid… Ben secoua la tête comme pour chasser une mouche. Puis il se remémora Nancy, dont le corps avait été si doux, lui aussi, avant que les choses tournent mal pour eux, Nancy dont le bout du nez se retroussait quand elle souriait.

Avec elle, il n'y avait pas eu de « viens ici », « tourne-toi », « lève plus haut », « pousse plus fort »... La chair tendre de Cho-Cho avait été une invitation à l'érotisme. Les cuisses de Nancy étaient bronzées, musclées par le tennis et la natation. Il s'était abstenu de l'instruire sur ce qui l'excitait, comme d'expérimenter différentes manières de l'amener à la jouissance.

De sa poche, il tira une petite photo de Joey. Dans le rai de lumière intermittent qui tombait à l'intérieur du wagon, il examina le sourire, la position un peu penchée de la tête, le regard interrogateur. Il aurait dû davantage s'occuper de son fils, il aurait dû passer plus de temps avec lui. Il le connaissait à peine. Son propre fils. Ben se promit de se rattraper à son retour.

Fermer la porte de l'appartement s'était révélé plus difficile qu'il ne l'aurait cru. Un taudis, certes, mais ce taudis était aussi leur foyer. Ou l'avait été. De l'électricité, une gazinière... un lit. Il était désormais aussi démuni que les hommes autour de lui. Les parents de Nancy étaient la générosité même, mais eux aussi avaient été frappés par la crise. Ils avaient emménagé dans une maison plus petite, dans un quartier où quand les éboueurs passaient, les bennes débordaient. Mary avait fait observer avec un petit haussement d'épaules attristé qu'il n'y avait plus de magnolias pour ombrager leur jardin.

Il fallait à tout prix qu'il trouve un emploi. Des voix sournoises chuchotaient sous son crâne : *S'il était resté dans la Navy…* Il les fit taire. Ce qui est fait est fait, se rappela-t-il. Il devait bien y avoir quelque part quelqu'un ayant besoin de ses qualifications. Quelles étaient-elles déjà ? Nancy était tellement plus instruite que lui. Il faudrait qu'il lise deux, trois livres, qu'il soit toujours impeccablement vêtu, qu'il frappe aux portes… Autant de bonnes résolutions qui allaient devoir attendre son retour de Washington.

Ses compagnons entonnaient sporadiquement le refrain d'une chanson à moitié oubliée. Peu à peu, les voix s'unirent pour entonner celle que tous connaissaient par cœur, la mélodie des chemineaux qui évoquait un pays de cocagne : *The Big Rock Candy Mountain*, où « les flics ont une jambe de bois et les chiens des crocs en caoutchouc ». Quelqu'un sortit un banjo. Par-dessus le fracas des roues, Ben écouta tinter les notes grêles tandis que le chœur des voix, certaines rauques, d'autres suaves, évoquaient un ruisseau aussi chaud qu'une étuve, « plein de grosses huîtres cuites à la vapeur, dans une sauce à la crème », un arbre à jambon qui distribuait des sandwiches à l'œil, un pays où les cigarettes et l'alcool étaient gratuits…

Dans cette montagne imaginaire, le café poussait sur les grands chênes d'Amérique et les rivières débordaient de brandy. Là, le vagabond pouvait enfin se coucher dans un lit douillet.

De gare en gare, voyageant à bord de wagons de marchandises, de camions qui les prenaient en stop, ou à pied le long des routes, se séparant à une étape pour mieux se rejoindre à la suivante, les hommes

147

partis de Portland progressaient lentement. Ben s'efforçait de se rendre utile au groupe. Il parvenait mieux que ses compagnons à amadouer les gardiens avec leurs chiens qui tiraient sur la laisse.

C'était nouveau pour lui. Il était plutôt du genre à esquiver les conflits. Comme il l'avait un jour avoué à Nancy, il s'en foutait éperdument. Mais avec le temps, et les circonstances, un homme est souvent amené à changer. Il devait avoir environ douze ans quand son maître d'école avait déclaré à ses élèves : « L'âge rend l'homme sage. » Il s'était dit que c'étaient des conneries : l'âge rendait les cheveux gris, les bras faibles, le dos voûté, les yeux bigleux. Voilà ce qu'il avait eu envie de répondre à son professeur. Seulement à son époque, les gosses étaient disciplinés, protégés et aussi bien dressés que des animaux de compagnie. À présent, ils étaient conviés à partager la réalité des adultes, la vie telle qu'elle était.

Quelques femmes et enfants étaient du voyage, les parents n'ayant mesuré ni les difficultés ni surtout la longueur du parcours. Parfois, lorsque Ben était envoyé en éclaireur dans une ville afin de trouver de l'eau, des vivres et un endroit pour dormir, il emmenait quelques petits dans son sillage. Les gens, en voyant approcher, au milieu d'une bande de gosses sautillants, un homme de haute stature, à la musculature lisse, aux cheveux blonds éclaircis par le soleil, le sourire avenant et le regard clair, eh bien, les gens n'avaient pas peur. Ben avait l'impression de lire dans leurs pensées : ils étaient soulagés de ne pas avoir affaire à un communiste.

148

Il se rassurait lui-même en se disant que tout se passait bien, sans heurt.

Dix jours plus tard et trois mille kilomètres plus loin, à l'est de Saint Louis, les événements le détrompèrent. Leur train entra en gare, ils en descendirent d'un pas chancelant. Cette fois leur troupe déguenillée était attendue par d'honnêtes citoyens qui leur barraient l'accès. Certains brandissaient des pancartes : « Communistes dehors » ; « Non aux bolcheviks ».

Avec un *Merde* sonore, Walt se mit à circuler parmi eux à la façon d'un chien de berger rassemblant ses moutons. En mettant un peu d'ordre dans les rangs, il espérait prêter à leur misérable phalange un aspect inoffensif. Ben s'avança, un sourire aux lèvres.

— Vous n'avez rien à craindre, on ne fait que passer...

Il laissa sa phrase en suspens : un cordon d'agents de police approchait à vive allure.

— Repartez d'où vous venez ! s'exclama leur capitaine tandis que ses hommes appuyaient son ordre en frappant leurs matraques dans le creux de leurs paumes.

Apparemment dociles, ils firent mine de remonter dans les wagons. Mais quelques minutes plus tard, les mêmes s'employaient à décrocher les voitures, à remplir des seaux d'eau et à se munir de pains de savon : les vétérans savonnaient les rails. Le gouverneur, qui observait la scène de sa fenêtre, décida l'intervention de la Garde nationale.

Claquements de bottes sur l'asphalte, cris, vociférations, coups de sifflets. Les soldats bien entraînés trouvèrent peu de résistance chez ces crève-la-faim. Ben, plus agile que ses compagnons, réussit à rester hors de leur portée. Autour de lui, les coups de matraques pleuvaient, le sang coulait.

Ce furent les citoyens de la ville qui permirent d'éviter le pire. Ils firent assez de bruit pour être entendus. Les femmes, de leurs voix stridentes, crièrent à la Garde d'épargner les vétérans. Des notables d'âge mûr allèrent frapper à la porte du gouverneur. Ce dernier, vite convaincu, rapatria la Garde et envoya des camions ramasser les protestataires afin de les mener... « hors d'ici. Hors de la ville ». Du moins hors de l'Illinois. Que d'autres se chargent d'eux. Les camions pleins à craquer les déposèrent à la frontière de l'État.

Ben se rendit compte peu à peu que s'il était avec eux, il n'était pourtant pas tout à fait des leurs. Charlie, en revanche, l'aurait été. Lui était mis à l'écart à cause d'une guerre. Il n'était pas un vétéran, après tout. Ses compagnons retrouvaient au long de cette longue marche des automatismes acquis dans les rangs de l'armée. Ils s'entendaient sans échanger une parole, comme s'ils lisaient dans les pensées les uns des autres. Ils arrivèrent au bord du Mississippi. Là, les flics se montrèrent plus accueillants, souriants même : certains étaient d'anciens combattants.

— Qui sait conduire ?

Ben leva la main.

— C'est mon métier. Conducteur de camion.

D'autres voix s'élevèrent. Des hommes qui avaient eu un véhicule au temps où ils étaient employés...

Non loin de la gare de chemin de fer, une route montait vers un terrain vague fermé par un grillage dont la porte était cadenassée. Derrière le grillage, un cimetière pour éléphants d'acier, une scène de désolation : de grosses cylindrées, superbes, s'alignaient, couvertes de poussière, abandonnées, jugées bonnes pour le rebut. En fait, il s'agissait d'un butin : les automobiles confisquées par la police aux bootleggers qu'elle jetait en prison.

— Voilà, les gars. Elles sont à vous jusqu'à la frontière de l'État.

Les flics ouvrirent la porte en grand, les vétérans s'empilèrent dans les Packard, les Buick, les Chrysler, et en avant. Poussant des acclamations et entonnant des slogans dans l'ivresse d'un pouvoir éphémère, une partie au moins du « corps expéditionnaire des vétérans » avait le vent en poupe. Ben se retrouva – luxe inimaginable – au volant d'une Pierce Arrow. La plus légère pression du pied et le moteur vrombissait. La classe. La princesse des automobiles. La puissance d'un cheval de course, avec des sièges tendus d'un cuir aussi doux que l'entrecuisse d'une femme, une suspension parfaite. Il fallait bien reconnaître aux bootleggers qu'ils savaient vivre. Grâce aux importations clandestines de whisky de Londres, aux distilleries illégales, aux bateaux de contrebande. Du moment que la clientèle était satisfaite... À l'heure actuelle, le propriétaire de ce carrosse était sans doute libre comme l'air, ayant bénéficié d'un non-lieu pour vice de procédure, au volant d'un autre pur-sang d'acier.

Ben passa la première, lâcha doucement la pédale d'embrayage et la machine démarra dans un ronronnement. En caressant le volant qu'il avait entre les mains, il renversa la tête en arrière et partit d'un grand éclat de rire. L'automobile, c'était l'avenir, n'est-ce pas ? Il l'avait toujours su. Les lignes aérodynamiques de la carrosserie, le satiné de la peinture restaient visibles en dépit de la poussière qui tourbillonnait autour d'eux, comme animée par un vent de tempête... Serrés autour de lui, ses compagnons poussaient des hourras, lui donnaient de grandes claques dans le dos, l'entraînaient à chanter avec eux à tue-tête. La barrière invisible qui s'était dressée entre eux avait disparu. Washington, nous voilà ! Si seulement Nance et Joey pouvaient le voir faire vrombir le moteur et partir sur les chapeaux de roues.

19

Tout en se reposant comme une convalescente sous la petite véranda de sa mère, Nancy suit dans le journal les péripéties du rassemblement du corps expéditionnaire des vétérans. Des articles sur les affrontements entre anciens combattants et gardiens des compagnies de chemins de fer, sur leurs voyages dans des trains de marchandises alors que d'autres progressent à pied. Ailleurs, des camions, de vieilles autos qui, lentement, se dirigent vers l'objectif. Elle perçoit une sorte de bourdonnement de mécontentement, une levée de boucliers, une prise de possession du sol américain... Les sans-abri gagnent du terrain. Certains ne vont même pas à Washington, ils se bornent à errer sur les routes et les chemins. Des hommes qui marchent, des femmes aussi, des enfants trottant à leurs côtés. Depuis Reno, La Nouvelle-Orléans, Kansas City telles des fourmis, ils avancent vers la côte Est, vers le nord. Ces déplacements de population sont récurrents dans l'Histoire. Autrefois, c'étaient des hommes poussant devant eux de lourds chariots tirés par des bœufs, des caravanes de mules. La Ruée vers l'Ouest. Ces mots magiques. Sauf qu'aujourd'hui, l'Ouest, c'est l'Oregon, c'est l'endroit où elle se trouve. Plus à l'ouest, il n'y a que le Pacifique... Prochaine escale : le Japon.

Même ici, de sa véranda, elle voit passer de temps à autre des individus solitaires en route pour nulle part. À l'épicerie au coin de la rue, ils s'arrêtent parfois acheter une boîte de sardines et des biscuits salés. Ils s'accroupissent un peu plus loin pour assouvir leur faim, ingurgitant la dernière miette, la tête renversée en arrière, le gosier ouvert, désespérément. À la nuit tombée, ils surgissent parfois dans les phares d'une auto, la tête basse, silhouettes aussi fantomatiques qu'un théâtre d'ombres, ombres qui s'allongent et courent quelques instants devant l'auto pour, aussitôt que celle-ci s'est éloignée, disparaître, englouties par les ténèbres.

Elle les imagine, pauvres âmes en peine, quittant leurs villes et leurs villages, molles rivières humaines s'écoulant d'État en État, de bourg en bourg, de rue en rue, d'étape en étape. Certains, les plus chanceux, ont au moins un but : la Maison Blanche. Ils se sont battus pour leur patrie, et maintenant ils ont touché le fond. Et parmi eux, Ben, portant sur ses épaules la mémoire de son frère, Ben qui essaie de se prouver quelque chose.

Que sommes-nous devenus ? se demande-t-elle.

Jadis, elle aurait puisé dans la prière quelque réconfort. Tout en continuant à se rendre à l'église avec les siens, Nancy n'attend plus rien de la contrition. Elle a trop longtemps gardé pour elle un acte qui la met au ban des braves gens. Si certains peuvent compter sur la grâce divine, elle est affligée du joug d'une ancienne culpabilité. Elle n'a pas la force de demander l'absolution de ses péchés.

Elle prie à haute voix quand le culte l'exige, mais lorsque la prière se fait silencieuse, ses pensées s'échappent, refusent de s'élever, retombent comme un pain sans levain. Sa vie se divise en un Avant et un Après, tel un territoire traversé par des eaux noires. D'un côté, tout est soleil, fleurs, pique-niques en famille, rires. Le pays de l'innocence. Sur l'autre rive, un nuage menaçant ombrage la terre brûlée. Tout s'y étiole. Entre les deux, tel un océan, une mer traversée et retraversée, l'instant fugace où l'innocence lui a échappé pour toujours et où elle a été chassée du paradis.

Cette semaine, dans l'odeur familière de l'église, mélange de cire et de fleurs, flanquée d'un côté de ses parents et de l'autre de Joey serré contre elle, pour une fois, elle éprouve un sentiment de paix. Le prêche a quelque chose de candide. Le pasteur semble gêné en parlant des hommes de l'Oregon qui campent à Washington pour faire entendre leurs revendications. En bon citoyen, il considère qu'ils auraient dû obéir aux ordres, rester tranquillement chez eux et laisser leurs représentants protester en leurs noms à l'assemblée. Mais en tant que témoin direct de leurs difficultés, ayant vu leurs enfants affamés, il ne peut que prier pour que leurs demandes soient exaucées.

— N'oubliez jamais que Dieu consolera, guidera et pardonnera à toute personne, quelle qu'elle soit et quoi qu'elle ait fait. Amen.

Amen, répète Nancy dans le silence de son cœur.

Le 30 mai, jour du Memorial Day : *Chère Nance, eh bien, nous voilà finalement arrivés…*

Avant son départ, elle avait offert à Ben un carnet en moleskine vernie noire, un tas d'enveloppes prétimbrées et deux crayons aiguisés.

— Écris-moi. Même si c'est seulement quelques lignes. Accumule les lettres et poste-les dès que tu peux…

Il avait promis de donner des nouvelles.

Nous devons être 20 000, des vétérans, des femmes, des enfants. Les rues sont tellement encombrées que c'est à peine si on peut circuler. Nous allons déposer une pétition, afin d'attirer l'attention de nos dirigeants…

Ces combattants accueillis en héros au retour du front lisaient à présent dans les journaux les autres qualificatifs que le président leur avait trouvés : *Hoover nous traite de clochards, de pacifistes, d'agitateurs. Il a fermé le portail de la Maison Blanche. Pas mal de gars ont emménagé dans des bâtiments en démolition. Le reste d'entre nous campe sur ce qu'on appelle les « Anacostia Flats », de l'autre côté de la rivière du même nom, en face du Capitole...*

La terre était dure, desséchée par le soleil. La pelle de Ben semblait creuser dans du métal. On organisait une cantine. Il fallait éloigner les enfants. Les fourneaux de fortune crachaient et fumaient. Ils avaient construit des abris à partir de bouts de carton et de ferraille. Ils se multipliaient. La plus grande « Hooverville » de tout le pays s'édifiait sous le nez du président des États-Unis.

Nance chérie, je suis en train de creuser les latrines et je prends un moment pour t'écrire. On s'installe. La vue est imprenable. Je dois avouer que je préfère contempler le Capitole que de penser que ces gens nous regardent de haut.

Nancy lisait à haute voix les lettres décousues qui lui parvenaient de Washington. Un peu plus tard, dans son lit, Joey étudiait la grande écriture désordonnée, s'imprégnait de chaque mot. Dans sa tête, il entendait le bruit des outils avec lesquels son père et ses compagnons construisaient leur campement. Les pelles, les haches, les scies. Le cri de la lame contre le sol durci, les voix d'hommes se hélant. On aurait dit un lointain champ de bataille.

Il commençait à voir son père sous un nouveau jour.

20

Ben avait contribué à la rédaction d'un communiqué officiel à la presse. Mais, le moment venu, Walter déchira le morceau de papier et s'avança vers les journalistes.

— Messieurs, regardez bien ces hommes. Ils sont presque tous mariés, et au chômage depuis deux ans ou plus. Proposez-leur un travail à un dollar la journée, ils le prendront. Nous pensons qu'ils méritent d'être écoutés.

Les journalistes écrivirent leurs articles, les vétérans agitèrent leurs bannières, et le 15 juin, Ben annonça triomphalement à Nancy que l'octroi du « bonus » était examiné par une commission parlementaire.

— Hoover menace d'y opposer son veto. N'empêche, il y en a qui dansent dans la rue.

À mesure que les semaines passaient, l'assistance de la population locale se tarissait. La faim faisait oublier aux vétérans leur soif de justice. Leur campement dégageait une odeur pestilentielle, pire que les poubelles, pire que les latrines : c'était l'odeur de la famine. Sans s'en douter, Ben avait constamment à la bouche le goût fade et ferrugineux de la malnutrition. Il connaissait la pauvreté… de loin : dans les ports de pays éloignés, il avait vu des indigènes mendier. Chez lui, même avant que ses acquis se mettent à fondre comme neige au soleil, il avait eu conscience qu'il existait des êtres humains sans toit ni travail. À présent, il était l'un des leurs.

Seulement c'était une sorte de pauvreté qui, lui semblait-il, était différente de ce qu'il avait connu jusqu'ici.

En pelant des pommes de terre pourries et en effeuillant des choux récupérés dans les détritus d'un marchand de légumes, il éprouva d'abord de la honte, puis paradoxalement une certaine fierté : les vétérans étaient en train de battre le système.

La chaleur estivale devenant étouffante, les sangs s'échauffaient. Un soir, les manifestants de garde devant le Capitole décidèrent – forme ultime de protestation – de dormir sur place.

Dès le lendemain matin, un porte-parole du gouvernement distribua une circulaire : le président de la Chambre des représentants avait déterré une vieille loi qui interdisait à la population de souiller les lieux publics.

— Vous n'avez rien à faire ici, les gars. Interdit de stationner. Interdit de dormir.

Ben, en lisant entre les lignes, fit remarquer que rien ne les empêchait de *marcher*.

Au cours des trois nuits suivantes, alors que la canicule pesait sur la capitale comme un couvercle brûlant, ils arpentèrent Pennsylvania Avenue en silence. Quelques-uns trébuchèrent, un ou deux tombèrent à genoux, mais dans l'ensemble ils se montrèrent vaillants. Afin de s'assurer qu'aucun d'eux n'irait se coucher en douce sur la pelouse, l'arrosage fut maintenu jour et nuit.

Comme ça, on peut prendre des petites douches rafraîchissantes... Et aujourd'hui un ange en uniforme est venu nous rendre visite. Le capitaine de police Glasford. Il ressemble à une star de cinéma avec

158

ses lunettes d'aviateur noires et sa Harley Davidson bleu marine. Lui aussi est un ancien combattant. Il nous a offert 1 000 dollars de son compte en banque personnel, pour nous acheter de quoi manger. Dieu est sûrement de notre côté.

Les habitants du bidonville cherchaient de plus en plus à se divertir. Les enfants jouaient sur les berges de la rivière. On chantait autour des feux de camp.

Le soir du 27 juillet, Ben commença une nouvelle lettre à la lueur d'une lanterne accrochée à la poutre de la cabane.

La nuit est tranquille, Nance. Je suis plein d'espoir.

Il essuya ses mains moites de sueur sur un chiffon et tenta d'organiser suffisamment ses pensées pour les coucher sur le papier. Il avait tant de choses à lui raconter. Tous ces récits entendus : comment ces hommes avaient récolté leurs blessures, les cicatrices laissées par la guerre, et les plaies invisibles qui continuaient à leur arracher des cris de douleur au milieu de la nuit... Il aurait aussi voulu lui parler de l'euphorie de la découverte au cours de ces milliers de kilomètres parcourus à travers un pays qui, au fond, lui était inconnu. Cela avait été beaucoup plus qu'un long périple : un voyage initiatique. Il avait eu le temps de méditer, de réfléchir, pour la première fois, à leur vie, à Nancy, à Joey, à ce qui pourrait être différent.

Mais il n'écrivit rien de ses réflexions.

Il sentait la chaleur de l'ampoule au-dessus de sa tête, tandis que le vent soufflait de la rivière comme d'un four. Son crayon s'enfonçant dans l'épaisseur du papier ramolli par l'humidité, il lui écrivait combien elle lui manquait. Il lui demandait de faire un gros câlin à Joey de sa part. Il ne tarderait pas à rentrer. Il inscrivit l'adresse, colla un timbre sur l'enveloppe et la confia à un enfant pour qu'il la glisse dans la boîte aux lettres.

Le lendemain matin, ils apprirent le rejet du versement de leurs indemnités par le Sénat.

L'heure n'était plus à l'optimisme. Les hommes perdaient leur entrain. L'enthousiasme retombait. Soudain, Walter avait l'air vieux.

— Le président veut nous expulser. Il nous envoie l'armée. C'est MacArthur qui donne les ordres maintenant.

— L'armée ? répéta Ben, sidéré. L'armée contre les *anciens combattants* ? C'est sûrement une blague.

Mais personne ne riait.

Les troupes de MacArthur bloquèrent les rues. Il y eut des échauffourées, des os brisés. Le centre de Washington fut évacué. Deux chars poursuivirent les vétérans jusqu'au bord de l'Anacostia. S'ensuivit une trêve. Tout le monde savait que le président avait ordonné que l'armée ne pousse pas sur l'autre rive de la rivière : l'expulsion d'anciens soldats d'un campement improvisé n'allait pas lui gagner des voix dans l'opinion publique. Au moins, ils étaient en sécurité.

Alors que le soleil se couchait, les femmes préparèrent le dîner pendant que les hommes discutaient de la prochaine étape de la campagne.

Peu avant minuit, incapable de trouver le sommeil, Ben sortit de sa cahute pour prendre l'air.

Quelle ne fut pas sa surprise de voir une procession aux flambeaux traverser le pont à vive allure. Il reconnut le grincement des véhicules à chenilles. Puis il distingua les détails : des hommes à pied, des cavaliers, des chars : une armée en marche. Tout en enfilant ses bottes, il se mit à crier. Il courut entre les abris afin de réveiller ceux qui dormaient.

MacArthur traversait l'Anacostia. Tel un empereur à la tête d'une armée d'invasion, il lâchait ses troupes. Ce fut un sauve-qui-peut général. Hommes, femmes et enfants détalèrent devant la cavalerie et l'éclat sinistre des sabres. On recevait des coups de baïonnettes et de matraques, on vomissait à cause des jets de gaz lacrymogène. Dans la confusion, des coups de feu furent tirés. Les gens couraient dans tous les sens, à croire qu'il se produisait un tremblement de terre. On se dispersait tandis que les soldats circulaient de cahute en cahute avec des torches de kérosène. Le campement fut vite la proie des flammes. Dans la nuit éclairée, des volutes de fumée franchissaient la rivière. En regardant par-dessus son épaule, Ben eut une vision : le Capitole en flammes.

— Le Capitole brûle ! vociféra-t-il.

Mais ce qu'il avait vu était un reflet, celui, rouge et or, de Hooverville incendiée dans les hautes fenêtres du siège du Congrès.

Au bord de la rivière, l'armée du bonus offrait néanmoins une certaine résistance. Toussant et à moitié aveugles, les femmes pressaient des chiffons mouillés contre le visage des enfants afin de les protéger des effets du gaz lacrymogène. Ben, qui se faufilait partout, revint en arrière pour aider l'une d'elles qui sanglotait, pétrifiée de terreur. Ce faisant, il se trouva nez à nez avec un soldat de l'infanterie. Leur réaction immédiate à l'un comme à l'autre fut de frapper, éperdument. Or Ben n'était pas armé. Le fusil du soldat l'atteignit à la tempe. Sous l'impact du coup, il tournoya sur lui-même et se mit à descendre en titubant vers le pont. Là, la matraque d'un soldat visant au petit bonheur dans le noir, lui fit perdre l'équilibre. Il heurta le parapet, bascula par-dessus comme au ralenti, et puis ce fut la chute. Les eaux sales de la rivière se refermèrent sur lui.

Les yeux ouverts dans l'eau vaseuse, Ben voyait des lumières clignoter à la surface : la danse du feu. Il n'avait pas peur. N'était-il pas un excellent nageur ? L'eau n'était-elle pas son élément ? Tout ce qu'il avait à faire, c'étaient quelques brasses pour prendre une goulée d'oxygène. Même quand les ténèbres le happèrent, il se répétait que l'eau était son élément et qu'il n'avait rien à craindre.

21

L'article fit la une du *New York Times*.
Hier à minuit les flammes ravageaient les Anacostia Flats. Dans une pitoyable débandade, les vétérans ont quitté les abris où ils avaient depuis deux mois trouvé refuge. La plus populeuse des Hooverville du pays, avec ses 25 000 habitants, venait d'être rasée.

Il y avait eu des morts. Officiellement, selon le journaliste, on regrettait la perte de « deux adultes » : deux hommes abattus. Deux enfants en bas âge avaient été tués par le gaz lacrymogène. Était en outre à déplorer une noyade, qualifiée de « circonstancielle ».

Nancy avait déjà appris la nouvelle quand elle lut l'article du journal. Sa réaction lui rappela un incident qui s'était produit quand elle était petite.

Elle regardait Mary, sa mère, remplir un grand bocal en verre dans la cuisine. À un moment donné, alors qu'elle se tournait, Mary avait frôlé le bouchon en verre qui était tombé par terre. Chose étrange, le verre épais était non seulement sorti indemne de cette chute, mais en plus il avait rebondi. Il ne s'était brisé qu'au deuxième choc, après ce petit saut de quelques centimètres seulement, et avait éclaté en mille morceaux. Nancy n'avait jamais oublié cette scène.

Eh bien, d'une certaine façon, elle la revivait à présent... Le *New York Times*, cet arbitre de l'opinion, l'écrivait noir sur blanc : deux morts officiels, et une noyade « circonstancielle ». Si pathétique. Sa volonté, soumise à ce deuxième choc, craqua, se fissura, se brisa comme un objet en verre. Les larmes jaillirent.

Les funérailles attirèrent une congrégation plus miteuse que ce que l'on voyait habituellement dans l'église, les relations et la famille étant surpassées en nombre par les vétérans, venus accompagnés de leurs femmes et de leurs enfants. Entre les psaumes, ils entonnèrent un chant militaire.

Les parents de Ben firent acte de présence, mais ne parvinrent pas à trouver les mots du cœur pour s'adresser à Nancy et aux siens. Ils reçurent les condoléances d'un air guindé, embrassèrent Joey sur la joue, puis se détournèrent. Un grand adolescent blond qui patientait derrière eux s'avança en souriant :

— Nancy ? Tu ne te rappelles sans doute pas de moi. Je suis Jack.

Nancy, qui vivait cette journée comme une somnambule, opina machinalement :

— Jack… Le cousin de Ben. Bien sûr. Tu étais à notre mariage. Merci d'être venu aujourd'hui.

Elle se tourna avant d'ajouter :

— Tu te souviens de Joey ?

— Bonjour, Joey, fit Jack, qui ne se souvenait pas du tout de l'enfant.

Aux côtés de Nancy, Joey resta muet.

— Tu as tellement grandi, fit observer Nancy, ne sachant trop que dire.

— C'est de famille, je suppose.

Il avait envie de lui raconter que, grâce à Ben, il avait toujours su ce qu'il voulait faire dans la vie : s'engager dans la marine, dès qu'il aurait l'âge requis. Il aurait voulu ajouter que si Ben était resté dans la Navy, il ne serait pas allongé dans ce cercueil à l'heure actuelle. Il serait vivant, quelque part en mer, debout sur le pont d'un navire dans son uniforme blanc. Mais même à quatorze ans, il était assez versé dans les usages du monde pour savoir qu'on ne tenait pas un pareil discours à une veuve. Il se borna à présenter ses condoléances, puis s'éloigna.

Daniels, le banquier, n'était pas là. En voyage d'affaires, avait-il prétexté dans sa lettre. Il y avait d'autres absents : les plus riches, intimidés par le militantisme politique. Les protestataires, en revanche, parlaient du mort, de leur camarade, en termes chaleureux.

— Il était souvent en train de griffonner dans un petit calepin. On pensait qu'il écrivait des poèmes. Ben était poète dans l'âme.

Ben ? Nancy se demanda si elle avait bien entendu. *Ben, un amateur de poésie ?*

Joey se rappela que son père lui avait un jour récité quelque chose qui était peut-être de la poésie, quelque chose à propos d'une grenouille qui sautait... Il disait que tout ce que souhaitait une grenouille, c'était de l'instruction, que cela lui ouvrirait toutes les portes...

Joey, qui avait toujours été un enfant silencieux, n'avait pas ouvert la bouche depuis l'annonce de la nouvelle. Maintenant son père était mort, lui aussi.

Il avait trois ans quand Nancy l'avait emmené sur le grand paquebot et lui avait montré l'eau d'un vert phosphorescent dans la nuit. Par la suite, ils lui avaient dit que sa mère était morte. Sur le moment, il n'avait pas été sûr de ce que cela signifiait. Mais à présent, du haut de ses dix ans, il savait que les gens mouraient parfois. Et quand un homme mourait, on l'enfermait dans une boîte, on l'enterrait, et tout le monde s'exclamait qu'il avait été un homme bon.

Un homme bon, son père l'était, ou plutôt l'avait été. Joey avait du mal à penser à lui au passé. Il éprouvait dans son corps comme une espèce de vide pesant impossible à localiser.

Il se rapprocha de Nancy. Le banc de l'église était dur sous ses fesses. En réduisant l'écart qui le séparait de Nancy, il avait élargi l'espace de l'autre côté, celui qui aurait dû être occupé par son père. Il frissonna, comme quand sa couverture glissait de son lit au milieu de la nuit. Lorsque Ben rentrait à la maison, il sentait le camion, l'huile de vidange et la sueur, et parfois aussi les produits agricoles qu'il transportait, mais quand il riait, son haleine rappelait à Joey les haricots verts à la menthe que Nancy préparait parfois pour le dîner, et quand il passait la tête par les rideaux de sa chambre-placard pour lui dire bonsoir, les jours où il y pensait, un peu de ce parfum mentholé restait dans son sillage.

À la fin du culte, ils gagnèrent la salle de réception. Comme les vétérans avaient l'air gênés, Nancy effectua le tour de la pièce en serrant toutes les mains et en les remerciant d'être venus.

L'un d'eux lui fit le récit de la nuit où Ben était mort. Par l'entremise de ces hommes, grâce à leurs paroles amères, elle entrevoyait un autre tableau. Elle les interrogea sur une autre facette, celle-là inconnue, de Ben.

— Il aimait la poésie ?

— Ah, ça, oui. Il y avait ce type, Gary, qui avait été acteur. Quelquefois pendant qu'il manifestait devant le Capitole, il déclamait des vers. Une voix puissante. Un jour, Ben, lui et moi, on marchait dans la rue, et Gary pérorait comme d'habitude, quand une femme est sortie d'une maison et nous a invités dans sa cuisine.

Il fit une pause.

— Elle aimait la poésie. Elle nous a offert du café. Gary s'est assis à table, a posé les mains devant lui avec les doigts bien écartés et a commencé à réciter du Shakespeare. La dame buvait ses paroles. Elle lui a donné un cookie. Il est passé à Walt Whitman. Sa voix a enflé et quand il s'est mis à brailler « Je chante le corps électrique », la dame s'est levée et a ouvert la porte en grand en annonçant qu'elle devait partir. C'est nous qui sommes partis, bien sûr. Gary n'a pas compris pourquoi Ben et moi étions pliés en deux.

Joey se les figura devant la maison de cette dame. Il n'avait pas vu rire son père une seule fois depuis qu'ils avaient perdu la maison avec sa cuisine « tout électrique », mais il se rappelait son rire d'avant. Ben renversant la tête en arrière, et découvrant ses dents. Joey riait alors sans savoir vraiment pourquoi. Un rire qui lui faisait venir des larmes aux yeux. Et ses yeux d'ailleurs le piquaient maintenant, tandis qu'il ravalait ses larmes, qui n'étaient pas des larmes de rire. Il déglutit une ou deux fois et tira Nancy par la manche. Il murmura :

— Qu'est-ce que ça a de si drôle, Walt Whitman ?

— Rien. Je te lirai quelques poèmes de lui.

Ces petites bribes, ces instants de vie, permettaient à Nancy de mieux imaginer ces semaines à Washington. Elle entrevoyait un côté de Ben qu'elle ne connaissait pas.

Elle écouta le récit de la défaite de la Bonus Army, l'effroyable dénouement. Joel, qui avait partagé la cabane de Ben sur les Anacostia Flats évoqua l'hostilité et le mépris du gouvernement.

— Ils nous ont traités de va-nu-pieds, de drogués, de bolcheviks. D'après eux, les noms juifs ne pouvaient être que portés par des communistes. On avait avec nous des vétérans nègres, des types qui avaient appartenu à la 93e division d'infanterie. Plus rien ne nous séparait, les Noirs et les Blancs, on partageait tout. Ça, les huiles de Washington n'ont pas supporté. Ils ont employé l'expression « dégénérés ». Nous n'avions pas fière allure, il faut bien l'avouer.

Il secoua la tête avec un sourire sans joie.

— Nous traversons tous une période noire, approuva Nancy.

Un peu plus tard, une fois seule, elle songea à Ben, bouleversée à l'idée que, semaine après semaine, il s'était rapproché d'elle par le cœur alors qu'il s'éloignait de plus en plus dans l'espace. Elle relut les lettres. Ces feuilles froissées et crasseuses lui semblaient désormais lumineuses, porteuses d'un regain d'espoir, de la possibilité d'un nouveau départ. Pour se protéger, elle s'était refermée sur elle-même pendant si longtemps, mais à présent, tel le dégel à l'issue d'un dur hiver, elle fondait, et avec les émotions revenait la douleur. Elle pleura l'absurdité de ce drame, la futilité, le triste campement brutalement détruit. Les hommes épuisés, toujours tenaces dans leur révolte.

Nancy, tout à l'heure, comme les autres, avait accusé le président d'avoir perdu le contrôle de la situation : c'était lui qui avait donné l'ordre

168

d'expulsion. Aux funérailles, auprès d'elle, Joey avait écouté avec attention, et retenu certaines phrases : les ordres n'étaient pas tout, il y avait eu la manière dont ils avaient été exécutés, ou enfreints. Dans son esprit, c'était clair : MacArthur avait assassiné son père.

La mort de Ben Pinkerton avait laissé un vide auquel Joey ne parvenait pas à s'habituer. Quand il mettait la table le soir, Nancy s'approchait de lui par-derrière et enlevait sans rien dire une assiette, un couteau, une fourchette... Elle n'avait pas le courage de lui rappeler par des mots qu'ils étaient un de moins.

En rentrant de l'école, les jours où avait été cité en classe le nom d'un pays lointain, il pensait à son père l'officier de marine, à son père le grand voyageur. Et c'était toujours le même choc quand il redescendait sur terre. Il se débarbouillait à l'eau froide afin d'accueillir sa mère, de retour de son travail, le visage lisse et serein, sans marques de larmes. Son père et lui n'ayant jamais été proches, il était étonné de la profondeur de son chagrin. Nancy et lui auraient pu le pleurer ensemble, ils auraient pu se consoler dans les bras l'un de l'autre. Mais ils étaient tous les deux d'une nature trop réservée.

— Comment va mon grand garçon ? demandait-elle après un rapide baiser. Tu as pleuré ?

Il avait pour une fois omis d'essuyer ses joues.

— Je me suis coupé le doigt à l'école.

— Je vais te mettre un pansement.

Et c'est ainsi que le temps passait.

Nancy n'avait jamais tellement aimé Walt Whitman, mais elle ne cessait de voir en imagination la scène où Ben, Joel et l'ex-acteur s'étaient retrouvés réunis dans la cuisine de cette dame à Washington. Elle pria Joey d'emprunter à la bibliothèque les œuvres complètes du grand poète américain.

Les coudes sur la toile cirée colorée de la cuisine, elle ouvrit le recueil.

—*Je chante le corps électrique...*

Elle lut en songeant à la vive réaction de l'accueillante dame à certains passages sûrement trop crus à son goût. Tournant la page, elle tomba en arrêt devant une phrase :

La nudité du nageur dans la piscine, corps vu en transparence de l'eau vert bleuté, ou bien balançant sans bruit, sur le dos, d'avant en arrière dans la houle, face vers le ciel.[1]

Ben s'était-il balancé sans bruit dans l'eau vert bleuté face vers le ciel jusqu'au dernier instant ? Ben le merveilleux nageur, mort par noyade « circonstancielle ».

À l'église le dimanche suivant, le prêche s'efforçant d'offrir aux fidèles un certain réconfort, la voix du pasteur l'atteignit comme à travers une épaisse couche de ouate tandis qu'il évoquait l'héroïsme de gens morts depuis longtemps, les

---

1. Traduction Jacques Darras, in *Feuilles d'Herbes*, Walt Whitman, éditions Grasset. (Toutes les notes sont de la traductrice.)

Quakers du XVIIIᵉ siècle, dont le courage avait été exemplaire.

— Chaque époque accouche de héros qui affrontent les épreuves les plus terribles, et sont prêts à se sacrifier pour le bien commun et la défense de la vérité face au pouvoir. Ils méritent notre reconnaissance et notre soutien.

Après le culte, les gens sortirent dans la fraîcheur d'un jour gris. Nancy, brûlant d'indignation, n'avait pas froid. *La défense de la vérité face au pouvoir…* Le président et son pouvoir les avaient trahis. D'un bout à l'autre du pays, la population crevait de faim, dormait à la dure, se voyait privée de sa dignité. Les écoles fermaient. Les malades agonisaient sans soins. Les vagabonds pullulaient, en route pour nulle part. Un changement ne s'imposait-il pas ?

Elle travaillait désormais comme femme de ménage. En balayant les locaux de l'antenne locale du parti démocrate, elle était tombée sur des tracts : ils avaient besoin de volontaires. Elle lut leurs affiches, étudia leurs écrits. Dès le lendemain, après le travail, elle commença à faire du porte-à-porte pour distribuer des tracts.

Peu après, une des dames de la paroisse l'aborda avec une tête d'enterrement et lui demanda d'un ton de commisération :

— Nancy, ma chère. Quels sont vos plans ?

— Je vais soutenir la campagne présidentielle de Franklin Roosevelt, déclara-t-elle.

Son père lui fit observer, d'un air sombre :

— Espérons que ton héros sera à la hauteur. Souviens-toi de la mise en garde des contes de fées : « Attention au vœu que tu formules. »

Le jour où le vœu des électeurs fut exaucé et que le président qu'ils souhaitaient fut élu, Nancy esquissa des pas de danse autour de la table de la cuisine.

— On devrait sabler le champagne. Porter un toast à Franklin Delano Roosevelt.

— Ah, cela n'a jamais été le genre de la famille de garder une bouteille au frais, commenta Louis. Si tu peux te contenter de Coca-Cola ?

Pour Joey, elle lut à voix haute dans le journal le discours d'investiture du nouveau président des États-Unis :

Premièrement, sachez que j'ai la ferme conviction que la seule chose dont nous ayons à avoir peur, c'est de la peur elle-même – la terreur innommable, irraisonnée, injustifiée qui paralyse les efforts indispensables pour transformer notre déroute en une avancée victorieuse.

Ces paroles insufflaient confiance et inspiration aux déshérités. Le président déclarait que le bonheur d'un peuple ne résidait pas dans la possession d'argent mais dans la joie de l'accomplissement, dans la stimulation morale procurée par le travail. *Ces jours noirs n'auront pas été vains s'ils nous ont appris que notre véritable destin n'est pas d'être secourus, mais de nous secourir, nous-mêmes et nos semblables.*

À la radio, un peu plus tard, à travers les grésillements des fréquences flottant dans les profondeurs de l'éther, il répéta les mots qui avaient gonflé d'espoir le cœur de Nancy : « Je vous promets et je m'engage à une Nouvelle Donne pour le peuple américain. »

22

Dans l'euphorie post-électorale, en disant bonsoir à Joey, Nancy prononça, comme on termine une histoire :

— Tout va bien se passer à partir de maintenant, tu verras. Roosevelt va s'occuper des pauvres chômeurs sans domicile.

Alors qu'elle fermait la porte du grenier où le petit lit était coincé entre des boîtes en carton et des valises vides, elle ajouta à part elle :

— Et venez-nous aussi en aide, Seigneur.

— Amen, dit Joey, sa petite voix assourdie par la couverture.

Nancy eut un petit sursaut de surprise. Avait-elle parlé si fort ? L'enfant avait l'oreille fine.

Joey, dans la pénombre du grenier, l'écouta descendre l'escalier et se déplacer dans la pièce au dessous. Il devinait au bruit chacun de ses gestes : une porte qui s'ouvre, un interrupteur que l'on actionne, le bouton de la radio que l'on tourne. Puis le son étouffé d'une voix rassurante : Nancy écoutait le président.

Autrefois, il aurait aussi entendu des bribes de conversation, un échange de commentaires entre un mari et sa femme. Autrefois, son père serait venu souffler dans la soupente un peu de son haleine mentholée, il lui aurait ébouriffé les cheveux en lui disant bonsoir. Pleurer n'était pas dans les habitudes de Joey. Pourtant il éprouvait une sensation familière de vide, comme si une part de lui-même lui avait été arrachée, laissant une plaie à vif.

Les intonations calmes et mesurées de la voix radiophonique du président montaient à travers le plancher, s'enroulaient autour des pieds métalliques de son lit, traversaient les plumes de son oreiller. C'était moins une voix qu'un bourdonnement grave et léger qui le menait doucement vers le sommeil.

Il considérait Nancy comme sa mère. Comment aurait-il pu en être autrement ? Un jour, il y avait bien longtemps de cela, il l'avait vue de loin devant la porte de l'école, les bras écartés pour attirer son attention. Sans réfléchir, il avait couru se jeter à son cou. Il se rappelait le regard amusé qu'une autre mère lui avait jeté. Et lui avait crié par-dessus l'épaule de Nancy :

— C'est ma maman.

— Bien sûr que c'est ta maman, avait répliqué la dame dans un haussement d'épaules.

Dans son cas, ce n'était pourtant pas si évident. Les autres enfants ne se posaient même pas la question. À cet instant, Joey avait senti Nancy resserrer l'étreinte de ses bras. Il savait que ce n'était pas comme pour les autres.

— Et toi, tu es mon fils, Joey, avait-elle dit en riant, d'une voix tremblante d'émotion.

Une étape avait été franchie, un pacte signé : à partir de ce jour-là, il avait cessé de l'appeler Nancy. Elle était devenue « maman ».

Cela avait réjoui son père, mais de l'avis de Joey, Ben lui aussi considérait cela comme normal. Un enfant appelait sa mère « maman », c'était comme

174

ça, un point c'est tout. Ainsi était née leur petite famille. Pourtant, Joey faisait encore des cauchemars, la nuit, quand sa chambre se tapissait soudain de nattes de paille. Il courait vers une femme en blanc qui s'effondrait telle une fleur perdant ses pétales, et puis il courait sur place, comme un personnage de dessin animé. Il se réveillait les mains sur les oreilles, pour ne pas entendre les cris...

Il se laissa bercer par le bourdonnement réconfortant de la voix du président à travers son oreiller.

Tout le monde n'était pas ravi du résultat des élections.

Longtemps après, alors que les événements lui auraient fait prendre en grippe son héros, Nancy finirait par oublier combien elle avait été horrifiée en découvrant dans les journaux les conspirations fascistes, les alliances secrètes entre financiers, les machinations des seigneurs de Wall Street décidés à abattre le président au grand cœur. Les complots d'assassinat dont on retrouvait la trace sur des feuilles de bloc-notes dans la salle du conseil.

Une fois la campagne électorale terminée, faute de tracts à distribuer et d'enveloppes à préparer, l'antenne démocrate la chargea de faire du porte-à-porte afin de diffuser les idées du parti. En écoutant ces gens désespérés lui raconter leurs histoires de pauvreté et de désespoir, elle concluait qu'il n'y avait rien à apprendre de l'adversité, sinon la résignation. Les femmes que rencontrait Nancy ne savaient plus vers qui se tourner.

— Et les honoraires du docteur... et les chaussures des enfants ?

Une culpabilité sournoise s'en mêlait. Souvent les hommes étaient les premiers à se décourager.

— Que peut faire un homme, demanda Nancy à son père, quand il ne trouve pas de travail et ne peut plus payer le loyer ni mettre de la nourriture sur la table ?

L'un battait sa femme, un autre raclait les fonds de tiroir pour réunir de quoi voir la vie en rose... par le cul d'une bouteille. Un autre encore sautait d'un pont, ou d'une chaise avec un nœud coulant autour du cou. D'autres disparaissaient, tout simplement.

Les temps étaient durs.

Nancy était employée à présent par le parti démocrate, à temps plein. Elle dactylographiait des interviews, rédigeait des tracts, répondait au téléphone, fournissait des renseignements.

— Nancy, Eleonor a découvert la malnutrition infantile.

Il s'avérait que Nancy avait étudié la diététique à l'université.

— Nancy, le bureau voudrait lancer un programme d'alphabétisation pour les hommes. Qui pourrait bien...

Comme s'ils ignoraient sa formation d'enseignante. Elle se mit à organiser des cours au niveau local. Seulement les autorités municipales désapprouvaient les initiatives du président Roosevelt et criaient au communisme. À la ruine socialiste.

Nancy rentra un soir chez ses parents en annonçant que le maire avait rejeté ce qu'il qualifiait de

« charité fédérale ». Le conseil municipal avait décrété qu'à cause des logements sociaux, les maisons allaient perdre de leur valeur.

— Même ce quartier s'en va à vau-l'eau, ironisa Louis.

— Qu'en est-il du programme d'aide par le travail ? s'enquit Mary.

— Ça ne leur plaît pas du tout. Évidemment. Mais on ne va pas abandonner la lutte.

Elle rentrait tard. Pendant que Mary réchauffait son dîner et que Louis préparait du café, en dépit de sa fatigue, elle leur rapportait par le menu les incidents de sa journée. Elle bouillonnait d'énergie. L'espoir se révélait contagieux.

— Le président procure du travail à des hommes aux quatre coins du pays. Ils habitent gratuitement dans des campements. On leur donne des vivres et quelques dollars. C'est un miracle.

— Arrête de parler et finis ton assiette, lui ordonnait Mary.

Le jour, les hommes plantaient des arbres, nettoyaient des bidonvilles, peignaient des bâtiments. La nuit, ils assimilaient péniblement les rudiments de la culture écrite et se forçaient à manier le crayon. C'étaient les mêmes – ou leurs frères – que Nancy avait vus passer devant chez ses parents, marchant sans but, pendant que Ben s'acheminait vers Washington.

— Ils commencent à se rappeler ce que c'est que de se sentir humains…

— Ton café va être froid, lui disait son père en lui tapotant affectueusement l'épaule.

À sa femme, plus tard, au moment de se coucher, Louis confiait :

— Elle est aussi emballée que lors de sa première année à l'université... Tu te souviens de sa rencontre avec ce missionnaire : elle voulait partir dans une colonie de lépreux.

Il se retenait de murmurer : Rappelle-toi comment elle était avant son mariage avec Pinkerton.

Le lendemain matin, avant l'heure du petit déjeuner, elle était déjà partie. Elle avait tant de choses à faire, tant de gens à voir... Pas assez de minutes dans la journée, disait-elle avant de quitter la maison. Pas le temps de ressasser. Ils avançaient sur des sables mouvants. La réalité était chaotique mais pleine d'espérance. Les hommes n'avaient pas plus tôt appris à lire qu'ils sortaient un journal destiné aux membres du camp et lançaient des appels à tous ceux qui voudraient écrire des articles, des reportages, des poèmes même...

— La semaine dernière, il y avait une manchette qui parodiait le titre d'une chanson[1] : *Vous avez pas une rime ou deux ?*

— Et vous avez reçu des poèmes ? s'enquit Mary.

— Des tonnes. La plupart très mauvais, mais là n'est pas la question.

Tous les déshérités n'étaient pas des ouvriers analphabètes. Certains étaient même tombés de très haut. Nancy entendit parler de banqueroutes spec-

---

1. *Buddy Can you Spare a Rhyme*, parodie de la chanson la plus célèbre de la Grande Dépression : *Buddy Can you Spare a Dime*.

taculaires, de yachts confisqués, de riches ruinés abandonnés par leurs femmes.

— Elle a embarqué les diamants et les gosses et s'est enfuie au Canada.

Les domestiques étaient partis, la piscine avait moisi. Ce pauvre homme haussa les épaules en esquissant un petit sourire :

— J'avais un chauffeur et deux autos européennes.

— J'avais une cuisine tout électrique, lui répliqua Nancy.

23

La lettre de Nagasaki était rédigée dans un anglais impeccable, d'une écriture gracieuse. Elle était adressée à Mary, mais ne venait pas de son frère.

Au bas de la feuille, après la formule de politesse d'usage, était imprimé un petit sceau carré, suivi d'une signature.

Véritable bombe sur le point d'exploser sous son apparence anodine, la lettre attendait au milieu de la table. Nancy en frôla la surface claire et granuleuse.

— Alors, c'est de qui ? demanda Mary.

— De la mère de Joey, articula Nancy, étonnée elle-même de parvenir à prononcer ces mots. Elle s'appelle Cho-Cho. Cela signifie « papillon ».

— Mais elle est morte ! s'exclama Mary. On sait tous ça. Elle est morte.

Nancy se remémora cette première journée à Nagasaki. La révélation désastreuse : l'épouse pas tout à fait épouse, l'enfant. Caché dans les fourrés du passé, un serpent se glisse entre un homme et une femme. Par-delà les années, Nancy tend l'oreille aux paroles sifflantes proposant une solution insidieuse… et cette voix est la sienne. Elle seule est coupable.

— Mais je croyais qu'elle était morte, répéta sa mère. Pas toi ?

Nancy fut sur le point de bredouiller : *La femme allongée par terre, l'enfant effrayé…*

Mary se saisit de la lettre et la lut à haute voix : elle lui annonçait la mort de son frère. Une mort paisible. Il avait été entouré de sa femme et de ses enfants.

— Une femme ! s'écria à son tour Louis. Des enfants ?

— *Henry a eu des funérailles bouddhiques suivant la tradition japonaise, comme il l'avait souhaité,* continua à lire Mary. *Les pleurs étant appropriés à cette cérémonie, en général on engage des pleureuses professionnelles. Mais pour lui ce ne fut pas nécessaire, car tout le monde pleurait. Il nous manque à tous. Dans notre région, le Kyushu, la coutume veut que l'on place une pierre sur la terre meuble qui recouvre le cercueil. J'ai placé une pierre de votre part, à vous, sa sœur qui lui survit.*

S'ensuivait une description empreinte de tendresse de la vie d'Henry. Devenu un journaliste de renom, il s'était consacré à dépeindre son pays

180

d'adoption. Sa sœur, continuait la lettre, serait à même d'apprécier tout ce qu'il avait fait pour améliorer en des temps difficiles la compréhension entre leurs peuples. Elle joignait une photographie…

— Quelle photo ? dit Mary. Il n'y a pas de photo.

— Vérifie dans l'enveloppe, suggéra Louis.

C'était une petite photo de groupe : Henry Sharpless, sa femme et trois fillettes.

— Sa femme est japonaise, murmura Mary.

— Et Henry est habillé à la japonaise, renchérit Louis. Et si tu veux mon avis, il a l'air japonais.

— Il a l'air heureux, commenta Nancy.

Mary étudia le sceau carré rouge en bas de la lettre.

— Cho-Cho, prononça-t-elle. Et cela signifie « papillon ». En anglais, *Butterfly*…

Après une pause, elle ajouta :

— Il va falloir le dire à Joey.

Est-ce obligatoire ? Nancy envisageait une autre solution : déchirer la lettre, la brûler tout de suite. Fin de l'histoire. Joey continuerait à vivre comme avant, comme un petit Américain sur le sol américain, heureux. Évidemment, il y avait ses cauchemars. Elle l'entendait se réveiller la nuit en hurlant et en bafouillant des mots incompréhensibles. Mais ces mauvais rêves étaient de moins en moins fréquents, et elle n'avait aucun mal à le rendormir, en caressant ses boucles blondes qui lui rappelaient Ben.

Elle aussi faisait des cauchemars. Elle rêvait d'eau, de boue, de noyade. Elle se réveillait en hoquetant, à moitié étouffée.

— Qui va le lui dire ? interrogea Mary.

Du couloir parvint la voix de l'enfant :

— Ça va. J'ai entendu.

Nancy pivota sur ses talons.

Il se tenait dans l'encadrement de la porte, ses manuels scolaires dans les bras, et hochait doucement la tête, comme s'il écoutait des propos inaudibles, le visage impassible. L'instant d'après, il se détourna et monta en courant l'escalier.

— C'est invivable ici, grommela Louis. On n'a aucune intimité.

Mary lança dans le même souffle :

— Quel dommage qu'on n'ait pas pu le préparer.

Nancy était déjà dans l'escalier. La maison était en effet beaucoup trop exiguë pour trois adultes et un garçon déjà adolescent, mais ils n'avaient pas le choix : elle travaillait toute la journée. Mary et Louis veillaient sur Joey quand il sortait de l'école. Elle-même dormait dans un réduit, qui avait au moins l'avantage d'être un lieu à elle, un refuge où elle pouvait échapper aux pressions conjuguées de ses parents et de son enfant qui lui donnaient parfois l'impression d'être prise dans un étau. Et au moins, dans cette maison, Joey avait une chambre avec une vraie porte, pas un rideau.

Elle frappa, attendit. Frappa de nouveau.

— Joey ?

La porte s'entrebâilla. La main sur la poignée, il posa sur elle un regard interrogateur, un peu comme quelqu'un qui découvre sur son seuil un représentant de commerce. Il lui parut soudain terriblement grandi. À quatorze ans, il faisait déjà la même taille qu'elle.

182

— Puis-je entrer ?

— Pour quoi faire ? Me raconter encore des mensonges ?

Il fit un pas en arrière afin de la laisser passer. Elle entrait dans sa chambre régulièrement, pour faire le ménage et ranger ses affaires. Mais à présent, elle le regardait avec une expression différente, comme une étrangère. Les cartons avaient été descendus à la cave. Louis avait installé des étagères et construit un placard contre un mur, entre le plafond en pente et le parquet.

À côté de la lucarne, un vieux fauteuil, et au milieu du grenier, à l'unique endroit où Joey pouvait se tenir debout, un petit bureau et une chaise au dossier recourbé. Un tapis à longs poils. *Les parquets de la maison à la cuisine « tout électrique » étaient réchauffés par des tapis à longs poils. Cette odeur musquée, chaude comme des moutons dans les prés.*

Sur l'étagère s'alignaient des petits objets : un coquillage pointu aux spirales décorées d'une bande violette ; un minuscule squelette de poisson aux arêtes et aux os aussi fins que des aiguilles ; un bouquet d'algues sèches qu'on aurait dit sculpté dans le jade. Elle avait souvent manipulé ces babioles en les dépoussiérant, sans jamais les regarder vraiment. À présent, elle les voyait comme les témoins de vies antérieures : un animal avait logé à l'intérieur de ce coquillage ; un poisson avait frétillé grâce à ce squelette ; l'algue s'était épanouie dans l'eau salée.

Le dernier objet, fabriqué par l'homme et non issu de la nature : une toupie en bois, usée au point de présenter une surface monochrome où on ne décelait plus que des traces de peinture rouge et jaune çà et là.

Elle tendit la main pour frôler du bout des doigts le jouet et d'une voix assourdie par les larmes, s'exclama :

— Oh, Joey, la toupie, tu es retourné chercher ta toupie. Si seulement tu n'étais pas retourné, si je ne t'avais pas couru après.

Une fois de plus, son cœur fut transpercé par la flèche du remords et ses pensées reprirent leur ronde infernale : Oh, si seulement elle pouvait rembobiner le fil du temps. Mais à quelle heure ? À quel moment ?

— Ce jour-là, dit-elle, quand je t'ai entendu crier…

Elle était remontée en courant dans la maisonnette et avait vu la femme allongée sur les nattes en paille, Joey accroupi à côté d'elle, tirant de sa menotte l'écharpe blanche qui se colorait lentement de rouge. Une vision de cauchemar. Nancy savait de quoi il s'agissait : un passager à bord du paquebot lui avait expliqué la tradition japonaise du suicide. Au bord de l'évanouissement, elle s'était défendue de céder à la panique. Elle avait soulevé l'enfant et saisi le jouet en bois, avant de prendre la fuite.

Par la suite, elle avait rationalisé : la mère du petit garçon avait accepté que Joey parte avec son père. Cette femme était morte, quel intérêt y avait-il à tous les soumettre à des questions auxquelles il n'y avait pas de réponses ? Une enquête officielle risquait de les priver, eux, du droit de garde, et l'enfant, lui, de son seul parent encore vivant. Ils l'enfermeraient dans un de leurs orphelinats. Mais était-elle bien certaine que la mère de Joey était morte ? Elle aurait pu vérifier, lui porter secours. Quel genre de personne était-elle pour s'être emparée du petit et avoir pris ses jambes à son cou ? Quel accès de folie lui avait fait abandonner toute humanité ?

Ce jour-là, la porte étroite s'était refermée. Toute paix intérieure l'avait quittée. Une catholique aurait sans doute eu recours à la confession : Nancy n'avait que ses prières silencieuses, où elle demandait l'absolution de ses péchés. Ses péchés. Car il y en avait eu plus d'un. L'abandon d'une mourante n'était qu'une partie de sa faute.

Joey avança :

— Mais si tu n'étais pas sûre, pourquoi m'avoir affirmé qu'elle était morte ? Tu aurais pu vérifier auprès d'oncle Henry. Il t'aurait dit qu'elle avait survécu. Et à moi tu aurais pu le dire.

Avec le risque de le perdre. Elle se rappelait le jour où elle était devenue sa mère, il y avait une éternité de cela, en allant le chercher à l'école. Il lui avait sauté au cou, presque à l'étrangler. Une maman les avait regardés, interloquée par le tableau qu'ils formaient, l'enfant serré passionnément contre elle. Et Joey lui avait lancé : « C'est ma maman. » La femme s'était écartée en hochant la tête, étonnée par la véhémence de cette déclaration qui sonnait pourtant comme une évidence.

Mais Nancy avait tenu le petit corps tout contre son épaule et, dans le secret de son cœur, avec stupéfaction, avait prononcé : « C'est mon fils. »

185

Elle aurait pu se renseigner, et on lui aurait indiqué que la mère de Joey était toujours de ce monde. Oui, en effet, elle aurait pu. Mais est-ce que cela aurait amélioré les choses ? Peut-être aurait-il souhaité rentrer chez lui, auprès de sa vraie mère ? Qui sait ? Qui sait comment les choses auraient pu se passer.

Les choses étant ce qu'elles étaient, Nancy avait assumé le rôle ingrat de mère adoptive. Elle avait permis à Joey de pleurer sa mère parfaite, sa mère perdue, en espérant que le deuil serait un terreau dont jailliraient de nouvelles pousses, plus vertes, plus solides.

À présent, elle était confrontée à une autre version du passé.

— Alors elle m'a abandonné. Elle ne voulait pas de moi.

— Elle voulait ce qu'il y avait de mieux pour toi, et pour ton père.

C'était la vérité… un aspect de la vérité, non pas la vérité tout entière.

Et maintenant ? se demanda-t-elle. Joey allait-il écrire à Cho-Cho pour lui annoncer qu'il souhaitait rentrer chez lui ? Auprès de sa vraie mère, celle qui avait souffert en le mettant au monde, lui, la perle de sa chair. Alors que Nancy n'était qu'un austère simulacre. Nancy avait envie de crier, à travers l'espace et l'océan : *J'ai fait de mon mieux. J'ai toujours fait ce que je jugeais le mieux pour lui. J'aimais cet enfant.* Et elle le regardait à présent, les sourcils froncés, furieux, ce grand garçon maigre à la courte toison dorée, aux yeux bleus, et elle eut la sensation que son cœur se retournait dans sa poitrine comme un plongeur qui effectue une pirouette dans les airs. Il remarqua son geste imperceptible et s'enquit :

— Ça va ?

Quand elle secoua la tête, incapable d'articuler un mot, il ouvrit les bras et les referma autour d'elle en une étreinte aussi maladroite qu'inattendue.

— Elle n'a jamais écrit pour demander de mes nouvelles, elle n'a jamais réclamé de photo. Elle a sa vie, j'ai la mienne. La page est tournée. Laissons le passé derrière nous.

Plus tard, alors que les autres faisaient la vaisselle dans la cuisine, il descendit sur la pointe des pieds. La lettre était toujours sur la table, avec la petite photographie. Il l'examina attentivement. L'homme était mince et pâle, la femme potelée et les trois petites filles, vêtues de kimonos, les mains sagement croisées, le regard tranquillement posé sur l'objectif.

Ces fillettes étaient « de la famille », comme son cousin Jack qui rêvait de devenir officier de marine. Apercevant son reflet dans la glace au-dessus de la cheminée, il se vit soudain comme un jeune Jack. Cependant, il portait en lui les semences enfouies d'une autre lignée.

« Laissons le passé derrière nous », avait-il dit à Nancy. Pourtant le passé pouvait réserver des surprises.

Entre la vieille ville de Portland qui relie le nord de Burnside Street aux « Park Blocks » et à la rivière Willamette s'étendait un territoire inexploré pour Joey, un pays étranger : le quartier appelé

Japantown – *Nihonmachi* pour ses habitants. En s'y promenant, il allait d'étonnement en étonnement, découvrant des panneaux indicateurs énigmatiques, des affiches couvertes de caractères qui ressemblaient plus à des dessins anguleux qu'à de l'écriture. Rien ne lui était familier : le quadrillage des rues qui se prolongeait jusqu'à la rivière, les boutiques vieillottes ombragées par des stores étroits, les grandes vitrines où s'entassaient des denrées bizarres, inconnues ; les odeurs qui s'échappaient des portes ouvertes, répugnantes. Et puis, dans un coin, un immeuble qui lui parut immense, dont la façade se parait de plusieurs rangées de fenêtres cintrées : l'hôtel Merchant. Dans cet environnement, il détonnait autant qu'une baleine échouée sur une plage.

En s'engageant dans un labyrinthe de ruelles, il regarda en passant les vieilles affiches illustrées de lutteurs obèses, d'escrimeurs masqués, de défilés aux lanternes. Les piétons, nombreux, marchaient en silence mais d'un pas résolu. Eux aussi étaient « différents », petits, bruns, tirés à quatre épingles. Quand ils le dépassaient ou le croisaient, ils s'écartaient légèrement, et il se prit à songer : ces gens ont un travail à faire.

Un garçon comme les autres, voilà ce qu'il avait cherché à devenir alors que les fils qui le rattachaient à un passé troublant s'étaient rompus les uns après les autres. La maison. La mère. La langue… Arraché à sa terre, déraciné, il s'était bien conduit, il avait gardé ses pensées pour lui. Il avait un temps retenu des bribes, des fragments de cette vie enfuie, mais peu à peu, ils avaient pâli, leur éclat s'était terni. Le drapeau américain, lui, était grand et rutilant. Il avait progressivement trouvé sa place dans son nouveau paysage. Il jouait au base-ball, il lisait les dessins humoristiques dans le journal du dimanche, il allait au cinéma, il connaissait par cœur les paroles des chansons figurant au hit-parade, il pianotait avec Fats Waller, sur un faux clavier de piano bricolé à partir d'une boîte à chaussures. Et quand Bing Crosby distillait doucement à la radio ses syllabes veloutées, Ben avait chanté avec lui, fredonné, en imitant le scat du maître : « *Where the blue of the night meets the gold of the day... bouhhh...* » Joey, en bon élève, copiait son père. Ben n'était plus là, mais Bing poursuivait son chemin de crooner.

Parfois survenaient des fulgurances, *la courbe d'une nuque, un kimono clair*, le souvenir d'une question interloquée : « Ta mère s'appelait comment ? » Cela faisait des années qu'il n'avait plus été décontenancé. Sa mère s'appelait Nancy, son père Ben. Ben avait été champion de natation puis officier de marine, et maintenant il était mort. Figures graves. Compatissantes. Ce doit être dur de perdre son papa. Il se trouvait en terrain conquis.

Il regarda autour de lui : les rues grouillaient comme une fourmilière. Il n'avait pas sa place ici. Ici, il était un étranger, un Américain.

PARTIE 3

PARTIE 3

24

En voyant Nancy entrer dans le consulat, le fils de Cho-Cho pelotonné dans ses bras, son petit visage trempé de larmes, Sharpless fut troublé. Elle était manifestement dans un état second. Avec un débit trop rapide, comme une mauvaise actrice déclamant une tirade, elle l'informa qu'elle était venue lui dire au revoir. Un accord venait d'être passé avec la mère de l'enfant... elle l'emmenait en Amérique.

— Tu es certaine d'avoir bien compris ce qu'elle te disait ?

Il était convaincu que cela ne pouvait pas se terminer ainsi, mais sa nièce n'avait pas le temps de lui expliquer : le paquebot n'allait pas tarder à appareiller.

— Et le lieutenant Pinkerton ?

— Il a dû retourner à son navire.

Sharpless se pencha vers l'enfant, qui paraissait au bord d'un nouvel accès de larmes. Son kimono brodé, tout froissé, lui sembla d'une propreté douteuse.

Sharpless prononça d'une voix toute douce :

— Sachio ?

— Que dis-tu ?

— C'est son nom.

— Son nom est Joey, et il faut que je lui achète des vêtements. Tout de suite.

Elle caressait la tête de l'enfant, tentait de le rassurer. Sharpless nota l'extraordinaire pâleur de sa nièce.

— Tu sais qu'il y a des formalités, lui déclara-t-il prudemment.

Mais Nancy ne voulut rien entendre. Elle prendrait l'enfant à bord avec elle. On verrait plus tard pour la paperasse…

— S'il te plaît, mon oncle, fais-moi confiance.

Il appela un serviteur afin qu'il l'emmène dans la boutique de confection la plus proche. Sa nièce était transformée : la jeune Américaine qui avait débarqué, habillée à la perfection, avec un visage aux traits lisses et au sourire éclatant, cette femme-là n'existait plus. Elle était débraillée, sa robe mise toute de travers, tachée…

— J'espère que ta robe pourra être nettoyée.

Elle baissa les yeux et vit la tache rouge sur le côté, juste sous son sein. Ses traits se crispèrent.

— Comment me suis-je fait ça ? s'exclama-t-elle. Avec quel fruit ?

Mais alors qu'elle s'élançait vers la sortie, Sharpless remarqua que le bord de la manche de l'enfant était mouillé et noir. Il sentit son cœur se serrer tandis que sa perplexité se muait en un affreux pressentiment.

À cause de la canicule, les chemins de terre de Nagasaki étaient tapissés d'une couche de poudre duveteuse qui se transformait en nuage sous les roues en bois du pousse-pousse. La poussière se collait à vos paupières, vous bouchait les narines. Sharpless se mit à tousser.

Il pria l'homme de courir plus vite, tout en s'excusant, car même en de pareilles circonstances, il était important d'y mettre la forme. Il craignait hélas que la précipitation soit inutile : il arriverait sûrement trop tard.

Il luttait contre l'envie de sauter de la voiture et de courir, mais il savait qu'il ne serait pas plus rapide que son chauffeur en sueur. À peine posa-t-il le pied à terre, qu'il s'élança vers la maisonnette.

Ses muscles protestaient, ses chaussures le pinçaient. À bout de souffle, il fit glisser la cloison. Cho-Cho gisait recroquevillée par terre, Suzuki penchée sur elle, comme fascinée par l'écharpe rouge écarlate qui cachait sa gorge. Une coulure striait le kimono blanc. Il y avait une flaque de sang sur le tatami.

Il tomba à genoux et inspecta la plaie béante où continuait à affluer le sang. Par terre, il y avait un couteau – une lame d'une dizaine de centimètres. Assez petit pour être dissimulé dans une ceinture jusqu'au moment voulu, le *kaiken* était le poignard avec lequel les femmes déshonorées étaient tenues de mettre un terme à leur existence.

L'épais maquillage camouflait la peau de Cho-Cho sous un masque blanc. Ses yeux cernés de rouge étaient fermés. Percevait-il un souffle ? Il s'empressa d'ordonner à Suzuki de courir appeler des secours, mais la servante savait que ce n'était pas la volonté de sa maîtresse. Elle demeura donc là, assise sur ses talons, dans une sorte de transe, jusqu'à ce que

Sharpless se mette à lui hurler des instructions. Il leva le bras, et la frappa, fort. Elle bondit sur ses pieds et détala.

Le médecin avait l'air très jeune – diplômé depuis peu, jugea Sharpless. Sa blouse de chirurgien était trop grande pour lui. En soulevant le vêtement ensanglanté qui dissimulait la plaie à présent noire et pleine de caillots dans la gorge de Cho-Cho, il esquissa une grimace. Il fit un signe à une infirmière et Sharpless fut prestement évacué de la salle des urgences.

Dans la pénombre du couloir de l'hôpital, il attendit avec Suzuki. Tous deux silencieux et dignes dans leur effroi. Des gens passaient, le personnel d'un pas décidé, pressé, les patients clopinant, se soutenant parfois au mur.

Au bout d'un certain temps, la porte s'ouvrit, enfin, et le médecin s'avança vers eux, sa blouse souillée de taches sombres.

Sharpless se leva d'un bond et articula en japonais :

— Puis-je savoir si…

— Sa vie n'est plus en danger.

Puis, en anglais, avec un accent américain, il ajouta :

— Vous êtes un proche ?

— Je suis un ami de la famille. Sharpless. Henry. (Il salua d'une inclinaison du buste.) À qui ai-je l'honneur… ?

— Docteur Satô.

Le médecin le fixa longuement d'un air songeur. Sharpless s'attendait à des questions embarrassantes. Il prit les devants :

— Un accident des plus regrettables.

Le médecin paraissait perdu dans ses pensées. Finalement, il regarda Sharpless puis Suzuki, debout auprès du consul. Il pencha la tête de côté en haussant les sourcils et prononça :

— Un accident ? (Un temps de pause.) Nous allons avoir besoin d'une déposition.

— Quand vous voudrez… on me trouve au consulat américain.

Il sentit que la glace était rompue.

— Merci, opina le médecin. J'ai fait mes études en Californie. À UCLA. L'école de médecine Irvine.

Sharpless avait été étonné par sa perplexité devant la blessure de Cho-Cho. Maintenant, il comprenait mieux : un garçon brillant, envoyé suivre ses études en Amérique, et revenu occidentalisé dans son pays, pour ainsi dire en territoire inconnu, où il se retrouvait brutalement confronté à la sauvagerie du suicide traditionnel.

Sharpless s'inclina de nouveau et commença à le remercier au moyen des formules de politesse d'usage, quand le médecin l'arrêta :

— Vous pourrez la voir tout à l'heure.

Après une brève révérence, il s'en fut.

Sharpless et Suzuki, seuls de nouveau, loin des gémissements et des cris de douleur des malades, des ordres secs du personnel, prirent leur mal en patience.

Des heures s'écoulèrent avant qu'on ne les conduisît au chevet de Cho-Cho. Allongée, toute propre, sa blessure pansée, elle était vêtue à présent de la chemise de l'hôpital, dont seule la blancheur rappelait le kimono ensanglanté. Son teint, lui, était gris.

Ses traits semblaient aussi figés que s'ils avaient été sculptés dans de l'ivoire. Il essaya de deviner les sentiments qui l'animaient.

Sharpless avait déjà vu le sabre du père de Cho-Cho, presque anodin dans son orgueilleux fourreau avec l'inscription : *Qui ne peut vivre dans l'honneur doit mourir dans l'honneur.* Lorsque la disgrâce s'était avérée la seule alternative, il s'était préparé au *seppuku* et avait trouvé la force d'effectuer l'incision en X de l'éventration rituelle, de « cracher ses entrailles » comme Sharpless l'avait entendu dire un jour, assez justement, par un Américain.

Les femmes, elles, utilisaient le *kaiken*, plus fin mais tout aussi mortel. Cette forme de suicide s'appelait *jigai*. La femme se tranchait la veine jugulaire et non l'abdomen. Il se figura Cho-Cho seule dans la pièce. Se prosternant devant le sabre de son père enveloppé de soie noire, cherchant le point sur sa gorge, un endroit peu innervé, connu de tous les Japonais. Y plaçant la pointe de son poignard et...

Sharpless remonta ensuite dans le temps. Nancy et Pinkerton avaient soumis à Cho-Cho un impossible dilemme. Dans la balance, d'un côté il y avait son plus cher désir et de l'autre un brillant avenir pour son enfant. La dernière fois qu'il l'avait vue, elle était décidée à garder son fils. Que s'était-il passé ensuite pour la faire changer d'avis ? Nancy lui avait donné une explication, mais les faits semblaient raconter une autre histoire. Quelle était la vérité ?

Le mot japonais pour « vérité » est *makoto*. *Ma* signifiant parfait et *koto,* situation. Or comment s'y prendre, pour arriver à la situation parfaite ? Eh bien, par la discussion, l'analyse, et parfois, quand le temps manquait, l'action directe.

Cho-Cho avait pu considérer qu'en s'ôtant la vie, elle engendrerait *makoto*, la situation parfaite, l'enfant serait sauvé et se verrait offrir une nouvelle vie. Mais cela semblait trop simpliste. Il se rappela une conversation qu'il avait eue avec elle à propos du sacrifice. Son père avait sacrifié sa propre vie plutôt que d'affronter le déshonneur de la ruine. Sharpless avait déclaré avec conviction que pour sa part il estimait qu'il avait eu tort. Son père aurait dû rester en vie pour s'occuper d'elle. Et à présent, voilà que c'était elle qui optait pour cette solution. Quand avait-elle pris sa décision ? Et pour quelle raison ?

Son prédécesseur au consulat, en lui transmettant la fonction, lui avait prodigué ce conseil :

— N'essayez pas de discuter avec les Japonais. Ils refusent systématiquement d'entrer dans quelque débat que ce soit. Ce qui ne veut pas dire qu'ils sont d'accord avec vous.

Tandis que ses pensées tempêtaient dans sa tête, il guettait le moindre signe de vie sur le petit visage blême. Il songea soudain que les deux navires avaient certainement déjà pris la mer à cette heure. Pinkerton en route pour un port lointain, et le paquebot emportant sa nièce avec l'enfant de Cho-Cho.

Plus tard seulement, deux choses lui apparurent étranges : comment l'enfant avait-il taché sa manche de kimono, et qu'avait vu Nancy au juste, dans la maison sur la colline ?

25

Cho-Cho reprit connaissance. Un mouvement de la tête, et une douleur fulgurante la transperça comme un glaive. Elle avait la gorge en feu, la bouche sèche. Elle ne ressentait rien d'autre. Couchée sur le dos, les yeux clos, elle avançait à tâtons. Elle errait dans la nuit, seule et sans lanterne.

Pourquoi cette douleur ? Où était-elle ? Son cœur bondit dans sa poitrine : *où était Sachio ?* Il devrait être auprès d'elle, comme toujours, pressé contre sa hanche, endormi, la respiration sonore, la bouche entrouverte. Elle tendit l'oreille. Aucun bruit.

C'est alors que la mémoire lui revint avec une violence terrible. Le monde s'était effondré. Elle gisait ensevelie sous un tas de décombres. Elle se souleva pour retomber aussitôt en criant le nom de son fils, et ne parvint à émettre qu'un son rauque qui lui déchira la gorge.

Une main s'était saisie de la sienne, une voix lui murmurait quelque chose.

Elle ouvrit les yeux : au-dessus d'elle le visage de Suzuki oscillait, semblable à une lune vague. La servante lui murmurait des paroles apaisantes. L'enfant était parti, et elle, elle était quand même vivante. Désormais, elle ne connaîtrait plus que les affres de l'absence et des regrets. Plus de *Sachio*. Plus de joie.

Une fois sa blessure en voie de guérison, elle retrouva l'usage de la parole et chuchota quelques mots à Sharpless qui se tenait à ses côtés. Le paquebot était parti, bien sûr ? Tristement il confirma d'un signe de tête.

Elle bougeait à peine. Ses larmes glissaient des coins de ses yeux et roulaient sur ses joues jusque dans sa bouche. Eau de sel.

En chuchotant, elle demanda qu'on la laisse seule.

Au cours des semaines qui suivirent l'enlèvement de l'enfant, Suzuki resta agenouillée auprès du futon de Cho-Cho, surveillant avec attention le visage livide et décharné au point que l'on devinait la forme de son crâne, les yeux fermés sur ce monde qu'on l'avait empêchée de quitter avec honneur. Elle refusait de parler à Sharpless. Pourtant il se présentait régulièrement à la porte, et chaque fois il était éconduit par Suzuki, laquelle atténuait ce rejet en lui chuchotant un remerciement.

En qualité de diplomate et de citoyen américain, il suscitait doublement l'hostilité, dont les manifestations – dédain, mépris, rancœur – lui étaient familières et auxquelles il opposait une sérénité sans faille. « Si vous ne supportez pas l'hostilité, ne venez pas au Japon, avait-il déclaré à un homme d'affaires texan. Pourquoi nous aimeraient-ils ? Nous leur avons envoyé les "navires noirs" de Perry, nous les avons forcés – je dis bien forcés – à s'ouvrir au commerce avec l'Occident. Nous leur apportons le progrès, alors qu'ils préfèrent la tradition. Nous sommes trop bruyants, trop directs. Pour le meilleur ou pour le pire, nous transformerons ce pays. De quelle manière ? Personne, ni eux ni nous, n'en sait rien. »

Il comprenait pourquoi Cho-Cho, qui l'avait toujours traité en ami, le considérait désormais comme un ennemi : il lui avait sauvé la vie, elle ne le lui pardonnait pas. Pour le moment, Cho-Cho était alitée, se disait-il, il ne pouvait rien lui arriver. Le danger réapparaîtrait quand elle serait assez remise pour aller et venir dans la maison. Il craignait qu'elle n'attente de nouveau à ses jours et n'achève le travail commencé.

Est-ce l'oiseau qui fut le facteur déclenchant ?

L'oiseau… un pinson au plumage foncé excepté sa gorge d'un bel orangé, tomba du ciel un jour de fin d'automne et sautilla dans le jardinet à la recherche de graines et de baies, la tête penchée de côté, sur le qui-vive. Cho-Cho, à sa fenêtre, le regarda d'abord distraitement. L'oiseau, son petit œil vif rivé sur la silhouette immobile à la fenêtre, se rapprocha progressivement de la maison. Pendant une minute, le pinson et la jeune femme s'observèrent. Puis, d'un coup d'aile, le pinson disparut.

Le lendemain, il était de retour.

Chaque jour, Suzuki posait un bol de soupe miso et un petit plat de poisson au riz à côté de Cho-Cho, avec le secret espoir qu'elle finirait par se décider à avaler quelque chose. Elle retrouvait l'assiette intacte. Mais ce jour-là, au moment où l'oiseau s'avançait vers la maison en zigzaguant, Cho-Cho se saisit de quelques grains de riz, fit coulisser le *shoji* et les répandit sur le bois de la véranda.

L'oiseau la surveillait. Elle surveillait l'oiseau. Suzuki, de l'intérieur, les épiait l'un et l'autre. Le pinson finit par courir vers le riz à petits pas courts et rapides et se dépêcha de picorer tous les grains. Après quoi il inclina la tête comme pour saluer, tourna sa queue vers sa bienfaitrice et envoya un jet de fiente sur le plancher.

Dans la pièce voisine, Suzuki entendit un bruit étrange et se précipita pour voir ce qui se passait. Cho-Cho, la main sur son cou, riait.

— Tu as vu cet oiseau ? Je lui ai donné à manger. Dans nos vieilles légendes, il aurait eu le don de la parole. Il se serait adressé à moi et se serait sans doute révélé être un prince ou un dieu. Un être exceptionnel. Noble. Et regarde.

Elle montra du doigt la fiente verdâtre et blanchâtre.

— Pas si noble que ça.

Elle rit de nouveau, ou plutôt gloussa comme une petite fille. Ce qui rappela à Suzuki que des deux, Cho-Cho était de loin la plus jeune : elle n'avait pas encore vingt ans. En temps normal, songea la servante, une crotte d'oiseau serait passée inaperçue, mais rien n'était normal en ce moment. Les joues de Cho-Cho reprenaient un peu de couleur, sa bouche esquissait un semblant de sourire : elle revenait à la vie.

— Il donnait peut-être son avis sur ma cuisine, commenta Suzuki en saluant l'oiseau d'une inclinaison du buste. Je ferai mieux demain, messire.

Le pinson devint un visiteur familier, il picorait le riz, et mangeait aussi les graines et les baies que se procurait Suzuki. Pendant qu'il profitait de l'aubaine, Cho-Cho, sans y penser, grignotait les petits plats que l'on disposait à côté d'elle.

Vint le jour où le pinson ne parut plus. Des vols d'oiseaux migrateurs traversaient le ciel en direction du sud avant l'hiver. Cho-Cho suivait des yeux les départs successifs au-dessus de sa tête en se demandant si un petit pinson n'allait pas se décider à quitter un instant ses compagnons pour descendre dire un dernier au revoir à sa bienfaitrice, mais les vagues d'oiseaux passaient et disparaissaient au loin.

Suzuki était vigilante, craignant que ce départ ne ranime le terrible chagrin d'une autre absence. Cho-Cho continua à regarder vers le port et la ligne d'horizon où le ciel se confondait avec la mer.

— S'ils veulent survivre, les oiseaux sont obligés de partir, déclara-t-elle.

*

Le lendemain, elle annonça qu'elle était prête à prendre un vrai repas.

Elle n'était pas reconnaissante à Sharpless. Ce retour à la vie était la dernière chose qu'elle pouvait souhaiter. Elle avait pris la décision qui s'imposait : *makoto* – la situation parfaite. À ce stade, elle n'avait plus qu'à tirer définitivement sa révérence. Son « sauveur » avait tout gâché. Elle lui accorda un bref entretien afin de lui exprimer – en termes polis – son point de vue.

— Sharpless-*san*, vous connaissiez mon père. Vous êtes un homme d'honneur. Vous devez être bien triste de m'avoir empêchée d'accomplir l'acte honorable qui s'imposait dans ma situation.

Si son fin poignard n'avait pas manqué la jugulaire d'un cheveu, Sharpless, avec la meilleure volonté du monde, n'aurait pas réussi à la ressusciter. Il lui répondit d'un ton plein de respect :

— Peut-être serait-il avisé de revoir la définition de l'honneur. Il est possible que les mots, avec le temps, changent de sens.

— Ce n'est pas ce qu'on dit au Japon. Le temps n'a pas de prise sur la tradition.

Elle avait eu tout le loisir, à l'hôpital et pendant sa convalescence, de réfléchir au sens de la tradition, et de sa propre existence, semblable à celle des autres femmes : aucune d'entre elles n'avait voix au chapitre. Elles n'étaient que les réceptacles des mots des autres, des actions des autres. Des êtres silencieux à qui on avait appris à écouter, à sourire et à émettre de petits rires d'approbation (les mains devant la bouche). Si elles avaient des souhaits, des désirs, ces pensées malvenues étaient réprimées. Une femme qui disait ce qu'elle pensait, une femme qui prenait la parole, voilà qui paraissait tellement laid qu'on ne la voyait même pas : elle devenait invisible.

— La tradition, c'est ce qui reste quand tout s'est évaporé, ajouta-t-elle.

Mais une fois seule, elle se livra, chose très osée de sa part, à un exercice de réflexion. Nagasaki n'était plus ce qu'il avait été. Le mot « moderne » n'y sonnait plus comme une insulte. Qu'allait-elle faire de la vie qui lui avait été prescrite ?

Elle avait besoin de gagner de l'argent, pour se nourrir d'abord, et pour rembourser à sa voisine le kimono blanc qu'elle lui avait si gentiment prêté pour impressionner la fiancée américaine. Son sang l'avait taché et le personnel médical l'avait déchiré en la déshabillant.

Elle pouvait toujours donner aux filles des maisons de thé des leçons d'anglais et de maintien occidental. Mais cela ne suffirait jamais. Cho-Cho s'interrogea : quels talents, quels savoir-faire possédait-elle qui pourraient s'avérer utiles ?

De la fenêtre, elle contemplait le port, animé comme toujours. Les quais grouillaient de monde : des passagers, des malles en fer-blanc, des boîtes, des paniers, des ballots attendaient d'être embarqués à bord d'un paquebot, à destination d'un nouveau monde où la vie serait peut-être meilleure.

À Nagasaki, il y avait des vieilles personnes dont les enfants s'étaient déjà bâti une nouvelle existence en Amérique, dont les petits-enfants étaient à présent américains. Et dans ce monde éloigné au rythme trépidant, ils ne trouvaient pas le temps d'écrire, ou bien oubliaient leur japonais. Si ces lettres pouvaient être rédigées en anglais, cela rapprocherait l'ancien du nouveau monde. Les anciens restés au pays, songea Cho-Cho, se sentiraient moins exclus : leur descendance américaine recevrait des nouvelles du pays... en anglais.

C'était décidé, elle deviendrait écrivain public – après tout, « scribe » comptait au Japon parmi les métiers traditionnels.

Peut-être elle-même écrirait-elle, de temps à autre, à son enfant perdu, à Joy : *Mon cher Sachio...*

Dans les faits, ses lettres commençaient bel et bien ainsi, mais elle n'en posta aucune.

Mme Sinclair de la mission méthodiste était une amie de longue date d'Henry Sharpless. Elle connaissait toute l'histoire. Lorsque Cho-Cho se présenta à la mission en demandant à la voir, elle sortit en toute hâte de son bureau pour prendre les mains de la jeune femme dans les siennes.

— Cho-Cho.

Elle dévisagea la jeune Japonaise, soudain gênée, ne sachant que dire. Prendre des nouvelles de sa santé ? Pas très délicat. Elle fut tirée d'embarras par sa visiteuse, qui, en dépit de sa voix chuchotante, s'exprimait avec une fermeté et une confiance en soi qui l'étonnèrent.

— Mme Sinc-u-lair, j'ai bien étudié l'anglais. Je pense parler couramment. Je connais un peu la société occidentale. Certaines familles de Nagasaki m'emploient pour écrire des lettres. J'aurais le temps de me rendre utile auprès d'autres personnes. Serait-il possible que je donne des leçons aux jeunes filles de la mission ?

Elle estima futile de préciser que les filles délurées des maisons de thé avaient déjà bénéficié de son enseignement. Le vocabulaire et le style de ses précédents cours ne siéraient sûrement pas aux pieuses élèves de la mission. Dans ces maisons, les filles se débattaient avec les substantifs, les adjectifs, les verbes, pour exprimer leurs vœux les plus secrets, ceux d'être entendues, d'avoir une voix.

À Mme Sinclair, elle présentait un appât d'une autre nature : elle lui expliqua qu'à cause du

207

lieutenant Pinkerton, elle s'était mise dans la tête d'étudier l'église méthodiste et sa pensée : *Que votre lumière luise ainsi devant les hommes, afin qu'ils voient vos bonnes œuvres...* Accepteraient-elles ses leçons comme une bonne œuvre ? Et en retour, si elles pouvaient l'aider de quelque argent pour la dédommager, peut-être que cela pouvait aussi être considéré comme une œuvre charitable ?

Ainsi, elle avait tourné une page supplémentaire.

Bientôt, Cho-Cho n'eut plus une minute à elle avec ses leçons d'anglais – conversation, lecture, écriture, géographie. Elle avait en outre trouvé un moyen détourné de forcer Suzuki à quitter la filature :

— Tu t'es assez blessé les mains avec leurs machines. J'ai peur que ta peau ne devienne si rugueuse que tu finisses par tirer les fils des étoffes de mes vêtements quand tu les laves. Suzuki, pour moi, s'il te plaît, permets à tes doigts de retrouver leur douceur d'antan.

Suzuki savait ce qu'elle était en réalité en train de lui dire, et Cho-Cho savait qu'elle le savait. Les mains de la servante cicatrisèrent lentement. Pendant ce temps, l'enseignement à la mission devint de plus en plus pénible, les jeunes filles pieuses se révélant bien moins studieuses, moins désireuses de s'améliorer, que les travailleuses des maisons de thé. Cho-Cho s'ennuyait, elle en eut vite assez.

26

Chaque jour, un cyclo-pousse venait chercher Cho-Cho en bas de chez elle pour la descendre à la mission, et il la ramenait après les cours. Un matin, en montant dans la voiture, les directions qu'elle lui donna étonnèrent le conducteur. Il se tourna sur sa selle :

— Les quais ?

Le port n'était pas un lieu fréquentable pour une jeune femme respectable. Mais il haussa les épaules et obtempéra, pédalant à un rythme tranquille.

Alors qu'ils approchaient de leur destination, elle lui demanda de ralentir et regarda des deux côtés de la rue les vitrines douteuses, les maisons délabrées, les éventaires autour desquels les clients marchandaient. Elle avisa aussi, jouant des coudes dans la foule, de jeunes matelots américains fraîchement débarqués de leur navire, qui venaient faire un tour en ville. Ces jeunes en permission se ressemblaient extraordinairement dans leurs uniformes blancs, avec leurs visages roses ébahis devant le spectacle d'un monde inconnu. Cho-Cho remarqua que certains s'arrêtaient sur le seuil des boutiques, l'air hésitant. Perdus.

Elle tapota l'épaule du conducteur.

— À la mission.

Mme Sinclair classait des papiers à son bureau quand, levant les yeux, elle aperçut la jeune femme debout sur le seuil. Elle lui fit signe d'entrer.

— Cho-Cho ?

— Madame Sinc-u-lair. Je voudrais apprendre la cuisine américaine.

— Mais pour quoi faire, Cho-Cho ?

— Je pourrais trouver du travail, peut-être, dans une famille américaine. Auriez-vous, s'il vous plaît, un livre de recettes à me prêter ?

L'explication semblait raisonnable, et l'expression de Cho-Cho innocente. N'empêche, Mme Sinclair avait le sentiment d'être flouée. Pourtant, quel mal pouvait-il résulter du prêt d'un livre de cuisine ?

Le livre en question, rouge et blanc, était d'une épaisseur effrayante : trop de pages, trop de recettes.

Les chapitres étaient classés par ordre alphabétique (Haricots, Riz & céréales, Viande) ou par plats (Entrées & amuse-gueules, Desserts). Cho-Cho décida que le mieux était de commencer par « les basiques ». Il y avait des informations sur le matériel, les ingrédients et une partie intitulée « Idées de menus », qu'elle préféra ignorer pour l'instant. Elle cherchait en fait des mots familiers, qu'elle finit par trouver : *pain de viande, galettes de pommes de terre, apple pie.* Pour la tarte, elle n'était pas certaine qu'elle serait aussi bonne que celle de la maman de Ben.

Elle lut la recette du pain de viande : deux livres de viande de bœuf hachée, deux œufs, un oignon jaune, 100 g de chapelure (ou trois tranches de pain rassis), du sucre brun, du ketchup, de la moutarde…

Elle confia à Suzuki une liste d'ingrédients avec une petite grimace comique.

— Va voir ce que tu trouves sur le marché. Ce ne sera pas facile, je sais, mais après, ça a l'air plutôt simple à préparer. C'est écrit : mélangez et mettez au four.

Ses premières tentatives se soldèrent par des désastres, le pain de viande s'émietta, les pommes de terre brûlèrent. Même les oiseaux ne voulurent pas de son *apple pie*. À force de persévérance, elle réussit à produire des plats qui présentaient une vague ressemblance avec ce que Pinkerton avait remonté de la cuisine de son navire. Elle convoqua l'entremetteur.

Il était mieux habillé et moins empressé que lors de leur dernière entrevue. Ses affaires étaient florissantes. Quel besoin avait-il de s'encombrer d'une femme trop maigre qui avait déjà vingt ans, sans parler de la cicatrice qu'elle avait au cou ?

Cho-Cho fit tout son possible pour cacher l'antipathie que lui inspirait le bonhomme. Elle avait une proposition :

— Je compte ouvrir un restaurant. Petit et très simple, dans le quartier du port. J'ai besoin que vous me consentiez un prêt.

— Contre quelle garantie ?

Elle désigna sur la table basse, enveloppé dans de la soie noire, le sabre de son père.

L'entremetteur, en homme averti, savait bien que le sabre, si précieux fût-il, ne couvrirait pas le coût de l'ouverture d'un établissement, même modeste.

— Qu'est-ce qui vous fait croire que ce serait rentable ? Nous avons déjà beaucoup de restaurants.

— Aucun comme le mien.

Elle appela Suzuki. À l'instant, la servante surgit avec un plateau portant plusieurs petites assiettes.

Cho-Cho en tendit une à son visiteur. Intrigué, il se pencha vers l'assortiment de mets étranges et, du bout de ses baguettes, en porta un à sa bouche. Les yeux lui sortirent de la tête. Son visage parcourut toute la palette d'expressions de la répulsion : le choc, la détresse, le dégoût. Puis il cracha.

— Infect.

— Justement.

Un souvenir lui revint instantanément à l'esprit. Pinkerton goûtant un matin à de la pâte de haricots fermentés, crachant et s'exclamant :

« — Qu'est-ce que ce truc infect ?

« — C'est du *nattô*, lui avait-elle répondu.

« — Ça pue. Ne me ressers surtout jamais de ce poison. »

— Cela s'appelle du pain de viande, un plat traditionnel américain, indiqua-t-elle à l'entremetteur. Mes clients seront des Américains. Des marins souffrant du mal du pays.

L'entremetteur réfléchit, posa une question, écouta. Il considéra tour à tour l'assiette et Cho-Cho, avec respect.

— Ce restaurant que vous voulez ouvrir...

Cela commença par être un « trou dans le mur », un restaurant lilliputien serré entre deux maisons. Il y avait à peine la place d'y disposer un comptoir

et quelques tabourets. Cho-Cho officiait aux fourneaux, Suzuki s'occupait du service. Dehors, une
grande pancarte indiquait, en anglais :

Nagasaki American Kitchen
PAIN DE VIANDE COMME À LA MAISON
APPLE PIE COMME CELLE DE MAMAN

Les premiers marins crurent à un gag. Ils
entrèrent quand même, curieux de goûter à de
bizarres imitations nippones de leurs plats natio-
naux. Ils ne tardèrent pas à faire la queue devant
la boutique. Cho-Cho, face à cette affluence, enga-
gea une serveuse. Puis elle trouva un local plus
grand, acheta des tables, étoffa le menu. Et proposa de la bière.

Cho-Cho se levait avant l'aube pour faire son
marché au bord de la rivière et sur le port où elle
achetait du poisson encore frétillant. Elle fit imprimer des petites cartes au nom de son restaurant.
Glissées dans les obis des filles des maisons de thé,
elles rapportaient à celles-ci de modestes commissions quand un de leurs clients venait prendre un
repas chez Cho-Cho, clients qui comprenaient
désormais des officiers.

Elle était en train de servir un *New England
chowder* quand elle le vit hésiter sur le seuil du restaurant, l'uniforme blanc, les cheveux dorés, la casquette sous le bras. Elle laissa échapper un petit
cri étouffé. Il sortit de la pénombre et parut en
pleine lumière : c'était un étranger au visage juvé-
nile. Il était venu réserver une table.

— Bien sûr, lui répondit-elle. Comme cela, vous éviterez d'être déçu.

Quand elle eut engagé et formé une cuisinière et une deuxième serveuse, Cho-Cho fit porter un billet à Sharpless afin de solliciter un rendez-vous.

Pour la première fois de sa vie de diplomate, le consul, à court de paroles, fut incapable de trouver la formule qui arrondirait les angles. Il savait bien entendu qu'elle avait laissé tomber ses leçons aux jeunes filles de la mission – son restaurant l'accaparait totalement. Pourtant, il hésitait à lui adresser ses félicitations. Et surtout, il se retenait de lui demander si elle lui avait pardonné ?

Tous deux gardèrent le silence. Cho-Cho les yeux baissés sur le tatami. Sharpless lui glissant des petits coups d'œil. Il avait passé tant de temps à son chevet, penché sur elle, à guetter le plus petit signe de retour à la vie. Elle avait bonne mine, mais il décelait dans son expression une intensité nouvelle.

Il toussa. Cho-Cho leva machinalement la main vers la cicatrice sur son cou, un geste habituel chez elle maintenant. Lorsqu'elle reprit la parole, sa voix était presque inaudible :

— Avez-vous reçu des nouvelles d'Amérique ?

— Une lettre de ma sœur. Elle dit… que tout le monde va bien.

En réalité, elle disait bien davantage. Mary lui avait écrit une longue diatribe où elle l'accusait d'avoir favorisé une affaire honteuse. Était-ce pour cela que le gouvernement le payait ? Pour présider à des unions illicites entre de braves jeunes

214

Américains, perdus et confus loin de chez eux, dans un pays étranger, et des indigènes de mauvaise réputation ? Nancy, ajoutait-elle, avait agi avec courage, mais sa vie était gâchée.

Il avait tenté de rédiger une réponse, noircissant plusieurs pages d'explication, puis, avec le même calme, il les avait déchirées. Par la suite, un beau jour, il avait décidé que trop de temps s'était écoulé et avait rangé la lettre de sa sœur dans un tiroir qu'il avait fermé à clé.

— Et vous lui avez répondu ?

Il fit un petit mouvement de la tête.

— Vous devriez.

Il eut l'air étonné.

— Sharpless-*san*, reprit-elle, j'ai perdu mon enfant. Cela m'aiderait à vivre si je savais ce qu'il est devenu. Je voudrais savoir s'il grandit bien, s'il est en bonne santé. S'il est heureux… (Une pause. Elle toucha son cou.) Cela m'aiderait si vous écriviez à votre sœur. Lui demandiez des nouvelles de… l'enfant. Le ferez-vous ?

C'est ainsi que cela commença. À la stupéfaction de sa sœur, il parut s'intéresser à sa famille. Il pria même Mary de lui parler d'elle, et de Louis. Il s'enquit de sa nièce et de l'enfant. À certains moments de l'année, il réclamait une photo de Joey : « Ils grandissent si vite. Je me rappelle encore Nancy quand elle marchait à peine. » Mais à Nancy, en revanche, il n'avait pas la force d'écrire : le mystère de son départ, le fait qu'elle ne lui ait pas dit que Cho-Cho était inanimée chez elle, en train de se vider de son sang. Pourtant, elle devait le savoir.

Tout cela créait une barrière infranchissable entre elle et lui.

Mais pour Cho-Cho, il était prêt à correspondre avec sa sœur. Elle lui répondait volontiers. À Nagasaki, l'album de photos se remplissait lentement de petits clichés noir et blanc accompagnés de légendes : Joey sur sa première bicyclette, Joey jouant de la flûte au concert de l'école, Joey lauréat d'un prix de géographie…

Cho-Cho put ainsi retrouver un lien avec son fils, si ténu fût-il, par l'intermédiaire de ces images.

Mary et Louis s'accordaient à penser que si Henry commençait à s'intéresser à la famille, c'était parce que, devenu un vieux garçon, il souffrait sans doute du mal du pays. Sa sœur devint moins sévère à son égard. Le pauvre, ils lui manquaient cruellement. Dans ses lettres, elle lui confia qu'elle priait le Seigneur pour qu'il trouve un peu de joie en cette contrée lointaine et hérétique où il devait se sentir bien seul.

De sorte que lorsque Henry demanda sa main à Suzuki et que celle-ci accepta de l'épouser, il n'en souffla mot dans sa correspondance.

27

Suzuki hésita à accepter la proposition de mariage d'Henry. Elle l'adorait depuis des années, comme on révère un dieu, à distance. Pour une simple servante, il était inconcevable d'être remarquée par un personnage aussi important que le consul des États-Unis. Pourtant, d'emblée, Henry s'était adressé à elle comme à une égale. Ils se comprenaient. Il avait connu le père de Cho-Cho et tremblé pour l'avenir de la petite orpheline. Il avait dit un jour à Suzuki qu'il aurait volontiers adopté Cho-Cho après la mort de son père. Mais avec le temps, ses sentiments avaient changé de nature. Cela non plus n'avait pas échappé à Suzuki. Sans s'en rendre compte, il était tombé amoureux de sa petite protégée.

Depuis le jour où il était apparu en compagnie de Pinkerton dans leur maison avec vue sur le port, cet amour n'avait cessé de grandir sous les yeux de la servante. Seulement Cho-Cho était toujours restée hors d'atteinte pour lui. Suzuki comparait leur situation à la ronde des petits personnages sur les vases en porcelaine Imari : Suzuki aimait Henry, lequel aimait Cho-Cho, laquelle aimait Pinkerton.

Suzuki accepta de l'épouser parce qu'elle avait les pieds sur terre et qu'il aurait été stupide de refuser ce cadeau de la vie, et ce, en dépit d'un vague sentiment de culpabilité vis-à-vis de Cho-Cho dont l'existence était si triste.

La famille de Suzuki, au départ méfiante, rencontra le consul et découvrit qu'il parlait couramment le japonais, qu'il était à l'aise avec leurs traditions et – pour un étranger – n'était pas si laid que cela : de petite taille, le teint pâle, les cheveux noirs, il avait en outre des pommettes saillantes et des yeux longs. Il était beaucoup plus vieux que Suzuki, et par conséquent plus avisé. Une bonne chose, forcément. Sans compter qu'étant américain, il était riche, alors qu'ils avaient de plus en plus de mal à joindre les deux bouts. Sharpless fut bien accueilli.

— Votre fille aura un mariage traditionnel, déclara Cho-Cho aux parents de Suzuki afin de les rassurer. C'est ce que souhaite Sharpless-*san*.

Devant la fermeté de cette femme si jeune et pourtant extraordinairement décidée, ils cédèrent et lui permirent de prendre en charge tous les préparatifs.

Cho-Cho dressa une liste : peigne, sandales, ceinture... Elle avait déjà passé en revue ces détails de la cérémonie, des années plus tôt. Mais cette fois, c'était la réalité et non l'effet d'une illusion, d'un rêve vain. Le marié était sincère.

Elle ne négligea aucun accessoire : le kimono de mariage de Suzuki en soie épaisse, le *shiromuku*, dont la blancheur est signe de pureté, et la coiffe blanche à placer sur la volumineuse perruque laquée. Elle acheta un petit sac à main, un miroir, un éventail et le *kaiken* – l'émotion la saisit au moment de choisir le poignard traditionnel dans son fourreau de soie. Elle porta sa main à sa gorge et sentit sur elle le regard de Suzuki chargé d'une muette angoisse.

Elle aurait bien voulu la rassurer, mais, le doigt sur sa cicatrice, les mots lui manquèrent.

La cérémonie *shinto* se déroula dans un sanctuaire avec la lenteur imposée par la tradition, culminant au moment de l'échange des coupes nuptiales. Le prêtre fit réciter aux mariés les serments classiques. Ils offrirent des branches de l'arbre Sakaki, l'arbre de la prospérité. Henry, qui portait la tenue masculine, composée d'un kimono et d'un ample pantalon plissé, l'*haori-hakama*, avait l'air incroyablement joyeux. Cho-Cho fut même déconcertée de lui trouver des traits nobles, même si ce n'était que temporaire.

Elle constata aussi que le bonheur rendait beaux les visages les plus ingrats. Suzuki avait les yeux qui brillaient, l'éclat de son teint était rehaussé par le collier de perles à son cou : le cadeau de mariage de son époux.

Lorsque vint le jour où Suzuki mit au monde son premier enfant, un accouchement difficile qui laissa la parturiente épuisée, Henry s'inquiéta non seulement pour la santé de sa femme, mais aussi pour Cho-Cho : comment allait-elle prendre la naissance ? Comme toujours, elle l'étonna.

— Le restaurant tourne tout seul. Je n'ai pas besoin d'être là à temps plein.

C'était à son tour de soigner Suzuki, de l'encourager à manger, de la guider vers un retour à la vie. Les rôles s'inversaient.

Assise sur ses talons au chevet de son ancienne servante, elle lui présenta un bol.

— Tu te rappelles le pinson ? Comme il aimait ton riz ? (Elle approcha la cuillère des lèvres de Suzuki.) Tu te souviens de la façon dont il picorait les grains ? (Quelques gouttes de soupe miso glissèrent dans la bouche de la malade.) Et puis après, il a chié sous le porche.

Prise de court par la verdeur du langage de Cho-Cho, Suzuki ouvrit la bouche et avala machinalement un peu de potage. Elle joignit son rire à celui de son ancienne maîtresse. Elle était hors de danger.

La deuxième naissance fut plus facile. La troisième, sans incident aucun. Cho-Cho devint aussi experte puéricultrice que Suzuki. Les deux femmes s'occupaient des petits dans une entente parfaite. À en croire Cho-Cho, elle profitait des avantages de la maternité sans les affres de la responsabilité. « Je les regarde grandir, je me fais autant de souci que toi, mais je ne me dis jamais que j'aurais pu m'y prendre autrement avec eux. » Elle ajoutait d'un ton catégorique : « Je les aimerai toujours. » En silence, elle prenait aussi la ferme résolution d'enseigner aux filles l'art et la manière de trouver sa place dans le monde.

La ville de Nagasaki prospérait : la demande pour la soie était forte sur les marchés mondiaux et, en se modernisant, l'aciérie Mitsubishi prenait de plus en plus d'ampleur. Les étrangers affluaient : hommes d'affaires, commerçants, importateurs, exportateurs.

Ces messieurs venaient parfois accompagnés de leurs épouses. Grâce au piston d'Henry, Cho-Cho trouva à s'engager comme guide. En qualité de propriétaire d'un restaurant ayant pignon sur rue, elle était finalement acceptée dans la bonne société qui préférait fermer les yeux sur son passé. Le monde changeait, et avec lui les mœurs nippones, aux dépens – du moins en apparence – de la tradition.

Les maris se sentaient assez tranquilles pour confier leurs femmes à Cho-Cho qui se proposait de passer les prendre à l'hôtel pour les emmener dans les boutiques d'étoffes et de laques offrant la meilleure qualité. Elle en profitait pour leur montrer les sites les plus intéressants, tel le jardin de la maison Glover.

Elle les conduisait le long des allées bordées de fleurs jusqu'à la petite statue.

— L'épouse de M. Glover.

Un murmure de stupéfaction courait alors dans le groupe des visiteuses. Elles contemplaient la sculpture tout en coulant des regards subreptices à leur guide. M. Glover, marié à une Japonaise. Cho-Cho demeurait impassible.

— Et maintenant, nous allons nous rendre à l'atelier d'un orfèvre spécialisé dans le *cloisonné*. Or et argent…

Elle remercia Henry de l'avoir présentée à ces étrangers de passage.

— C'était tout à fait calculé de ma part, avoua-t-il. À la manière occidentale, pas japonaise.

Comme elle avait l'air interloqué, il poursuivit :

— Je voulais changer ton point de vue sur ma personne. J'espère toujours qu'un jour, tu ne me haïras plus.

— Je ne vous hais pas, Sharpless-*san*. Vous faites partie de ma vie et ma vie est telle qu'elle est. J'ai appris à accepter mon sort.

— J'espérais devenir ton ami.

Elle se contenta de sourire.

Henry en profita pour lui demander, très prudemment, de l'appeler par son prénom.

Elle prononça d'une voix hésitante :

— *Hen-u-ry*...

Puis, avec un froncement de sourcils, ajouta :

— Vous avez un nom très difficile. Mais je finirai par y arriver.

Par la suite, Henry devait refaire le monde « avec des si » : s'il n'avait pas donné le paquet à Cho-Cho, et si elle n'avait pas lu ce qu'il y avait dedans...

— Ce sont des revues, et un livre qui, je crois, t'intéressera, chuchota presque Henry.

Elle feuilleta le livre.

— Ah. C'est bien. Des nouvelles du vaste monde pour me distraire du vide de mon existence ?

Elle le taquinait, mais elle accepta néanmoins son cadeau. Lors de leur rencontre suivante, Henry constata que le vent du grand large paraissait en effet avoir soufflé dans sa direction.

Elle l'accueillit par une question brûlante :

— Avez-vous entendu parler d'une certaine Ichikawa Fusae ?

— Oui.

— Pourquoi ne m'avoir jamais parlé d'elle et de ce qui est en train de se passer ?

— Toutes mes excuses. J'ignorais que tu étais intéressée par la ligue des droits de la femme.

— Je suis une femme, répondit-elle avec un hochement de tête attristé. Savez-vous ce que cela signifie ? Ce que cela signifie vraiment ?

Henry se sentit soudain mal à l'aise.

— *Ces dames* sont certes courageuses, peut-être même téméraires. (Sous-entendu : leurs actions pourraient se révéler périlleuses, pour elles-mêmes et leurs proches.) Un nageur peu expérimenté doit être prudent s'il veut se baigner dans la mer. Il y a des vagues traîtresses, des courants puissants...

— Vous rappelez-vous le jour où vous avez ramené Pinkerton à la maison ? Votre présence était nécessaire pour sceller une transaction. Les femmes n'ont pas voix au chapitre. Maintenant, je lis qu'une femme – des femmes – revendiquent le droit à la parole... J'ai honte de penser que lorsque Suzuki allait à l'usine, j'ignorais à quel point les conditions de vie et de travail des ouvrières étaient éprouvantes : les horaires, les dortoirs surpeuplés. Ces femmes sont des prisonnières. Et celles qui ne sont pas ouvrières sont détenues dans leur propre maison, comme elles le sont depuis toujours. Savez-vous pourquoi les femmes n'ont pas le droit de voter ? Parce que cela a toujours été ainsi. (Ses intonations se firent amères.) Et on appelle ça la tradition.

Elle ramassa une revue et l'ouvrit comme si elle manipulait un rouleau précieux.

— C'est vous qui me l'avez donnée, et je vous en remercie...

Puis elle lut tout haut :

— *Nous, au Japon, on maltraite et insulte les femmes au-delà de ce qui est toléré dans les autres pays autour du globe.* Au moins voilà un homme qui a le courage de dire la vérité.

Cela marqua le début des relations de Cho-Cho avec « ces dames », comme s'obstinait à les appeler Henry. Lorsque les suffragettes obtinrent l'autorisation de tenir des réunions politiques, Cho-Cho se glissa jusqu'à la porte de la salle où le meeting battait son plein mais n'osa pas entrer. La semaine suivante, elle se coula à l'intérieur. La fois suivante, elle fut encore plus audacieuse.

Henry, quant à lui, était de plus en plus inquiet.

— Nous avons droit à la parole, répétait-elle, euphorique. Désormais on va entendre notre voix.

En général, Henry lui répliquait avec humour, en marmonnant dans sa barbe, mais aujourd'hui, il se taisait. Cela l'alerta immédiatement.

— Qu'y a-t-il ? Avez-vous reçu de mauvaises nouvelles d'Amérique ?

Depuis le krach de Wall Street, elle suivait passionnément l'actualité. Sharpless s'efforçait toutefois, dans ses comptes rendus des lettres de sa sœur, d'atténuer la gravité de la situation.

— Oui.

— C'est à propos de *Sachio* ?

— Non, répondit-il avant de faire une pause. C'est-à-dire, dans un sens… Non, ce n'est pas à propos de Joey. (Il se voulait rassurant, mais son regard restait grave et soucieux.) C'est à propos de Pinkerton.

Il n'avait jamais pu cerner les sentiments que Cho-Cho entretenait désormais à l'égard de Ben Pinkerton. Quand son nom survenait au détour d'une conversation, elle gardait une attitude distante, presque froide, se bornant à l'interroger sur l'enfant. Mais, il le savait bien, c'était là la manière nippone. À présent, il allait voir de quoi il retournait vraiment.

— Il a participé à une longue marche avec d'anciens combattants.

Elle attendait.

— Une manifestation. Comme celles qu'organisent « ces dames ».

Elle attendait toujours.

— Ils se sont réunis à Washington. Le président a envoyé l'armée afin de les expulser…

Et avec un serrement de cœur, il s'entendit prononcer :

— Il est mort.

Sa physionomie s'altéra si peu qu'il crut qu'elle n'avait pas entendu. Puis elle s'enquit :

— Comment est-il mort ?

— Noyé. Dans la rivière.

— *Impossible.* C'est un nageur hors pair. Je l'ai vu de mes propres yeux. Je l'ai vu nager vers le large. Il m'adressait de grands signes. Ses bras étincelaient…

Elle laissa sa phrase en suspens, les lèvres serrées.

— Les soldats étaient en train de les expulser de leur campement. Je crois qu'il a reçu un coup sur la tête, une crosse de fusil. Il est tombé à l'eau…

Elle parut rapetisser.

— Vous pouvez partir maintenant, dit-elle d'une petite voix.

Il obtempéra. Sur le seuil, il se retourna un instant pour la voir s'effondrer à genoux comme au ralenti, front contre terre. Il s'empressa de sortir, glacé par le souvenir de la dernière fois qu'il l'avait vue anéantie. Elle poussa un faible gémissement, la plainte d'un chagrin inconsolable.

Après le départ d'Henry, elle resta dans la pièce sans bouger. Toute sensation semblait avoir quitté son corps. Seul son esprit était en vie. Depuis combien de temps se trouvait-elle couchée, effondrée, là, à respirer l'odeur d'herbe du tatami ? Le tissage de la natte avait eu le temps de s'imprimer sur sa joue. Le soleil avait sombré derrière la colline. Se dressant sur son séant, elle lissa ses cheveux. Avec mille précautions, comme si elle palpait une blessure, elle se permit d'examiner ses sentiments. Ce qu'elle affrontait en réalité, c'étaient ses véritables adieux à Pinkerton. Depuis qu'elle était revenue aux affres de la vie sur son lit d'hôpital, elle avait souvent repensé à la dernière vision qu'elle avait eue de lui, quittant la maison avec la fiancée américaine ; elle s'était mise dans le secret de son cœur à l'imaginer revenant un jour en tenant Joey par la main, lui ramenant le bonheur.

À présent, elle savait que cela ne serait jamais.

Elle se força à explorer sa douleur ; à le voir tel qu'il était : beau, doré, paresseux. Dans l'eau du bain, son corps flottait comme celui d'une pâle créature issue des profondeurs. Il s'y prélassait, se laissait couler au fond pour mieux émerger en secouant ses boucles mouillées. Sa tendresse grandissante – avec le temps, il avait appris à la déshabiller plus doucement, alors que pour sa part elle avait appris à répondre à son désir. De si précieux moments. « Et voilà pour vous, madame Butterfly, une petite surprise. » Des Castellas[1] du marché, un coupon de soie, le bracelet en *cloisonné* qu'elle n'avait pas porté depuis qu'il l'avait quittée... À ces moments, elle s'était accordé le droit de rêver qu'un jour il lui reviendrait.

Maintenant il l'avait quittée pour toujours, il avait coulé, étouffé, les poumons remplis de morve verte, et à son tour elle s'étranglait, la gorge grumelée de pleurs, les poumons peinant à aspirer l'air et, tout en sachant qu'un jour son corps reviendrait à la vie, qu'un jour elle marcherait et parlerait tout à fait normalement, elle percevait un flétrissement. Une partie d'elle-même était morte.

Par la suite, lorsqu'elle se sentit assez forte pour prononcer son nom, elle évoqua Pinkerton devant Henry et se demanda tout haut s'ils pouvaient, l'un et l'autre, prétendre le connaître. « Comment était-il, vraiment ? » Henry hésita un moment : pouvait-il lui dire que Pinkerton était un sale égoïste dénué de toute réelle sensibilité – mais, à la réflexion, que savait-il au juste sur cet homme mort cette nuit-là, dont la dépouille repêchée dans l'Anacostia avait été couchée par terre à côté d'un ancien militaire tué par un soldat à la gâchette facile ?

Mary avait écrit : *Nancy est anéantie. À en croire la rumeur, le président Hoover n'avait pas imaginé*

---

1. Gâteau japonais populaire importé à Nagasaki par les missionnaires portugais au XVIᵉ siècle.

que l'opération puisse déraper à ce point, mais qui peut dire la vérité en cette matière ?

Tu n'es pas sans savoir, continuait la sœur d'Henry, *que je n'étais pas enchantée de ce mariage. Les événements de Nagasaki, l'enfant, ce n'était pas ce que j'avais espéré pour ma fille. Ce qui vient de se passer prouve que mon inquiétude était fondée. Ben semble avoir été utile aux participants de cette triste grande marche, mais il n'était pas obligé de partir avec eux, il avait des responsabilités familiales. Je pense qu'il a été un bon père, à sa manière, mais à présent Nancy se retrouve seule pour élever cet enfant. Nous devons tous prier pour lui. Dieu pardonne au pécheur repentant.*

Que pouvait-il dire à Cho-Cho qui attendait une réponse de sa part ?

— Comment était-il vraiment ? Lequel d'entre nous connaît-il jamais l'entière vérité ? Je peux vous dire une chose, il a été un bon père.

Il jeta un bref coup d'œil à son visage : il était totalement inexpressif. Il n'avait pas la moindre idée des pensées qui s'agitaient dans cette tête.

PARTIE 4

28

— L'anthropologie ? Ça mène à quoi ? s'exclama Louis. Cela t'aidera-t-il à grimper les échelons de l'entreprise ?

— Sans doute pas, répondit Joey dans un haussement d'épaules. De toute façon, je ne veux pas travailler pour une entreprise.

— Les jeunes d'aujourd'hui, ils croient que les études sont un jeu. Les emplois ne poussent pas sur les arbres, Joey.

— Si, sur les mûriers, si tu veux fabriquer de la soie.

— Ne sois pas impertinent, mon garçon.

— Bon, mais tu me poses des questions sur l'anthropologie. Eh bien, d'après Margaret Mead…

— Et ne te réfugie pas derrière les sornettes que racontent tous ces savants. C'est comme ça qu'ils gagnent leur pain et le Pulitzer.

Joey se sentait bien en peine d'expliquer à son grand-père l'intérêt que représentait pour lui, entre autres questions brûlantes, l'étude de ce qui distinguait et rapprochait des cultures de pays éloignés.

— Papy, l'anthropologie tente de cerner ce qui fait de nous des êtres humains. Tout autour du monde, des gens s'entre-tuent... Cela se produirait peut-être moins si nous n'avions pas tendance à nous considérer comme différents des autres. Si nous ne nous confrontions pas tout le temps à eux. En d'autres termes, si nous formions une humanité unie.

Il se tut, soudain conscient de l'infinie complexité de la discipline. Il craignait de paraître tenir un discours naïf.

Autrefois, Nancy lui avait lu à haute voix une histoire. Une petite fille tombait dans un trou : le terrier d'un lapin. Une chute si lente qu'elle pouvait voir tout ce qui défilait le long des parois. C'était un peu ce qui se passait avec l'anthropologie ; elle vous permettait de plonger dans le passé en prélevant sur les étagères du temps des objets que vous aviez tout le loisir d'étudier. Vous vous retrouviez en immersion dans un univers étrange où il vous était impossible de changer le cours des choses, mais où vous pouviez en tirer des leçons.

Il s'en sortit par une citation du *Marchand de Venise* :

— Tu sais... *Si vous nous piquez, est-ce que nous ne saignons pas ? Si vous nous empoisonnez, est-ce que nous ne mourrons pas ?*

— Ah, d'accord. Puisque tu t'en remets à Shakespeare, je te dirai, moi, ce que je pense de ton anthropologie : *Beaucoup de bruit pour rien*, répliqua Louis en lui donnant un coup de poing amical dans l'épaule. Je te taquine...

Depuis son fauteuil à bascule devant la fenêtre, Mary leva le nez de son éternel patchwork pour poser un regard affectueux sur Joey et lui lancer :

— Je me rappelle que lorsque tu es arrivé, tu ne savais pas ce que signifiait presser un citron. Ni ce qu'était un gant de base-ball. Ce que je trouve fascinant, c'est combien on peut changer dans la vie. (Elle battit des cils par-dessus ses lunettes.) Mais je ne suis pas anthropologue.

Sous son attitude bourrue, Louis cachait mal que Joey faisait sa fierté. Il le considérait comme le garçon le plus brillant de tout l'Oregon, même si ce qu'il étudiait lui semblait manquer de sérieux.

— Ce qui m'effraie, confia Louis à Mary une fois Joey parti et hors de portée de voix, c'est la guerre. Je sais qu'elle est de l'autre côté de l'océan, mais Roosevelt est en train de devenir copains comme cochons avec Churchill, comme s'il renouait avec un cousin. Je trouve ça très inquiétant.

— Je te rappelle que Nancy travaille pour le parti démocrate, et qu'elle ne jure que par lui.

— Je crains qu'elle ne tombe de haut. Je me méfie de ce Roosevelt. Il est trop beau parleur pour être honnête. Quant à Churchill, je sais que sa mère est américaine, mais cela ne suffit pas…

Mary ramassa un morceau de tissu hexagonal et le positionna sur son ouvrage.

— Si nous entrons en guerre, murmura-t-elle, Joey pourrait être appelé sous les drapeaux.

— Tu crois que je ne le sais pas ? Tu crois que j'ai envie de voir notre petit-fils revenir dans une boîte en sapin ?

— Ne te ronge pas les sangs comme ça. Roosevelt est un homme intelligent.

— C'est justement ce qui m'angoisse.

233

29

Cho-Cho gardait la ligne. Elle qui avait eu un corps gracile et léger comme une plume, un visage émacié par les rigueurs d'un jeûne volontaire, était à présent une femme mince et élégante. Son teint de pêche n'était plus qu'un souvenir, et elle paraissait davantage que ses trente-cinq ans, avec ses joues ivoire, son petit sourire ironique et les pattes-d'oie au coin de ses yeux. La souffrance accélérait le vieillissement.

Pour l'heure, comme cela arrivait fréquemment, elle s'était lancée dans une discussion avec Henry à propos d'un sujet qui, depuis des années, s'avérait entre eux une pomme de discorde.

Désormais, quand elle riait, Cho-Cho ne portait plus sa main devant sa bouche. Ce que Henry lui reprocha en lui disant :

— La fréquentation de ces dames a gâché les charmes que te prêtait la tradition.

— Mon cher, *nihonjin desu ne*, rétorqua-t-elle. Vous êtes tellement japonais. Évoquer la tradition, c'est une façon de remonter dans le passé. Et qui a décidé de ces choses ? Les hommes. Le confucianisme imposait à la femme d'obéir à son père, puis à son mari et à ses beaux-parents, et éventuellement à son fils. Pourquoi faudrait-il qu'elle accepte de se soumettre à une autorité qui va à l'encontre de ses intérêts ? Donnez-moi une seule raison, conclut-elle en anglais.

Il leva les mains dans un geste de protection, qui se voulait comique.

Agenouillée à côté, Suzuki se contentait d'écouter la conversation moitié en anglais, moitié en japonais. Avec les années, le visage de Suzuki, sans devenir beau, avait acquis une douceur sereine. Elle n'avait pas une ride, et ses petits yeux pétillaient. Elle comprenait presque tout et savourait leur joute verbale. Pour sa part, elle occupait dans le couple qu'elle formait avec Henry le rôle que lui octroyait la tradition, ce qui leur convenait à tous les deux. Aussi faisait-elle rarement entendre sa voix, du moins en public. Elle esquissa un sourire plein d'indulgence lorsque son mari accusa Cho-Cho de s'occidentaliser.

— Bientôt, tu te couperas les cheveux.

— Vous autres, hommes, vous êtes si peu observateurs. Je les ai coupés depuis longtemps... discrètement.

— Et tu passes beaucoup trop de temps en compagnie d'Américains.

— Je parle avec la clientèle de mon restaurant.

— Ils viennent manger de la viande rôtie et de l'*apple pie.* (Il hocha la tête.) Alors qu'ils devraient goûter à l'anguille et au riz vinaigré. Tu trahis ta culture.

— Pauvres *gaijin* solitaires loin de chez eux. La dernière chose qu'ils ont envie de manger, c'est des plats inconnus. Vous êtes tellement candide, *oniichan.* Si mon restaurant a tant de succès, c'est justement parce que je ne sers ni anguille ni riz vinaigré. À leurs yeux, je suis un croisement entre une maman américaine et une geisha trop mûre pour les intimider. Je leur raconte des histoires à ramener chez eux. Je suis exotique, mais pas dangereuse.

— Comment supportes-tu la fréquentation de ces hommes si frustes ?

— Ils me distraient. Je ne suis pas aussi friande que vous de l'esprit de sérieux. Avec vous, tout est *wabi-sabi*, la beauté des choses éphémères, imparfaites... Moi, je préfère la *muse* de l'amusement, continua-t-elle, répétant un des jeux de mots qu'il lui avait enseignés. Jadis, la tradition voulait que les femmes portent des chaussettes en cuir la nuit pour dormir. Pourquoi ? Peut-être pour polir leurs plantes de pieds ? Ou pour punir leur mari ? Souhaiteriez-vous que Suzuki se soumette à cet usage ?

— Ce que tu me chantes-là prouve que le vieil adage nippon a du vrai : l'homme est un enfant revêtu d'une cuirasse, la femme une main de fer dans un gant de velours. Que les dieux me protègent contre les femmes d'acier.

Cho-Cho se récria en feignant le désespoir :

— Suzuki, comment peux-tu le supporter ?

— Il est le mari parfait, répliqua Suzuki, qui pouvait quand elle le voulait avoir le sens de la répartie. Le samouraï pense que la femme doit lever les yeux vers son époux comme s'il était l'incarnation du paradis. Qui aurait l'idée de critiquer le paradis ? conclut-elle. Maintenant à table, enchaîna-t-elle en se levant.

Cho-Cho secoua la tête.

— Je dois vous quitter dans deux minutes. J'ai un nouveau cuistot... Je dois veiller à ce qu'il n'empoisonne pas la clientèle.

Suzuki sortit, son kimono sombre – le vêtement approprié à une femme mariée – prêtant une ligne fluide à ses rondeurs.

Henry, pas plus tôt libéré de ses fonctions de consul, avait abandonné le costume occidental pour adopter la tenue japonaise. Taquine, Cho-Cho le traitait de caméléon. En ville, il se fondait dans la foule. Il n'était rien d'autre qu'un mari et un père de famille ordinaires.

— Un habitant de Nagasaki comme un autre. Que penserait votre sœur ?

Promenant un regard malicieux dans la pièce où ils se trouvaient, elle décida de s'abstenir de lui rappeler combien la décoration reflétait les mœurs ancestrales nippones. C'était là, dans le silence de son cabinet de travail, qu'il passait des heures à écrire des articles destinés à éclairer le monde occidental sur les réalités de son pays d'adoption. Sa tâche devenait de plus en plus ardue à mesure que le conflit interminable avec la Chine provoquait ce que les Japonais appelaient des incidents et que l'Occident condamnait en les qualifiant de massacres, de crimes de guerre, d'exactions inhumaines. Cela aussi relevait de la tradition, ce militarisme dont la population, en somme, était l'otage.

Il la raccompagna à la porte et ensemble, ils restèrent un moment côte à côte, tournés vers le panorama qui se déployait à leurs pieds, la maison de Sharpless étant perchée à flanc de colline non loin de la Glover House, dont le toit dépassait de la cime des arbres.

— Vous vous rappelez, il y a longtemps, vous m'aviez conduite là-bas ? Comme j'étais bête alors…

— Bête ?

— D'abord, je voulais un jardin américain, énonça-t-elle en contemplant l'espace paysager verdoyant qu'Henry et Suzuki avaient créé, parsemé de rochers et de mousse. Le vôtre est tellement beau. Quand on est jeune, on fait des souhaits stupides. Sans doute est-ce inévitable.

Sous-entendu : elle avait voulu un jardin américain pour aller avec son mari américain, et son fils américain. Et elle avait eu tout cela, pour un temps.

Dans leurs dos s'élevèrent des voix d'enfants. Les filles de la maison venaient dire au revoir à leur visiteuse préférée. Cho-Cho les embrassa chacune à leur tour très affectueusement. Elle s'attarda un moment avec la dernière, qui était aussi la plus grande.

— Comment va mon petit génie, Mayu ? Que lis-tu en ce moment ?

La fillette avait hérité des traits fins d'Henry et du sourire débonnaire de Suzuki.

— Le livre que vous m'avez apporté. L'histoire de la fille qui venait de la mer.

— Ah ! La petite sirène. La pauvre, elle a été victime d'un choix peu judicieux. Nous en discuterons lors de ma prochaine visite.

30

Chaque jour surgissaient de nouveaux problèmes d'approvisionnement, chaque jour on les encourageait à consentir davantage de sacrifices patriotiques. Cho-Cho reçut une pile de tracts officiels à distribuer à ses clients dans le cadre d'une campagne en faveur des mesures d'austérité avec pour slogan : *Le luxe est antipatriotique.*

Pour la propriétaire d'un restaurant, l'idée était plutôt déplaisante.

— Autant qu'ils m'ordonnent de les renvoyer chez eux, se plaignit-elle à Henry.

— La lune de miel avec les États-Unis est terminée. C'est maintenant l'Allemagne qui séduit. On la trouve « disciplinée ».

Le pire était encore à venir. Un jour, en passant prendre son café quotidien, il trouva Cho-Cho bouleversée.

— Ils ont interdit les réunions politiques. Ils parlent de « rassemblements subversifs » et bien sûr les réunions de femmes sont subversives. Illicites.

Comme Henry tentait de lui exprimer sa sympathie, elle le fit taire d'un geste. Ce décret étant injuste, elles avaient décidé de ne pas en tenir compte.

— Cet après-midi, je confie le service au personnel et je vais à ma réunion.

Lorsque les troupes se massèrent à l'entrée du bâtiment où elles étaient rassemblées, les femmes envisagèrent un moment de résister, pensant les effrayer par leurs cris. Mais l'armée avait des ordres bien précis : arrêter la conférencière et l'emmener dans un fourgon. Et c'est ce qu'ils firent, de force, en évacuant la salle.

Poussées dehors comme du bétail, les femmes protestèrent bruyamment sous les vociférations de soldats ne sachant comment s'y prendre avec cette horde insolite, certaines furies battant des manches de leur kimono, d'autres, vêtues à l'occidentale, agitant des bras et des jambes dont la nudité achevait de les décontenancer. En les couvrant d'injures, ils réussirent tant bien que mal à les parquer, à écraser la foule colorée en élevant autour d'elle une barrière d'uniformes kaki.

Acculée contre le mur, ses bras repliés sur son visage, Cho-Cho se défendait comme une lionne, grisée par le feu de la bataille et la pensée qu'elle aussi risquait d'être victime d'un coup de matraque, qu'elle aussi pouvait bien être jetée dans la rivière... l'Urakami qui coulait un peu plus loin, de l'autre côté de la rue. Elle s'imaginait sombrant au fond de l'eau verdâtre, entraînée par le poids de ses vêtements, les tourbillons du courant la réunissant enfin à Pinkerton.

La foule poussa des cris stridents : du sang frais sur le pavé provoquait la panique collective. Confusément, elle se demanda comment un si grand nombre de gens pouvaient prendre une décision. Qui les dirigeait ?

À cet instant, une marée humaine l'emporta, la bouscula, la fit tomber par terre...

Plusieurs heures plus tard, elle entra à moitié morte chez Henry pour se réfugier dans les bras affectueux de Suzuki. Comme elle avait été sotte de croire que deux âmes pouvaient être semblables à deux rivières dont le cours se jette l'un dans l'autre. Cette fois, elle pleura sur son propre sort.

Une fois remise, elle retourna au restaurant et donna au chef de nouvelles instructions.

Les tensions politiques et les prises de position nationalistes dégénéraient en un conflit désorganisé tandis que la guerre contre les Chinois n'en finissait pas et que les Américains intensifiaient les mesures économiques contre le Japon. Cho-Cho adapta par conséquent son menu à l'humeur politique du moment, et supprima de la carte un certain nombre de plats.

— Plus d'*apple pie*, ironisa Henry. Et tu ne gâcheras plus de bon bœuf de Kobe dans ces infâmes hamburgers.

Comme d'habitude, Henry et Cho-Cho se plaisaient à s'engager dans des joutes d'esprit, Henry dans le rôle du provocateur et Cho-Cho rétorquant souvent par des remarques cinglantes qui, même si elles n'avaient pas pour but de blesser, du point de vue d'un témoin silencieux, pouvaient néanmoins se révéler involontairement désobligeantes. Parfois, Suzuki pleurait. Elle prenait garde que personne ne la voie et elle n'affichait jamais sa tristesse. Quelle raison aurait-elle de s'affliger ? Henry l'aimait autant qu'un homme peut aimer son épouse. Elle avait des filles en parfaite santé. Elle qui en raison de sa condition aurait dû partager les rigueurs de la pauvreté avec les plus démunis, vivait entourée

241

de domestiques. Elle menait une existence privilégiée, protégée. Il aurait fallu qu'elle soit bien ingrate pour se complaire dans les lamentations, pour en vouloir encore plus...

Une fois seulement, Henry l'avait surprise en larmes, mais elle avait su trouver les mots pour le rassurer. Elle lui avait rappelé que la tradition autorisait les femmes à verser des pleurs, ce qu'exprimait l'expression *tsuyu*, qui signifiait non seulement « larmes de femme » mais encore « rosée ». Un phénomène naturel, par conséquent. L'avait-il crue ? Toujours est-il qu'il avait paru satisfait de l'explication. Suzuki était une partie essentielle de son bonheur. Il était impensable qu'elle soit malheureuse.

31

Enfant, Nancy attendait impatiemment que le calendrier de l'Avent soit placé sur le manteau de la cheminée. Elle se sentait honorée d'avoir le droit d'ouvrir chaque minuscule fenêtre pour révéler l'image qu'elle cachait, se rapprochant ainsi jour après jour des lueurs scintillantes de la fête de la Nativité. À l'époque, quelle n'avait été sa stupéfaction de découvrir que certains parmi ses camarades de classe recevaient des bonbons et du chocolat le premier dimanche de l'Avent. Dans la famille de

Nancy, on était méthodiste, et jamais on n'aurait admis ce genre de gourmandise.

À l'école, pour le spectacle de Noël, elle incarnait en général un ange, sauf une année où elle avait été choisie pour tenir le rôle de Joseph. Avec quelle excitation elle avait enfilé perruque et barbe grises. Oui, Noël demeurait dans son esprit un moment magique, et elle comptait bien le partager avec Joey : les chants, la crèche illuminée… Même les années où ils n'avaient rien, elle s'arrangeait pour obtenir un calendrier, un petit sapin et des guirlandes lumineuses. Les cadeaux, si modestes soient-ils, étaient emballés dans du papier brillant.

Alors qu'elle s'affairait à la cuisine par une froide journée de décembre, elle s'aperçut qu'elle avait oublié qu'on était déjà au deuxième dimanche de l'Avent. Elle avait trop de choses en tête : la santé défaillante de sa mère ; l'université de Joey ; une autre lettre de Nagasaki, accompagnée d'une photo, qui attendait une décision de sa part. Elle vivait tout à la fois dans le passé et l'avenir, le présent se dérobant à son attention.

Il n'était pas dans ses habitudes de tourner le dos à l'adversité. Pourtant, cette fois, en contemplant l'enveloppe égayée par les timbres étrangers, en en tapotant le tranchant contre le bois de la table avant de la glisser dans le tiroir, elle se prit à songer à ce que la vie aurait pu être si seulement…

Son père, comme d'habitude assis presque collé au poste de radio, secouait la tête quand il réprouvait les propos des présentateurs, et fredonnait avec la musique quand celle-ci lui plaisait. Lorsque l'émission s'interrompit brusquement au milieu d'une mélodie, il frappa le poste en marmonnant entre ses dents : « Fichu appareil. »

Pourtant la radio marchait parfaitement. Quelques instants plus tard, le silence grésillant fut brisé par la voix du speaker – un bulletin d'informations : l'aviation japonaise avait bombardé Honolulu.

Par la suite, quand Lois se remémorerait ce dimanche matin de décembre, la scène lui paraîtrait sortir d'un film tout en fondu enchaîné. Irréelle. Des maisons aux rideaux fermés, une tranquillité ouatée précédant les activités de la journée, des hommes et des femmes encore allongés dans leurs lits. Pearl City s'étendait tout en longueur de l'autre côté de la base navale de l'île Ford. La flotte était amarrée aux quais à l'est et à l'ouest de l'île ainsi qu'au sud de la péninsule. La mer était calme, les navires semblaient eux aussi assoupis, pareils à des mouettes au repos, ou à Lois et Jack, qui dormaient du sommeil profond de la jeunesse innocente.

Lorsque Jack Pinkerton avait épousé Lois, il avait décidé de ne pas envoyer d'invitation à Nancy, craignant que cela ne lui rappelle un autre mariage, un autre marié, le visage joyeux d'un autre jeune officier de marine en uniforme blanc. Il s'était contenté de lui poster une lettre avec une petite photo instantanée.

Avant de devenir la femme de Jack, Lois avait occupé un emploi subalterne dans l'industrie du cinéma alors en pleine expansion. Elle travaillait à Hollywood et habitait une maison dans la vallée de San Fernando. La Californie lui paraissait peuplée d'Allemands, certains ne sachant même pas écrire l'anglais, ce qui à ses yeux aurait dû les empêcher de créer des scénarios. Un peu plus tard, elle avait compris qu'il s'agissait de Juifs fuyant les persécutions nazies en Europe. On lui confia le secrétariat de l'un d'eux, un grouillot dans le système des grands studios. Dans les faits, elle était un peu plus que simple secrétaire, puisqu'elle lui corrigeait ses fautes d'anglais en tapant son courrier. Elle dut aussi s'habituer à l'odeur de saucisson à l'ail qui s'exhalait du tiroir de son caisson à documents.

Le mariage l'avait coupée de cet environnement, dont elle se prenait parfois à regretter l'ambiance mâtinée d'exotisme. Tous ces hommes qui allaient et venaient en transportant leurs manuscrits dans des filets à provisions ; les jeux d'échecs ; les tas de vieux bouquins ; le thé au citron bu dans de grands verres. Ils étaient si différents de ceux qu'ils appelaient les *goys*, lesquels se présentaient au bureau tirés à quatre épingles dans leurs costumes trois-pièces, fraîchement débarqués des universités de Berkeley et d'UCLA. Ils étaient si différents aussi de son mari.

Aux côtés de Jack, elle était devenue une épouse de marin et avait peu à peu été gagnée par la peur de la guerre qui sévissait en Europe. Jack avait un oncle, Charlie, qui n'était pas revenu des champs de bataille de la Première Guerre mondiale. Le déménagement à Hawaï l'avait rassurée dans la mesure où la base navale avec ses palmiers et ses plages était éloignée du front. Hawaï se révélait en fait un lieu accueillant pour le jeune couple de Californiens qu'ils formaient.

Ils furent réveillés en sursaut par une explosion qui secoua les vitres et arracha du toit une volée de tuiles qui s'écrasèrent au sol avec fracas. S'ensuivit, comme au cinéma, un fondu enchaîné d'avions piquant des profondeurs de la couche nuageuse dans des rugissements plaintifs. Puis ce furent les explosions, assourdissantes. Sa mémoire opéra alors un montage-éclair : Des avions fondant sur les navires tels des oiseaux de proie. *Coupez*. Des bombes. *Coupez*. Des marins courant vers les mitrailleuses de lutte anti-aérienne. *Coupez*. Des civils s'enfuyant à toutes jambes. *Coupez*. Un navire prenant feu. Un deuxième. Puis un troisième...

Par la fenêtre, Jack vit une formation serrée se rapprocher à basse altitude, en entrant et en sortant des nuages. L'instant d'après, les avions passaient au-dessus de sa tête à basse altitude, juste par-delà la cime des palmiers. Il eut tout juste le temps d'apercevoir l'emblème peint sur un fuselage : un soleil levant. Les Japonais attaquaient Pearl Harbor.

— Sors d'ici, *maintenant* ! cria-t-il à Lois pour se faire entendre à travers les hurlements des sirènes des navires.

Une minute plus tard, il se ruait vers l'île Ford en boutonnant son uniforme tandis qu'elle se glissait au volant de leur voiture, et piquait vers les collines.

La route était encombrée de véhicules remplis de femmes et d'enfants fuyant la rade. Tout en gravissant la côte, Lois entendait dans son dos le vrombissement des avions, le bruit sourd des explosions, les brèves quintes de tirs anti-aériens. Les femmes klaxonnaient sans discontinuer, comme si la chaus-

246

sée pouvait se dégager miraculeusement. Derrière Lois, une femme avec un enfant dans les bras bondit hors de son véhicule et se mit à courir dans les champs sans même prendre le temps de claquer sa portière. Par-dessus son épaule, elle cria à Lois :

— Les mitrailleuses. Sortez de la route !

Un vent de panique traversa Lois. Les mains tremblantes, elle ouvrit sa portière et s'élança vers le bas-côté, pile au moment où le rugissement des avions s'amplifiait. À croire que les tirs la visaient personnellement.

Une douleur fulgurante la transperça, comme si ses jambes s'enflammaient. *J'ai été frappée, mon Dieu, j'ai été frappée*, se dit-elle, s'attendant à s'effondrer. C'est alors qu'elle comprit ce qui se passait. Elle traversait en courant un champ d'ananas dont les feuilles tranchantes comme des lames de rasoir lui lacéraient les mollets et les cuisses. La jupe de sa robe en coton était rouge de sang. Elle s'arrêta, s'accroupit au milieu des buissons et leva les yeux vers le ciel. Les avions passèrent en rase-mottes au-dessus de la route en arrosant d'une pluie d'acier la carrosserie des voitures. Après quoi, ils virèrent de bord pour faire demi-tour et s'en retournèrent en direction de la rade.

Prise au dépourvu, la flotte américaine demeura passive sous les bombes, subissant deux vagues aériennes qui réduisirent en cendres la piste d'atterrissage et semèrent le désastre parmi les navires mouillés dans le port. Du cuirassé Arizona s'éleva une colonne de fumée rouge, puis, après l'explosion de la soute à munitions, le grand navire se transforma en un gigantesque brasier surmonté d'un énorme nuage noir. Les navires penchés selon des angles improbables se redressèrent à mesure qu'ils se consumaient. Les survivants qui tentaient de fuir sautaient par-dessus bord, autant dire dans un bain d'eau en ébullition.

Jack, à bord d'un canot à moteur, sillonnait les flots bouillonnants au secours de ceux qui pouvaient encore être sauvés. La coque de la frêle embarcation tapait violemment contre les hautes vagues provoquées par la force des explosions tandis que Jack tentait d'anticiper les largages de torpilles.

Puis, soudain, ce fut terminé. Les escadres nippones, après un dernier tour de la rade, s'élevèrent vers le soleil, au-dessus de la couche nuageuse, laissant la flotte américaine – cinq cuirassés, trois destroyers, trois croiseurs et près de deux cents avions – anéantie. La perte de plus de deux mille hommes était à déplorer.

La face du monde en fut changée. Le calendrier s'adapta, et le 7 décembre ne fut plus jamais un jour comme les autres ; le 7 décembre devint le jour où les Américains essuyèrent l'attaque de Pearl Harbor.

Interrompu régulièrement par les fritures sur les ondes, le speaker énonça les faits. Entre cinquante et cent avions avaient décollé de porte-avions nippons... des bombes... des navires naufragés... des tirs de mitrailleuses depuis les avions...

Après le bulletin d'informations, selon le principe que la vie continue, retour aux programmes, le piano de Hoagy Carmichael égrenant la mélodie de *Stardust*.

Louis se leva en déclarant à Nancy :

— Je vais aller le dire à ta mère. Elle se sent en dehors du coup, là-haut, toute seule.

— Papa ?

Il se retourna. Nancy désigna la radio de la main.

— Ça y est.

Son père eut soudain l'air très fatigué. Il soupira :

— Oui, je le crains.

Toute la journée, la voix du speaker interrompit les programmes : « Vous écoutez les dernières nouvelles de Pearl Harbor... Et maintenant retour à *Paradise in Waltz time*... Des pertes considérables en hommes et en matériel à Hawaï... Et voilà de nouveau la sélection d'André Kostelanetz... Trois navires naufragés dont l'USS Arizona... Un pot-pourri de mélodies du Sud au banjo... Dès que la musique se taisait, la vie basculait dans l'horreur : *Ce matin à l'aube, le Japon a déclaré la guerre à la Grande-Bretagne et aux États-Unis... Le président Roosevelt est actuellement en train de dicter un message à la Chambre des représentants.* »

Une chape de fumée pesait sur la rade où flottaient des relents de bois brûlé et de quelque chose de métallique, de piquant. Des équipes de secouristes sortaient de l'eau les cadavres calcinés, les transportaient jusqu'au rivage où ils les alignaient côte à côte sur la berge, afin que les amis et parents puissent venir les identifier. Lois, comme en transe, chercha Jack. Son canot avait échoué sur la plage, vide.

Plusieurs années après, la paix enfin restaurée, alors que le pays tout entier accueillait en liesse le retour de ses *boys*, Lois, qui attendait celui de Jack dans la foule, les drapeaux et les éclats des cuivres des fanfares, se souvint de ce jour lointain où elle avait couru le long des macabres rangées de corps sous un toit de hangar, terrifiée à l'idée de l'avoir perdu. Elle scrutait les visages que la mort rendait si semblables, des figures luisantes noircies par la fumée. Elle avait entendu la mère de Jack raconter comment certains Pinkerton avaient péri, l'un noyé dans la boue d'une tranchée pendant la dernière guerre, l'autre dans une rivière à Washington pendant une émeute. Avec quelle ferveur elle avait prié, le cœur chaviré, que les eaux en feu de la rade n'aient pas englouti l'amour de sa vie.

Et puis ce fut le choc, l'infini soulagement, quand elle avait vu Jack, non pas parmi les victimes, mais marchant vers elle. Et alors, comme elle avait couru. Elle l'avait serré si fort dans ses bras qu'il s'était récrié en riant. Attention à ses brûlures, à ses bleus. Il avait essuyé les larmes de Lois.

Le lundi matin, Nancy s'assit à son bureau devant une pile de lettres et de paperasses, dont l'intérêt lui paraissait bien pâle au regard de l'actualité. Les journaux publiaient les images inoubliables du désastre : des bombardiers saisis par des photographes amateurs, des navires détruits, en proie aux flammes. Tel un chœur antique, les gros titres se lamentaient : l'attaque-surprise était un choc terrible qui ébranlait le pays tout entier.

À l'autre bout du couloir s'élevèrent des éclats de voix, des sonneries de téléphone, des bruits de pas. Une des petites dactylos passa la tête par l'entrebâillement de la porte :

— Le président. À la radio.

On était le 8 décembre 1941, et le président s'adressait à la nation pour annoncer qu'ils étaient en état de guerre contre le Japon. Dans les accents patriciens de Roosevelt, l'oreille de Nancy captait un autre son, aussi sourd que celui d'un train sur le point de s'ébranler et de sortir de la gare... des milliers de trains, des millions de trains. La rumeur des lignes de montage enflait alors que s'intensifiaient le crépitement des machines à coudre produisant les uniformes, le bourdonnement des usines de munitions, le tumulte des camions, des mouvements de troupes, des chars, des hélices... C'était le bruit d'un pays qui se préparait à faire la guerre. La « Grande Dépression » était bel et bien derrière eux.

32

Nancy avait pris l'habitude de se servir de temps à autre un petit verre de bourbon. « Ce n'est pas *boire*, avait-elle précisé à Louis, c'est comme avaler un médicament. » Fumer une Lucky Strike après le travail la détendait également.

Dans le tiroir de son bureau, il y avait une enveloppe portant un timbre de Nagasaki. Mais maintenant que les États-Unis étaient en guerre contre le Japon, c'en était terminé de la correspondance clandestine entre les deux mères. Le conflit mettait la vie sur pause.

Quant à Joey, dès la première lettre, il avait chassé de son esprit Cho-Cho, sa mère indigne, sa mère au cœur de pierre. En tout cas, c'est ce qu'il avait prétendu devant Nancy.

Confortablement installée dans son fauteuil, sous la lampe, elle but une gorgée de bourbon en songeant à la page qu'elle venait de lire. Un aristocrate français mort depuis longtemps pensait que la peur était une « étrange affection ». Parfois, disait-il, elle lui donnait des ailes. D'autres fois, elle le lestait de plomb. Si Nancy n'avait eu autant de respect pour la chose imprimée, elle aurait volontiers souligné le passage où l'auteur observait *qu'il n'en est aucune qui fasse plus dérailler notre jugement*. Nancy but une autre gorgée. L'attaque de Pearl Harbor en était la preuve vivante.

Les États-Unis étaient en guerre, il s'agissait d'une constatation. Venaient ensuite les questions, affolantes : les villes américaines seraient-elles bombardées ? Une pluie de feu allait-elle tomber du ciel ? Des torpilles fonceraient-elles vers eux depuis la haute mer ? On organisait des exercices d'alerte, on montrait aux gens comment se servir d'un masque à gaz (sans en distribuer pour autant), on fabriquait des ballons de barrage, on proposait des couvre-feux, un rationnement... Elle avait vu les photos dans la presse, les navires de guerre détruits qui s'alignaient au premier plan des consciences américaines, preuves d'une vulnérabilité inimaginable. Un vent de paranoïa leur soufflait que l'ennemi était partout.

Neuf ans plus tôt, à l'heure où le héros de Nancy avait prêté serment pour entamer son premier mandat de président des États-Unis, elle avait soigneusement calligraphié son discours d'investiture et l'avait punaisé au mur de la cuisine. Comme la grande majorité des Américains à l'époque, elle ne s'était pas rendu compte que Roosevelt y paraphrasait le philosophe et poète Henry David Thoreau. Et cette pensée sur la peur, c'était Montaigne qui l'avait formulée le premier : *C'est de quoi j'ai le plus de peur que la peur.*

On frappa à la porte au moment où Nancy s'apprêtait à monter à sa mère son petit-déjeuner.

Le plateau en équilibre instable sur un bras, elle ouvrit. Un homme en costume sombre, une liasse de papiers à la main, la salua d'un coup de chapeau.

— Bonjour, madame. Je cherche un certain Pinkerton.

— Je suis madame Pinkerton.

— Si je suis bien informé, vous hébergez un résident étranger.

Nancy écarquilla les yeux. De quoi parlait-il ? Un résident étranger ? Un étranger ? Ils ne recevaient personne. Elle fit non de la tête.

— Vous devez vous être trompé d'adresse.

Le plateau à la main, elle referma la porte derrière lui à l'aide de ses genoux.

— Ici, vous êtes chez mes parents. Nous sommes tous les trois, avec mon fils.

— Votre fils, dit l'homme en levant son crayon. Ne s'appellerait-il pas Joseph Theodore Pinkerton ?

— En effet.

— D'après ma liste, il est né à Nagasaki, au Japon, de mère nippone. Cela fait de lui un résident étran...

— S'il vous plaît, l'interrompit-elle. Attendez une minute. Il faut que je porte son petit-déjeuner à ma mère.

Elle laissa la porte ouverte et gravit l'étroit escalier en prenant garde de ne pas cogner les bords du plateau contre le mur. Deux minutes plus tard, elle redescendait dans le vestibule affronter l'individu au visage de fouine. Elle n'aimait pas ses petits yeux noirs, ses mains griffues... Nancy se ressaisit : elle n'allait quand même pas diaboliser un innocent messager.

— Vous disiez ?

De sa voix neutre, dépourvue de toute émotion, il prononça des mots que Nancy, soudain assourdie par un bourdonnement d'oreilles presque douloureux, n'entendit pas.

— Pardon. Je n'ai pas bien compris. Pouvez-vous répéter ?

Il débita de nouveau son petit laïus, comme un disque rayé. Cette fois, elle réussit à en conclure que Joey, parce qu'il avait une mère japonaise, devait se présenter au bureau de recensement du quartier.

— Il devrait déjà être inscrit, comme les autres. Il y a des affiches partout. C'est un décret du commandement de la défense de la côte Ouest.

— Des affiches ? Mais je n'ai rien vu. Et pourquoi faut-il s'inscrire ?

— Pour qu'on lui donne un matricule, madame.

— Un matricule ? Mais pour quoi faire ?

— Pour le transport. Quand il viendra s'inscrire, on lui donnera un matricule et un ordre d'expédition.

— Un ordre d'expédition ? Comme s'il était un colis ? Qu'est-ce que cela signifie ? Où est-il censé aller ?

— Madame, on va le mettre dans un car ou un train qui l'emmènera dans un camp de relogement provisoire... (Il marqua un temps de pause, comme s'il cherchait ses mots.) Un foyer, si vous préférez.

Nancy qui, en l'écoutant, avait senti son sang se glacer, paraissait précipitée en plein chaos.

— Joey ne peut pas y aller, bredouilla-t-elle. Il doit partir pour un stage d'étudiant...

L'homme lui tendit un dépliant.

— Qu'il oublie son stage. C'est là qu'il doit se rendre. Comme tous les autres *Japs*. Il a déjà enfreint la loi, en négligeant de se présenter au bureau.

Nancy, toujours perplexe, avança :

— Vous ne frappez pas à toutes les portes ? Comment saviez-vous qu'il y avait ici un... résident étranger ?

— Quelqu'un du quartier nous a informés.

Croisant le regard de Nancy, il murmura :

— Je suis désolé, madame.

Après avoir fermé la porte, elle se rassit dans son fauteuil en tenant le dépliant comme s'il s'agissait d'une grenade près d'exploser. La comparaison n'était d'ailleurs pas fausse.

Son père, assis à la table de la cuisine devant un atlas ouvert, attendait son petit-déjeuner. Armé d'une loupe, il cherchait un archipel dans le Pacifique.

— Nancy ? appela-t-il. Qui c'était à la porte ?

Le cœur de Nancy se serra en voyant combien Louis avait vieilli. Au cours de cette tragicomédie qu'avaient été ces dernières années, les rôles s'étaient inversés. Désormais, c'était elle qui les protégeait.

— Oh, sûrement une erreur. Il prétendait que Joey devait s'inscrire au bureau de recensement... comme résident étranger.

Elle s'abstint de faire allusion aux camps. Louis n'en parut pas moins inquiet.

— Je peux passer quelques coups de fil, si tu veux. Je pourrais peut-être en savoir plus.

— Ce n'est pas la peine, papa. Je vais parler à Harry au bureau. On va arranger ça, affirma-t-elle en tapotant le dépliant avec ses ongles. Il s'agit forcément d'une erreur.

Au bureau, elle se demanda comment présenter sa requête. Elle n'avait jamais cherché à cacher les origines de Joey. Le sujet ne s'était tout simplement jamais présenté. Mais tous ces démocrates convaincus luttaient pour la liberté et la justice. Cette façon de traiter les gens ne pouvait que soulever leur indignation. Finalement, elle se décida à aborder la question avec son patron.

— Harry ? Ce décret... L'*Executive Order 9066*.
Ce n'est sûrement pas légal ?

— Si, totalement. Ce qu'il signifie, c'est que toute
personne susceptible de présenter une menace pour
la nation doit évacuer son lieu de résidence.

— Et un gamin qui se trouve avoir eu une mère
japonaise est considéré comme potentiellement
dangereux ? se récria Nancy.

— Après Pearl Harbor, si vous avez un lien de
parenté quelconque avec les Japonais, vous repré-
sentez une menace. Vous êtes un espion en puissance. Je discutais de cela hier avec un type de
notre antenne de San Francisco. Il fait partie du
conseil d'administration d'un orphelinat catholique.
Le prêtre qui dirige cet établissement a téléphoné
au Département d'État et a réussi à parler à un
responsable de l'Autorité fédérale de relogement du
problème que lui posent les enfants d'origine japonaise. Devait-il envoyer même ceux qui n'étaient
qu'un quart nippons ? Le major Bendetsen, du
comité d'évacuation, lui aurait répondu : « Tous
ceux qui ont même une goutte de sang japonais. »
Ce sont au moins cent mille personnes qui sont
concernées.

Nancy le dévisagea pensivement.

— Qui a signé ce décret ? Qui a eu l'audace
d'approuver un texte qui va envoyer des innocents
en prison ?

— Le président, bien sûr.

— *Roosevelt ?*

— Entre vous et moi, il paraît que la panique
souffle à la Maison Blanche. Eleonor est furieuse,

mais on ne peut pas faire autrement. Il faut penser sécurité et défense de la nation.

S'apercevant du désarroi de Nancy, il ajouta :

— Qu'y a-t-il ? Vous êtes très pâle.

— Mon fils...

Pressentant que sa voix allait se perdre dans les aigus, elle préféra se taire. Elle qui dans ce bureau avait toujours eu l'impression de se trouver au milieu d'amis, révisait à présent son jugement. Une barrière venait de se dresser entre ses collègues et elle, et elle se trouvait du mauvais côté...

— Mon fils, reprit-elle plus calmement, a un ami dont la mère était japonaise... Cette mesure les concerne, à votre avis ?

— J'espère que non, mais je ne vous cacherai pas que les pronostics sont plutôt sombres. À Washington, ils ne savent plus où donner de la tête. Ils voient des ennemis intérieurs partout, surtout dans la diaspora d'un empire qui nous est hostile. (Il secoua la tête.) Bref, ils obéissent à la peur.

Après cette conversation, elle retourna dans son bureau dont elle ferma la porte. Un peu plus tard, elle téléphona à Joey.

— Peux-tu rentrer à la maison pendant quelques jours ? Nous avons un petit problème.

Après plusieurs secondes de friture sur la ligne, Joey répondit :

— Maman ? C'est à propos du décret 9066 ?

— Comment le sais-tu ?

— Tu plaisantes ? Ils ont déjà ratissé le campus. Hier encore, ils sont venus arrêter un étudiant dans les dortoirs.

— Rentre, Joey. Tout de suite. J'irai avec toi au bureau de recensement, et nous réglerons ça une bonne fois pour toutes.

Joey arriva à la tombée de la nuit. Il monta tout droit voir Mary. Il la berça doucement contre sa poitrine, atterré par la légèreté de ses os sous son tricot, mais heureux de retrouver l'odeur familière de lavande et de talc.

— Joey, mon chéri.

— Comment va ma grand-mère préférée ?

Ma seule grand-mère, ajouta-t-il à part lui. Comme les Pinkerton devaient se féliciter d'avoir rejeté d'emblée cet enfant étranger, ils ne risquaient pas aujourd'hui d'être contaminés.

Une fois Louis couché, Nancy et Joey envisagèrent les différentes solutions qui s'offraient à eux. Il existait des moyens de contourner la loi. Un habitant de la côte Est pouvait l'inviter à venir le rejoindre. Elle connaissait quelqu'un qui connaissait quelqu'un…

Il prit sa main dans la sienne.

— Tu as lu les journaux ? Les traîtres de la cinquième colonne ? Le péril jaune ? À en croire Walter Lippmann du *New York Herald Tribune*, un million de *Japs* sont prêts à prendre le pouvoir sur la côte Pacifique.

— Où donc se trouve cette horde de Japonais ?

— Je voudrais bien le savoir. Mais, apparemment, je pourrais en faire partie.

— *Lippmann ?* Ce gars-là crie au sabotage comme on crie au loup. Soyons un peu sérieux.

— Deux chefs de département à l'université ont cherché la semaine dernière un moyen d'envoyer leurs étudiants concernés en dehors de la zone sensible. Les réactions ont été édifiantes. On leur a dit en gros : « Ne le prenez pas personnellement, mais si ces gens sont jugés trop dangereux pour la côte Ouest, nous n'avons pas envie de les avoir chez nous. » (Joey haussa les épaules.) Et tu crois que tu pourras leur faire avaler que ton fils n'est pas comme les autres ? Car le fond du problème, n'est-ce pas, c'est qu'il n'est pas ton fils. Sa mère est une *Jap*.

Elle pleurait, saisie par un sentiment de culpabilité dont il ne pouvait deviner la cause. Comment avait-elle pu être aveugle à ce point ? Elle aurait dû donner sa démission et déménager sur la côte Est, loin de l'hystérie collective. Et maintenant, il était trop tard ; sa mère était grabataire, son père incapable de se débrouiller tout seul. Elle était coincée.

— Je vais t'accompagner au bureau de recensement, insista-t-elle. Quand je veux, je sais me montrer ferme. Ils m'écouteront.

— Tu parles de fermeté, répliqua-t-il avec un large sourire. Je suis assez grand pour me défendre, j'irai seul. Dès qu'ils vont voir ma tête, ils vont se dire que quelqu'un a fait une bourde quelque part.

Elle se frotta les joues, comme pour se réveiller.

— Exactement. Qui a jamais vu un ennemi blond aux yeux bleus ?

— À moins qu'il ne parle l'allemand, bien sûr.

Au moins il pouvait encore la faire sourire. Mais ce n'étaient pas les Allemands qu'ils arrêtaient.

Le lendemain, afin de reprendre pied dans ce monde où tout semblait soudain instable, il partit se promener dans Japantown. Il espérait aussi s'informer sur la manière dont les autres faisaient face.

Le quartier était devenu pareil à une ville fantôme. Les boutiques étaient fermées, les stores descendus. En anglais, on lisait sur les volets de certaines devantures : « Liquidation totale ».

Dans les rues désertes, il croisa quelques vieux qui marchaient penchés en avant, à petits pas pressés. En passant à côté de lui, ils prenaient soin de s'écarter, comme s'il était un pestiféré. Il se sentait toujours un étranger dans ce cadre, sauf qu'à présent, un bout de papier avait lié son sort à celui de ces Américains d'origine nippone.

Quand il rentra chez lui, il était sombre. De vagues images d'un passé englouti se débattaient dans les eaux profondes de sa mémoire comme l'écho de voix lointaines prononçant des mots dans une langue qu'il ne comprenait plus. La glace lui renvoya le reflet d'un visage cent pour cent américain, et pourtant ces traits étaient ceux d'un « étranger ».

Nancy avait une amie d'école qui, ayant épousé son amour de jeunesse, était partie vivre dans le Wyoming. Elle avait gardé contact avec elle à travers un échange de cartes d'anniversaire et de Noël, parfois une lettre. Hilary ajoutait souvent en bas de ses bons vœux : « Venez nous voir, toi et ton fils. »

Le Wyoming se situait en dehors de la zone d'exclusion militaire. Nancy téléphona à son amie.

Hilary était ravie d'avoir de ses nouvelles, comme toujours, et lui posa une foule de questions : Comment allait-elle ? Et ses parents ? Et Joey ?...

La conversation sortit alors de ses rails habituels tandis que, pour la première fois, Nancy lui confiait l'histoire de son fils. Puis, elle enchaîna :

— Il existe une faille dans le système. Si je parviens à trouver quelqu'un qui veuille bien l'accueillir en dehors de la zone militaire, ils l'autoriseront à partir.

Après avoir respiré un grand coup, elle débita d'une traite :

— Tu veux bien le prendre, Hilary ?

En y repensant par la suite, Nancy devait se demander qui avait été la plus malheureuse ; elle, dont les espoirs avaient été anéantis, ou son amie de toujours, qui lui avait expliqué que si cela n'avait tenu qu'à elle, bien sûr... Seulement les préjugés dans la région... Le gouverneur, qui n'avait que sa réélection en tête, avait déclaré que si jamais des *Japs* étaient surpris à errer librement sur son territoire, ils seraient pendus haut et court sans autre forme de procès.

33

Seule la grande vivacité de ses gestes traduisait le désarroi intérieur de Nancy. De son calme et de son efficacité habituels, elle ne conservait que la façade. Il lui arrivait parfois de baisser sa garde et de supplier Joey de lui permettre de l'accompagner dans ses démarches. Même maintenant, alors qu'il était enregistré, elle se cramponnait à l'idée qu'il lui suffirait de s'adresser aux personnes compétentes. Ils se rendraient compte tout de suite que sa place n'était pas là ; ils retireraient son nom de la liste.

Joey frotta affectueusement son épaule contre la sienne comme il le faisait quand il était petit.

— Merci, Nancy, mais je préfère rester solidaire de *mon peuple*, prononça-t-il en insistant avec ironie sur les deux derniers mots.

Elle nota avec un serrement de cœur qu'elle était désormais pour lui Nancy, et non plus maman. Quoi de plus normal ? Puisqu'il tenait son identité de sa mère.

Elle lui prépara son bagage sans perdre de temps. Ensemble, ils lurent les instructions. Il n'était autorisé à emporter que ce qu'il pouvait transporter « à la main ».

Comment transporter quelque chose autrement ? se demandait-il. Sur la tête, comme les Indiens ? Sur le dos, comme les alpinistes ? (Mais, bien sûr, ces instructions s'adressaient à des gens pas tout à fait civilisés. Dieu sait ce que ces résidents étrangers pouvaient inventer comme moyens de transport.) Et que choisissait-on d'emporter quand on partait pour une durée indéterminée ? Sur ce point, au moins, le papier était clair.

Les évacués doivent se munir le jour du départ pour le centre de rassemblement des effets suivants :

a) Draps et couvertures (pas de matelas) pour chaque membre de la famille.

b) Articles de toilette pour chaque membre de la famille.

c) Vêtements de rechange pour chaque membre de la famille.

d) Suffisamment de couteaux, fourchettes, cuillères, assiettes, bols et tasses pour chaque membre de la famille.

e) Effets personnels pour chaque membre de la famille.

PAS D'ANIMAUX DE COMPAGNIE

Cette dernière interdiction laissait entrevoir les adieux déchirants avec son chat, son chien, son canari, son lapin... qu'il faudrait donner ou faire piquer.

— Bon, soupira Nancy. Vêtements, une paire de chaussures de rechange, des savonnettes, une brosse à dents, du dentifrice...

Elle réunit un peu de vaisselle, des assiettes en tôle émaillée, légères et incassables.

— Des livres, intervint-il. C'est sans doute permis... à moins qu'ils ne les pensent codés et les confisquent.

Il ne croyait pas si bien dire. Quelques semaines plus tard, il trouverait un bureaucrate du camp en train d'examiner un de ses manuels. « Qu'est-ce que c'est que ces chiffres à côté des phrases ? » lui lancerait-il. « Des notes de bas de page », serait-il obligé de lui expliquer.

Joey avait décidé d'emporter du travail. Nancy approuvait.

— Ainsi, quand tu reviendras à la fac, tu ne seras pas en retard.

Il doutait d'un retour avant la fin du semestre, mais il empaqueta ses livres quand même, ainsi que son stylo, de l'encre, des crayons et du papier. Une photo sépia tout écornée de Nancy et de son père. Quoi d'autre ? Rien de fragile, ni de précieux – sauf la vieille toupie en bois qu'il glissa dans un coin du sac, entre ses chaussettes.

Il s'apprêtait à boucler son paquetage, quand Nancy lui tendit une enveloppe dont les timbres affichaient d'étranges couleurs, et au papier ivoire granuleux comme celui d'un livre ancien.

À l'intérieur, il trouva la photographie d'une femme au teint clair et aux cheveux noirs coupés court. Austère dans sa robe noire, et des mains aussi blanches que si elles avaient été sculptées dans du marbre, croisées sur ses genoux. Ses traits se dessinaient à peine sur le tirage surexposé, mais au-dessus de la bouche souriante, Joey vit que ses yeux à l'expression grave étaient en amande.

— Cho-Cho, lui souffla Nancy. Ta mère.

À la suite de l'arrivée de la première lettre de Nagasaki, adressée à Mary, s'était tenue une discrète réunion de famille en l'absence de Joey. Mary se sentait trahie.

— Quand je pense qu'il m'a caché son mariage… sa famille. Henry n'a pas été franc avec nous. Nous méritions mieux. Et maintenant, ça.

Nancy estimait qu'ils devaient une réponse, même s'il était indiscutable que Joey n'avait pas envie de renouer avec le passé. Cho-Cho était morte… à ses yeux. Louis avait préféré ne pas se prononcer, jugeant que c'était l'affaire des femmes.

Le temps avait passé. Puis Nancy s'était finalement décidé à écrire quelques phrases aussi brèves qu'ambiguës. Comment une méchante belle-mère pouvait-elle parler d'un garçon qu'elle avait volé ? Dire à Cho-Cho qu'il était heureux et totalement intégré revenait à insister sur le fait qu'il avait oublié sa vraie mère. En fin de compte, elle se borna à préciser qu'il se portait comme un charme et travaillait bien à l'école. Elle glissa avec la lettre une photo de lui prise sur la plage, son corps élancé scintillant sous l'éclat du soleil, un Ben plus mince, plus jeune. Elle ajouta qu'il savait à présent sa mère toujours en vie. La nouvelle l'avait bouleversé, et il lui faudrait un peu de temps pour s'y habituer. Cho-Cho voudrait-elle envoyer une photo d'elle pour que Nancy la lui transmette ?

La réponse tardant à venir, Nancy se prit à regretter d'avoir écrit, puis finalement, un jour, une deuxième lettre était arrivée, avec une photo et ces quelques mots : « Je ne veux pas m'imposer à vous. Le passé n'est pas un lieu où il fait bon retourner. La seule bonne chose qui en soit sortie, c'est que mon Joy, ma Joie – votre Joey – est heureux. »

266

Joey à présent contemplait la photographie, le cœur lourd. Où étaient passés le kimono qui hantait sa mémoire, ce visage à moitié tourné vers lui par-dessus une douce épaule, et cette courbe si gracieuse du cou et de la joue ? Où était passée la silhouette à laquelle il s'était raccroché en couvrant des feuilles et des feuilles de dessins maladroits. Parfois, il levait le papier contre son nez comme pour respirer son parfum, afin de préserver la fraîcheur de son souvenir. Le souvenir de celle qui avait marché à son côté sur la plage, de celle qui, en riant aux éclats, avait couru avec lui, la pluie de printemps picotant leurs visages... Cette femme était pour lui une étrangère.

— Elle n'est plus la même, déclara-t-il.

— La même que quoi ?

— Que celle de mes souvenirs.

Il remit la photo dans l'enveloppe et glissa le tout dans sa poche.

Une dernière fois, il vérifia son sac. Ses doigts heurtèrent la toupie. Il la sortit et la tint en équilibre sur sa paume.

— C'est elle qui me l'a offerte.

Nancy, ignorant que c'était en fait un cadeau de Ben, acheté par Suzuki, ne le détrompa pas. Seule Cho-Cho aurait pu lui décrire la scène telle qu'elle s'était vraiment déroulée.

— Je vais dire au revoir à grand-maman, annonça-t-il en fermant son sac.

Dans le grand lit, Mary avait l'air d'une toute petite chose. À peine si elle dérangeait les draps. Elle dévisagea Joey intensément.

— Que tu as grandi.

Puis elle se mit à tirer sur son édredon en patch-work, avec des petits gestes nerveux, comme si elle cherchait à le plumer. Elle s'en voulait d'être trop faible pour « aller leur dire leurs quatre vérités », à ces incompétents. Cette affaire d'internement, c'était n'importe quoi. Pourquoi l'Église n'était-elle pas intervenue ? Les quakers avaient bien protesté, alors pour quelle raison les méthodistes n'avaient-ils rien dit ? Se hissant sur ses oreillers, elle saisit Joey par les bras et l'embrassa avec intensité.

— Nous allons prier pour toi… Non qu'il y ait de quoi s'inquiéter, s'empressa-t-elle d'ajouter.

Après avoir caressé sa joue toute parcheminée, il dévala l'escalier, les larmes aux yeux. Autrefois, quand Nancy était au bureau, c'était Mary qui venait le chercher à l'école. Elle l'embrassait, joue contre joue, puis ils s'en allaient, lui sautillant, elle accélérant le pas pour ne pas le perdre. Aujourd'hui, le monde extérieur se réduisait pour elle à la vue qu'encadrait sa fenêtre. Seul son esprit se mouvait librement, infatigable.

Louis bafouilla quelques mots, se racla la gorge et serra l'épaule de Joey, lui donna ce petit coup de poing rituel qui faisait d'eux des complices, comme si le langage corporel pouvait pallier ses troubles de l'expression.

Nancy ajusta son manteau et lui noua une écharpe autour du cou.

— Hé ! Je vais crever de chaud, protesta Joey.

— Le temps va fraîchir.

Elle l'étreignit longuement, le visage enfoui dans le col de son manteau, l'œil sec.

— J'écrirai tous les jours. Toi, écris quand tu peux. (Elle secoua la tête.) Qu'est-ce que je raconte ? Tu seras rentré avant que ma première lettre arrive à destination. Une fois qu'ils se seront rendu compte.

Une fois qu'ils se seront rendu compte de quoi ? La phrase resta en suspens. Une fois qu'ils se seront rendu compte qu'il n'était pas « vraiment » japonais ?

Nancy le regarda s'éloigner, les bras croisés, vaillante. Au coin de la rue, il se retourna et agita la main. Mais déjà elle disparaissait dans la maison en refermant vite la porte.

Le sac en cuir de Louis était solide mais lourd, même vide ; il le faisait passer d'une main à l'autre. Joey aurait volontiers choisi un autre bagage, mais il n'avait pas voulu peiner Louis. La vie était déjà assez cruelle comme cela.

La première fois qu'il présenta ses papiers, le préposé chercha son nom sur la liste.

— Joseph T. Pinkerton, c'est bien ça ? prononça-t-il, abaissant et relevant le nez pour regarder tour à tour Joey et les papiers étalés devant lui. Bon... On va vérifier...

Ensuite, combien d'heures passa-t-il à attendre debout dans des queues qui n'en finissaient pas ? Combien de tampons baveux furent encrés sur combien de questionnaires, combien de vérifications, combien de tergiversations ?

La source de toute cette confusion tenait en deux phrases : Joe Pinkerton était un citoyen américain né à Nagasaki. Joe Pinkerton, fils d'un héros de l'Oregon, médaille d'or de natation, avait pour mère une Japonaise… Quel était son nom déjà ? Était-ce même un nom ?

Joey finit par s'habituer à la méfiance, parfois à l'hostilité que suscitait la dissonance entre son identité et son apparence.

Il se sentait désormais aussi malvenu que le loup au milieu d'un troupeau de moutons. Car ils formaient une masse docile. Ils étaient petits et frêles, il était grand et costaud. Ils étaient très bruns, il était très blond. Autour de lui, on murmurait dans une langue qu'il ne comprenait pas. Ils levaient vers lui des regards circonspects, perplexes. Il les observait, ces gens fatigués, surchargés, relativement peu nombreux. Il savait distinguer les *Issei*, la première génération, ceux qui, nés au Japon, n'avaient jamais eu droit à la citoyenneté américaine, des *Nisei*, la deuxième génération, ceux nés aux États-Unis, qui étaient par conséquent citoyens de ce pays. Combien le monde lui apparaissait fragile tout d'un coup. Et où, dans tout cela, trouvait-il sa place ?

Une curieuse odeur flottait dans ces salles caverneuses, une odeur âcre, presque chimique, que Joey finit aussi par reconnaître, comme celle de gens qui transpirent sous le coup de la peur.

L'enregistrement avait constitué le premier choc. Sous le règne de la bureaucratie, l'élément humain n'existait plus. On n'y tolérait ni les discussions, ni les nuances. Un bout de papier, une signature, un tampon, voilà tout. Des moutons et des chèvres. Heureux les sang-purs, le royaume de la terre leur appartient. Il avait suffi d'une mère japonaise, d'un

270

lieu de naissance, pour le classer dans une catégorie. Tout figurait à présent dans les registres.
Joseph Theodore Pinkerton n'avait plus qu'à suivre
un chemin tout tracé. Il n'était plus qu'un numéro,
un paquet estampillé qui patientait en attendant
le moment où on déciderait de le transférer ailleurs.
Devant et derrière lui, dans la file, d'autres numéros,
d'autres paquets – des hommes, des femmes, des
enfants, ignorant le sort qu'on leur réservait –
remplissaient peu à peu le vaste hangar jadis
réservé à un autre usage, centre de tri postal ou
entrepôt.

À un moment donné, alors qu'il pénétrait sous le
hangar, un incident se produisit qui, par la suite, lui
paraîtrait résumer tout ce qui allait suivre.

Un garde posté près de la porte croisa un instant
son regard et, d'un clin d'œil amical, lui fit signe
d'avancer.

— Je peux vous aider, monsieur ?

Joey leva son sac, dûment numéroté et étiqueté,
en répondant :

— Pouvez-vous m'indiquer…

Il ne termina pas sa phrase, car à la vitesse de
l'éclair, le visage bienveillant du garde s'était crispé
pour refléter d'abord la stupéfaction, puis la colère.

— Ça va comme ça ! aboya-t-il. À la queue,
comme tout le monde.

Joey reprit sa place, dépassant d'une tête ses compagnons. Yeux bleus, un mètre quatre-vingts. Pas
étonnant que le garde l'ait pris pour un de ses
semblables.

Le centre de rassemblement de Portland était en fait d'anciennes écuries transformées à la hâte pour servir de lieu de transit vers le centre de détention.

Alors qu'à la descente des autobus et des cars, les « évacués » déambulaient de-ci de-là en se demandant où ils devaient se rendre à présent, un couple âgé qui marchait dans sa direction salua Joey d'une flexion du buste et s'écarta pour lui laisser le passage. Il résista à l'envie de les prendre par les épaules et de les secouer : il était comme eux, un simple numéro.

Dans une énième file d'attente, il feuilletait un journal que quelqu'un avait abandonné, quand il s'arrêta à la rubrique nécrologique qui publiait un montage de photos de visages : les célébrités décédées récemment. Des vies entières d'hommes et de femmes remarquables condensées en quelques lignes. Il lut distraitement les noms jusqu'à : *Bronislaw Malinowski, né à Cracovie en Pologne, 1884... anthropologue britannique fondateur du fonctionnalisme.*

Joey tapota son sac, la pile de livres à l'intérieur, parmi lesquels son exemplaire des *Argonautes du Pacifique occidental*, aux pages écornées et décorées de taches de café. Tous ces voyages – la Papouasie-Nouvelle-Guinée, les îles Trobriand, les îles Salomon – pour en fin de compte trouver la mort dans le Connecticut, où il résidait au titre de professeur invité de l'université Yale. Nous sommes tous liés les uns aux autres et à tous les autres, avait dit Malinowski. Pinkerton, résident étranger, était aussi un Américain.

Il redescendit brusquement sur terre quand un garde le rappela à l'ordre en lui touchant le bras avec sa matraque.

— Avancez, jeune homme.

Non, pas américain, plus américain... Son ancienne identité avait brûlé dans les flammes de Pearl Harbor. Et de ce bûcher, comme par magie, il était ressorti... japonais. Un ennemi.

Un moment cloué sur place par la sensation de ne plus appartenir à aucune communauté, de flotter entre terre et ciel, de se débattre tel un poisson hors de l'eau, il lui semblait que le silence bourdonnait à ses oreilles.

Peu à peu cependant, comme si elles lui parvenaient de très loin, des voix se mirent à susurrer des mots incompréhensibles. Il prit conscience de son corps. Il y avait de la terre dans ses chaussures. Son dos le démangeait. Et surtout, il avait soif.

Devant lui, encore assez éloigné, se dressait une bâtisse décrépite dont la silhouette trapue se découpait à contre-jour. Soudain, une voix de jeune garçon sonna à son oreille, tout près :

— Nous voilà rendus. Ce tas de merde, c'est là qu'ils vont nous loger.

Bientôt les coups de sifflets et les cris des gardes vociférant des instructions inintelligibles s'abattirent sur la foule désorientée. Quelques garçons de l'âge de Joey se chargèrent de diriger le flot humain. Joey reconduisit des enfants perdus auprès de leurs parents, porta le sac d'une femme enceinte, guida un groupe de gens égarés. Ils étaient presque tous dans leurs habits du dimanche, à croire qu'ils sortaient en famille. Les femmes portaient des chapeaux et des gants. Les enfants étaient tirés à quatre épingles. Pourtant les visages étaient soucieux, hagards. Les vieilles dames pleuraient discrètement, s'efforçant de demeurer invisibles.

L'immense grange parut les engloutir dans son dédale semblable aux coulisses d'un théâtre inachevé attendant les machinistes et les comédiens. Poussés sans ménagement par des soldats armés, les évacués piétinaient dans les couloirs : des vieux, des jeunes mères, des adolescents taciturnes, des enfants. Ils avançaient lentement en regardant autour d'eux avec inquiétude, essayant de retarder l'heure de vérité. L'air empestait le crottin.

Des cloisons de planches divisaient l'espace en « appartements » temporaires. Joey s'était arrêté sur le seuil d'une pièce, quand un garçon à la joue balafrée se coula devant lui.

— Eh bien, merde alors ! Ils nous ont dit de ne pas prendre de matelas, mais vise un peu ces galettes ?

Sur les sommiers en fer étaient étalées de minces enveloppes garnies de paille.

Sans un mot, les deux garçons jetèrent leurs sacs chacun sur un lit.

— Joey Pinkerton.

— Satô Ichirô. Nous sommes tous des *Japs* ici.

— Comment dois-je t'appeler... Satô ?

— Ça, c'est mon nom de famille. Appelle-moi Ichirô. (Il considéra Joey en penchant sa tête brune de côté.) Tu connais cette vieille blague japonaise. Je te passe le reste mais ça se termine par : C'est drôle, mais tu n'as pas *l'air* japonais...

— Ma mère. Je suis né à Nagasaki.

— Aïe. C'est pire que pour moi alors. Au moins, moi, je suis né dans le comté de Benton. Toi, tu as été enfanté dans l'empire du diable.

— Tu crois qu'ils vont me fusiller ?

L'estafilade sur sa joue était récente. La croûte pas encore tombée. Le garçon la palpa du bout du doigt.

— Au cas où tu serais curieux. Les gars du quartier ont tenu à me dire adieu. Ils m'ont laissé un petit souvenir.

— Et tes parents, où sont-ils ?

— Ils sont rentrés au pays comme chaque année pour voir mes grands-parents. Il était prévu qu'ils reviennent pour *shôgatsu*. (Comme Joey le fixait sans réagir, il précisa :) Le Nouvel An. Ils rapportent toujours le panier traditionnel. On passe les fêtes à s'empiffrer de *osechi-ryori*. Pourquoi pas ? Pourvu que les grands-parents soient contents.

Tout en parlant, il fouillait distraitement dans ses poches. Il en sortit deux bonbons enveloppés dans de la cellophane et en offrit un à Joey. Puis il dépiauta lentement le sien en suivant le fil de pensées silencieuses. Finalement, il reprit :

— Cette année, on ne recevra pas de jolies cartes de vœux, ce n'est pas une bonne année pour le *nengajô*.

Joey avait au bout de la langue une foule de questions. Dans quelle ville résidaient les parents d'Ichirô ? Sa famille était-elle très traditionnelle ou seulement un peu ? Qu'est-ce que c'était qu'un *nengajô* ? Pour la première fois, il prenait la mesure de son ignorance. L'ordre du nom et du prénom, les fêtes traditionnelles, la cuisine, les coutumes, rien de tout cela n'avait pour lui de sens. Pourtant, à une époque, entre l'âge de la marche et le jour où on l'avait emmené en Amérique, ces choses lui avaient sûrement été familières. Les plats traditionnels de la nouvelle année, les jeux... Et à présent, il se sentait aussi idiot qu'un touriste, déconcerté devant un monde étranger, exotique.

Il ouvrit son sac et chercha des yeux sur le mur des étagères. Il n'y en avait pas. Le centre de rassemblement de Portland était seulement un lieu de transit où ils étaient logés en attendant qu'ils terminent de préparer leur lieu final de détention. Mais pendant combien de temps ? Une semaine ? Un mois ?

Pendant vingt-quatre heures, ils restèrent anéantis, hébétés, comme paralysés par le choc. Puis, comme dans une machine, tout se mit en branle. Les hommes s'organisèrent en équipes pour se répartir les corvées. Les femmes se réunirent pour laver, frotter, essorer le linge. Des jeunes improvisèrent des salles de classe pour les enfants. Il fallait aussi veiller à préparer les repas, établir des latrines à l'extérieur. Des jeunes filles drapèrent les cloisons de leur cellule d'étoles de couleur. Des volontaires lavèrent à grande eau les murs et les sols dans l'espoir de chasser les relents de crottin.

Joey proposa ses services à l'équipe de nettoyage, mais on lui opposa chaque fois un refus d'une politesse exquise. Les uns après les autres, tout sourires et courbettes, ils lui assurèrent qu'ils étaient déjà assez nombreux... C'était très gentil de sa part, un autre jour, peut-être la prochaine équipe...

Ils ne lui faisaient pas confiance.

— Tu ne peux pas leur en vouloir, lui dit Ichirô. Regarde-toi. Tu pourrais être un espion du gouvernement.

Dix semaines plus tard, les lieux étaient méconnaissables. Les anciennes stalles de l'écurie, désinfectées, étaient peintes de couleurs pimpantes, les enfants jouaient dans des salles de classe accueillantes. Ils publiaient même un quotidien, et peu importe qu'il n'y ait pas de nouvelles à proprement parler.

Les détenus avaient, par la seule force de leur volonté collective, créé un village au sein d'une caverne de tôle.

Le lendemain matin, on leur annonça que le camp de relogement était prêt. L'heure de la déportation avait sonné.

34

Lorsque le train fut plein à craquer, les couloirs transformés en boîtes à sardines humaines, les gardes ouvrirent le wagon à bagages pour caser le reste des « passagers ». Joey y grimpa, puis fit de la place à Ichirô et son sac.

Il songea que c'était ainsi qu'on emmenait le bétail à l'abattoir. D'ailleurs, ils ne savaient pas où ils allaient. Personne n'avait trouvé nécessaire d'évoquer ce qui les attendait sauf en prononçant le mot désormais familier de « détention ».

Ces noires pensées n'auguraient rien de bon. Ni le fait d'être enfermé dans un espace clos.

Le dos contre la paroi, assis en tailleur par terre, ballotté épaule contre épaule avec ses voisins, Joey respirait l'air rance de plus en plus épais au fil des heures. Les autres voyageaient dans des compartiments dont les vitres avaient été peintes en noir, de crainte que les occupants ne communiquent par signes avec des ennemis cachés ou ne tirent de précieux renseignements de la vue du paysage qui défilait sous leurs yeux.

Depuis la côte, cent mille personnes étaient, comme eux, acheminées dans de vieux convois remis sur les rails pour la circonstance et dont on avait bouché les fenêtres, vers des camps construits à la hâte dans des coins désolés. Le bruit du train, sa cadence métallique, résonnait dans la tête de Joey. Auprès de lui, Ichirô en imita le rythme pour improviser une adaptation de « Chattanooga Choo Choo » :

> *Pardon, les gars, est-ce que c'est le train pour Chattanooga ?*
> *Non, mon vieux, pas ce train-ci, pas du tout.*
> *Ce train est à destination de l'Utah, du Wyoming, de l'Idaho, du Nevada.*
> *À moins que ce ne soit la Californie. L'Arizona. Le Colorado. L'Arkansas.*
> *Un camp où il fera bien chaud et bien humide.*

Par les fissures de la paroi, Joey apercevait des fragments de paysage, des plages de soleil éblouissant alternant avec des passages sombres comme dans un tunnel. Les heures s'écoulèrent. Le train continuait à rouler.

Dans des conditions semblables, dix ans plus tôt, son père s'était rendu à Washington avec les vétérans. Seulement l'atmosphère avait été bien différente. Joey se rappelait les lettres de Ben à Nancy, les descriptions qu'il faisait de ses compagnons, de leur moral d'acier, de leurs espoirs gonflés à bloc, alors que, bercés par le roulis du train, ils se racontaient de vieilles histoires de la guerre tandis que circulait une bouteille de whisky – prohibée à l'époque. Ils entonnaient en chœur des chansons militaires, ainsi qu'une ritournelle que Joey avait entendu fredonner par les chemineaux qui passaient devant le porche de ses grands-parents, et dont les paroles sur le moment lui avaient paru seulement drôles : des sandwiches poussaient dans les arbres, de la limonade coulait dans les rivières. À présent, avec le recul, il les trouvait émouvantes. Elles décrivaient le paradis des clochards. *The Big Rock Candy Moutain*, c'était pour eux le pays de cocagne.

Les hommes avec qui Ben avait fait ce voyage étaient bruyants, dépenaillés et sûrs d'eux, déterminés à obtenir que le gouvernement leur verse la pension à laquelle ils pensaient avoir droit.

Autour de Joey, presque invisibles dans l'obscurité du wagon, ses compagnons se taisaient. Au centre de rassemblement, ils avaient pu se considérer comme des évacués. Désormais, en route pour le camp, ils ne pouvaient nier qu'ils étaient bel et bien des prisonniers. Accroupis ou assis sur le plancher, les coudes au corps, ils s'efforçaient de ne pas gêner leurs voisins en leur imposant leur contact. Personne ne se permettait de prendre ses aises. Les plus vieux tentaient de protéger leurs vêtements en plaçant, comme des napperons sous des gâteaux, des bouts de papier sous leurs fesses. Ils faisaient peu de bruit, et aucun d'eux n'aurait même songé à boire de l'alcool. Tous étaient abattus. Non loin de Joey, un vieux monsieur versait des pleurs muets : il avait honte d'avoir mouillé son pantalon. Alors qu'ils n'avaient commis aucun crime, on les conduisait en prison. Ils n'avaient aucun droit.

Dans sa poche, l'enveloppe couleur ivoire empesée de timbres était devenue poisseuse. Il la sortit et étudia la photo dans la pénombre. Cho-Cho avait l'air triste et sévère. En fermant à moitié les yeux, il essaya de voir en surimpression un visage plus jeune, plus doux. Il se figura les coins de sa bouche se relevant pour lui sourire.

Le soleil, bas le matin, était monté dans le ciel pour en redescendre et disparaître sous l'horizon. De temps en temps, le train s'arrêtait. La locomotive se taisait. En regardant par les fissures, Joey voyait qu'ils se trouvaient en pleine campagne, au milieu de nulle part. Dehors, les chétifs buissons ne donnaient même pas d'ombre. Puis, après un sursaut et dans un grand fracas de métal, le convoi s'ébranlait, tanguant sur les rails, soufflant comme un asthmatique, projetant dans les airs une longue écharpe de vapeur.

Enfin, lors d'un de ces arrêts, au lieu du silence, ils entendirent des éclats de voix et des chiens qui aboyaient. Ils étaient arrivés à Tule Lake.

La première fois qu'ils entendirent le nom du camp, et apprirent à le prononcer correctement : *Touli Laille-que*, ils se dirent, un lac... Y aura-t-il des arbres, des pépiements d'oiseaux, des poissons ? Ou était-ce un lac « urbain », un petit Chicago avec des buildings entre lesquels circulaient des tramways ?

Ankylosés par le long voyage, ils descendirent péniblement du wagon, pressés par les soldats qui les menaçaient de la pointe de leurs baïonnettes, et émergèrent à l'air libre en battant des paupières, éblouis par les dernières lueurs du jour, les pieds et les sacs trempés par l'eau des toilettes qui avait inondé les couloirs en dégageant une odeur d'urine. Les mères tenaient leurs bébés dans les bras. Des enfants non accompagnés, habillés pareil, le visage impassible, surgirent en se tenant par la main, serrés les uns contre les autres. Tout autour d'eux s'étendait à perte de vue une plaine aride, sans la moindre trace de lac. Au loin, des taches d'un vert poussiéreux semblaient signaler la présence de cultures. Mais c'était la poussière qui dominait, elle était partout, jusque sous leurs pieds où elle avait cuit pour former une matière aussi dure que le roc. Seule une colline trapue rompait la monotonie du paysage.

Ni rues, ni trams, seulement un cortège d'autobus prêts à embarquer malgré eux les passagers pour les débarquer quelques kilomètres plus loin, dans un désert.

Établis dans une cuvette poussiéreuse, les baraquements se succédaient sur plusieurs rangées. Des constructions sommaires en planches recouvertes de toile goudronnée. Joey se rappela le jour lointain où Nancy l'avait emmené cueillir des mûres. Ils étaient tombés sur un agglomérat de cabanes édifiées par des hommes désespérés à partir de matériaux de récupération. Ces villages de sans-abri avaient été baptisés Hooverville par leurs habitants qui faisaient de l'humour noir aux dépens d'un président qu'ils tenaient pour responsable de leurs malheurs. Les baraques du camp, disposées géométriquement dans un quadrilatère, lui parurent l'équivalent bureaucratique de Hooverville : un bidonville subventionné. À une différence près, qui était de taille : les sans-abri avaient été libres d'aller et venir. Ici, les nouveaux venus, en descendant des autobus, pénétraient dans un lieu cerné de fil de fer barbelé, avec des tours de garde dans les coins. Et dans ces tours se profilaient les silhouettes de gardiens armés, leurs fusils braqués vers l'intérieur du camp, vers l'ennemi intérieur.

Personne ne s'attendait à des troubles dès le premier jour. À la descente d'autobus, pour des gens à bout de forces, rien que de marcher jusqu'au portail du camp représentait un effort surhumain. Les enfants traînaient les pieds tandis que derrière eux les soldats vociféraient l'ordre d'avancer : une meute de chiens en uniforme militaire poussant devant eux un troupeau qui n'en pouvait plus.

M. Takahashi, au bord du malaise, trébuchait à moitié sur les cailloux du chemin.

La veille, après avoir fait le ménage à fond, il avait rangé la vaisselle sur les étagères comme s'il partait seulement pour quelques jours de vacances, quand un voisin avait toqué à sa porte. Il lui proposait de lui racheter sa voiture.

— Je ne pense pas que vous en aurez besoin, là où vous allez.

Le voisin se montrait aimable. M. Takahashi ne s'offusqua pas. Après tout, il avait raison. Combien pouvait-elle bien valoir ? Il en avait pris grand soin. Elle était comme neuve. Le voisin tapota la carrosserie de la pointe de sa chaussure.

— Je vous en donne un dollar.

Sur le moment, M. Takahashi s'était dit qu'il plaisantait. Les Américains avaient un curieux sens de l'humour. Mais non, il parlait sérieusement. Alors, pris d'une espèce de nausée, il avait rétorqué d'une voix neutre :

— Elle n'est pas à vendre.

— Comme vous voudrez. À votre retour, tout ce que vous retrouverez, c'est un tas de ferraille rouillée.

Des années plus tôt, au temps où Mme Takahashi était encore de ce monde, le couple partait le dimanche se promener en voiture. Ils prenaient d'abord l'autoroute puis empruntaient des petites routes de campagne pour finalement s'arrêter dans un coin bien tranquille au bord d'une rivière, afin que M. Takahashi puisse pêcher à la ligne. Ce coin leur rappelait à tous les deux leur enfance à Tokyo, car il était dominé au loin par le cône blanc scintillant au soleil du mont Hood, et entouré d'une forêt qui, de saison en saison, se parait de ces couleurs subtiles qui font la beauté sereine des estampes japonaises.

M. Takahashi ferma à clé la porte de sa maison, prit le volant et suivit la route d'autrefois, sauf qu'au lieu de pousser jusqu'à son endroit favori, il s'arrêta sur le bas-côté, tout au bord d'une falaise surplombant la rivière. Le petit homme sortit de la voiture, relâcha le frein et poussa, de toutes ses forces. La voiture était très lourde. Elle bougea d'abord lentement, puis se mit à dévaler la pente. L'espace d'un instant, il crut qu'elle allait s'envoler, mais elle retomba aussitôt comme une pierre. Un plouf, des gargouillis, et l'eau bleue se referma sur elle. Il remonta sur la route et se mit à marcher vers la station-service qui se trouvait un peu plus loin. De là, il trouverait bien un moyen de rentrer en ville.

*

M. Takahashi avançait vers le portail du camp, plié en deux de douleur à cause de spasmes à l'abdomen qui le mettaient au supplice. Un jeune homme à la joue balafrée lui présenta son bras. Il accepta en le remerciant d'un hochement de tête. Ils marchèrent en silence, plus lentement que les autres, de sorte que, peu à peu, ils se retrouvèrent à la traîne. Une vieille femme aux cheveux blancs tenant un petit enfant par la main les dépassa. Un soldat aboya :

— Avancez.

Ni M. Takahashi ni le jeune homme ne réagirent, ce dernier se contentant de soutenir plus fermement son compagnon.

Une fois passée la grille, dans la cour, M. Takahashi lâcha le bras du jeune homme et le salua d'une brève inclinaison du buste.

Ichirô répondit de même et lui tendit son sac en lui disant :

— Vous devriez voir un docteur, *sempai.*

M. Takahashi s'éloigna, son sac dans une main, tandis que de l'autre, il se tenait le ventre. Autour de lui s'élevait un ensemble de cris confus – enfants effrayés, parents inquiets, soldats vociférant des ordres. Abasourdi, désorienté, les verres de ses lunettes duvetés de poussière, M. Takahashi, sans s'en rendre compte, revint sur ses pas, et vers le portail. Le hurlement d'un soldat lui fit accélérer le pas.

À l'autre bout du campement, Joey entendit le soldat hurler, plus fort que ses collègues. Et quand le hurlement se répéta, une fois, deux fois, trois fois, il chercha des yeux la source de tout ce vacarme.

Et puis, soudain, un coup de feu. Un cri. Deux détonations se suivant de près, pareilles à des contrepoints métalliques à la clameur. M. Takahashi vacilla sur ses jambes, se retourna et s'effondra dans la boue, les traits figés dans une expression de stupeur.

Les gens se précipitèrent, furieux. Le soldat, au bord de la crise de nerfs, protesta : c'était un malentendu. Il croyait que le prisonnier essayait de s'échapper.

— Il allait sortir.

Le soldat lui avait donné l'ordre d'arrêter. Mais le prisonnier avait continué à se diriger vers le portail.

— Il aurait dû s'arrêter. J'ai crié assez fort.

Le soldat considéra la foule silencieuse.

— Il aurait pu être en train de s'échapper.

Une voix dans la foule cria :

— Il était malade. C'est à peine s'il a eu la force de marcher jusqu'ici.

Le visage en sueur, le soldat appela ses collègues en renfort. Ces étrangers lui causaient bien des ennuis.

Il reçut un blâme. Son supérieur lui fit remarquer que les détenus ne comprenaient pas tous l'anglais. « Ils devraient, pourtant, avait murmuré un des gardiens. Depuis le temps qu'ils sont ici. »

M. Takahashi fut transporté à l'infirmerie. On nota tout ce qu'il y avait inscrit sur sa fiche. Il fut le premier numéro à devenir une statistique : le premier « incident » à s'être produit au camp.

35

Joey contempla les baraquements : on aurait dit un assortiment de cubes parfaitement alignés par une main d'enfant. Il suffirait au grand méchant loup de souffler un peu, et le tout s'écroulerait.

Les baraques étaient vides, sans le moindre confort. En principe, selon la réglementation, il était permis de mettre en garde-meuble au centre de rassemblement des appareils ménagers – glaciaire, lave-linge – ainsi que du mobilier, « à condition qu'ils soient emballés correctement et portent le nom et l'adresse de leur propriétaire ». Par la suite, Joey devrait se rendre à l'évidence : les pianos, les souvenirs de famille, les lampes, les verres en cristal, le tout dans des cartons, soigneusement répertorié et étiqueté... Rien de tout cela n'arriva à bon port. Tout disparut.

Des panneaux en contreplaqué divisaient l'espace en une demi-douzaine de soi-disant appartements devant loger six, huit ou dix personnes, selon le nombre de lits qu'ils pouvaient contenir. En général, les cloisons ne montaient pas jusqu'au plafond et pour seul éclairage, il y avait une ampoule nue suspendue au bout d'un fil au milieu de la pièce.

Devant Joey, un jeune couple se figea dans l'encadrement d'une porte. La femme murmura quelque chose, tourna vers son mari un visage consterné, pressa un doigt sur ses lèvres et leva machinalement la main pour se lisser les cheveux.

Ce geste, combiné à la courbe de sa joue – Joey la voyait de trois-quarts –, toucha une fibre intime de sa mémoire. Une tête de femme en profil perdu, le col de son kimono s'évasant pour laisser voir la peau de son cou, un chignon compliqué. Une image fugitive, le temps d'un battement de cils. Dans sa poche, la photographie de la même femme, en robe noire, fixant l'objectif, les mains croisées fermement sur ses genoux.

Il lui suffit d'une brève tournée d'inspection pour s'apercevoir que toutes les baraques de Tule Lake étaient identiques. Seuls les différenciaient leurs occupants. Lorsque Malinowski avait débarqué sur sa première île des Trobriand, il ne se demandait peut-être pas où il allait dormir cette nuit-là, mais la question n'avait sûrement pas tardé à se poser. Joey avait supposé que le grand homme s'était installé dans une des huttes en bois et torchis disséminées autour de la resserre à ignames, le centre spirituel de la communauté. Jusqu'au jour où il avait vu une photo de Malinowski assis devant une tente. Dès lors, il avait considéré qu'un observateur professionnel avait besoin de s'isoler, afin de pouvoir réfléchir et prendre des notes sur le travail de la journée. Joey, entouré de gens qui lui étaient aussi étrangers que les indigènes à l'anthropologue, ne possédait pas de tente. Il lui faudrait se passer d'intimité, ici, dans ce « village » de cubes.

Les planches de sapin, en séchant, s'étaient craquelées et gondolées, de sorte que des clous avaient sauté, et que les nœuds du bois s'étaient contractés. Joey appuya sur une de ces protubérances foncées : elle tomba, laissant à sa place un trou.

Une voix résonna derrière lui :

— Ce pourrait être le paradis des voyeurs.

Ichirô avait décidé que Joey ferait un colocataire agréable. Après avoir sélectionné deux autres compagnons, il les présenta à Joey : Kazuo et Taro.

Les baraques ne tardèrent pas à se remplir, sans dispute ni bousculade, la tradition imposant aux jeunes de respecter leurs aînés. Les familles nombreuses investirent les pièces les plus grandes, s'entassant à six ou huit dans des espaces minuscules, avec leurs affaires empilées contre les murs et glissées sous les lits pliants. Il n'y avait pas l'eau courante. Chaque pièce était pourvue en son centre d'un poêle à charbon rudimentaire dont le tuyau perçait la toiture. Personne ne se faisait d'illusions : ces cellules sans rideaux, ni tapis, ni meubles, constituaient désormais leur seul foyer.

Le premier jour, Joey prit son assiette en tôle émaillée et s'en fut faire la queue au réfectoire avec les autres. Le couple âgé devant lui fixa d'un air perplexe la viande bouillie grisâtre et les pommes de terre, puis passa au plat suivant.

— Qu'est-ce que c'est ?

— Du *spam sushi*.

— Ah ?

— Une spécialité hawaïenne.

— Ah !

Ils examinèrent une platée de légumes trop cuits. Et sans y toucher, passèrent au bac suivant.

Ils acceptèrent une cuillerée de riz et cherchèrent un endroit où s'asseoir. Ils y goûtèrent, se consultèrent du regard.

— Pas assez cuit, murmura la femme.

— Brûlé, décréta son mari.

Ils grignotèrent un peu de pain.

Les jeunes se révélaient tout aussi mécontents.

— Où sont les hamburgers ?

— Et les hot-dogs ?

Les gardiens n'en revenaient pas. Qu'est-ce qu'avaient donc tous ces gens ? Les meilleurs cuisiniers de Portland s'étaient portés volontaires pour se mettre aux fourneaux. Que voulaient-ils de plus ?

L'armée leur livrait des rations militaires, des conserves, treize à la douzaine, de la viande séchée, des sacs de haricots, de riz, de farine, de sucre. Les détenus prenaient la file. Les poubelles débordaient.

Ils faisaient la queue à longueur de journée, devant le réfectoire, la poste, les douches, les latrines.

Un soir, en sortant à la nuit tombée de son baraquement pour soulager un besoin naturel, Joey fut aveuglé par un faisceau de lumière en provenance d'une tour de garde. Tel un projecteur attaché aux mouvements d'un acteur sur une scène de théâtre, il le suivit jusqu'aux latrines – sans portes ni cloisons, ne garantissant aucune intimité hormis l'élémentaire séparation entre les hommes et les femmes –, puis le raccompagna jusqu'au seuil du baraquement.

Chère Nancy, commença-t-il – une lettre, qui, comme tant d'autres, devait rester virtuelle, jamais écrite – *je me sens perdu au milieu de tous ces gens à qui je n'ai rien à dire et dont je ne comprends pas la mentalité. Je déteste la façon dont ils se comportent avec les gardiens : leur empressement souriant, leur manière de baisser le front. Alors qu'il n'y a aucune raison de se montrer agréable. Quel lieu abominable ! Nous devrions être en train de protester, de frapper nos gamelles contre les tables, de mener grand tapage avec nos couteaux et nos fourchettes, de lancer des pierres. Je m'étonne d'ailleurs que des ennemis étrangers soient autorisés à garder leurs couteaux. Je me dis que je devrais organiser une manifestation, mais qui*

*y prendrait part ? Aux yeux des gardiens, je suis un
ennemi déguisé en Américain. Aux yeux des autres
détenus, une énigme, sans doute un espion...*

Écrire des lettres dans sa tête, cela l'aidait,
jusqu'à un certain point. Mais les vraies lettres,
elles, lui coûtaient. Autrefois, Joey avait lu et relu
celles que son père avait écrites à Washington, ces
bribes de pensées griffonnées à ses moments libres
dans le camp des vétérans au bord de l'Anacostia.
Leur gaieté lui avait semblé forcée, les sujets adaptés aux circonstances. Mais à présent, il les voyait
sous un autre angle. Maintenant que lui-même
devait s'atteler à la tâche d'écrire à la maison, il se
sentait capable de les décoder.

Il passait en revue les menus soucis de la vie quotidienne : le temps qu'il faisait, « *changeant* » ; l'accli-
matation des gens à leur nouvel environnement,
« *incroyablement rapide* » ; la cuisine, « *pas aussi
bonne qu'à la maison* ». Rien de ce qu'il rapportait
n'était exact. Le temps était affreux, la nourriture
infecte, les personnes âgées démunies, les jeunes
en colère. Il n'évoquait ni les sirènes qui les tiraient
du lit le matin, ni les pleurs silencieux, ni les ron-
flements et les chamailleries qui lui parvenaient des
cellules voisines. Aucune mention non plus de la
maladie et de la mort, ni de l'œil vigilant du projecteur de la tour. En réalité, cette correspondance
répondait à un ensemble de conventions. On évitait
de déverser ses plaintes. Au contraire, on s'efforçait
de remonter le moral de l'être cher à qui on écrivait.
En lisant les lettres de Nancy, pleines de petites
blagues, de dessins, d'extraits de ses poèmes

préférés, il savait qu'elle aussi obéissait à cette règle tacite. « *Nous avons eu le défilé patriotique annuel...* » Mais cette année, il n'y avait pas eu de voitures fleuries, précisait-elle, pour éviter de parler de la pénurie d'essence. Si bien que la lettre franchissait la censure.

Tout le monde n'était pas aussi habile. Certaines lettres arrivaient avec des lignes rayées, sinon découpées avec des ciseaux. Les colis étaient soumis à des fouilles systématiques.

Un jour, devant Joey dans la file d'attente de la poste, une femme demanda poliment :

— Pourquoi ce vêtement est-il tout tailladé ?

— Contrebande, madame.

— Que peut-on faire passer dans l'ourlet d'une jupe ?

— Qui sait ? Justement, madame.

Un autre jour, Mme Yamada, la jeune femme de la chambre voisine, interrogea Joey :

— Pour quelle raison êtes-vous ici ?

— Ma mère est de Nagasaki.

Sous-entendu, elle l'est toujours. N'est-ce pas ?

Mme Yamada le dévisagea comme si elle cherchait sur ses traits des traces de sa filiation.

— Elle s'appelle Cho-Cho.

— Ah, quel beau nom. Comment l'écrit-elle ?

Comment l'écrit-elle ? Il ne comprenait pas le sens de cette question.

— Je ne sais pas.

Elle lui sourit de nouveau.

— Il y a plusieurs façons d'écrire les noms. Les caractères... (Lisant la plus grande confusion dans son regard, elle se reprit :) Un nom ravissant, qui évoque le temps de la métamorphose. De la chenille au papillon. Il y a de nombreuses histoires sur les papillons, en général tristes.

Il se rappela alors le nom que lui donnait parfois sa mère quand il était petit et s'entendit le prononcer à haute voix :

— *Kanashimi*.

Mme Yamada le répéta en opinant de la tête, un sourire aux lèvres.

— Cela signifie « chagrin »… « ennuis » aussi.

Il avait été bien nommé.

Elle lui confia ensuite qu'elle s'était mariée deux jours avant d'être évacuée.

— C'est notre lune de miel.

Ichirô finit par être exaspéré que Joey refuse de se joindre au groupe des jeunes.

— Il faut t'amuser un peu, sinon tu vas devenir fou. Ici, c'est rire ou crever.

Il les aida à installer un haut-parleur dans le réfectoire. Quelqu'un se débrouilla pour se procurer un juke-box. Les jeunes affluèrent, contents de se détendre en se laissant un peu aller au rythme du swing : Glenn Miller, Benny Goodman, Harry James qui venait d'engager un chanteur débutant, Frankie Sinatra.

Joey, toutefois, demeurait obstinément en marge. Seul dans son exil intérieur, il considérait l'observation comme un outil et le camp non pas comme une prison, mais comme un terrain, le lieu d'une collecte de données ethnographiques. Malinowski prônait l'étude des institutions tribales dans leur contexte : les rivages léchés par les vagues de l'océan, les jardins d'ignames, les lois de la parenté, si complexes… Pour Joey, la réalité se situait dans ces baraquements. Il notait peu à peu l'apparition sur les murs d'affiches, ou d'images qu'ils dessinaient eux-mêmes.

Un jour, un camion entra dans le camp, chargé de bois. Avant la tombée de la nuit, son chargement avait disparu. Dès le lendemain, Joey vit par les fenêtres que les planches avaient été transformées en étagères, commodes, portants pouvant servir de paravents une fois recouverts de morceaux de tissu. Et pour compléter le tout, des rideaux ne tardèrent pas à empêcher les gardiens ou les curieux comme Joey de regarder à l'intérieur.

Il observa comment s'établissaient un système social, des comités, une hiérarchie. La nécessité faisait loi. Quand il y avait des enfants, il fallait des salles de classe et des professeurs, et par conséquent des tables et des chaises. Quand il y avait des malades, il fallait une infirmerie, et des gens pour s'en occuper. Besoin d'hommes pour les travaux agricoles, et c'était aussitôt quatre cents volontaires qui affluaient. Et quatre cents autres pour l'entretien. Qui se chargerait des réparations, du ramassage des poubelles ? Qui serait pompier ou conducteur de camion ? Autour des baraquements, des femmes embellissaient le cadre austère du camp en plantant des buissons et des parterres de fleurs. Des vieux messieurs créèrent dans un coin abrité un jardin japonais, y transportant des pierres, du gravier, un tronc d'arbre, et arrosant sans cesse dans l'espoir d'y voir pousser la mousse.

Quinze mille personnes ballottées dans les remous d'une angoisse et d'un effroi permanents se révélaient malgré tout décidées à organiser leur vie en recréant une structure sociale – un simulacre de société – à l'intérieur des réseaux de barbelés du camp.

Tandis que les autres établissaient une routine et amélioraient leur quotidien par petites touches, Joey leur en voulait de leur docilité, de leur passivité devant l'injustice. Il était exaspéré par leurs sourires, leurs courbettes, les regards attentifs derrière les verres épais des lunettes. Il n'était pas comme eux, il refusait de tenir le désespoir à distance en se jetant à corps perdu dans n'importe quelle activité. Jusqu'à leur ingénuité, leur habileté, leur rapidité, qui avaient le don de l'irriter. Il n'acceptait pas la philosophie selon laquelle on ne pouvait pas influer sur le cours des événements. Le *Shikata ga nai*, l'une des rares phrases qu'il ait appris à traduire : « On ne peut rien y changer. »

Pourtant, dans l'inconfort de la baraque, les barrières lentement s'abaissaient. Ils commençaient à se confier. Kazuo était étudiant en comptabilité. Le jour où l'ordre d'évacuation était tombé, il révisait pour un examen. Quant à Taro, sa famille avait tout arrangé pour qu'il épouse une jeune fille riche de Tokyo. Pearl Harbor avait chamboulé leurs plans. Ses parents logeaient dans un autre baraquement avec ses frères et sœurs.

— Ils sont furieux contre moi. Ils voulaient que je m'entasse avec eux, pour mieux me surveiller.

Kazuo donna un coup de poing en l'air.

— Mon vieux, c'est l'occasion de gagner ton indépendance. Ta liberté.

Se peignant devant leur petit miroir, Ichirô ne put s'empêcher de s'admirer. Il avait l'air tellement américain, décontracté, désabusé... parfait. Il ne cachait pas qu'il adorait les États-Unis. La langue, la musique, les vêtements, le cinéma et, ce qui lui tenait le plus à cœur, les comics.

— Batman. Superman. Captain America. Je les adore. Je voulais proposer un héros japonais à Marvel. Hélas, l'heure est passée.

Ils parvenaient à l'harmonie d'un quatuor vocal tandis qu'ils s'échangeaient leurs expériences, leurs aspirations, leurs craintes. Petit à petit, toutes réticences surmontées, Joey parlait de sa mère sans éprouver de gêne, s'autorisant même à se demander tout haut ce qui pouvait bien se passer à Nagasaki. Une ville portuaire, industrielle de surcroît... une cible toute trouvée pour les bombes. La nuit, après le couvre-feu, les chuchotements flottaient dans l'air et l'aidaient à s'endormir.

Par moments, il doutait de nouveau, soupçonnant les autres de changer de sujet de conversation dès qu'il avait le dos tourné, et de discuter entre eux de choses qui lui étaient étrangères.

Déraciné, il ne se sentait chez lui nulle part, et surtout pas dans un baraquement aux murs en toile goudronnée planté au milieu d'un bassin poussiéreux. Le soir, allongé sur son lit, il lisait en penchant son livre afin de l'orienter vers la lumière dispensée par l'unique ampoule au plafond et méditait sur les systèmes de troc, les dons, les différents types de pirogue, les colliers « magiques », les coutumes sexuelles d'un peuple éloigné, le rôle du père. Pour des raisons rituelles, un père ne pouvait donner de cadeau à son fils. Ce qu'il lui transmettait était forcément intangible : la sorcellerie, la danse. Des biens dont nul ne peut vous priver. Qu'est-ce que Ben, s'il avait vécu, lui aurait transmis ? ne pouvait s'empêcher de songer Joey. Quels dons précieux et immatériels serait-il aujourd'hui en train de chérir ?

Qu'aurait pensé un ethnographe de cette communauté repliée sur elle-même ? Sans doute se serait-il intégré. Il aurait appris la langue et se serait intéressé au mode de vie dans ce lieu de désolation. Joey ne pouvait – ou plutôt ne *voulait* – pas prendre ce parti. Les gens qu'il observait n'étaient pour lui que des silhouettes indéterminées. Dans sa bulle de verre, il s'isolait au point où, s'il avait appelé à l'aide, personne ne l'aurait entendu crier. En lui se creusait un vide, et il n'y avait là rien ni personne qui puisse lui tendre la main. Nulle épaule au creux de laquelle verser des pleurs, d'ailleurs il ne pleurait jamais.

Il passait ses journées dehors, à arpenter le camp, les yeux fixés sur la morne plaine et les collines bossues qui barraient l'horizon, pareilles à une carapace de tortue géante. Pas un instant il n'oubliait la tour de garde au-dessus des barbelés, la mitraillette tournant paresseusement en suivant les mouvements de la sentinelle. Cela dit, il y avait peu de chances pour qu'on lui tire dessus. Sa blondeur, sa haute taille, sa chemise au col ouvert lui prêtaient l'allure d'un gardien en civil. Quand il ne marchait pas, il dessinait : des oiseaux en vol ou picorant, des colonnes de fourmis ou autres insectes... Des femmes avaient aménagé une basse-cour. Il faisait des esquisses, et les coloriait en se servant de la peinture des petits écoliers.

Ichirô examina un dessin d'un coq dressé sur ses ergots en approuvant de la tête.

— Dis donc, mon vieux, tu es un artiste.

— Oh, ça. Je manque d'originalité.

— Tu raisonnes comme un Américain. Au Japon, on ne s'attend pas à ce qu'un artiste soit original. S'il s'y essaie, les gens le regardent de travers. La règle, c'est... suivre le maître. Voilà pourquoi je voudrais créer un super-héros sur le modèle de ceux des comics Marvel. Il faut avoir foi dans ses maîtres.

— Il faut que tu sortes de ta coquille, lui déclara Taro alors qu'ils attendaient leur tour devant les douches. Ce silence dans lequel tu te retranches, ça ne t'aide pas.

— Je n'ai pas besoin d'aide. Je veux seulement qu'on me laisse tranquille.

— Il y a une soirée dansante ce soir, l'interpella alors Ichirô qui avait terminé de se doucher. Tu devrais venir.

— Je ne crois pas.

— Tu vas le regretter, poursuivit Ichirô en se séchant et en enfilant sa chemise. Tu ne voudrais pas manquer le Café International Cabaret, avec en vedette... (Il sortit une feuille de sa poche puis lut à haute voix :) « Les plus belles filles de la côte Pacifique ». Qui dit mieux ? *Tanoshimi yo.* Que la fête commence.

Taro renchérit :

— Tu es déjà sorti avec une Japonaise, Joey ?

— Je n'en ai même jamais rencontré.

— Moi, ça me fait rêver, ajouta Kazuo, subitement songeur. On dit les Américaines faciles…

— Aussi faciles que des porcs-épics, oui, commenta Ichirô en riant.

— … Mais je n'ai jamais réussi à communiquer avec elles. Sans doute parce que je ne les comprends pas.

— Tu vois, elles ne sont pas si faciles, fit observer Joey.

L'univers féminin possédait ses règles, ses coutumes et ses interdits. Encouragé par des signes qu'il prenait pour des invitations, il avait tenté de s'y immiscer. Mais quand il les approchait de trop près, les filles s'esquivaient, aussi craintives que les indigènes refusant de révéler à l'anthropologue leurs sites sacrés.

Avec ces filles, blondes et coquettes, bandeaux dans les cheveux et pulls moulants, qui venaient de foyers semblables au sien et fréquentaient les mêmes universités, c'était déjà assez compliqué. Ces jeunes *Nisei*, nées sur le sol des États-Unis, foulaient une *terra incognita* semée d'embûches et de barrières culturelles. Les vieilles personnes se cantonnaient aux usages dictés par la tradition. Mais qu'en était-il des jeunes filles ? Y avait-il quelque chose sur ce sujet dans ses manuels ?… Consulter les notes en bas de page et l'index à « Culture, société et comportement humain ». Lire le chapitre intitulé « Virginité ».

Le temps que Joey se décide à aller voir ce qui se passait du côté de la soirée dansante, l'orchestre de jazz – les Woody Ichihashi's Downbeats – entamait les standards de Glenn Miller et de Woody Herman. La piste était bondée, la musique tonitruait, les lanternes de couleur égayaient la nuit.

Joey fendit la foule en évitant les danseurs. Après avoir effectué deux fois le tour de la salle, il conclut qu'il n'avait décidément rien à faire là. Toutes ces chevelures noires, ces lunettes qui reflétaient les ampoules, tous ces rires qui découvraient des rangées de dents d'une blancheur éclatante à côté desquelles les siennes paraissaient aussi jaunes que de vieilles pierres tombales. Les voix, sans être fortes prises individuellement, finissaient ensemble par produire un bourdonnement presque aussi assourdissant que l'orchestre.

Une jeune fille potelée lui fit signe de l'autre côté d'une table à tréteaux recouverte d'un drap blanc.

— *Irasshaimase*. Bienvenue. Moi, c'est Amy.

Il grommela une réponse inintelligible en terminant par :

— Joey.

— Joey. Viens te servir : citronnade, Coca... On a même des cocktails... Enfin, des sortes de cocktails. J'ai mélangé du jus de tomate, de la sauce de soja et une goutte de vinaigre de riz. Ce n'est peut-être pas assez salé.

Il contempla un moment le pichet.

— Qu'est-ce qui flotte à la surface ?

— Des algues. Déshydratées. C'est pas aussi bon que les fraîches, mais ça relève le goût.

— Merci, opina-t-il en choisissant plutôt un verre de citronnade.

— Tu es d'où, Joey ?

— De Portland.

— Ma famille vient du comté de Washington.

— Ah.

Préférant ne pas prolonger cette conversation, il s'éloigna pour se rapprocher de la piste. Un tour de la pièce, et il avait terminé sa citronnade. Son verre vide abandonné sur une table, il se dirigeait vers la sortie, quand il entendit :

— La musique ne te plaît pas ?

Elle portait une robe vert pâle à fleurs rouges. Une fleur rouge artificielle était aussi piquée à la barrette qui retenait ses cheveux. Petite et très fine, elle fixait Joey en tenant la tête légèrement renversée en arrière.

— Je m'appelle Lily.

— Moi, c'est Joey.

— Alors, comme ça, tu n'aimes pas notre orchestre.

— Non, je veux dire si. Si, si… Le problème, c'est qu'il y a trop de bruit pour moi.

— Ah, ce sont les gens qui te dérangent.

— Pourquoi tu dis ça ?

— Je le vois bien.

— Je viens d'arriver, répliqua-t-il avec un haussement d'épaules. C'est un peu rapide pour tirer des conclusions.

— Pas vraiment. Je te vois te promener dans le camp, toujours seul. Tu ne participes jamais à nos soirées à la cafétéria.

Ainsi, se dit-il avec un serrement de cœur, il était épié. Le fait de le savoir changeait tout. Désormais, il ne pourrait plus se perdre dans ses réflexions. Elle venait de lui enlever ce dernier vestige de liberté :

301

le droit à la solitude sans arrière-pensée. Il réprima un mouvement de colère.

— J'aime encore moins l'idée qu'on me surveille. Nous le sommes déjà assez comme ça, tu ne trouves pas ?

— Mais c'est *toi* qui nous surveilles. Tout le temps. Tu trouves ça normal ?

L'impression de se trouver piégé dans la vie des autres lui fit l'effet d'une douche froide.

— Ne t'occupe pas de moi, veux-tu ? Trouve-toi un autre passe-temps ! s'exclama-t-il.

Et sur ces paroles, il sortit dans la nuit. Il faisait tout aussi chaud que dedans. En jetant un coup d'œil par-dessus son épaule, il entrevit son visage une demi-seconde avant que la porte se referme : très pâle, elle se reculait comme s'il l'avait giflée.

Se traitant de goujat, il faillit retourner s'excuser auprès d'elle. Il lui suffisait de rouvrir la porte. Mais alors qu'il hésitait, un couple passa près de lui et entra dans la cafétéria. Un garçon s'approcha de la fille en robe verte et l'entraîna sur la piste. Puis le battant se referma.

Joey se déplaça jusqu'à la fenêtre. Dans le noir, cette dernière prenait l'apparence d'un écran de cinéma, les ampoules nues entourées de papiers de couleur, les danseurs se trémoussant à un rythme endiablé. La jeune fille à la robe verte, avec sa fleur écarlate dans ses cheveux noirs, souriait à son partenaire, le regard à la même hauteur que le sien, yeux dans les yeux…

La musique, que la mince cloison assourdissait à peine, sembla le suivre dans les ténèbres. Par quelques rideaux entrouverts, il aperçut des grands-parents assis, le dos très droit, sur des chaises, en train de lire ou de fixer le poêle éteint, tandis qu'on entendait leurs descendants brailler « I've got a Gal in Kalamazoo » ou danser sur l'air de « Deep in the Heart of Texas… ». Les vibrations qui le pénétraient malgré lui le détendant peu à peu, il sentit la colère retomber. Une fois dans sa cabane, il s'immobilisa, et laissa la musique lui remonter par la plante des pieds. Il se mit à osciller sur place, puis à danser et à chanter à tue-tête, tout seul, à tournoyer sur lui-même en prenant garde de ne pas tomber sur le poêle, les lits, la commode en planches. À un moment donné, les bras étendus grands ouverts, battant la mesure avec les pieds, il pivota sur ses talons pour se retrouver… face à Ichirô, debout sur le seuil, la tête penchée de côté.

— Tu sais, il y a une piste de danse pas trop loin. Tu aurais plus de place.

— Je ne danse pas.

— C'est ce que je vois.

Ichirô se planta devant le petit miroir fixé au mur et inspecta son visage de près en marmonnant :

— Je vais rentrer tard. J'ai rendez-vous.

— Tu as rendez-vous ? répéta Joey, l'air de ne pas trop y croire. Dans un piano-bar ? Ou est-ce un dîner aux chandelles ?

— On n'a pas besoin de tous ces falbalas. Juste le ciel et les étoiles, et un peu d'intimité.

L'instant d'après, il était reparti. Joey n'avait plus envie de danser, la musique ne l'électrisait plus. Il s'assit au bord de son lit et se repassa dans la tête, comme un film, les événements de cette lamentable soirée. Tant et si bien qu'il se retrouva comme les vieux, à fixer le poêle d'un regard vide. « Blues in the Night ».

Une robe verte à fleurs d'un rouge tirant sur le rose. Une fleur écarlate dans les cheveux. Un nom de fleur. *Lily*. Lys. Elle lui avait souri, elle avait presque posé sa main sur son bras. Il s'était conduit comme un imbécile.

Il se repassa la bande en changeant les dialogues, et en lui disant des choses qui la faisaient sourire. Il aurait bien voulu la voir rire. Jetait-elle la tête en arrière pour s'esclaffer à la façon américaine, en montrant ses belles dents blanches, ou au contraire pouffait-elle dans sa main, comme une Japonaise ?

La prochaine fois, il lui présenterait ses excuses. Il prétexterait une mauvaise humeur passagère. Elle lui pardonnerait. Ils bavarderaient autour de leur gamelle, couperaient leur poisson trop cuit en tout petits morceaux pour prolonger ce fruste repas, indifférents au goût et à la texture de ce qu'ils mangeraient. Dans la salle obscure de son esprit, ils dansaient. Il lui caressait la joue.

Le lendemain, il la chercha, il chercha Lily, partout. Apparemment, elle était partie avec ses parents. Grâce aux quakers, ils avaient trouvé une famille d'accueil à Boston, en dehors de la zone militarisée dite « sensible ».

Ce soir-là, dans la baraque, il remarqua sur la table de chevet d'Ichirô, à côté de sa montre et d'une poignée de bonbons, une fleur rouge aux pétales froissés. Il la ramassa.

— D'où tu tiens ça ?

Levant les yeux de son livre le temps de gober un bonbon, Ichirô répondit :

304

— Je t'avais dit que j'avais rendez-vous avec une fille.

Son nom était-il Lily ? brûlait de lui demander Joey. *A-t-elle... Avez-vous...*

Il laissa la fleur artificielle retomber sur la planche, ramassa sa serviette et prit le chemin des douches.

Lors de la soirée suivante, Joey fut abordé par une des « plus belles filles de la côte Pacifique » qui arborait une coiffure frisée à la mode. Elle lui tapota gentiment le bras et lui proposa une danse.

— Je m'appelle Iris.

— C'est vrai ?

— Non. Mon vrai nom est Ayame, mais il veut dire « iris ». Fleur de lune, en fait, mais c'est beaucoup trop japonais.

Elle s'esclaffa, en découvrant ses dents.

Alors que la musique allait decrescendo, il la sentit peser soudain contre lui. Elle exhalait un parfum de fleurs et de poudre de riz.

— Tu voudrais qu'on sorte ensemble ?

— Oui, répondit-il avec ferveur.

— J'ai une capote, lui chuchota-t-elle. Achetée par correspondance.

36

Le défilé présidentiel évolua lentement dans les rues, Roosevelt saluant de la main, gratifiant de son beau sourire paternel la foule de ses fidèles sujets qui l'acclamaient. Pour remonter le moral des troupes, FDR visitait les chantiers navals et l'industrie de guerre de l'Oregon.

Nancy, étant donné son obédience démocrate, suivait le cortège. Le président souriait et saluait de la main, sa veste-cape ouverte, l'air décontracté. L'éclat du soleil qui se reflétait sur le verre de ses lunettes dissimulait son regard. À quoi pouvait-il bien penser ? se demandait Nancy. Il était l'un des hommes les plus puissants du monde, et retrouvait d'ailleurs régulièrement ses pairs lors de conférences au sommet. Il habitait une sphère hors d'atteinte du commun des mortels, où l'atmosphère n'avait pas la même densité, où il ne se déplaçait pas sans ses gardes du corps qui le protégeaient des tribulations d'individus insignifiants. Un monarque en tout sauf en titre.

La seule chose dont nous ayons à avoir peur, c'est de la peur elle-même, avait-il déclaré un jour, leur apportant un regain d'espoir, un « new deal », une nouvelle donne… Nancy y avait cru, comme les autres.

Cela avait représenté l'époque héroïque. Et il avait été leur héros. Mais avec le temps, les choses changent, et les hommes aussi. Elle n'était plus aussi crédule. À l'époque, elle avait eu en lui une foi aveugle. À présent, elle le voyait sourire et saluer la foule de ses fidèles sujets comme s'il les prenait sous son aile, sauf que certains de ces fidèles sujets se trouvaient dans des camps. Certains, détenus dans ce qui comptait parmi les régions les plus inhospitalières du territoire, se morfondaient derrière des barbelés.

Ce défilé n'avait rien d'une marche vers la victoire, et pourtant, le visage présidentiel rayonnait de contentement. Ce phénomène, elle l'avait déjà observé sur d'autres hommes politiques. La magie du pouvoir, peut-être.

Autrefois, elle considérait Roosevelt comme le démocrate sans reproche, un prince philosophe, un Salomon, un homme bon. Mais voilà, cette « bonté », il ne la dispensait pas également entre les citoyens.

En dépit des cris d'enthousiasme autour d'elle, des bras et des drapeaux qui s'agitaient, du président qui flottait au milieu de tout cela, Nancy ne trouvait même pas la force de lever ses bras qui restaient comme pétrifiés le long de son corps.

37

Les noms faisaient rêver : lac de Tule, chutes de Kamath, la rivière Link... Par grand vent, il était arrivé que les eaux de la rivière refluent vers l'amont, jusqu'au lac, laissant son lit à sec avec des traces tout en volutes imprimées sur le limon aux endroits où les flots s'étaient retirés. Ces mots évoquaient des images aquatiques, mais les lieux mêmes n'étaient que poussière.

Les sentinelles, dans leurs interminables rondes autour du périmètre du camp, les épaules voûtées, le fusil en bandoulière se balançant au rythme de leurs pas, ressemblaient à des soldats d'argile tant la poussière brunissait leurs uniformes, leurs visages et leurs mains. Et, comme suspendues au-dessus des barbelés, les mitrailleuses grises des tours de garde pointaient vers l'intérieur de l'enclos, braquées sur les détenus.

Le poste déplaisait aux soldats, au même titre que ces « ennemis étrangers », les femmes graciles et pâles, les enfants silencieux, les adolescents boudeurs, les petits messieurs qui cachaient leurs pensées derrière leurs paupières baissées. Ils auraient préféré être placés ailleurs, dans une autre Amérique, le pays des braves, la terre des hommes libres. Ou bien au front : ils auraient au moins eu la possibilité de tirer sur ces salauds au lieu de les surveiller, d'escorter les équipes de travail dans les fermes et les champs des environs, de compter les malades. Il était entendu que chacun de ces individus, pris séparément, se révélait sans défense, mais ensemble, les *Japs* pouvaient s'avérer redoutables, à la manière des termites rongeant un immeuble entier. La solidarité faisait leur force. Les soldats ne devaient pas relâcher leur vigilance.

Les regards attentifs et méfiants des gardiens poussaient les détenus à chercher à reproduire « la vraie vie ». Ils organisaient des parties de base-ball, de basket, de badminton, des cours de judo, des tournois d'échecs, des concerts – « Surtout ne ratez pas la symphonie de mardi ». Joey apprit à identifier les fêtes traditionnelles – les cerisiers en fleur bricolés à partir de chiffons et de branches d'arbre, les lanternes fabriquées avec des bouts de métal, les chrysanthèmes géants en papier d'emballage. Les vieux récitaient les haïkus de Basho. Les jeunes, effrontément modernes, se déguisaient pour Halloween.

Joey continuait à passer entre les mailles du filet : il se portait volontaire pour l'entretien, bavardait avec ceux qui mangeaient à la même table que lui, assistait aux concerts, faisait une apparition aux soirées dansantes et sortait de temps en temps avec une fille, mais il n'appartenait à aucun groupe.

Son imagination lui jouait-elle des tours, ou les conversations s'animaient-elles vraiment dès qu'il quittait la table ? Il n'était pas le seul fruit d'un mariage mixte – ce qu'Ichirô appelait un « eurasien ». Seulement les autres, plus japonais d'allure que lui, n'avaient aucun problème d'assimilation. Dans quelle mesure était-il responsable de son propre isolement ? Était-ce son éducation ou bien les gènes de Pinkerton qui faisaient de lui un être à part ?

La dernière lettre de Nancy était pleine de petites nouvelles sans importance. Elle lui citait le livre qu'elle était en train de lire. Ses grands-parents l'embrassaient. Mary était de plus en plus faible, mais courageuse.

Et toi, comment vas-tu, Joey chéri ?

La pluie qui s'infiltrait autour du tuyau du poêle sifflait en s'évaporant au contact des braises. La chambre était une étuve, tropicale. Son île des mers du Sud.

Et dans un pays lointain, au-delà des mers, la guerre sévissait. Tenus à l'écart du conflit, les jeunes tentaient de l'oublier en s'enivrant de musique, de ragots, de fous rires, parfois de furtives amours. Leurs aînés – conformément à l'esprit de *gaman* – enduraient en silence. Réunis autour des postes de radio, ils écoutaient les nouvelles avec une inquiétude mêlée de perplexité.

Car dans les limbes où ils vivaient tous, Joey, comme les autres, ne savait quel parti prendre. Celui de l'armée qui se battait pour leur famille au Japon ? Ou celui de l'armée qui se battait contre les ennemis des États-Unis ? Était-il du même bord que ceux qui avaient bombardé les navires américains à Honolulu, ou que ceux qui le gardaient à présent prisonnier ? Après Pearl Harbor, il y avait eu la bataille de Midway – un désastre ou une victoire selon les points de vue.

— Les *Japs* sont foutus, entendit-il dire un jour à un garde s'adressant à un collègue en haussant la voix plus que nécessaire. Foutus.

Derrière leurs barbelés, privés de tous leurs droits de citoyens, les détenus attendaient en retenant leur souffle : d'une façon ou d'une autre, ils seraient perdants.

Shikata ga nai. On ne peut rien y changer.

38

Nancy célébra son anniversaire en emballant des pansements. À quarante et un ans, elle se sentait trop vieille pour fêter l'événement. De toute façon, qui aurait-elle invité ? Entre le secrétariat de la Croix-Rouge et le bénévolat à la buvette de l'armée, elle courait du soir au matin, sans arriver jamais nulle part, mais peu lui importait : elle n'avait pas envie d'aller où que ce soit. Du moment qu'elle avait l'impression d'être utile. Et sa grande fatigue avait un avantage : elle l'empêchait de penser.

À la tristesse et à la peur des temps de guerre s'ajoutait l'incertitude. Elle devint experte pour déchiffrer le dessous des mots. Il y avait ce que le gouvernement voulait bien dire au peuple, et ce qu'il fallait deviner. Les nouvelles se révélaient bien peu réjouissantes.

Et à lire entre les lignes les lettres de Joey, elle tremblait pour lui. Il lui semblait qu'il se coupait volontairement de tout ce qui jusque-là avait été sa vie, tout en rejetant un passé qui n'était pas le sien, mais qui aurait pu l'être. Avait-elle eu tort de l'élever à l'américaine ? Elle aurait peut-être dû lui montrer davantage cet autre monde, qui constituait, après tout, une partie de son identité, une culture qui avait résisté au choc des civilisations et avait continué discrètement à s'épanouir sur le sol américain. Mais elle avait eu peur. Oui, le voilà qui ressurgissait, ce sentiment sournois. La peur.

Une insatisfaction chronique s'installait peu à peu dans sa vie quotidienne. Avec un pincement au cœur, elle se rappelait une époque où elle rêvait d'être une femme mûre, élégante et sûre d'elle. À présent, elle avait atteint l'âge de la maturité, mais c'étaient les jeunes qui donnaient le « la ». Il y avait sûrement eu un moment où elle avait été tout cela, avant que ne s'amorce la spirale descendante ? Sans doute avait-elle été trop occupée pour le remarquer.

Les heures se transformaient en jours, en semaines, en mois... Elle ne s'arrêtait ni pour souffler, ni surtout pour réfléchir et céder aux regrets. Si seulement Ben avait vécu... Si seulement les Japonais n'avaient pas bombardé Pearl Harbor... Et si elle s'était remariée, ne serait-elle pas de nouveau seule ? Cet homme imaginaire dont le corps l'aurait réchauffée n'aurait-il pas été happé par le conflit ?

Elle était en train de ranger la vaisselle dans le placard de la buvette, quand le client au comptoir lui dit :

— Vous ne me reconnaissez pas.

Un homme de haute stature, mince, aux cheveux à peine grisonnants et au visage glabre et lisse, un visage de personnage de dessin animé, deux points pour les yeux, un trait vertical, un trait horizontal.

— Le devrais-je ?

— On a bavardé tous les deux la semaine dernière pendant que vous prépariez le breuvage qui passe ici pour du thé.

— Ah, oui. L'Anglais.

— C'est terrible d'être identifié à son accent.

— Ce n'est pas votre accent. Ce sont vos bonnes manières, répliqua Nancy d'un ton neutre, sans chercher à flirter.

— Vraiment ?

Soudain, un coup de tonnerre secoua la vitre sur laquelle, aussitôt, la pluie se mit à crépiter. Elle jeta un coup d'œil à la rue derrière.

— Vous nous avez apporté le climat de chez vous. Le nôtre était plus prévisible autrefois.

— Ne pensez-vous pas qu'il faut se méfier de la nostalgie météorologique : ces merveilleux étés sans fin, les batailles de boule de neige à Noël... était-ce vraiment ainsi ?

Cette question la désarçonna. Ses souvenirs ne pouvaient pas être erronés. Le plein soleil en bord de mer, les pique-niques sur la plage, les marsh-mallows grillés, un nageur lui adressant des grands signes au large...

Charles détailla la serveuse bénévole derrière le comptoir de la buvette. Des cheveux châtain clair, coupés trop court. Une robe marron, ingrate. Un maquillage réduit à une touche de rouge à lèvres. Manifestement, cette femme n'avait cure de son apparence.

Il ne manqua pas de noter la bouche légèrement abaissée, les cernes. L'alliance. Charles n'était pas bavard de nature, mais il y avait quelque chose dans son air distrait, ses mains pas soignées et son calme apparent, qui l'attirait. Histoire de prolonger la conversation, il lui demanda si son mari combattait avec les forces américaines en Europe.

Elle le fixa en écarquillant les yeux, prise de court.

— Mon mari est mort depuis dix ans.

Il émit une sorte de grognement.

— Je suis désolé, veuillez me pardonner.

— Pourquoi ? Comment pouviez-vous savoir ?

Avant de s'éloigner pour débarrasser un coin du comptoir, elle lui lança un sourire sans rancune. L'espace d'un instant, sa bouche se releva, et son nez se retroussa de façon charmante. Elle était, fugitivement, transfigurée.

Charles avait la sensation que si elle s'éloignait de lui maintenant, il la perdrait pour toujours. Et il n'avait pas l'intention de la perdre. Il devait coûte que coûte continuer à la faire parler.

— Je m'appelle Charles. Charles Bowman. Je suis venu travailler avec vos compatriotes pendant quelque temps…

— Bowman. *Bow* comme arc ? Vos ancêtres étaient-ils des archers de Henri V à la bataille d'Azincourt ?

— En fait, ils étaient dans le commerce de la laine. Dans une région plutôt plate du sud-est de l'Angleterre.

Il eut la satisfaction de voir ses traits se détendre, au bord du sourire. Il décida de poursuivre.

— On appelait ainsi l'artisan qui cardait la laine de mouton. Il se servait d'un arc. Je vous assure. C'étaient les Italiens qui avaient inventé cette technique. Nous leur avons volé l'idée.

— À quelle époque ?

— Oh, tardivement… au XIIIe siècle.

Elle éclata de rire. Encouragé, il ajouta :

314

— Je pourrais vous raconter des tas d'histoires amusantes sur mes ancêtres qui faisaient vibrer la corde de leur arc pour détendre les fibres emmêlées...

— Vous me faites marcher, oui.

— Pas du tout. Nous obtenions ainsi le fil le plus doux et le plus fin.

La voilà qui se remettait à empiler les assiettes. Il ne fallait pas la perdre...

— Grâce à ce traitement, le fil pouvait être tordu trente mille fois sans se briser ni s'effilocher... continua-t-il.

Il reprit sa respiration. Il n'avait plus son attention. Elle devait le prendre pour un vieux fou obsédé par une technologie depuis longtemps périmée, qui ferait mieux d'aller donner une conférence devant un cercle de tricoteuses.

— Nous exportions notre fil. Pensez à ce que le textile a rapporté à la ville de Florence. Toute cette richesse, ces grands artistes, ces trésors... Et aussi la Peste noire...

Il venait de décider de prendre le risque de changer de tactique. Lors de sa dernière visite à la buvette, il avait remarqué en entrant, alors que l'établissement était vide, qu'elle était absorbée dans la lecture d'un livre ancien.

— ... Dante a écrit de belles choses sur Florence... Voudriez-vous que je vous en dise plus ?

Et il enchaîna dans le même souffle :

— Autour d'un bon dîner ? Si je vous promets de ne pas prononcer le mot laine ?....

Et, avec plus de circonspection :

— Aimez-vous la poésie ?

Dans sa lettre suivante à Joey, Nancy fit allusion à un Anglais, un agent de liaison avec les forces américaines aux États-Unis.

Il me fait rire, lui écrivit-elle. *C'est bon de rire. Il y avait longtemps que cela ne m'était plus arrivé.* Depuis la mort de Mary. Sa mère avait été confinée dans sa chambre, mais elle laissait derrière elle un grand vide. Louis s'étiolait. Il ne parlait plus du tout.

Elle interrogeait Joey sur sa santé, s'il mangeait assez. À ce propos, elle lui envoyait un colis à part. Elle lui avait préparé un gâteau... Comme d'habitude, elle se montrait optimiste. Aucune idée noire ne venait assombrir le tableau qu'elle brossait. De toute façon, si elle avait abordé un sujet controversé, sans doute aurait-elle été censurée. Quelle valeur avait cette correspondance en tant qu'outil de communication ? Donnait-elle un reflet fidèle de son état d'esprit ?

Par la suite, elle lui envoya un nouveau poème, en précisant qu'elle était « tombée dessus ». L'Anglais qui la faisait rire ne fut plus mentionné.

Joey rangea cette lettre avec les autres, dans son sac, sous son lit, entre les pages des annales de la Société des Sciences de New York, *The History of the American Race*. Il mit le poème de côté, à lire plus tard.

39

Il avait renoncé au dessin. Il ne lisait même plus. Les anthropologues et leurs voyages à la rencontre de l'étranger ne l'aidaient pas à mieux comprendre son exil intérieur. Il évitait désormais de se placer en « observateur participant ». Il évitait les fêtes, il boudait le jardinage collectif, il tournait le dos au complexe système de troc que les indigènes des mers du Sud auraient pourtant approuvé. Quand il n'aidait pas à l'entretien, il restait allongé sur son lit, le regard au plafond. Il suivait des yeux une mouche, ou bien examinait le rayon de soleil qui se déplaçait lentement sur les murs de la chambre. Au fil des jours, ce rayon blanchissait les planches suivant un tracé en éventail et desséchait les fibres du bois qui finissaient par ressembler à de la paille écrasée.

Il parvenait à immobiliser son esprit en bridant volontairement son imagination. Ailleurs, des batailles se livraient, se gagnaient ou se perdaient, des gens tuaient, des gens étaient tués. *Parmi ceux qui mouraient, sous les bombes ou autrement, y avait-il une femme en kimono dans une maison en bois et en papier, une femme qui jetait des graines aux poules et courait en riant sous la pluie ?*

Impuissant, il ne voyait pas pourquoi il prendrait part à cette vie, ni pourquoi il enlèverait ses œillères.

Chaque matin, à la première heure, les camions arrivaient pour conduire les hommes dans les champs de betteraves. Le soir venu, ils les redéposaient devant le portail du camp. Joey savait qu'il ferait un mauvais cultivateur. Sans force dans les mains, doté d'une épine dorsale trop longue pour lui permettre de rester accroupi longtemps, il détestait cette plante. Ichirô, Taro et Kazuo, des jeunes citadins sans aucune expérience de la campagne, avaient pour leur part rapidement acquis un niveau acceptable de dextérité. Ils se déplaçaient entre les rangs, arrachaient les mauvaises herbes, vérifiaient si les plants n'étaient pas attaqués par des parasites ou une quelconque maladie, enlevaient les jeunes pousses afin de laisser les autres s'épanouir. Grâce à leur habileté, leur rapidité et leur énergie, les détenus étaient en train de sauver la récolte.

Ichirô ne se faisait pas d'illusions.

— Les garçons de ferme sont tous des G.I. maintenant, ils sont tous partis se battre... Ils engageraient n'importe qui, même toi, Joey. Tu pourrais gagner quelques dollars. Pourquoi ne viens-tu pas avec nous, rien que pour changer un peu d'air ?

Par la fenêtre, Joey les regardait se rassembler à côté des camions à l'heure où le soleil projetait de longues ombres douces sur le sol poussiéreux. Ils grimpaient à bord, leurs voix et leurs rires flottant jusqu'aux baraquements. Les moteurs s'ébrouaient, grommelaient, puis s'éloignaient peu à peu pour se fondre dans le silence. Il restait couché en chien de fusil, trop grand pour le lit. Inerte. Une nouvelle espèce de paresseux, dont le métabolisme lent freinait les mouvements. Mais contrairement à cet animal, il ne pouvait pas se camoufler : aucune algue parasite ne poussait sur son corps pour lui permettre de se fondre dans la masse. Car, hélas, il ne passait toujours pas inaperçu, comme un chien dans un jeu de quilles, comme un cheveu sur la soupe, comme un éléphant dans un magasin de porcelaine. Tout le monde savait à quoi ressemblait un paresseux. Mais personne ne savait ce qu'il ressentait. Cette existence quasi immobile, cette vue du monde... à l'envers... Quelle impression avait-il ? Se sentait-il largué, coupé de tout ce qui bougeait vite autour de lui, les feuilles dans le vent, les astres dans le ciel, les oiseaux dans les arbres, les fourmis par terre ?... Un paresseux seul et perdu, est-ce que ça pleurait en silence ? Est-ce que ça souffrait ?

Une heure s'écoula. Le soleil se déplaça sur le plancher. Il se mit à recompter les clous.

Quand Mme Tanaka frappa à la porte entre-bâillée, il l'invita à entrer d'un ton apathique et posa sur elle un regard indifférent tandis qu'elle le saluait d'une inclinaison du buste puis attendait patiemment. Au bout d'un moment, Joey, n'y tenant plus, se leva et la salua à son tour de la même manière.

Une femme mince et droite, aux cheveux argentés et au visage aussi intemporel qu'un ivoire sculpté.

— Vous vouliez parler à un des garçons ?

— Je voulais vous parler à vous, monsieur Pinkerton.

— Appelez-moi Joey.

— Mais nous ne sommes pas des amis.

— Nous sommes des codétenus. N'est-ce pas suffisant ?

— Cela nous rend proches les uns des autres, mais pas intimes.

Elle s'exprimait d'une voix calme, avec une assurance agaçante, à peine une pointe d'accent dans la prononciation des voyelles. À Hollywood, on lui aurait donné un rôle de professeur d'université. Ou de vieille dame qui fait peur.

En tout cas, il n'y avait pas de doute : elle voulait quelque chose de lui. Malgré sa taille minuscule, elle lui parut grande quand elle planta son regard dans le sien.

— Monsieur Pinkerton. Je vous ai observé.

Encore une. Décidément, cette femme l'exaspérait.

— Je vous ai vu observer les autres.

— Cela m'aide à passer le temps.

— Il y a peut-être un meilleur moyen. Vous pourriez participer...

— Je n'ai aucune envie de participer. Si je suis ici, c'est à la suite d'une erreur bureaucratique. Je n'ai rien en commun avec ces gens-là, je ne sens...

— Vous ne *savez* rien. C'est pourquoi vous ne sentez rien. Il faut d'abord que vous vous informiez sur... *ces gens-là*.

Elle parlait toujours avec calme et douceur. Mais son regard, lui, derrière les verres de ses petites lunettes, n'avait rien de calme ni de doux.

Que voulait-elle de lui, enfin ? Était-elle venue pour le sermonner, pour lui dire de se ressaisir ? Cherchait-elle à se substituer à sa mère ? Il en avait déjà deux, c'était plus qu'assez.

— Nous avons beaucoup d'enfants à Tule Lake, et il est important de les tenir occupés. Et de ne pas interrompre l'enseignement qu'ils reçoivent.

— Il y a des professeurs pour cela.

— Je ne pensais pas à des cours proprement dits. Nous avons des enfants qui ne savent plus quelle est leur langue. Perdus dans un entre-deux, ils deviennent mutiques. Il faudrait quelqu'un qui puisse leur rendre leur voix.

— Je ne parle pas japonais.

— Justement.

— Je ne vois pas.

— Vous verrez.

Plusieurs politiques étaient envisageables quand on était confronté à une vieille dame autoritaire. Il pouvait d'un ton poli mais ferme décliner l'invitation. Ou bien ne pas lui répondre puis oublier l'incident. Il pouvait aussi se montrer carrément grossier et l'envoyer au diable.

Elle devança sa réaction :

— Cela doit vous consoler, monsieur Pinkerton, de savoir que vous êtes supérieur à vos camarades de détention.

— Je ne me considère comme supérieur à personne.

— Alors, différent ?

Comme il se taisait, elle ajouta :

— Ce qui vous donne le droit de vous montrer impoli.

— Je ne vois pas ce que les Japonais considèrent comme impoli, riposta-t-il d'un ton rageur.

— La manière dont je me conduis avec vous, par exemple, monsieur Pinkerton. Je me conduis à l'américaine. Cela devrait vous rassurer. Mais à moi personnellement, votre opinion m'importe peu. Je voudrais faire quelque chose pour ces enfants.

La torture de la goutte d'eau, songea Joey. Sans doute une version adaptée par les vieilles dames japonaises...

— Madame Tanaka, vous ne croyez pas que vous poussez le bouchon un peu loin ?

Ils se regardèrent une minute en chiens de faïence. Puis, elle rompit le silence :

— Si je vous présentais mes excuses, ce serait avouer que je suis dans mon tort.

Joey soupira. Cette femme ne se laissait arrêter par rien.

Avec un haussement de sourcils interrogateur, elle enchaîna :

— Maintenant, on peut discuter ?

40

Il entra dans la classe en s'attendant à être un peu chahuté. Des élèves inattentifs, agités, parfois insolents, n'était-ce pas le lot de tous les enseignants ? En tout cas, c'était le souvenir qu'il avait de sa propre scolarité. Aussi fut-il stupéfait d'être accueilli par le silence. Assis en tailleur par terre – il n'y avait ni chaises ni tables disponibles –, des enfants d'âges variés levaient vers lui des visages impassibles. Un terrible trac lui tordit soudain les entrailles : c'était encore pire que ce qu'il avait imaginé.

En leur disant bonjour, il eut la désagréable sensation de sonner faux. À leur place, il se méfierait d'un échalas aux joues roses qui ne parlait pas le japonais, et ne portait même pas de lunettes.

Il décida que le mieux, c'était de tâter le terrain. Parmi eux, il y en avait qui, comme lui, connaissaient très peu de japonais, tandis que pour d'autres, l'anglais était une deuxième langue.

— *Ohayo gozaimasu.* Bonjour, lança-t-il gaiement.

Une des seules expressions qu'il avait l'impression de maîtriser.

L'effet ne se fit pas attendre : ils se tordirent de rire. Ses talents linguistiques n'étaient peut-être pas à la hauteur, mais ils avaient eu l'avantage de briser la glace.

Il leva la main. Les enfants se turent aussitôt.

— Bon, eh bien, vous allez commencer par me donner une leçon de prononciation. Je veux l'entendre de la bouche de chacun de vous, entendu ?

Les enfants entonnèrent l'un après l'autre le petit bonjour japonais, certains couramment, d'autres aussi gauchement que Joey. Une fois que tous l'eurent salué, il répéta la formule et cette fois, personne ne rit.

Joey prenait son temps. Combien d'entre eux parlaient anglais ? Des mains se levèrent. Et combien parlaient aussi le japonais ? Qui ne parlait pas japonais ? Bon. Il choisit au hasard un nom, un adjectif absurde et un verbe rare, puis demanda qu'on lui trouve les équivalents en japonais. Il y eut un silence embarrassé. Les enfants avaient sans doute peur de se ridiculiser en entrant dans ce jeu puéril. Mais peu à peu, en leur proposant des solutions erronées, il les amena à lui venir en aide.

Il les changea de place, de manière à former des paires anglais/japonais, avec de multiples nuances. Puis il leur posa des questions en veillant à rester le plus simple possible. Remarquaient-ils que lui aussi répétait les mots japonais afin de les apprendre par cœur ? Une syllabe, un son, et la compréhension venait progressivement, comme dans un rituel.

Ils écoutaient, ils répétaient. Ils se mirent à poser eux-mêmes des questions. Il leur proposa de nommer les objets présents dans la classe. Parfois, il les faisait rire.

À la fin de la leçon, Joey était épuisé, les enfants ravis.

Chaque jour, il les poussait un peu plus loin. Débutant par les comptines pour les plus jeunes, il les amena à écouter quelques vers du poème patriotique légendaire de Henry Longfellow, *Paul Revere's Ride* et se risqua même à leur parler de la rubrique humoristique « Archy & Mehitabel » :

— Alors c'est l'histoire de ce chat, *neko*, et de ce cafard… *Gokiburi*, c'est ça ? Ils sont amis…

Dans sa chambre, il étudiait chaque mot, les recopiait, traçait des signes pour marquer l'accent tonique, vérifiait le sens.

Un jour, il introduisit un nouveau jeu, consistant à présenter aux autres des objets qui vous tiennent à cœur. Le lendemain, un enfant apporta une photo dédicacée de Bing Crosby, une petite fille un rouleau de soie verte qui appartenait à sa grand-mère.

Un harmonica fut posé auprès de ce qui ressemblait à un bonbon, en réalité un sceau : « *hanko* – qui remplace la signature ».

Un petit sceau carré imprimé en bas d'une lettre de Nagasaki. La voix de Nancy : « C'est de la mère de Joey. Elle s'appelle Cho-Cho. »

Une autre fillette apporta un panier neuf superbement tressé.

— C'est ma mère qui l'a fabriqué, avec les herbes[1] qu'on trouve ici. Pour la ficelle, elle a défait un sac à oignons récupéré dans les poubelles de la cuisine.

Un garçon leva un minuscule singe sculpté dans du jade.

— *Netsuke.*

— Très joli.

— Et utile, opina l'enfant.

Joey s'aperçut que la connaissance du mot ne suffisait pas. Il fallait aussi savoir à quoi l'objet servait. Ils discutèrent donc de ce que signifiait en réalité *netsuke*, en apparence une simple figurine. Le mot se décomposait ainsi : *ne* (racine) et *tsuke* (le verbe suspendre). Cette miniature avait été autrefois fabriquée pour tenir lieu de taquet arrimant les petites boîtes suspendues à la large ceinture des kimonos, lesquels ne comportaient pas de poches.

Un des « grands » intervint en disant :

— Des petits objets, comme des pièces de monnaie, étaient rangés dans des boîtes que l'on accrochait à sa ceinture, l'*obi*...

---

1. *Tule reed*, en français : scirpe aigu. Séchée et tissée, cette plante servait aux Amérindiens à tisser des paniers, des vêtements et des canots.

— Je sais ce qu'est un *obi*.

Il ramassa le *netsuke*, palpa la surface lisse et douce du jade, frappé par l'expression grave du singe.

Le lendemain, un vieil homme à la chevelure argentée surgit sur le seuil de la salle. M. Murakami les pria d'excuser son intrusion, mais il souhaitait montrer à Joey quelque chose susceptible de l'intéresser : une sculpture en bois, si petite qu'elle tenait dans son poing fermé.

— Ne rien voir de mal, ne rien entendre de mal, ne rien dire de mal, *mizaru, kikazaru, iwazaru*.

Il lui tendit une exquise sculpture des trois singes de la sagesse. Quelqu'un avait dû lui dire que Joey s'intéressait à cet animal.

— Sans doute un jeu de mots sur *zaru* qui est une forme négative et *saru* qui signifie singe. Cela est une mauvaise copie que j'ai faite de la représentation du sanctuaire de Nikko-Tosho-gu.

Avec un regard circulaire, il prononça quelques phrases rapides en japonais. Un fou rire secoua les enfants.

Puis M. Murakami esquissa une discrète flexion du buste à l'adresse de Joey.

— Je leur ai expliqué que j'étais trop vieux pour être leur camarade. Je ne dois pas vous interrompre, *sensei*.

Encore un mot dont le sens, sur le moment, échappa à Joey. Par la suite, il comprit le respect implicite contenu dans cette expression, sans équivalent en anglais, et qui correspondait à la rigueur au français « maître ». Et en repensant à l'apparition de ce vieux monsieur dans sa classe, il eut presque les larmes aux yeux.

Au départ, il n'avait pas été dans son intention de participer au jeu qu'il avait lancé auprès de ses élèves. Pourtant, le soir, il ne put résister à la tentation de tirer son sac de sous son lit. Le lendemain, il plongea la main dans sa poche pour en sortir un petit objet en bois assez sale qu'il posa sur l'unique table de la classe.

Alors que ses amis d'enfance avaient été sidérés de le voir chérir un jouet aussi rustique, ses petits élèves s'écrièrent :

— *Koma.*

— Hé, vous avez une toupie.

Pour la plupart, ce jouet avait marqué leur petite enfance. Rassemblés autour de la table, c'était à qui fournissait le plus de précisions. L'un parlait de *tsukurigomai* : une toupie pourvue d'un trou qui produisait une espèce de fredon. Un autre de *togoma*, une toupie en bambou. Ils manipulaient celle de Joey, tout sourire.

Une petite fille la ramassa puis la lui tendit d'un geste confiant, pour qu'il fasse une petite démonstration.

— Jadis elle était rouge et jaune, leur dit-il. La peinture était brillante.

Les enfants murmurèrent entre eux.

— Elle vient de Nagasaki. C'est là que je suis né... Ma mère est japonaise.

Est japonaise. Ma mère. La femme en robe sombre. Assise sur une chaise, les mains sagement

327

croisées sur les genoux. Ou était-elle écrasée sous les décombres, morte pour de vrai cette fois ?

S'ensuivit un nouveau murmure tandis que circulaient entre eux des phrases, des mots, des bribes d'information. Le tout appuyé de hochements de tête.

Ils le regardaient d'un autre œil à présent, sceptiques. Joey se rappela la blague d'Ichirô : c'est drôle, tu n'as pas *l'air*…

*

Il frappa à la porte de M. Murakami.

— Ah, *sensei*…

— Votre sculpture, bredouilla Joey. Les singes.

— Un bon exercice. J'ai trouvé ce bout de bois par terre du côté de la clôture. C'est un bois dur. Bon pour le sculpteur, même si je n'ai pas d'outil adéquat.

Il sourit à son visiteur, comprenant qu'il n'était pas venu parler de singes.

— Les leçons se passent bien ?

— Oui, je m'attendais au pire, mais ils sont… sages.

— Vous bénéficiez de *giri*.

— Qui est ?

— C'est un mot difficile à traduire… Il exprime le devoir, une obligation morale, le sens de la justice, le sens moral aussi. Nous sommes tenus par *giri* à montrer du respect à nos parents et… à nos professeurs.

— Voilà donc pourquoi je suis aussi gâté. C'est dur pour les enfants.

— Ce n'est pas ce qu'ils vous diraient. *Giri* est tellement important pour nous autres Japonais, qu'il arrive que des gens se suicident plutôt que d'y déroger.

Joey ne savait pas comment introduire ses questions, pour la simple et bonne raison que son degré d'ignorance était tel qu'il peinait à les formuler.

— C'est désespérant. Je me retrouve noyé dans des détails alors que je n'ai aucune vue d'ensemble qui me permettrait de les comprendre. Par où dois-je commencer ?

En guise de réponse, M. Murakami fut pris d'une crise de tics intense, puis il hocha la tête, fit claquer sa langue dans sa bouche et se frotta la nuque. À la longue, Joey allait s'habituer à ces démonstrations de profond désarroi chez les Japonais brusquement confrontés à une question inattendue et épineuse. Mais c'était la première fois, et il assista avec inquiétude à ce qui semblait être un accès douloureux.

M. Murakami finit cependant par déclarer que les Japonais excellaient dans ce qui est petit, modeste, leurs talents n'étant pas adaptés aux grands gestes. Joey, soulagé, répliqua :

— Avec les petits gestes, je peux me débrouiller.

En vérité, il ne savait pas trop à quoi correspondaient ces « grands gestes ». Il continua à interroger :

— Ce mot que j'entends quelquefois… *wabi-sabi* ? Que signifie-t-il exactement ?

— Ce n'est pas un mot, mais une phrase entière, et qui n'a pas qu'un seul et unique sens, mais plusieurs… Le concept exprimé par *wabi-sabi* est dérivé du taoïsme et du bouddhisme zen, qui sont des univers en soi. Toute chose est éphémère. Toute chose est imparfaite. Toute chose est incomplète.

Disons que *wabi-sabi* permet de goûter à la beauté des choses incomplètes, imparfaites et éphémères. Un vase craquelé peut vous apporter un plaisir esthétique.

Devant la consternation qui se lisait sur les traits de Joey, il rit doucement.

— Quand on pénètre dans un labyrinthe, il est facile de se perdre.

Et un baraquement rudimentaire sur une terre inhospitalière était un endroit comme un autre, après tout, pour se lancer dans cette aventure.

— Mais il ne faut pas être pressé, surtout, même si vous trouvez que vous avancez trop lentement.

Il conclut en observant que pour progresser, il faudrait toucher au *kokoro*, au cœur des choses, à l'essence des êtres, à la sensation, bref que la tâche était d'autant plus ardue que l'on n'était jamais sûr d'avoir atteint le cœur des choses...

— Je me demande, fit observer Joey, si un étranger peut jamais comprendre le Japon. Comme dans *Alice à travers le miroir*, plus on s'en rapproche, plus la perspective s'éloigne.

M. Murakami répliqua par un autre mot : *kaisen*, traduisible par « amélioration continue », même s'il craignait, avoua-t-il avec un petit sourire, qu'il n'existe pas d'équivalent en anglais. Ce qui ne les empêcherait pas de cultiver cet état d'esprit.

À mesure qu'il explorait le pays lointain où il avait vu le jour, qu'il étudiait son histoire, les origines de telle ou telle coutume, l'étymologie des mots, Joey était pris d'un étrange vertige. Comme entre veille et sommeil, sa conscience était parfois traversée de fugitives illuminations tandis que des souvenirs enfouis remontaient à la surface. Car il possédait plus d'un passé.

Il lui semblait parfois être suspendu dans un état de non-existence. Lui qui avait envisagé de s'atteler à la mise au jour de sa véritable identité, en se posant l'éternelle question : Qui suis-je ? Il découvrait, en suivant les méandres de sa lente exploration, que la véritable question se posait plutôt en ces termes : Qu'est-ce qu'un « je » ?

— Il existe de nombreux mots pour exprimer le « je » ou le « vous », chacun pourvu d'un sens distinct et de restrictions. Il y a aussi des mots écho, des mots qui... renforcent la sonorité ou ajoutent de l'atmosphère à un nom ou à un verbe. C'est très important...

» Mettons le verbe « couler ». Une rivière s'écoule *sara-sara*, ce qui évoque le murmure du courant. Une jolie femme marche *saya-saya* : on entendra le bruissement soyeux de son vêtement...

— Oui, répondit Joey.

Ses pensées venaient de s'envoler vers un court poème très ancien que lui avait un jour lu Nancy, et grâce auquel il avait ajouté à son vocabulaire un mot qui à présent trouvait une traduction en *saya-saya*.

— Écoutez ce poème anglais, poursuivit-il. *Whenas in silks my Julia goes, / Then, then, methinks, how sweetly flows / That liquefaction of her clothes*[1]...

---

1. Robert Herrick (1591-1674), *Upon Julia's Clothes*.

« Quand ma Julia s'avance toute de soie vêtue, alors je m'éveille du doux ruissellement que fait la liquéfaction de ses vêtements. »

M. Murakami hocha la tête en répétant :

— *Liquéfaction*. Oui, tout à fait.

Sur ces paroles, il s'étonna tout haut que l'anglais ait plus en commun avec le japonais qu'il ne le pensait. C'était encourageant.

— Nous allons maintenant étudier les *kakekotoba*, les mots pivots, à double sens. Des jeux de mots, si vous préférez. Vous allez voir, c'est très amusant.

Mais *kokoro* était encore loin devant lui.

Avant d'attaquer la suite, M. Murakami lui offrit une tasse de thé – il avait trouvé le moyen de faire bouillir de l'eau sur le poêle à bois.

Pendant que le vieux monsieur s'affairait, Joey contempla sur le mur, accroché à un clou rouillé, un rouleau couvert d'un entrelacs de traits noirs et gris. Ce n'était pas le genre d'image que l'on avait envie d'exposer chez soi, pas comme une fleur de pavot de Georgia O'Keeffe ou une aquarelle d'Andrew Wyeth.

Sans paraître avoir remarqué l'intérêt de Joey pour le rouleau, M. Murakami orienta la conversation vers les dessins du jeune homme en lui déclarant qu'il se sentirait honoré s'il voulait bien, un jour, lui en montrer quelques-uns. Une fois de plus, Joey eut la déplaisante sensation d'être un objet de curiosité. M. Murakami lui tendit une petite coupe en porcelaine pleine d'un liquide verdâtre. En buvant à petites gorgées, Joey se demanda quel était le mot japonais pour « mauvais ».

— Vous voyez-vous comme un artiste ?

— Non, tout au plus comme quelqu'un qui a une bonne technique.

M. Murakami lui expliqua qu'en japonais, curieusement, jusqu'à il y a peu, ils ne disposaient d'aucune traduction pour « art ».

— Le plus proche est *geijutsu*, qui signifie plus ou moins « forme et usage ». Pour nous, voyez-vous, l'art est indissociable de la vie quotidienne, l'un et l'autre devant présenter un aspect fonctionnel et un aspect spirituel tout en restant simple.

Il prit un livre d'estampes sur son étagère et se mit à en tourner lentement les pages.

— L'artiste japonais est un poète plutôt qu'un peintre. Il néglige les lois de la perspective et des contrastes ombre-lumière. Ce qu'il essaie de rendre, ce sont les impressions évoquées par le souvenir d'une scène vécue, les sensations qui surgissent quand vous n'êtes pas tout à fait réveillé d'un rêve.

Joey prit le livre tandis que M. Murakami décrivait la qualité de la calligraphie, la puissance évocatrice du trait.

— Peut-être parce que les Japonais dessinent sans se servir de leur poignet comme les artistes occidentaux.

Le souvenir d'une scène vécue... la sensation qui s'éveille en vous à l'issue d'un rêve...

Quelque part une roue a tourné et, avec une lenteur infinie, sa peau, sa peau d'Américain, s'est mise à peler, laissant sa chair à vif, son identité devenue une case blanche. À remplir par quoi ?

41

L'été s'en allant, le ciel prenait des teintes plombées, les arbres rabougris plantés autour du périmètre perdaient leurs feuilles qui tombaient lentement comme des flocons de neige sales et s'accumulaient sur le sol dur en petits tas que le vent emportait. Dans le camp s'étaient cimentées trois strates sociales aussi distinctes que les couches bleu-blanc-rouge d'un de ces gâteaux patriotiques servis à la fête du 4 juillet. La ligne de partage était générationnelle : les enfants avaient leur salle de classe et leurs jeux. Les jeunes s'agglutinaient comme des guêpes bourdonnantes de rancœur et de mécontentement. Les vieux attendaient avec des trésors de patience acquis au cours d'une longue vie.

Le thermomètre baissait, mais dans les baraquements, cela bouillonnait. Les disputes et les rivalités, alimentées par des souffrances trop longtemps réprimées, éclataient avec la soudaineté d'un orage. Il se produisit un incident regrettable : un garde tira sur un détenu qui, soi-disant, tentait de s'évader. Le soldat fut condamné pour « mauvais usage de la propriété publique » (la balle)... à une amende d'un dollar.

Pour Joey, de plus en plus absorbé par le passé, le présent devenait un intrus brouillant l'image du monde perdu que lui décrivaient les seules personnes capables de se remémorer l'essence du Japon. Il avait de plus en plus de mal à s'extraire d'une sorte de rêve éveillé. Guidé par de vieilles mains, son télescope était braqué sur le passé : les anciennes cours et empereurs, les guerriers, les cérémonies, le tout se développant et s'affinant sur fond de pays fermé au monde extérieur.

Le passé plus récent le captivait tout autant. L'arrivée des cinq « bateaux noirs » américains de l'amiral Perry dans la baie d'Edo en 1853, et tous les bouleversements qui s'ensuivirent, un siècle cédant le pas à un autre siècle. Dans l'enclos restreint du camp, Joey s'imprégnait aussi des histoires de gens ordinaires, de leurs modestes tragédies, de leurs petits triomphes, de leurs espoirs et de leurs désillusions.

Passant d'une chambre à l'autre, assis en tailleur par terre, il se mettait à l'écoute de ces hommes et de ces femmes silencieux, dont les voix, parfois dans un anglais parfait, plus souvent dans une langue incertaine, l'entraînaient au temps de leur jeunesse.

— ... Ma mère était une *picture bride*... La première fois qu'elle a posé les yeux sur mon père, c'était à Ellis Island. Avant, elle n'avait vu de lui que des photographies. Il lui avait demandé sa main dans une lettre. Elle en a arraché une fleur à son chapeau pour la lui offrir...

— ... Mon père a fait des études universitaires. Il a étudié les sciences, les mathématiques. Il a fait une thèse... Ma mère a remercié le ciel qu'il soit mort avant Pearl Harbor.

— ... Ma famille est... était propriétaire d'une boutique. Un magasin de chaussures. Les pieds japonais étant beaucoup plus petits que les américains, nous importions des petites tailles...

— ... Nous avions un bateau de pêche... Nous n'avons pas eu le temps de vendre avant l'ordre d'évacuation. Il est resté mouiller dans le port...

— ... Avant de venir en Amérique, ma mère s'occupait d'arranger les fleurs de l'église baptiste de Nagasaki...

Nagasaki ? Aurait-elle connu une jeune fille du nom de Cho-Cho qui avait épousé un marin américain ?

Mais la fleuriste, la mère de Mme Shioya, appartenait à un passé englouti. Contrairement à Cho-Cho dont la vie continuait, hors d'atteinte. À moins que, elle aussi, n'ait à présent été transformée en statistiques.

42

Nancy finit par trouver une université prête à accueillir Joey afin qu'il puisse y poursuivre ses études. Elle lui écrivit pour lui annoncer la bonne nouvelle, en concluant avec bonheur : *Maintenant, tu es libre.*

Après coup, elle se reprocha de n'avoir pas tenu compte de son état d'esprit tel qu'il transparaissait dans ses lettres. Toujours est-il que sa réponse la consterna.

Chère Nancy, merci pour tout le mal que tu te donnes, mais je préfère rester ici où je suis curieux de voir la suite des événements. Les ennemis étrangers que nous sommes sont à leur place dans ce camp. Je dois m'arrêter à présent, car nous avons un concert ce soir et il faut que je répète avec les autres. Qui aurait pensé que mes cours de flûte à l'école me serviraient un jour ? Non que j'aie plus de quelques mesures à jouer, mais ce n'est pas évident. Tu ne vas pas me croire si je te dis que c'est du Charles Ives.

En sortant de la cafétéria, Joey et ses camarades de l'orchestre tombèrent sur une véritable émeute. Les détenus qui réclamaient une hausse de salaire pour leur labeur dans les mines de charbon avaient été licenciés. La passivité s'était muée en une violente colère. Des jets de briques et d'insultes déchiraient l'air. Joey se sentit soudain coupable d'avoir joué de la musique américaine pendant que dehors battait le tambour de la révolte.

L'automne accoucha d'une saison amère. La dinde de Thanksgiving ne trouva pas d'amateur. Pour quoi remercier Dieu ? Les fêtes japonaises furent célébrées tristement. À Noël, on chanta sous des lanternes en papier de couleur. On façonna de bizarres figurines de pères Noël à partir de fromage et de riz gluant. Les arbres décorés n'avaient l'air ni japonais ni américains. Le Nouvel An fut austère.

Joey était allongé sur son lit, les yeux fermés, un livre ouvert posé sur sa poitrine, quand Ichirô ouvrit la porte de leur chambre.

— Tu dors ?

— Je suis chez les Indiens Pueblo du Nouveau-Mexique avec Ruth Benedict.

— Dis-lui d'aller se faire foutre.

337

— Ichi, ils sont très *japonais*. Une culture marquée par la modération et l'évitement des conflits, des émotions fortes...

— Le camp est sens dessus dessous, annonça Ichirô... Ils ont distribué un questionnaire. Je viens de le lire. C'est tout simplement scandaleux. On se moque de nous. Joey, ils veulent que nous renoncions tous à notre citoyenneté japonaise. Qu'est-ce qu'ils croient ? Les vieux n'ont en général que celle-là. Le gouvernement n'a jamais consenti à leur accorder la nationalité américaine. S'ils répondent oui aux questions qu'il y a là-dedans, ils seront apatrides.

» Nous devons aussi accepter de dénoncer notre allégeance à l'empereur. Les gens sont plus que déconcertés, ils ont peur. Comme s'ils avaient jusqu'ici été les suppôts du régime. Comme si on te demandait quand tu avais arrêté de battre ta femme. Les vieux sont en pleurs. Et ils ne pleurent pas en silence, tu peux me croire. Ils ne savent plus où ils en sont, Joey, je t'assure. Merde ! Qu'est-ce qu'on va devenir ?

Sans attendre la réaction de Joey, Ichirô sortit en claquant la porte. Joey se leva et se posta à la fenêtre pour le regarder s'éloigner à grands pas, les épaules rentrées, en se frottant les yeux et en secouant la tête, tel un chien qui s'ébroue en sortant de l'eau.

Joey se rassura en se disant que c'était sans doute une de ces fausses alertes, une de ces rumeurs qui faisaient le tour du camp avant de se révéler infondées. Hélas, le questionnaire existait bel et bien, et devait être complété par « tous les détenus âgés de dix-sept ans et plus ». Même ceux qui savaient à peine l'anglais étaient priés de répondre à une longue liste de questions, et de signer la feuille devant témoins, dans les délais les plus brefs.

Le bureau était ouvert, mais Joey préféra patienter dehors pendant que le lieutenant obèse, son seul occupant, lisait un quelconque rapport. Finalement, ce dernier leva les yeux et, sans cesser de mastiquer son chewing-gum, lui indiqua par un clignement de paupières qu'il pouvait entrer. Joey, sans un mot, laissa tomber ses papiers d'identité sur le bureau. Le lieutenant posa la main à plat dessus pour les tirer jusqu'à lui et y jeta un regard empreint d'une profonde lassitude.

— Okaay...

Joey reconnut les signes familiers. Le lieutenant se leva pour vérifier son dossier dans le classeur. Bien entendu, comme d'habitude, c'était son apparence qui avait déclenché cette vérification précautionneuse. Il avait l'air tellement américain que cela les mettait mal à l'aise.

L'officier se rassit. Le fauteuil pivotant grinça sous son poids. Il préleva un formulaire dans un bac grillagé et le tendit à Joey. Sans se presser, ce dernier étudia chaque page du fameux questionnaire tandis que le lieutenant affichait une impatience grandissante. Non seulement son fauteuil criait de plus en plus fort, mais en plus il tambourinait des doigts sur la table. Quand Joey eut terminé sa lecture, il s'enquit :

— Que répondez-vous ?

— Pour commencer, ce questionnaire est inacceptable. Pas une seule personne saine d'esprit dans ce camp ne répondra oui à ces conneries.

Le visage large du lieutenant s'empourpra.

— Attention à ce que vous dites.

— Pourquoi ? riposta Joey. Si je ne vous donne pas les bonnes réponses, vous allez me jeter dans un trou puant avec des gardes armés et des barbelés pour m'empêcher de m'évader ?

La voix du gros lieutenant gronda au fond de sa gorge :

— Alors, comme ça, vous êtes coco comme votre père. Benjamin Franklin Pinkerton. Pinko Pinkerton. Les émeutes de Washington. Tout est dans le dossier.

Un coup de poing dans le ventre l'aurait moins sidéré. Qu'est-ce que c'étaient que ces saloperies sur Ben ? Ben le champion, le héros, l'officier de marine, le patriote. Mais voilà, il avait aussi participé à la manifestation des anciens combattants. Avec des clochards et des dégénérés.

Joey réussit néanmoins à garder son sang-froid.

— Alors vous avez aussi ses états de service dans la marine ? Et s'il est allé à Washington, c'est pour défendre les droits des anciens combattants, qui s'étaient battus pour sauver des gens comme vous, des soldats qui s'étaient retrouvés à la rue. Mon père est allé à Washington à la place de son frère. Mon oncle Charlie aurait certainement participé à la marche si sa dépouille ne reposait pas quelque part en France. Il a été tué, mais au moins, lui, c'était par une balle ennemie. Les combattants qui sont allés à Washington parce qu'ils crevaient de faim ont été tués par vos balles, à vous. Ordre du général MacArthur. Si ce n'est pas ironique, qu'est-ce que c'est, lieutenant ?

S'étranglant de colère, l'officier susurra :

— Je coche un double non.

— Vous ne cochez rien du tout, énonça Joey avec un calme glacial. Je n'ai encore rien signé. Je vous ai posé une question. Vous ne m'avez pas répondu. Mettez que je réfléchis.

— Vous devez répondre tout de suite.

— Vous semblez bien pressé. Quels sont vos délais ? Montrez-moi où il est écrit que l'on ne peut pas réfléchir avant de cocher. Dans ce grand pays qui est le nôtre, ai-je encore accès à ce droit ?

Joey se retourna sur le seuil avant de sortir.

— Je vous ferai savoir ma réponse, lança-t-il.

Il finirait, comme tout le monde, par signer, mais pas avant d'avoir eu la satisfaction de faire tourner en bourrique le gros lieutenant.

Tule devint le camp où étaient transférés tous ceux qui, dans les autres camps, avaient signé « non-non » au questionnaire. Les prisonniers trouvaient chaque jour de nouveaux moyens d'exprimer leur rage. Par exemple, quand à la levée du drapeau ils étaient invités à entonner l'hymne à la liberté « America », à la place des anciens accents de sincérité, ils employaient des intonations sardoniques. La colère couvait comme une maladie entre les murs des baraquements, provoquant parfois des explosions de violence. Kazuo avait vu un de leurs codétenus, soupçonné d'être un informateur, roué de coups par ses camarades de chambre. Les affrontements avec les gardes ne se comptaient plus. Et les rumeurs ne manquaient jamais de mettre de l'huile sur le feu.

— Roosevelt a changé de politique.

Joey leva les yeux de son livre.

— Quoi ?

— Le service militaire. On peut s'engager.

— Encore un bruit qui court…

— Non, cette fois, c'est vrai.

— On n'est plus des ennemis étrangers ? C'est des bonnes nouvelles.

— Tu crois ?

La nuit, les garçons continuèrent à se confier leurs doutes et leurs angoisses.

— Ce pourrait être un piège.

— Comment cela, un piège ?

— Pour nous désorienter, nous culpabiliser, je ne sais pas, moi…

Joey restait allongé, la respiration régulière, sans même chercher le sommeil.

L'agitation prenait de nombreuses formes : réunions, querelles d'opinions, prises de bec, remous divers. Un accrochage lors d'un match de base-ball, au départ négligeable, tourna mal à cause de l'intervention des gardes, qui trouvèrent un nouvel usage aux battes de base-ball. « Hé ! Un match sans balles, c'est génial. » Le craquement du bois sur les os du crâne fit entrer ce sport dans une nouvelle dimension. Deux bons coups, et le joueur était bel et bien éliminé. Au réfectoire, il y eut des tables retournées, des chaises et de la vaisselle cassées, des slogans barbouillés sur les murs. Dans un geste de désespoir, un vieux monsieur se jeta contre les barbelés. Les gardes l'en arrachèrent sans ménagement pour ses vêtements, ni sa chair. Ce qui démarrait comme des mouvements de protestation épars finissait par prendre l'ampleur d'un soulèvement général. Un vent de contestation flottait sur le camp.

Puis, étrangement, comme en contrepoint à cette atmosphère viciée par la haine, des jeunes gens se mirent à signer leur engagement volontaire dans l'armée, certains affichant une attitude cynique, d'autres franchement désespérés.

Ichirô soupira :

— Ils veulent prouver qu'ils sont de vrais Américains. Et cela vaut aussi pour nous autres.

43

La baraque du coiffeur paraissait vide. Joey hésita sur le seuil. C'est alors que, derrière la porte ouverte d'un placard, une voix demanda :

— Oui ?

— Je voudrais une coupe. Mais je vois que Shiro n'est pas là.

— Je vais m'occuper de toi.

Elle surgit soudain, toute menue, ses cheveux noirs coiffés à la garçonne, si brillants qu'on aurait pu les croire laqués. Sans un sourire, elle désigna d'un geste le fauteuil puis lui enveloppa prestement les épaules d'une serviette. Ramassant un peigne et des ciseaux, elle se mit au travail.

Joey ne savait trop quoi en penser. Elle aurait au moins pu s'enquérir du genre de coupe qu'il souhaitait. Et à présent, les ciseaux claquaient à ses oreilles telles les mâchoires d'un prédateur affamé. La timidité, peut-être. Il aurait dû prendre l'initiative.

— Alors, comme ça, tu étais coiffeuse avant ?

Elle laissa un instant ses ciseaux en suspens pour le regarder dans la glace.

— Tu cherches toujours à classer les gens dans une catégorie ?

Sa voix était aussi glaciale que son regard. Son accent de Californie du Nord. Et elle avait l'air très autoritaire…

— C'était juste pour dire quelque chose, répliqua Joey, un peu penaud.

Elle avait raison de le rabrouer. Il n'avait pas à lui coller d'étiquette. Pour alléger un peu l'ambiance, il l'interrogea indirectement sur le film qui avait été projeté la veille au soir.

— Je n'aime pas le cinéma en noir et blanc, laissa-t-elle tomber sèchement.

— Tu veux dire que tu n'aimes pas le cinéma ? Presque tous les films sont en noir et blanc.

— Le noir et blanc, c'est trop lent.

— Lent ?

— La couleur, c'est plus intéressant.

Clac.

Il se tordit le cou pour la regarder.

— Tu ne trouves pas *Citizen Kane* intéressant ?

Elle n'avait pas vu *Citizen Kane*. Clac, clac.

Une peau d'une blancheur de lait, des yeux couleur de pruneau. Pourquoi donc se livrait-il à ces comparaisons culinaires ? Ses mains claires s'agitaient autour de sa tête en même temps que les éclats de métal des ciseaux. Il se retint de lui demander si elle avait vu *Blanche-Neige et les sept nains*, au moins c'était un film en couleurs. Mais il craignit qu'elle ne l'accuse de la prendre pour un bébé. Ses formes étaient difficiles à distinguer sous sa robe chemisier, toutefois il voyait bien qu'elle était mince, avec des hanches étroites et des bras ronds et gracieux.

— Bon, alors, poursuivit-il, et *Le Faucon maltais* ? En noir et blanc, certes, mais épatant, non ?

Contre toute attente, elle s'exclama, furieuse, que c'était un film absurde, que l'intrigue n'avait aucun sens et que la fin était incompréhensible.

— Pour la fin, tu as raison, mais il y a dans ce film la meilleure dernière réplique que j'aie jamais entendue.

Après un dernier clac, elle tira d'un coup sec sur la serviette qui drapait ses épaules.

— Ça y est, annonça-t-elle.

Concentré sur ses films préférés qu'il tentait en vain de défendre, Joey avait négligé de surveiller le miroir. Aussi fut-il choqué de voir qu'il était tondu.

— Ben dis donc, c'est court, souffla-t-il.

— Oui... En fait, je préférais quand c'était plus long.

— Dans ce cas, pourquoi ?

— Si tu as décidé de t'engager, ils t'en feraient voir avec tes belles boucles.

— Je ne suis pas assez con pour m'engager.

— Malin comme tu es, bien sûr que non.

Joey la fixa sans cacher sa stupéfaction. Pourquoi le provoquait-elle ? Il se leva et s'enquit de ce qu'il lui devait.

— On te l'offre.

— Pourquoi ?

— Parce que j'ai envie. Au fait, c'est là que se trouve Shiro. Il s'est porté volontaire. Parce que c'est un con, hein ?

Sur ces paroles, elle se mit à balayer le plancher. Alors qu'il sortait, elle déclara sans lever les yeux :

— Tu as des cheveux *parfaits*.

— Quoi, ces jolies boucles blondes que tu as fichues à la poubelle ?

— Les cheveux, ça repousse.

Joey s'efforça d'adoucir sa voix pour lui lancer :

— Je ne connais pas ton nom.

— Je connais le tien.

Et elle ferma la porte.

44

Le premier soir au mess, Charles déchaîna une tempête de mots dans le seul but de retenir l'attention de Nancy. Si elle se détournait de lui, il était perdu. Alors il continua à faire tourner son moulin à prières verbal jusqu'au moment, où, à court de paroles, il prononça les seules qui comptaient vraiment :

— Voulez-vous dîner avec moi ?

Elle le dévisagea, pensive devant ces traits qui n'étaient plus tout à fait anonymes, ces prunelles brunes où brillait une lueur malicieuse, cette bouche longue et d'une sensualité inattendue.

Il était plus vieux qu'elle, frisant la cinquantaine, avec un côté vieille Angleterre. Un charme nonchalant, une galanterie surannée. Aussi fut-elle la première surprise quand elle se retrouva dans son lit.

Pour ses noces avec Ben, elle avait rêvé d'un conte de fées suivi d'une lune de miel sans fin. Une robe de satin blanc, un bouquet lancé à une phalange de demoiselles d'honneur. De beaux discours, sa mère en pleurs. Puis le départ pour San Francisco ou Hawaï... Joey et tout ce qu'il représentait avaient réduit ce rêve à néant. Son mariage avait été une affaire trop vite expédiée. Au même titre que sa consommation.

Nancy, sans être une prude, avait gardé sa virginité pour son mari. Que la réciproque n'ait pas été vraie de la part de Ben se révéla non seulement un choc, mais aussi une cruelle déception. Quand il la prenait dans ses bras, c'était avec une tendresse respectueuse, dépourvue de l'affolement de tous les sens que provoque l'aiguillon du désir. Leurs étreintes ne leur faisaient perdre la tête ni à l'un ni à l'autre. Et elle n'arrivait pas à oublier que Ben avait eu une autre amante avant elle. La femme de Nagasaki lui avait peut-être même enseigné quelques caresses.

Charles était doux quand il le fallait, mais il était capable de la dominer, et elle lui était reconnaissante de lui montrer comment prendre du plaisir en lui en donnant à lui aussi.

La soirée commençait en général par un verre au bar du Benson Hotel. Nancy buvant des cocktails. Encore une chose qui la surprit. Quand Charles s'était tourné vers elle en disant : « Et vous, que buvez-vous ? », elle avait hésité. En terme d'alcool, sa consommation se résumait à un petit verre « thérapeutique » de bourbon de temps en temps. Elle avait découvert quelle volupté c'était de boire un Manhattan, un seul, dans la lumière tamisée d'une salle confortable. Elle buvait à toutes petites gorgées, ils bavardaient, ils riaient. Ensuite ils montaient dans l'agréable meublé de Charles et faisaient l'amour pendant une bonne heure, pas toujours dans la chambre. Après quoi, ils sortaient au restaurant, ou bien, parce que Charles aimait bien faire la cuisine, il lui préparait des fish & chips à l'anglaise, ou apprenait à griller le rumsteck à l'américaine.

Tous les deux savaient qu'il n'était qu'un visiteur, et qu'un matin, il monterait à bord d'un paquebot qui le ramènerait en Angleterre, où, avait-il murmuré un jour, sa vie était compliquée. Cela dit, les mots de « départ » et de « retour » ne surgissaient jamais au cours de leurs conversations même si, par moments, il la serrait contre lui en poussant un grognement qui avait un parfum de regret. Parfois, alors qu'il était au bord de l'assoupissement, il lui caressait la gorge – une gorge plus aussi lisse et souple qu'elle l'avait été. Il arrivait à Nancy de se laisser aller à imaginer qu'un jour il lui proposerait de voir les îles Britanniques. Mais il ne le lui proposa jamais. Il lui parla de Florence en Italie, en mêlant l'histoire de la laine à celle de l'art. Il lui apprit à assaisonner les pâtes à la toscane. De son propre pays, il ne lui dit rien. Pourtant il l'initia aux poètes anglais. Et elle, en échange, lui fit découvrir Robert Frost et Wallace Stevens. Pas Walt Whitman.

Du lit, Nancy voyait la rue s'encadrer dans la fenêtre derrière l'épaule nue de Charles. La soirée s'était bien passée : un verre au bar, la promenade tranquille jusqu'à l'appartement. La chambre, c'était le plus souvent la chambre à présent. Ils avaient fait l'amour, et bientôt ils auraient faim. Ensemble ils prenaient des habitudes qui fleuraient le durable.

Il souleva le rideau de cheveux qui lui coulait dans le cou et respira sa chair chaude.

— Merci pour le livre. J'ai particulièrement goûté celui sur le merle...

— *Treize façons de regarder*, articula-t-elle d'une voix ensommeillée.

Le poème, lui confia-t-il, lui rappelait les estampes japonaises. En ponctuant ce qu'il lui susurrait à l'oreille de baisers, il lui avoua qu'il aimerait un jour visiter le Japon.

— Mais si cette guerre continue plus longtemps, il n'y aura plus grand-chose à y voir.

Nancy sentit comme un étau glacé lui serrer la nuque. Elle se détourna et, ramenant le drap sur sa joue, enfouit son visage dans l'oreiller. Elle brûlait de lui dire : « J'y suis allée une fois, et je n'ai rien vu. Juste le bureau d'un consul, une église, un pousse-pousse. Une petite maison en bois et en papier à flanc de colline et une femme en kimono blanc. Un enfant, hurlant. La femme se trouve toujours là-bas, la cible sans défense de nos bombes. »

Elle écrivait chaque semaine à Joey, en l'informant de ses lectures, de la musique qu'elle écoutait. Ce n'était pas une tâche aisée, car la censure veillait et toute information était susceptible de devenir suspecte, même quelque chose d'aussi inoffensif qu'un nouveau film. Elle se retint de lui décrire un voyage sur la côte, le délicieux bain de mer qu'elle y avait pris, sachant combien un pareil récit pourrait être pénible pour un jeune homme prisonnier de barbelés et de gardes armés, habitant une baraque rudimentaire. Qu'adviendra-t-il de son Joey si joyeux et insouciant une fois qu'ils le libéreront ?

— Hé, toi…, chuchota Charles, sa voix lui arrivant étouffée. Reviens. Où es-tu partie ?

Plein de tact, il ajouta :

— Et que dirais-tu d'un petit dîner ?

Ce jour-là, elle fut tentée de tout déballer. Il comprendrait, sûrement. Seulement un accord tacite avait été établi entre eux : ils existaient dans le ici et maintenant, à l'intérieur d'une bulle de bonheur où rien ne pouvait les atteindre. Mettons qu'elle énonce : « J'ai un fils. Il est détenu dans un camp pour ennemis étrangers et je suis malade d'angoisse. » Elle s'inquiétait pour lui, pour son bien-être, et aussi, dans le secret de son cœur, sans même se l'avouer à elle-même, de savoir qu'il était si loin, et peut-être de plus en plus loin d'elle, au point qu'il était moins son fils, qu'il devenait, oui, une sorte d'étranger. Comment réagirait Charles ? Il la réconforterait, c'était certain. Avait-il, lui aussi, un fils ? Une fille ? Avait-il une femme ? Était-ce cela qui lui rendait la vie « compliquée » ?

Elle se retourna pour se blottir de nouveau contre lui, s'imprégner de la chaleur de son corps, terrifiée soudain de le perdre. De perdre celui-là aussi. Elle l'attira en elle. Leurs corps s'imbriquaient à la perfection, poitrine, ventre, cuisses, chair contre chair, elle lui emprisonna les jambes avec les siennes.

— Plus tard, lui répondit-elle.

45

Les jours où une tempête de poussières cinglait les joues des détenus se hâtant vers la cafétéria ou les douches, Joey, seul dans la petite chambre, caressait du bout des doigts l'épais papier à lettres couleur crème de Nancy, et se la figurait en train d'écrire à la table de la cuisine d'une étroite maison dans une rue à l'angle de laquelle se trouvait une épicerie. Petit garçon, Joey y observait, assis sur les marches du porche, des messieurs mal vêtus qui achetaient des boîtes de sardines et des biscottes avant de se remettre en route, un pas devant l'autre, vers un horizon qui reculait indéfiniment.

Cher Joey...

Une lettre appelait une réponse. Son stylo était réticent, comme toujours. Certaines lettres restaient non écrites, à entonner dans son esprit leurs mots silencieux ; révisées, peaufinées, tant il les voulait précises. Des lettres purement théoriques. D'autres, rédigées, ne furent pas postées : des pensées éparses, trop désespérées, ou rageuses, griffonnées à la hâte, puis déchirées. Quelques-unes enfin étaient expédiées et acheminées par camions, trains et facteurs. Celles-là seules arrivaient entre les mains de Nancy.

Elle reçut ainsi un mot l'avertissant qu'il quittait le camp.

Il n'avait jamais eu l'intention de s'engager. La colère, le ressentiment et le scepticisme après le retournement de veste du gouvernement, tout cela le poussait à la neutralité. La nuit, dans la chambre, comme dans tous les baraquements du camp, c'étaient des discussions interminables. Entre Kazuo et Taro les raisonneurs, Ichirô le blagueur et Joey le marginal, le débat était houleux.

Après coup, Joey tenta de déterminer ce qui l'avait décidé.

C'était en partie pour Ben, pour son père miné par la culpabilité d'avoir été trop jeune pour partir à la guerre, et d'avoir survécu à son frère. En partie aussi pour tous les gens qui s'étaient crus citoyens américains jusqu'au jour où on les avait déclarés ennemis étrangers. Il souhaitait les laver de cet affront, abattre les barbelés, hurler aux gardiens : « Erreur de catégorie. Erreur de catégorie. »

Il ne voulait pas passer non plus pour un petit prétentieux qui se trouvait trop malin pour être troufion. Et puis il haïssait ce camp, cette paralysie, cette apathie… Aussi signa-t-il son engagement. Où qu'on l'envoie, au moins il serait sorti de cet endroit où il étouffait. Il avait vingt ans, et l'envie d'agir le démangeait.

Le moment décisif avait approché sans qu'il s'en aperçoive. Comme tous les soirs, ils discutaient avec passion, Ichirô arpentant l'espace étroit, Taro et Kazuo assis par terre adossés au mur et Joey, assis en tailleur sur son lit. Comme toujours quand il réfléchissait, il gribouillait sur une feuille de papier, traçant des traits et des formes géométriques, des cubes imbriqués les uns dans les autres. Quand la feuille fut totalement noircie, son regard s'arrêta au bas de la page sur un petit rectangle. À l'intérieur, dans le coin supérieur, il avait dessiné des points tandis que le reste du quadrilatère était occupé par des traits parallèles horizontaux rouges. Le drapeau américain.

L'ingrédient secret dans le bouillon : le besoin impérieux de contribuer à quelque chose. Le besoin d'appartenance.

Dans le train, en retrouvant le bruit rythmé des roues, l'odeur du charbon qui brûlait dans la locomotive et les échos lointains des chants qui avaient accompagné son père lors de son voyage à Washington, il était conscient de quitter un camp pour un autre, une forme de discipline pour une autre, une étiquette pour une autre : étudiant, ennemi étranger, évacué, détenu, soldat…

L'accusation proférée par cette fille qui lui avait rasé la tête n'était pas fausse : il avait tendance à mettre les gens dans des cases. En tout cas, il s'en était trouvé une pour lui-même.

En signalant sur le moment l'incident à Ichirô, il avait marmonné :

— Elle était incroyablement désagréable.

— Ah, c'est que tu dois lui plaire.

Comme Ichirô avait l'air amusé, Joey avait rétorqué :

— Qu'est-ce que ça doit être quand on ne lui plaît pas.

— Elle reste indifférente.

— C'est la manière japonaise, je suppose.

— C'est la manière de Yasuko, tu veux dire. Elle est difficile. Ils sont je ne sais pas combien dans le camp à avoir reçu une douche froide de sa part.

Yasuko. Maintenant au moins il connaissait son nom.

Avant de partir, il l'avait cherchée aux quatre coins des baraquements. Apercevant au loin une mince silhouette féminine coiffée à la garçonne, il appela :

— Hep ! Attends-moi !

Iris s'était tournée vers lui, avec un sourire tout étonné.

— Oh, fit-il en se figeant sur place. Je t'ai confondue avec... quelqu'un d'autre. Tes cheveux...

— J'ai arrêté de les friser.

— Oui.

— Tu m'as prise pour qui ?

— Quelqu'un. (Bizarrement réticent à prononcer son nom, il opta pour un haussement d'épaules.) C'est pas grave.

En s'éloignant, il se retourna pour lui lancer :

— Les cheveux courts, ça te va très bien.

Le train scandait son rythme de métal et les rails produisaient leur musique familière dont la cadence lui rappelait une vieille chanson du Sud, *Rock Island Line*, un blues écrit et chanté par des forçats noirs qui reflétait un peu sa propre situation, car l'armée imposait elle aussi une forme de servitude. Les soldats étaient tenus d'obéir aux ordres et les déserteurs châtiés. Mais il s'était engagé, n'est-ce pas ? Personne ne l'obligeait à aller se battre. Sa situation était donc différente, forcément.

46

Elle se tenait assise à sa table devant la fenêtre, un carré rutilant de ciel bleu pâle hivernal, telle une toile vierge. Autour d'elle, les fibres végétales incluses dans la pulpe du papier des murs donnaient l'impression que la pièce était enveloppée dans de longues herbes. Un décor d'une savante simplicité que la patine du temps rendait plus beau encore.

À une époque, Suzuki avait supplié Cho-Cho de déménager dans une maison plus spacieuse, plus grande, avec un vrai jardin, dans le quartier résidentiel de Nagasaki.

— Tu serais plus proche.

Cho-Cho avait les moyens, arguait-elle, le restaurant était prospère. Pourtant, comme un de ces crustacés qui ne se sentent en sécurité qu'au fond de leur coquille, elle était restée dans sa petite maison surplombant le port. Par la suite, quand la crise était survenue, quand les clients avaient commencé à se raréfier au point qu'elle fut obligée de renvoyer son personnel, puis quand le conflit qui n'en finissait pas avec la Chine s'était soudain métamorphosé en Seconde Guerre mondiale, la petite maison avait paru de nouveau convenir. Au cours des années d'abondance, elle s'était moqué de Henry et de son amour de la tradition – « Pourquoi n'installez-vous pas le chauffage central ? » –, à quoi il avait riposté par son gentil sourire, si exaspérant. À présent, elle goûtait l'ironie de sa propre situation en se chauffant les pieds à un vieux brasero placé sous son bureau.

Dessus dépassait, d'une machine à écrire, une feuille à moitié noircie de minuscules caractères. Après avoir pianoté quelques touches, elle marqua une pause et se tourna vers le bleu plus foncé de la mer sous le carré de ciel. Cela faisait des années qu'elle écrivait ces lettres, toutes ces pensées fugaces capturées par des mots : l'amour rendu visible. Elle actionna le levier pour aller à la ligne, et la feuille avança d'un cran. Elle se remit à taper. Un jour, se disait-elle, il lira ces pages, peut-être lui répondra-t-il.

Kanashimi, « ennuis », signifiant l'inverse…

Il ne lui avait jamais causé d'ennuis, bien sûr, tout au contraire. Il était son *Sachio*, sa « joie ». C'est son père qui, en comprenant le mot de travers, l'avait prénommé Joey.

Elle sortit la feuille du rouleau de la machine et la coucha sur les autres dans une boîte métallique sur son bureau.

Elle distinguait bien les quais, et la route qui montait en lacets la colline, puis disparaissait dans un repli de terrain, pour ressurgir en bas de chez elle. Elle mit ses mains sur ses genoux. Ses poignets étaient encore minces et délicats, mais à trente-huit ans, sa peau se ridait et se tavelait imperceptiblement. Ses doigts osseux étaient comme gonflés aux articulations. Elle ne portait plus de bagues. Elle les avait vendues à perte, même les diamants ne valaient pas grand-chose quand le marché faisait grise mine. Désormais, elle avait les mains aussi nues que dans sa jeunesse. Sa jeunesse. Elle posa deux doigts sur la cicatrice à sa gorge.

Elle se rappela le jour où, debout à cette même fenêtre, elle avait regardé un jeune officier de marine tout de blanc vêtu gravir le sentier à sa rencontre. Mais alors qu'autrefois elle avait guetté l'inconnu en tremblant de peur, maintenant elle osait rêver d'un avenir. Elle retrouvait un espoir enfoui le temps d'une vie entière. Une fois cette guerre finie, peut-être, quel que soit le vainqueur, une fois un accord signé entre les gagnants et les perdants (il s'en signait toujours), un autre Pinkerton gravirait ce même sentier. Elle poserait la cassette pleine de lettres sur la table basse où jadis une toupie avait tourbillonné en mêlant ses bandes rouges et jaunes, et le laisserait se frayer un chemin à travers sa vie.

47

La traversée de l'enfer ne fut pas le pire. Le pire vint plus tard, avec les souvenirs. Personne ne l'avait averti que la plus terrible des blessures de guerre était la persistance de la mémoire.

Au début, Joey se considérait comme un civil en uniforme. Un soldat à la manque. Il doutait toutefois que le concept de *wabi-sabi* s'appliquât aux imperfections du guerrier.

Peu à peu, en s'acclimatant à sa nouvelle fonction, il devint un être hybride : un soldat, une créature de science-fiction, mi-homme, mi-machine. La machine obéissait aux ordres, tuait sans émotion, se battait jusqu'au bout, même amochée. L'homme, en revanche, éprouvait de la peur, du remords, de la douleur. L'homme saignait. Souvent il mourait. Mais avant tout cela, il voyageait, il traversait des océans avec son régiment, avec tous ces soldats serrés comme des sardines dans des boîtes de conserve géantes, d'un continent à l'autre.

Pareils aux voitures neuves en bout de chaîne de montage, les hommes en uniforme paraissent tous semblables. Peu importe qu'ils s'appellent Tom, Dick ou Harry, ils appartiennent à un régiment, ils sont munis d'un grade et d'un matricule. La conséquence, intentionnelle ou pas, c'est la perte d'identité. Le casque, la tenue kaki, le sac, les godasses, l'entraînement qui muscle les corps et efface les différences morphologiques, tout concourt à l'édification d'un portrait unique : celui de G.I. Joe. Seulement, ce contingent en particulier avait autre chose en commun, comme le fit remarquer, sans lever les yeux de sa liste d'appel, un sergent fatigué chargé de l'embarquement : « Bataillon *jap*, c'est ça ? »

Joe se retint de le contredire, de jouer les bravaches en rétorquant : « Faux, on est des *Nisei*, sergent. » Il entendait d'ici la réponse : « Quoi ? Qu'est-ce que c'est que ce nom d'opérette pour des *Japs* ? » De toute façon, le sergent avait raison, leur bataillon n'était pas blanc, il était le fruit d'une ségrégation. Ils formaient bien le « bataillon *jap* », constitué de volontaires en provenance de Hawaï et du continent américain. Au début, les Hawaïens avaient été furieux de se voir snobés par ceux du continent, mieux intégrés qu'eux à la société américaine. Les discrets nippo-américains aux manières policées trouvaient vulgaires les insulaires, des individus bruyants s'exprimant dans un sabir incompréhensible. Ils riaient beaucoup, chantaient, jouaient de l'ukulélé et revêtaient leurs jupes de paille à la moindre provocation, alors que pour les continentaux, le divertissement n'était pas à l'ordre du jour.

Le bataillon monta à bord, telle une masse compacte. Ils étaient nombreux à porter des lunettes. Et parmi eux, comme d'habitude, le physique de Joe détonnait. Joe avait repéré dans la foule un garçon qu'il avait remarqué à Tule Lake, assis toujours tout seul dans un coin, crayon à la main, occupé à annoter un livre, l'esprit ailleurs.

— Tu es… Otishi, non ? Tu avais toujours le nez dans un bouquin.

— Je voulais terminer ma thèse.

Tu veux faire rire Dieu ?

Otishi promena son regard à la ronde.

— On a été promus. De péril jaune à soldats de l'oncle Sam : des *Japs*, oui, mais des *Japs* patriotes.

Il y eut des moments en mer où, accoudé au bastingage, les yeux rivés sur les eaux noires ourlées de traînées de dentelle blanche sous la lune, Joe se rappela un autre voyage, celui d'un petit garçon suivant des yeux les dauphins et le rayon vert magique qui dansait sur les flots. *L'Amérique, Joey. Comme on va s'amuser.*

Le commandant de bord, en passant à côté de lui et répondant à son salut par un signe de tête, à cause de sa taille et de sa blondeur, l'apostropha pour lui demander d'où il venait.

— De Portland, dans l'Oregon, mon commandant.

— Le Rose Festival ? J'ai entendu dire que c'était une splendeur.

Si Joe avait ajouté qu'il était né à Nagasaki, au Japon, le commandant Jensen lui aurait sans doute confié dans son accent chantant du Sud des États-Unis qu'il avait, bien des années plus tôt, passé quelques jours dans cette ville. Mais Joe était à présent un soldat de l'armée américaine, en route pour l'Italie, et l'archipel qui s'étirait tout en longueur sur les mappemondes appartenait à un autre chapitre de sa vie, de sorte qu'il se tut et manqua l'occasion d'écouter le commandant lui raconter comment il avait une fois gravi un sentier escarpé au-dessus du port de Nagasaki en compagnie de son officier supérieur, jusqu'à une maison aux murs de papier où il avait fait la connaissance d'une femme appelée Butterfly et de son petit garçon aux boucles blondes.

— Bonne chance, soldat, se borna-t-il à lui lancer avant de poursuivre sa ronde sur le pont.

Aux yeux de Joe, chaque escale se présentait comme une source formidable d'évasion. De quoi cherchait-il à s'évader ? Il ne le savait pas encore. Mais la perspective de découvrir des lieux inconnus accélérait les battements de son cœur, même si l'Afrique semblait *a priori* une curieuse destination pour un régiment en route pour l'Europe.

L'Algérie était un nom familier qui avait fait l'objet de plusieurs chapitres dans ses manuels de cours. Ses tribus d'origine, soumises à l'assaut de vagues successives d'occupants, avaient su résister obstinément à la destruction de leur culture. Tout ne revenait-il pas à la fin à une question de culture, les échanges de symboles et de présents, de langue, et de religion ? Qui fallait-il suivre, les anciens du village ou les nouveaux venus ?

En contrebas, le débarquement était observé par des autochtones, tout à la fois arabes et français. Ou bien était-ce arabes *ou* français ?

Américains et japonais… Américains ou *japonais : que plaidez-vous ?*

Une fois franchie la passerelle de l'ancien bana-nier réquisitionné pour acheminer des jeunes gens en treillis vers une zone de guerre, Joey, désormais G.I. Joe, se retrouva en train de marcher en direction des fortifications espagnoles de la ville d'Oran dans un paysage sablonneux cuit par le soleil et livré au chaos.

Derrière lui, Otishi improvisait un cours magistral :

— L'occupation phénicienne, romaine, celle des vandales...

Autour d'eux se manifestait une hostilité diffuse. Ils se trouvaient tout au bord de la rive sud du bassin méditerranéen, leur dernière étape avant de débarquer en Europe. Pourtant l'Algérie faisait toujours partie de la France, d'où des allégeances incertaines, la mort à un jet de balle. Les Arabes étaient-ils amicaux ?

— Comment est-ce qu'ils nous voient ? interrogea tout haut Joe.

— Nous n'allons pas tarder à le savoir.

Otishi avançait en jetant des coups d'œil à droite et à gauche, confrontant ses connaissances historiques à ce qui s'offrait à son observation directe.

Les soldats, que l'on avait soustraits aux barbelés et à la surveillance des tours de garde pour leur permettre d'obtenir de bonnes références de citoyen américain, n'étaient pas là pour apprendre. Ils n'eurent pas le temps de mettre à l'épreuve les sentiments des Algériens à leur égard que déjà ils recevaient l'ordre d'embarquer... Un autre navire, une autre traversée, un autre pays.

Dans leurs discours, les « huiles » ne leur cachaient pas qu'ils offraient leurs corps pour défendre le monde libre contre la menace fasciste. Ce combat, leur répétait-on à l'envi, était celui de la démocratie et de la liberté face au crime perpétré contre les personnes envoyées dans des camps de concentration à cause d'un mot figurant sur leurs papiers d'identité. L'ironie du sort.

Otishi, au côté de Joe tandis qu'ils se dépêchaient de gagner encore un autre quai, regrettait que les *Nisei* n'aient pas de chant de marche.

— Les G.I. *normaux* peuvent se donner du cœur au ventre, en marchant en rythme avec des musiques épatantes.

Au pays, la voix d'or de Caruso galvanisait les ondes de la radio – *Over There*[1]. – et les *boys* de reprendre le refrain en chœur, à gorge déployée, pour rassurer le monde. Les Américains arrivent, les *boys* sont en chemin, et nul ne reviendra sans avoir vu sous ses coups les boches défaits.

Joe entonna pour rire :

— Voilà les mi-nippons, mi-yankees qui arrivent. (Il hocha la tête.) Ça ne sonne pas aussi bien que l'original.

---

1. Chanson de la Grande Guerre, enregistrée par Caruso en 1918. Elle a une version française, *Par là-bas*, que Caruso chante sur le même 78 tours et dont le refrain est : « Par là-bas, par là-bas/Qu'on le dise/Sans méprise, par là-bas/Nous emboîtons le pas/Emboîtons le pas/Le ramplanplan du tambour bat... »

48

En quatre mois, Joe vieillit de dix ans, et cette compression du temps le couvrait d'une armure moins protectrice que pesante. Les fringants soldats débarqués d'Oran sur la côte italienne étaient méconnaissables dans leurs treillis repoussants de saleté, leurs traits altérés, pas rasés, les yeux vitreux, les lèvres gercées. Ils titubaient aussi bien sous le poids de leurs bardas et de leurs armes, que sous le poids des jours, des semaines, des mois.

Leur baptême du feu, d'une soudaineté traumatisante, était déjà loin derrière eux. Ils vivaient en sachant que les balles qui sifflaient à leurs oreilles leur étaient bel et bien destinées.

Joe se rappelait les lettres de Nancy qui lui parlait de l'Italie. Son ami l'Anglais lui avait raconté des histoires sur Florence et Pompéi, où il était question de peinture et de musique, ainsi que, très bizarrement, de... laine. Joe les avait lues dans ce qu'il considérait désormais comme le paradis de Tule Lake. Aucune de ces descriptions de fresques de la Renaissance et d'intrigues de la cour des Médicis, ne paraissait avoir de place dans l'Italie qu'il avait sous les yeux : des arbres en miettes, des cratères de bombes, des villages sous les décombres, et des hommes morts... Les cadavres boursouflés de chevaux et de vaches charriés par le courant furieux d'une rivière en crue. Une rivière à franchir, sous les tirs allemands.

La nuit, à bout de forces, ils se serraient les uns contre les autres dans des abris, avec au-dessus de leur tête une bâche imperméable qui ne les protégeait qu'à moitié de la pluie incessante. Ces trous individuels ressemblaient à des tombeaux : ils s'enterraient sous un camouflage de branches et de buissons déracinés. Il leur arrivait parfois de trouver un havre dans une ferme abandonnée. Frileusement assis autour d'une table en bois brut, des moignons de bougie projetant sur les murs leurs ombres vacillantes, ils versaient de l'eau bouillante sur du café et du lait en poudre. Otishi marmonnait dans son gobelet en fer-blanc : « Au moins ce n'est pas de l'eau en poudre, pas encore. »

Les fantassins ne tardèrent pas à ne plus avoir peur des ombres qui se mouvaient autour d'eux. Ce n'étaient jamais des éclaireurs de l'armée ennemie, mais des gens du pays : des partisans italiens se coulant dans la nuit, des femmes, des enfants fouillant les ordures des soldats en quête de quelque chose à manger.

Un soir, en raclant les reliefs de « ration K », Joe aperçut une petite fille pieds nus au bord de la clairière, le regard fixé sur les miettes qui tombaient à terre. Il glissa une barre chocolatée dans la menotte crasseuse qu'elle lui tendit. Il ne se sentit pas généreux.

Le jour, nerveux, ils marchaient doublement abrutis par le manque de sommeil et le vacarme de la guerre, détonations de bombes et hurlements des batteries de lance-roquettes. Les pensées tendues vers les bombardements d'artillerie, les coups de mortiers ou les tirs de mitrailleuses qui attendaient de les faucher lors du prochain assaut. Ils ne voyaient pas plus loin. Pas plus loin que le dos du camarade devant eux, rampant comme un insecte, tâtant le sol de la pointe de sa baïonnette au cas où ils se trouveraient dans un champ de mines. Jusqu'ici, Joe avait survécu.

Le convoi de blindés et de jeeps bringuebalait sur des chemins de campagne transformés en rivières de boue quand il ne s'y enlisait pas tout à fait. Les hommes rivalisèrent d'ingéniosité pour rendre carrossable le terrain marécageux, tassant bûches, tuiles et boîtes de conserve aplaties. À un carrefour, ils aperçurent ce qui avait été une belle demeure derrière un portail dont les battants pendaient hors de leurs gonds. Comme ils n'avaient devant eux qu'une tourbière et des flaques d'eau qui miroitaient et tremblotaient avec la vibration de leurs engins, ils sortirent du manoir une baignoire cassée, des fauteuils Louis XV éventrés, une table en bois sculpté, des fragments de statues de marbre, le tout leur permettant de damer tant bien que mal une piste à peu près stable.

D'ornière en ornière, cahin-caha, ils arrivèrent dans un village dont la grande rue était bordée de façades ravagées. Ils marquèrent une halte de quelques minutes. L'endroit avait l'air désert, pourtant le lavoir était occupé. Avec une endurance taciturne, des paysannes, courbées sur la pierre inclinée, battaient leur linge sans même un regard pour les militaires. L'une d'elles, en se redressant pour étirer son dos, croisa brièvement le regard de Joe, lequel la salua afin de lui montrer que leurs intentions étaient bienveillantes.

Le véhicule de tête s'ébranla. Tandis que le convoi reprenait son avancée, la boue gicla sous des roues et arrosa les lavandières. Elles jurèrent tout bas.

Joe aurait voulu demander pardon à ces femmes. Mais il avait fini par comprendre que les soldats étaient formés pour inverser les lois de l'évolution dans l'oubli de la politesse la plus élémentaire et le retour à une sauvagerie qui caparaçonnait leur esprit. La guerre ne vous laissait pas le temps de dire pardon.

Çà et là on pouvait percevoir à quoi avait ressemblé ce pays avant la guerre : corps de ferme en pierres sèches vous regardant du sommet des collines, vaches claires paissant dans les prés, noires silhouettes de cyprès se découpant sur le ciel bleu. Champs de blé mûr gonflé de suc. Oliveraies bruissantes de feuilles argentées comme autant de pièces de monnaie frappées par le soleil. Une douceur de vivre méridionale. L'instant avant l'assaut, le temps d'une inspiration, on n'entendait que le pépiement des oiseaux et le murmure d'un ruisseau bondissant sur les pierres. On ne voyait plus que le paysage vert et jaune où les coquelicots posaient des pointes de rouge dans les hautes herbes. Le silence soudain volait en éclats. Les chars et les mitrailleuses hérissaient l'horizon. Le ciel se voilait d'une brume sulfureuse. Les verts et les jaunes se brouillaient en une palette boueuse. Les bâtiments étaient transformés en ruines.

Entre la lisière du bois et l'eau, ils courent en crabe, en zigzag, les genoux pliés, sautant, s'accroupissant, se jetant à terre quand un obus explose tout près, et une fois la position du tir localisée, ils rétorquent par d'autres tirs. Ils trébuchèrent dans l'air saturé de fumée, et la plus complète confusion. Soudain, le cri bref d'un homme qui meurt. Non loin, Joe entend la détonation sourde d'un mortier. L'espace d'une fraction de seconde, le temps semble suspendu, comme dans un accident de voiture, une collision au ralenti, avant le choc. Un coup de tonnerre, un crissement métallique, l'odeur et le bruit de la bataille.

49

Personne ne lui avait dit que ce n'était pas de l'ennemi qu'il fallait avoir peur, mais des généraux, de son propre état-major. Un ennemi, ça se tue. Un officier, ça vous donne des ordres que vous êtes tenus de suivre. Un officier, ça vous envoie à la mort.

Cela se passe de la façon suivante :

Les ordres sont clairs. Emparez-vous de ce site, de cette colline, réduisez l'artillerie au silence, franchissez ce cours d'eau. Faire *taire* l'artillerie ? *Traverser* une rivière torrentielle en crue ? Avec les Allemands qui se trouvent en hauteur, parfaitement embusqués. Pour eux, rien n'est plus facile que tirer sur des hommes qui ont de l'eau glacée jusqu'aux aisselles parce qu'ils ont été assez fous pour tenter justement la traversée. Aveuglé par l'eau qui lui gicle dans les yeux, Joe glisse sur les pierres en luttant contre le flot tempétueux.

Comment un élément aussi doux et informe que l'eau peut-il vous frapper avec la violence d'un coup ? L'eau ne respecte aucune règle et mène un combat sans merci. Il a perdu d'avance.

Ses poumons se remplissent, le courant le happe, le combat est terminé. Il coule au fond des ténèbres. Le froid émoussant la douleur, il n'a conscience que d'un vague regret empreint de mélancolie. Et voilà soudain qu'une force extérieure le hisse hors de la nuit, l'arrache à la bouche avide du torrent pour le déposer à plat ventre sur la berge, éructant, étouffant, crachant une tonne de liquide tandis que des poings invisibles lui labourent les épaules et qu'une voix lui crie : « Tousse, merde, tousse ! »

Vomissant, les paupières engluées par la vase, Joe est remis debout. Il tente en vain de s'essuyer les yeux. Ses mains sont des gants de boue. Tout autour de lui, des hommes courent, hurlent, tombent, jurent. La fumée l'enveloppe tel un suaire.

Il bat des cils et commence à discerner les contours de celui qui vient de lui sauver la vie.

— Otishi ?

— Dis donc, t'étais pas pressé de respirer.

De la morve dégouline de la bouche et du nez de Joe. Ses poumons le brûlent. Il se plie en deux. Il tousse de la boue liquide. Il prend une inspiration.

— Qu'est-ce qui est arrivé ?

— Un tir de mortier.

Ils gravissent la pente en direction des arbres. Otishi soutient Joe. Comme deux ivrognes, ils avancent avec une lenteur exagérée, une trop grande application. Leurs brodequins sont lestés de la même couche d'argile jaune qui les recouvre de la tête aux pieds. Deux statues de terre, dont seuls les yeux et la fente noire de la bouche trahissent l'appartenance à la race humaine.

Plus tard, après la tombée de la nuit, ils rejoignent les autres et s'écroulent en attendant les manœuvres du lendemain.

Joe articule d'une voix pâteuse :

— Otishi, ce n'est pas ton genre de jouer au super-héros. Tu ne sais même pas nager. Toi qui ne penses qu'à la grande Histoire. Comment ça se fait que...

— Ne te moque pas de la grande Histoire. Elle est pleine de leçons.

— Comment sauver un homme qui se noie ?

— Les soldats de Bonaparte ont tordu leurs baïonnettes en forme de crochet pour sortir les dépouilles de leurs ennemis du Nil...

— Tu t'es dit que si les Français y étaient arrivés...

— Sauf que ma foutue baïonnette refusait de se tordre, alors je t'ai, comme qui dirait, harponné. Tu as vu ta vie défiler, comme on dit... ?

— Oh, j'ai juste vu de l'eau.

En prononçant ces mots, Joe ressent de nouveau le poids énorme qui lui écrase la poitrine. L'énorme tristesse qui lui gonfle le cœur.

— Mon père est mort noyé, précise-t-il.

Il a envie d'ajouter : « Tu m'as sauvé la vie. »
Mais ce serait ridicule. C'est tellement évident.

— Tu as été rapide.

— Tu sais, la guerre n'a rien de théorique. C'est
« un art simple et tout d'exécution », pour citer de
nouveau Napoléon.

Otishi lui sourit à travers les éclaboussures de
boue qui lui couvraient le visage, yeux rieurs, dents
éclatantes de blancheur.

Au camp d'entraînement, on leur avait inculqué
les neuf principes de la guerre selon l'armée américaine : *les principes d'objectif, d'offensive, de concentration, d'économie des forces, de manœuvre, d'unité
de commandement, de sécurité, de surprise et de
simplicité.*

Sur le papier, tout allait très bien. Mais dans la
pratique, comme était en train de l'apprendre Joe,
la guerre était la balle qui vous transperce le bras,
le hurlement des obus qui vous explosent les tympans, la puanteur de la chair en putréfaction. La
guerre, c'était le pied des tranchées.

Dans le brouillard, sous la pluie incessante, les
hommes laissaient échapper, à chaque pas, des
gémissements. Immergés jusqu'aux chevilles dans
la gadoue, dans des chaussures qui prenaient l'eau
et se fendillaient, il leur était impossible de protéger
leurs pieds. Les lésions s'infectaient. Quand survenaient les picotements et le gonflement des enge-
lures, c'était déjà trop tard. D'abord engourdis,
leurs pieds ne leur faisaient vraiment mal que
lorsque la peau était devenue bleue ou violette, et
que leurs orteils se mettaient à suinter du pus. Avec

371

un peu de chance et des chaussettes sèches, l'œdème se résorbait. Sinon, les orteils gangrenés, tordus comme des appendices maléfiques, se détachaient quand ils se déchaussaient. L'amputation se révélait parfois la seule solution. Les orteils de Joe, gonflés et rouges, irradiaient une douleur lancinante. Leurs brodequins militaires n'étaient pas adaptés à un sol aussi humide et froid.

En trébuchant sur le cadavre d'un soldat allemand à moitié enterré dans un cratère de bombe, ce qu'il vit en premier fut le sang noir, la masse des boyaux. Puis il vit les bottes. Un beau cuir. Des semelles cloutées. *Étanches.* Après avoir appliqué son pied contre celui du mort, Joe s'accroupit et défit les lacets aussi résistants que de la corde. Les chaussettes du mort étaient sèches – un luxe inimaginable. Il n'hésita pas une seconde. Ses pieds, dans les bottes et les chaussettes allemandes, furent aussitôt comme gainés d'une seconde peau, épaisse et à toute épreuve. Sans honte, il se sentit plein de gratitude à l'égard du corps qu'il venait de dépouiller.

Il accéléra son allure pour rattraper les autres. Il remua les orteils. Ils étaient bien au sec.

À Nancy, il écrivit : *Je ne peux pas te dire où nous sommes, à la vérité je n'en sais rien moi-même. Hélas, l'ennemi, lui, le sait... Il pleut, il pleut sans cesse...*

Après coup, il se livre à des calculs : combien de temps faut-il pour rayer une ville de la carte ? Combien de bombes faut-il pour détruire un monastère ? Combien de temps faut-il pour perdre cinquante mille hommes et au bout du compte ne rien gagner d'autre que la conscience de l'inutilité de cet énorme gâchis ? Mais sur le moment, il n'a que le temps d'obéir aux ordres. Cassino s'effondre sous les bombardements et sur les hauteurs, Joe voit des silhouettes jaillir du monastère dont les murs s'écroulent en une cascade de pierres qui arrose les troupes en contrebas. C'est seulement par la suite, lorsque les parachutistes allemands s'emparent de la coquille vide du monastère, qu'apparaît toute l'ironie de la situation : les alliés ont réussi à transformer un sanctuaire qui abritait deux cents civils en l'imprenable forteresse ennemie qu'ils pensaient avoir visée.

— Peu importe qui remportera la victoire, commenta Otishi, cette bataille figurera dans les livres d'histoire.

— Tu pourrais l'écrire.

— Tu rigoles ? Les généraux s'en chargeront.

Les généraux donnent les ordres. Les fantassins obéissent et montent au feu. Les acronymes se multiplient. SNAFU – *Situation Normal : All Fucked Up* – signifiant que la situation est devenue chaotique. FUBAR – *Fucked Up Beyond All Repair* – signifiant que la situation est sans espoir. Les généraux eux-mêmes inspirent un riche glossaire d'injures multilingues. Gurkhas, Poles, Anzacs, Tommies, Yanks – tout le monde y va de son nom insultant pour les crétins qui écrivent leurs mémoires, pour toute la bande de salopards.

Pour les *Nisei*, le plus grand des salopards – *kisama* – est le général Mark Clark qui a envoyé nombre d'entre eux vers une mort certaine. Le *kisama* a non seulement choisi le mauvais cours d'eau à traverser, mais aussi le mauvais jour pour le traverser.

Joe entend un G.I. marmonner, couché à plat ventre au fond d'un trou :

— Qu'est-ce qu'on a fait pour mériter ce con ?

Les yeux pleins de boue, ils sortent de leur trou en rampant. Joe court, son pied rencontre un terrain étrangement mou, il trébuche et jette un coup d'œil par terre : il est en train de marcher sur les cadavres de G.I. tombés au cours de la vague d'assaut précédente. Pour la première fois, mais non la dernière, il est pris d'une violente nausée. Plié en deux, la bouche pleine de bile, secoué par des haut-le-cœur, il continue à courir, les genoux pliés, en piétinant les morts.

Des sacs éventrés se sont déversés des objets autour des cadavres pareils à des offrandes sacrificielles, photos, chaussettes, bibles, rasoirs, lettres d'êtres chers, le tout aggloméré à la terre par la pluie, la pluie implacable.

Combien de mètres ont-ils couverts ? Un kilomètre et demi ? Un kilomètre ? Moins encore ? Combien de temps mettront-ils à traverser la prochaine rivière, à force d'avancer pour mieux reculer, alors qu'il faut sporadiquement tirer et essuyer les tirs ennemis tout en pataugeant dans les flots gonflés par les crues printanières ? Personne ne se soucie de la distance qui les sépare de la prochaine colline... seulement du temps qu'il faudra pour la prendre.

Sur ce terrain pentu, pas question de faire rouler quelque véhicule que ce soit. Des mules transportent les rations de nourriture, l'eau, les fusils, les munitions, les blessés. Les morts. Recevant les ordres des généraux, les officiers s'exposent au feu avec leurs hommes. Il vient ainsi un jour où tous les gradés du régiment sauf un sont blessés ou morts.

Au coucher du soleil, à la fin d'une journée remplie de tentatives de sortie, Joe aperçoit au loin un cortège de mules se dirigeant vers leur camp de base, chargées de ce qu'il prend pour des sacs de céréales jetés en travers des selles. Alors qu'ils se rapprochent, il comprend que ces sacs sont en fait des cadavres. Les mules patientent, la pluie dégouttant de leurs têtes baissées, pendant que les dépouilles des officiers sont allongées par terre, les unes à côté des autres, tel un radeau humain flottant sur le sol gorgé d'eau. Les soldats fatigués se tiennent debout auprès d'eux comme s'ils attendaient le début d'une cérémonie. En temps voulu, il y en aura une, en grande pompe. Mais là, c'est sur le vif.

Un G.I. se penche pour donner une tape amicale à une épaule détrempée, un autre touche la manche de son défunt officier. Quelques obscénités grommelées tiennent lieu d'adieu. Joe ajuste la veste d'uniforme déchirée d'un jeune lieutenant, un garçon de Boston qui, pas plus tard qu'hier, lui confiait que lorsque la guerre serait terminée, il reviendrait en Italie, afin de visiter ce pays correctement.

Août battait son plein quand ils franchirent l'Arno, non loin de Florence. Au sommet d'une côte, Otishi tira Joe par la manche pour lui montrer du doigt un ensemble d'édifices étincelant sous le soleil au centre duquel pointait un campanile aux colonnes délicates penché selon un angle improbable : la tour de Pise. Personne ne ralentit le pas. Pise, au même titre que Florence, n'était qu'un point de plus sur la carte.

À l'abord de la ville, des villas se cachaient derrière des murs et des portails en fer forgé, certaines plantées au milieu de cours dallées. Les ravages de la guerre semblaient avoir contourné ce coin de terre. La rue était indemne. Les demeures vétustes et comme à l'abandon avec leurs façades en stuc lépreuses et leurs volets de guingois. Devant l'une d'elles, une jarre en terre cuite, fendue, dégorge de la terre sèche et des racines mortes. Vestiges d'une splendeur passée.

Tandis que leur convoi pénétrait les rues étroites, la guerre les rattrapa. Autour d'eux il n'y avait que maisons en ruines et femmes en robes noires poussiéreuses ramassant en silence les débris, ou faisant la queue devant la devanture cassée d'une boulangerie. Des murs en pierre de taille qui avaient bravé les siècles étaient réduits à un tas de décombres. Le paysage de la défaite.

De temps à autre, ils marquent une halte dans une ville où le soleil et les Italiennes en robes d'été leur permettent de croire un moment à un retour à la vie normale. Affamés, prêts à vendre tout ce qu'ils possèdent pour un peu de nourriture, les survivants les accueillent cordialement. De bonnes bourgeoises se résignent à monnayer leurs charmes auprès des officiers. Les G.I. voient venir à eux les jeunes filles qui leur offrent leurs corps potelés, un quart d'heure d'oubli, un petit coup vite fait dans une arrière-cuisine ou un parc en échange de bas nylon, de quelques rations, de cigarettes et de gratitude. Parfois, elles empochent des dollars.

Les promesses fusent : « Quand la guerre sera finie, Rosina, je reviendrai te chercher. »

La définition du bien-être dépend des circonstances. Il arrive que l'on retrouve le goût du luxe au bord d'un trottoir, assis sur une chaise en métal bancale, devant une table de bistro rouillée et un verre de gros rouge.

Joe ferme les yeux et s'imprègne de la chaleur du soleil. Ses côtes lui font mal, ses pieds lui font mal, il souffre de spasmes intestinaux. Ses muscles sont raides. Il allonge les jambes sous la table, s'accorde un moment de repos, laisse son esprit vagabonder. Ce n'est pas une bonne idée. Des pensées malvenues lui traversent l'esprit. Tout à l'heure, en passant devant une villa ayant connu des jours meilleurs, il a entraperçu une pièce vide où un câble nu pendait du plafond là où un lustre avait autrefois déployé ses tentacules de cristal. À la fenêtre, une femme regardait la rue sans la voir. Une pièce dénudée, une femme seule, qui attend. Ailleurs, d'autres femmes qui attendent reçoivent-elles l'ordre de défendre leur pays contre l'avancée américaine ? Elles s'arment, se barricadent chez elle, dans des constructions vulnérables, non de pierre et de brique, mais de matériaux fragiles. Comment se barricader dans une maison en bois et en papier ?

Il boit une deuxième gorgée de vin. Aussi aigre que du vinaigre, mais il lui réchauffe les entrailles, et le cœur.

50

Cho-Cho a souvent faim, mais elle se console en se disant qu'au moins elle n'est pas à Tokyo, où les B-29 américains ont réduit la ville en un tas de cailloux. Ici, les plantes s'épanouissent, les oiseaux chantent. S'il n'y avait pas la faim…

Elle est hantée par le souvenir nostalgique d'un haïku écrit par une poétesse il y a près de deux cents ans. Car certaines choses ne changent pas, par exemple les envies qui vous prennent par temps de disette.

Revoir le monde
Du riz blanc
Le parfum de la prune

Le riz blanc. Un souvenir. Ces jours-ci, pour se nourrir, ils ont de l'orge et des pommes de terre, des herbes. Ils font moudre des glands.

Des avis officiels leur avaient recommandé la sciure de bois afin de remplacer à raison d'un quart la farine de riz entrant dans la préparation des boulettes. Une fois encore, ils mangeaient des vers à soie, ratissaient les herbiers marins, ramassaient des escargots, attrapaient des grenouilles, des sauterelles. Il n'y avait plus de poisson. Les œufs n'étaient plus qu'un souvenir, les poules plus que de maigres volailles souffreteuses, jusqu'au moment où le couteau en faisait quelque chose de comestible, chair, sang, abats, os. On disait même que les plumes pouvaient être mangées en ragoût.

Depuis des années, le gouvernement les harcelait de recommandations. Les feuilles d'avis ministériels semblaient tomber des arbres comme jadis les fruits trop mûrs. Lorsque, par ce truchement, la production et la vente d'articles de luxe furent interdites, du jour au lendemain disparurent des rayonnages les objets qui rendaient la vie supportable à tous ceux qui avaient du bien. Cho-Cho plia ses vêtements de soie, caressant chacun tel un enfant que l'on cherche à apaiser avant d'éteindre la lumière. Elle les rangea dans un coffre, avec ses escarpins de cuir souple, emballés dans du papier de soie.

— Oh, Suzuki, soupira-t-elle. Mes belles chaussures françaises.

Comment pourrait-elle continuer à les mettre ? Les socques avaient été décrétés « patriotiques ». On ne portait plus que ça dans la rue. Les gens se rendaient à leur travail en les faisant claquer patriotiquement.

Privée du plaisir sensuel du cuir fin contre sa peau, elle avait l'impression d'être punie. En même temps, elle était révoltée de se sentir aussi dépendante. Était-elle si frivole qu'elle ne tolérait pas l'absence de ces futilités ? Suzuki, elle, ne protestait pas ; elle ne s'était même pas plainte de son veuvage, seulement Suzuki avait toujours l'aiguille à la main, cousant, raccommodant, reprisant, ajustant les tenues de ses aînés pour qu'elles puissent être portées par les cadets, quand elle n'était pas en train de préparer les repas ou de laver le linge ou de s'inquiéter à propos d'un de ses enfants. Cho-Cho, en revanche, avait pour seul souci sa propre personne, et en ces temps de privations, ce n'était guère réconfortant.

Mais le pire était encore à venir. Un restaurateur qui proposait des menus à des prix dépassant celui fixé par le gouvernement était passible de prison. Le coût d'un repas devint bientôt supérieur à ce qu'elle pouvait demander au client. Elle ferma son établissement.

Tandis que l'hiver refermait sa poigne glacée sur Nagasaki, le charbon coûtait au marché noir 50 % plus cher que le prix officiel.

— Et le problème, fit remarquer Suzuki, c'est qu'on n'en trouve pas à ce fameux prix officiel.

Et surtout Cho-Cho regrettait Henry, leurs discussions, leurs disputes, les lettres qu'il recevait d'Amérique et qui lui permettaient de garder le contact, indirectement, avec son enfant. À la mort d'Henry, l'Oregon s'était éloigné à la manière d'une île enchantée. Elle avait reçu un mot de l'Américaine, la blonde épouse, la veuve, la belle-mère. Elle semblait amicale, et Cho-Cho lui avait répondu. Puis il y avait eu Pearl Harbor. La coupure avait été brutale, toutes les communications interrompues d'un seul coup. En revanche, la propagande était omniprésente : émissions de radio célébrant les victoires de l'armée impériale japonaise, voix exhortant la population à travailler plus dur, à se sacrifier pour la gloire de l'empereur, statistiques des lourdes pertes américaines. Même si Cho-Cho savait les États-Unis loin des champs de bataille, elle ne pouvait ignorer que l'armée aspirait les jeunes gens des villes et des campagnes pour les recracher sur les différents fronts. Elle se prit à prier le Dieu méthodiste aussi bien que les *Kami* du shinto, sans avoir beaucoup de foi ni en l'un ni en les autres.

Elle avait repris l'enseignement, instruisait les jeunes et en cas d'alerte, les menait aux abris. Elle était ce qu'on appelle une *shiso*, une femme seule dans un monde d'hommes, en l'occurrence un monde où un garçon était en sécurité seulement avant son dix-huitième anniversaire, l'âge légal pour le service militaire. Elle appartenait désormais à la triste catégorie de celles dont les fils étaient aptes à prendre leur place en première ligne.

Elle savait à quoi ressemblait un soldat américain : casque en acier, fusil et baïonnette, les caricatures grimaçantes des affiches de la propagande. Mais elle n'avait pas appris à haïr l'ennemi : derrière le fusil, sous le casque, ce qu'elle voyait, c'était un enfant aux yeux bleus. Elle se consolait en se disant qu'il avait plus de chance sous l'uniforme américain. Les livres d'Henry lui avaient montré combien l'Occident accordait de valeur à la vie humaine. L'armée se sentait sûrement responsable de ses hommes. Un soldat japonais n'avait pas d'existence individuelle, il n'était qu'un minuscule rouage dans une immense machine de guerre.

Toujours est-il que quel que soit son camp, le soldat ne pouvait que survivre ou mourir, et le choix ne lui appartenait pas.

Où l'enverraient-ils se battre ? S'il s'en sortait, le verrait-elle un jour gravir jusque chez elle le sentier du port, blond et très grand, un Américain, comme son père ?

51

Transportées dans des wagons de marchandises d'une zone de combat à une autre, tels des pions que l'on pouvait sacrifier, de nouvelles recrues arrivaient chaque jour pour prendre la place des morts, les G.I. *nisei* n'avaient pas une espérance de vie très longue.

Depuis l'Italie, marchant en direction du nord-ouest, ils suivirent des chemins de montagne où ils escaladèrent une pente escarpée après l'autre, comme si les falaises se succédaient sans fin. Ainsi, avec difficulté, ils pénétrèrent en France.

Il voyait désormais les cartes comme des instruments du temps. Il fallait trois jours pour franchir une rivière, pour attaquer une colline. Une semaine pour s'emparer d'un point sur la carte, jadis une ville, désormais un champ de ruines.

Ils prirent Bruyères, rue après rue, maison après maison, pièce après pièce. Les portes piégées, les snipers, les mines, la fumée et les hurlements des obus, le crépitement des mitraillettes. Les hommes tombaient à mesure qu'ils avançaient, gagnant un mètre, le perdant... Lorsque, à la nuit tombée, ils s'effondraient, à bout de forces, Joe comptait les morts. Certains, devenus ses amis, gisaient dans la boue auprès des Allemands abattus, sans qu'on puisse les distinguer sous leurs uniformes couverts de boue et de sang noir.

Accroupis, ratatinés de fatigue, les survivants du 100e et du 442e régiment tentaient de reprendre leur souffle. Ses camarades du camp de Tule Lake étaient éparpillés. Kazuo pouvait avoir terminé au fond d'un fossé quelque part en chemin. Ichirô, aux dernières nouvelles, était dans un hôpital de campagne.

Ils buvaient de petites gorgées d'eau et mastiquaient des barres chocolatées en s'échangeant des blagues macabres et en essayant de déterminer quelle était la « bonne blessure », celle qui permettait de rentrer chez soi ou du moins de se soustraire aux tirs.

— Que dis-tu de « mort » ?

— C'est bien. On ne peut plus t'ordonner d'avancer si t'es mort.

Mais les autorités avaient le chic pour surenchérir sur les plaisanteries les plus noires. Se mettant péniblement au garde-à-vous, les soldats entendirent qu'un bataillon texan était pris au piège dans la forêt à quinze kilomètres à l'est, sans vivres ni eau, encerclé par les Allemands.

Les ordres du général furent délivrés d'une voix forte, on ne peut plus claire.

— Deux tentatives ont déjà été effectuées pour les délivrer, sans résultat... (Le meilleur avait été gardé pour la fin.) Le régiment doit être secouru... coûte que coûte.

Coûte que coûte ?

Otishi murmura :

— *Reviens avec ton bouclier ou dessus,* disait-on au soldat spartiate qui partait à la guerre.

Joe promena son regard à la ronde.

— Je ne vois pas de boucliers ici.

— Le message est le même.

Il fallut cinq jours et huit cents victimes pour délivrer les deux cent onze hommes du « bataillon perdu ».

Les Allemands, embusqués dans des tranchées, les attendaient. Le 442e se fraya un chemin dans le sous-bois gelé aussi touffu qu'une jungle. Sous le feu d'artifice des éclairs jaunes que crachaient les mitrailleuses dans l'air brumeux et ruisselant de pluie, ils progressaient mètre après mètre, le ventre dans la boue, avec des reptations de couleuvre. En émergeant au sommet d'un monticule, ils furent un instant exposés et aussitôt les obus explosèrent. Joe se sentit soulevé dans les airs. Il roula sur lui-même en se raccrochant aux racines, à la végétation. Devant lui, à travers le tourbillon de poussière, il discerna un uniforme ensanglanté bizarrement tordu. Il s'en rapprocha en rampant et en entonnant leur mantra :

— Ça va aller, mon vieux, ça va aller.

En traînant le blessé hors de la ligne de feu, il plaça son visage au-dessus du sien. C'était celui, terreux et inconscient, d'Otishi.

Tiens bon, tu vas t'en tirer, mon vieux, tiens bon. Il lui fit un bouclier de son corps, et dans un hurlement, réclama une civière.

Il tente de soulever ce corps si lourd, quand *Oh, mon Dieu, mon Dieu…* Le casque d'Otishi se soulève en penchant de côté et sa cervelle se répand sur son visage et les mains de Joe.

52

Avant la guerre, Cho-Cho avait cherché par tous les moyens à pousser les jeunes femmes à sortir de leur état d'invisibilité et à se prendre elles-mêmes en charge. À présent, elle sympathisait avec celles qui, trimant dans les mines de charbon et les aciéries, regrettaient leur vie tranquille d'autrefois.

Suzuki et elle ne manquaient pas une occasion d'évoquer avec émotion le passé, l'époque où Cho-Cho et Henry débattaient le cœur léger de la tradition et des droits des femmes, tous trois à l'abri des liens affectifs qu'ils avaient tissés, même si Suzuki donnait plus qu'elle ne recevait. Désormais elles se trouvaient à égalité, deux femmes seules pour différentes raisons, se chauffant les mains et les pieds à un minuscule brasero.

Jusqu'ici, elles avaient plutôt eu de la chance, à Nagasaki. Alors que d'autres villes, aussi bien les grandes que les petites, brûlaient sous les bombardements, Nagasaki restait indemne. Un raid aérien récent sur le port et l'usine d'armement Mitsubishi avait causé un certain affolement, d'autant que les bombes avaient touché l'hôpital et l'école de médecine.

Quelques jours plus tard, Suzuki monta rendre visite à Cho-Cho. Les parents s'inquiétaient : et s'il y avait d'autres raids ? Ils étaient en train d'évacuer les enfants.

— Au cas où, spécifia Suzuki. On constitue des petits groupes. J'emmène les filles. Viens avec nous.

— Je préfère rester ici.

La petite maison de Cho-Cho se trouvait de l'autre côté du port, par conséquent loin des quais. En outre, elle avait une cave. Elle promit d'y descendre si jamais les avions revenaient.

L'atmosphère était tendue dans la perspective d'éventuels raids aériens, ou de pourparlers secrets dans les hautes sphères du pouvoir, de décisions qui changeraient tout. Peut-être, se disait-on avec espoir, en dépit des exhortations à soutenir l'effort de guerre, la paix était-elle en vue ? Combien de temps encore pourraient-ils tenir ? Combien de vies devaient encore être sacrifiées ?

En attendant, elle inséra une autre feuille de papier dans le rouleau de sa machine à écrire et commença une nouvelle lettre, à ajouter à toutes les autres dans la cassette en métal repoussé posée sur son bureau.

Mon cher Sachio...

Le 6 août, une chose inimaginable se produisit à Hiroshima. Elle écouta, abasourdie, les informations. Ce n'était pas un raid aérien, c'était une apocalypse. Des gens fuyant le cauchemar ne tardèrent pas à arriver à Nagasaki, hideusement brûlés, aveuglés, blessés, à peine vivants. D'un bout à l'autre du pays, des avions larguèrent, non des bombes cette fois, mais des tracts. Le président des États-Unis lançait un ultimatum au peuple japonais en ces termes : *Si les Japonais n'acceptent pas maintenant nos conditions, ils peuvent s'attendre à une pluie de feu qui sèmera des ruines telles qu'on n'en a jamais vu sur cette terre.*

Aucun tract n'atteignit Nagasaki. À cause d'une erreur bureaucratique, personne ne fut averti. À Nagasaki, tout le monde vaquait à ses occupations habituelles.

Le 9 août au matin, peu avant 8 heures, l'alerte sonna. Cho-Cho se prépara à honorer sa promesse à Suzuki et à descendre dans sa cave. Aucun avion ne se fit entendre. Une demi-heure plus tard, la sirène hurla de nouveau. L'alerte était passée.

Elle arrosa ses plantes qui dépérissaient dans la fournaise estivale. Après avoir terminé le dernier feuillet de sa lettre à son fils, elle la rangea dans la boîte métallique. Puis elle lava du linge, l'essora et le déposa dans une bassine en tôle émaillée.

Dehors, même si le soleil était caché derrière la couche nuageuse, il ne serait pas long à sécher.

Il était près de 11 heures. Elle resta un moment sur le seuil de la maison à suivre des yeux un petit oiseau qui picorait le sol. Ces temps-ci, il y avait même pénurie de vers de terre – une bonne source de protéines. Elle levait les bras pour étendre une serviette quand elle entendit le bourdonnement d'un avion. Levant les yeux, elle aperçut deux bombardiers – tout le monde à présent savait identifier un B-29. Ils étaient encore assez loin, et volaient à haute altitude : sans doute en mission de reconnaissance. Par pure bravade, elle décida de terminer d'étendre son linge. Si jamais les avions descendaient, elle irait se réfugier dans sa cave.

Une fois la serviette sur la corde, jetant un coup d'œil par-dessus son épaule, elle distingua un objet de couleur foncée et de forme arrondie qui tombait de l'avion, pareil à un gros œuf sombre. Il y eut comme un coup de tonnerre. Un éclair déchira le ciel en deux. Le monde ne fut plus qu'un rugissement. Puis tout devint blanc.

53

Un soir, alors qu'ils étaient encore sous leur propre toit, dans la cuisine « tout électrique », au temps où tout semblait aller bien pour eux, Nancy, en proie à des doutes d'une autre nature, avait posé sa main sur celle de Ben en lui demandant :

— Nous avons pris la bonne décision, n'est-ce pas, Ben ? Joey est heureux avec nous. Quel genre de vie aurait-il pu avoir dans cet endroit ?

La réponse de Ben lui avait paru curieusement décalée.

—Je n'ose pas imaginer ce que cela a dû être pour elle, de n'avoir aucune nouvelle de lui.

Sur le moment, Nancy avait fait la sourde oreille. Aujourd'hui, elle comprenait. Comme cette femme avait dû souffrir, en effet, de sentir que son fils, quelque part dans le monde, était en train de grandir, de devenir un homme, alors qu'elle ignorait tout de lui.

Il se fait appeler Joe à présent, mais pour elle, il est et restera toujours Joey. Dans ses rêves, elle le revoit enfant – ses cheveux brillant comme de l'or alors qu'il traverse un jardin en courant ou se précipite vers elle et saute dans une flaque ; l'eau gicle et retombe en une pluie de gouttelettes qui étincellent au soleil.

Elle ne peut contrôler ses rêves, tout comme elle ne peut contrôler les spasmes de son cœur tandis qu'elle le voit débarquer du train, un train qui déverse des grappes de soldats sur un quai encombré de mères, d'épouses, d'amoureuses et de sœurs.

Ses boucles blondes ont été rasées, son crâne est à peine couvert d'un fin duvet. Il est amaigri et musclé sous son uniforme militaire. Elle distingue des cicatrices, un ensemble épars d'imperfections. La peau de son visage n'est plus lisse et pulpeuse comme dans son souvenir. Il a des pattes-d'oie autour des yeux.

Elle a vu aux actualités, dans la salle de cinéma du quartier, la cérémonie en l'honneur du contingent de retour au pays : la fanfare, les drapeaux, le président sous la pluie accueillant à Washington les *boys* désormais des héros, quoique Nancy eût souhaité voir à la place de l'actuel président Truman, l'ancien chef de l'exécutif américain, Roosevelt, son ex-idole, qui, en des temps de paranoïa, avait retranché ces mêmes garçons ou leurs semblables derrière des barbelés.

Mais c'est fini maintenant et le voilà, avec son unité, un si petit nombre de survivants, tant de camarades qui ne rentreront pas. Ossements nippo-américains éparpillés en terre étrangère. Le 100ᵉ et le 442ᵉ régiment – tous deux décimés – ont été rebaptisés le *Purple Heart Battalion*, du nom de la prestigieuse décoration. Pourtant, Nancy ne décèle sur son visage aucune fierté, seulement une profonde fatigue.

Ils s'étreignent, ils rient, les mots manquent. Elle doit se hisser sur la pointe des pieds et tendre le cou pour embrasser sa joue. Et alors qu'elle le serre contre elle, un souvenir lui transperce l'âme, celui de petits bras qui se nouent autour de son cou. « C'est ma maman. » Un fragment du passé.

Il la relâche, avec un large sourire :

— Salut, Nance.

Le petit nom que Ben lui donnait. Elle doit cesser de penser à lui comme à un enfant.

Elle se rappelle des paroles souvent entendues pendant le culte à l'église : *Car avec beaucoup de*

sagesse on a beaucoup de chagrin, et celui qui aug-
mente sa science augmente sa douleur. Ils étaient tous
les deux plus sages, et sur les traits de Joey, elle
discernait la perte de l'innocence.

Joe, lui aussi, voyait la douleur qui accompagnait
une plus grande sagesse dans le visage de Nancy.

Dans la rue, il s'arrêta sur le trottoir pour
contempler la maison de Louis et Mary, un sourire
aux lèvres, l'air étonné. En son absence, elle semblait avoir acquis un charme suranné.

Un couple qui passait sur le trottoir d'en face
salua Nancy de la main. Elle leur présenta son fils,
Joey, qui rentrait de la guerre. La femme se fendit
d'un immense sourire et l'homme leva son chapeau.
L'œil fixé sur la décoration qui ornait la poitrine
de Joe, il félicita d'une voix forte les *boys* :

— On est fiers de vous, mon garçon. Bienvenue
au pays.

Joe précéda Nancy dans l'escalier ; la cinquième
marche émettait toujours son cri de perroquet, le bois
de la rampe était toujours granuleux aux mêmes
endroits. Il ouvrit la porte de sa chambre. Pas un
grain de poussière, une odeur d'encaustique et de
lavande. Toutes ses affaires parfaitement rangées.
Son lit fait. Il sentit sa cage thoracique se contracter,
ses yeux le picoter.

— Tu n'as rien changé.

Il jeta son sac sur le lit.

— C'est drôle, j'avais l'impression qu'elle était
plus petite. Je n'ai pas vécu dans le confort depuis
que je suis parti.

Il s'étendit de tout son long sur le lit et répéta d'un air songeur :

— Rien n'a changé.

— Toi, si.

Elle se rappelait que, lors de son départ pour le camp d'internement, ils s'étaient embrassés, et en guise d'au revoir, il lui avait effleuré la joue. Ses doigts étaient doux alors, la main d'un garçon qui passait ses journées à l'étude ou au soleil, les ongles propres, la peau bronzée, des poils dorés à la naissance du poignet. La main qu'elle tenait à présent dans la sienne était dure, hâlée, large, les ongles tout abîmés, de la corne au bout des doigts. Une vilaine balafre partait du dos de sa main et montait le long de son bras, là où un éclat d'obus avait déchiré la chair. Mais aussi la cicatrice d'une blessure plus intime. L'espace d'un instant, elle resta sans voix, se contentant de tapoter sa main. Finalement, elle l'interrogea sur la France.

— Dans les Vosges, déclara-t-il à la façon d'un conférencier énonçant une statistique, l'espérance de vie se montait à dix-sept jours...

Il hurle qu'il faut une civière pour Otishi, ce gars-là a besoin d'une civière. À travers la cacophonie des détonations et des obscénités, il perçoit l'ordre d'avancer qui lui est adressé : les morts n'ont pas droit à la civière. L'attaque se poursuit. Les soldats courent en trébuchant sur le sol cabossé par les corps en charpie de leurs camarades. Les Texans sont délivrés ; la mission est considérée comme réussie.

— Raconte-moi la France, répéta Nancy.

Avec un hochement de tête, il laissa ses doigts courir sur les tranches des livres serrés sur l'étagère au-dessus de son lit.

— Nance, tu te rappelles Walt Whitman. *Je ne joue pas des marches seulement pour les vainqueurs reconnus...*

Nancy se joignit à lui et ils entonnèrent d'une même voix : *Je joue des marches pour les vaincus et les victimes*[1].

— Mais ensuite il ajoute qu'il joue aussi pour les généraux. Les généraux ? Des connards comme Dahlquist, Mark Clark et MacArthur, qui ont envoyé des hommes à la mort pendant qu'ils prenaient des notes pour leurs mémoires ? Une marche pour les généraux ? Vous vous foutez de ma gueule ?

Il n'avait pas eu l'intention de l'accabler de sa rancœur.

— Tu sais de quoi nous rêvions... là-bas ? D'une tasse de bon café.

— Je t'en prépare tout de suite.

En lui lâchant la main, il remarqua une bague à son doigt : un anneau d'or délicatement incrusté d'émail bleu foncé. Il la frôla du bout du doigt.

— Je ne l'avais jamais vue.

— Un cadeau d'adieu. D'un ami.

— Très joli.

En descendant l'escalier, elle songea qu'il fallait le laisser se reposer et reprendre peu à peu pied dans la vie normale. Il serait toujours temps d'envisager l'avenir. Le « G.I. Bill » donnait au moins à

---

1. Traduction de Roger Asselineau.

ceux qui revenaient de la guerre la possibilité de reprendre leurs études ou de s'établir – une chance que n'avaient pas eue les anciens combattants du précédent conflit.

Dans la cuisine, elle ôta l'anneau de son doigt et relut les mots gravés à l'intérieur : *Il buon tempo verrà*. Le temps du bonheur viendra. « C'est une bague ancienne, lui avait dit Charles. Mais c'est moi qui ai fait graver la devise. La même que Shelley avait dans la sienne. »

Elle n'avait trahi qu'une seule fois leur pacte en brisant la bulle censée les tenir loin des affres de la réalité, quand elle avait reçu la lettre où Joey lui annonçait qu'il s'était engagé dans l'armée et qu'il était en route pour le front. Charles l'avait trouvée en larmes. Il l'avait consolée pendant qu'elle lui parlait non seulement de son angoisse de mère de soldat, mais aussi de Ben, du superbe nageur mort dans les eaux glauques de l'Anacostia.

Il avait sorti de sa poche un grand mouchoir qu'il avait déplié pour essuyer ses larmes.

— Nous avons connu une marche contre la faim en Angleterre il y a quelques années de cela. Ils ont parcouru à pied quatre cents kilomètres, depuis Jarrow jusqu'à Londres. Des chômeurs qui réclamaient des emplois. J'imagine que les plus jeunes se trouvent sur le front à l'heure qu'il est.

Charles s'exprimait rarement de façon directe. Avec lui tout était toujours imprécis, flou : son métier, ses explications. Dans sa vie, même son désaccord avec certaines « broutilles » impliquant l'ambassade, tout semblait « compliqué » ou « difficile ». On n'en discutait pas, un point c'est tout.

Mais ce jour-là, il s'était montré différent, à l'écoute, et lui avait livré ses réflexions sur ses propres problèmes familiaux.

— Petits, ils donnent de petits soucis : des genoux couronnés, des bagarres dans la cour de récréation. En grandissant…

Il esquissa un geste d'impuissance.

Il avait deux filles.

— L'une s'est engagée dans l'armée territoriale féminine, l'autre est infirmière. De gentilles filles. (Un temps de pause.) Je les connais mal, en fait. (Un silence plus long.) Leur mère… (Nancy nota qu'il ne disait pas « ma femme ».) Je ne crois pas la connaître très bien non plus. Mais cela ne compte pas tellement. On vit… on s'entendait bien. Je pense que dans pas mal de mariages, c'est comme ça, on s'en arrange, on fait avec.

À vrai dire, ce constat était aussi valable pour son mariage avec Ben. Les feux de l'amour naissant avaient été rapidement éteints par les circonstances.

Charles, au moment de son départ, lui avait tendu l'écrin en murmurant :

— Lis ce qu'il y a inscrit dessus… il faut y croire.

Il buon tempo verrà. Avait-il voulu dire que le bonheur reviendrait avec le retour de Joey ou autre chose ?

Elle prépara le café et le monta.

Le lendemain matin, Joe sortit se promener dans les rues, curieux de confronter le quartier tel qu'il était aujourd'hui à celui resté gravé dans sa mémoire. Il retrouva en effet une certaine ombre d'arbre qui s'allongeait en travers du trottoir, la même qu'enfant il franchissait d'un bond comme s'il sautait par-dessus un tronc fantôme ; le coin où les toits de deux bâtiments se heurtaient à des angles bizarres. Autrefois, il avait l'impression qu'ils se battaient, deux maisons de dessin animé pourvues de voix nasillardes se donnant des coups... d'auvents.

Les passants se dirigeaient d'un pas pressé vers leur lieu de travail. Mais ce qui l'étonna le plus, c'était le nombre de voitures, et les carrosseries rutilantes. Et puis tout cet asphalte, ce ciment, ce béton qui cachait la terre. Ici, pas une once de boue. Même les plates-bandes avaient l'air immaculées, à croire que les fleurs poussaient dans un engrais salubre. Des fleurs dont les pétales, lavés par la pluie de la veille, miroitaient sous le soleil. Tout semblait si frais, si impeccable, si flambant neuf, s'émerveillait-il en marchant.

Au bout d'un moment, il se mit à marquer de temps à autre une halte, afin d'examiner de plus près telle devanture, telle fenêtre. Son front se plissa. À un carrefour, il s'arrêta devant un éventaire à journaux parce qu'un gros titre avait attiré son regard. Il lut quelques lignes avant d'acheter le quotidien. Debout devant la boutique, il termina l'article. Puis, prenant le chemin opposé à celui qui le ramènerait chez lui, il monta vers la vieille ville.

La porte d'entrée claqua si fort que les murs tremblèrent. Il fit irruption dans la cuisine.

— Joey ? lança Nancy en sursautant.

Il jeta le journal sur la table avec une telle violence qu'il glissa sur le bois pour atterrir aux pieds de Nancy. Elle se baissa pour le ramasser.

— Qu'est-ce que c'est que ce merdier ? articula-t-il en soufflant.

— Quoi ?

Il était blême, les traits de son visage fortement marqués.

— Qu'est-ce qui se passe ici ? Il y a des pancartes sur les vitrines des magasins : *On ne sert pas les Japs.* Et dans les fenêtres des pensions de famille : *On n'accepte pas les Japs.* Je lis dans le journal que certains membres de la Chambre des représentants tentent d'empêcher les Nippo-Américains de retourner dans l'Oregon. (Il marqua un temps d'arrêt puis reprit plus calmement :) J'ai marché jusqu'à Japantown…

— Oh, interrompit Nancy, ce n'est plus…

— Je sais, ça porte un autre nom maintenant. J'ai rendu visite à deux familles que je connaissais à Tule Lake. Leurs fils étaient avec moi en France. Ils ont retrouvé leurs maisons saccagées, pillées. Leur chat pendu à un arbre devant la porte. Les voisins leur ont demandé quand ils comptaient *partir.*

— Il n'y a pas qu'à Portland, répliqua Nancy, bouleversée. Les gens ont lu des histoires… Les journaux étaient pleins de récits sur la façon dont les Japonais traitaient leurs prisonniers : les tortures, les brutalités, le travail forcé, les exécutions sommaires… On a vu des photos d'un soldat japonais s'apprêtant à couper la tête d'un jeune Américain avec un sabre de samouraï. Voilà l'image que les Américains ont eue des Japonais.

— Mais pas de ces Japonais-là. Ceux-là ont vécu ici depuis toujours. Pourquoi tu crois que les gars des camps ont été volontaires pour s'engager ? Pour défendre une Amérique qui dit : « On ne sert pas les Japs » ?

— Je te jure que très peu de gens pensent comme ça... une minorité.

— Mais pas une minorité étrangère.

Plus il y réfléchissait, plus il devenait évident que si on avait envoyé son régiment au secours du « bataillon perdu » texan, c'était pour une raison qui n'était pas celle que l'on pouvait supposer.

— Au départ, je pensais qu'ils nous confiaient cette mission parce qu'ils savaient que rien ne nous arrêterait. Comme si nous étions des espèces de kamikazes criant « *Banzaï* ». Mais plus ça va, plus il m'apparaît qu'en cas d'échec, si nous mordions tous la poussière, eh bien, ce n'était pas une grande perte, après tout, nous n'étions qu'une bande de *Japs*...

Il avait les tempes qui lui battaient, et la bouche horriblement sèche. Il remplit un verre d'eau. Après l'avoir bu d'un trait, il posa le verre et fit le tour de la cuisine comme s'il dressait un inventaire, mettant une main sur une tasse, puis sur une casserole, des objets usuels dont la familiarité le rassurait. Une fourchette était une fourchette. Ces choses-là ne changeaient pas, au moins.

— J'ignorais que j'étais japonais jusqu'au jour où Roosevelt m'a dénoncé comme tel. Mais en Italie, c'était différent : nous étions tous des G.I., unis, sans séparation entre « eux » et « nous ». Nous faisions partie d'un tout.

— Vous êtes des héros.

— Pourtant ils refusent de nous servir à l'épicerie du coin. « Purple Heart » à part, qu'est-ce qui définit le héros ? Le fait de monter à l'assaut alors qu'il sait qu'il sera tué ? N'est-ce pas typiquement japonais ? Kamikaze ?

— Non, j'appelle cela le courage. Ne te sous-estime pas.

Il ouvrit le robinet de l'évier et se lava les mains en se les frottant l'une contre l'autre comme s'il cherchait à s'arracher la peau. Il saisit brusquement un couteau de cuisine et en appuya la pointe contre le dos de sa main, jusqu'à ce que le sang perle. Puis il lâcha le couteau sur le plan de travail et remit sa main sous le robinet, laissant un filet rouge couler sur la porcelaine blanche.

— Je n'en peux plus, Nance. J'ai l'impression d'être écartelé. Je me sens revenu à l'époque de ces supplices où on vous étripait vivant, où on vous pendait, où vos membres étaient tirés par quatre chevaux… Je suis américain, non ? Je fais aussi partie de ceux que le quincaillier du coin refuse de servir. Ils ne veulent pas de moi dans ces pensions de famille avec leurs pancartes…

Il ouvrit le réfrigérateur. Les étagères inondées de lumière étaient bien garnies, de viande, de tomates, de pain, d'un pot de gelée de fruit, de beurre de cacahouète. Bref, l'opulence. Distraitement, il ouvrit et referma la porte plusieurs fois de suite.

— Tu te rappelles quand j'étais petit ? Je te demandais si la lumière s'éteignait quand on refermait le frigo. Tu me répondais que oui, mais je ne te croyais qu'à moitié. Les gens qui vous sourient continuent-ils à sourire quand ils ferment leur porte ? On ne peut jamais être sûr... Je n'aurais jamais dû me porter volontaire. Fichu patriotisme. J'aurais dû rester à Tule, derrière les barbelés. C'est là qu'est notre place, à nous autres étrangers. Figure-toi que certains gars du bataillon rentrés en avance n'ont pas pu voir leurs parents, et tu sais pourquoi ? Parce qu'ils étaient encore dans les camps.

Il se tut. Dehors, des voitures passaient dans un bruissement de pneus sur la chaussée humide.

Ils n'avaient pas encore parlé de Cho-Cho, évitant le sujet comme on contourne une plaie ouverte. Il se résolut enfin :

— Nagasaki, commença-t-il.

Quand ils avaient entendu la nouvelle pour Hiroshima, les soldats ne savaient pas trop quoi en penser. Une bombe, et alors ? Ils en avaient largué des milliers sur Tokyo. Ensuite, ils avaient compris que ce n'était pas une bombe normale, mais une arme à nulle autre pareille. Les chiffres étaient présentés de manière rassurante : usines rasées, ponts et chemins de fer détruits. La machine de guerre ennemie mise hors d'état de nuire.

Trois jours plus tard, le ventre d'acier de « Fat Man », un nom qui sonnait comme une mauvaise blague, explosa dans le ciel de Nagasaki. La bombe atomique. De nouveau les bulletins officiels annonçaient que les usines étaient rasées, l'usine Mitsubishi pulvérisée. Les soldats écoutèrent

Truman à la radio, sa voix aux intonations douces égrenant des mots neutres : quais, usines, chemins de fer, communications...

Joe était loin d'imaginer des hommes et des femmes transformés en torches humaines, le sang, l'agonie. Les précisions leur parvinrent par la suite, grâce à des fuites dans le dispositif de censure de MacArthur recueillies par les journalistes, ces gratte-papier que détestait le général qui les traitait de cinquième colonne minant les forces de leur propre pays.

Informations et désinformations se mélangeaient dans la tête de Joe. L'horreur de la guerre atomique. Une horreur infligée à « son » peuple par « son » peuple. Et quelque part dans cette horreur, parmi les êtres réduits à néant, ou parmi les rescapés, sa mère dont il n'avait plus aucune idée.

— Je ne peux pas rester ici, laissa-t-il tomber.

Nancy était sans nouvelles depuis la lettre et la photo de la femme aux mains pâles croisées sur ses genoux. Pas un mot depuis la bombe et la capitulation. Le pays était détruit. Elle avait vu les images aux actualités, elle avait écouté les reportages à la radio décrivant Tokyo bombardé transformé en un désert de cendres. La géhenne de Hiroshima et Nagasaki. Mais à la radio, ils parlaient de la destruction des édifices, du béton et de l'acier. Pas un mot sur les morts et les blessés sous le champignon atomique. Aucun détail sur les souffrances des hommes, seulement les échos du triomphe : la guerre était finie. Elle avait fermé son esprit, ses yeux et ses oreilles à ce que cela pouvait signifier pour une certaine personne.

La peur lui étreignit soudain la poitrine. Impossible de lui parler, même de le regarder. Elle ne voulait pas pleurer. Elle fixa un bouton de sa chemise qui pendouillait au bout de son fil. Elle brûlait de lui crier : Ne m'abandonne pas. Atterrée par sa propre faiblesse, elle posa son doigt sur ses lèvres pour mieux les sceller.

Il prit la main qu'elle tenait contre sa bouche et la serra très fort dans la sienne.

— Si ce n'était pour toi, Nance...

Il laissa sa phrase en suspens, trop ému pour l'achever. Dehors, le soleil avait disparu derrière les nuages gorgés de pluie. Les pneus bruissaient toujours sur l'asphalte détrempé. Dans le silence entre deux passages de voitures, il dit dans un souffle :

— Il faut que je retourne là-bas.

Elle reprit sa main et opina sans plus d'émotion apparente que s'il venait de lui annoncer qu'il devait faire le plein d'essence.

— Oui.

Elle attendit, résignée d'avance.

— Elle est sans doute plus qu'une statistique, énonça Joe. Mais, qui sait ? Il y a des gens qui en ont réchappé. (Il poursuivit sans amertume :) J'ai essayé de comprendre ce qui l'avait poussée à m'abandonner pour soi-disant m'offrir une meilleure vie. Mais à chaque fois, je me suis heurté à un mur. Il doit y avoir autre chose.

Ainsi, songea Nancy, le moment de vérité avait sonné.

— Écoute, lui dit-elle, ce jour-là, à Nagasaki...

Accablée par le fardeau de la culpabilité qu'elle avait porté la moitié de sa vie, elle n'avait plus la force de se dérober une fois de plus.

— Je lui ai parlé pendant que tu étais en train de jouer dans le jardin avec Ben. Je lui ai parlé, parlé, et elle s'est contentée de m'écouter. Et j'ai trouvé le moyen de toucher son cœur. Ton père n'y est pour rien, il n'a jamais été au courant.

» J'avais déjà tout tenté en vain : un meilleur avenir pour toi, le fait qu'un garçon a besoin de son père... Elle était restée de marbre. Puis... Puis je lui ai dit que je ne pouvais pas avoir d'enfant... que Ben ne pourrait jamais avoir d'autre enfant que toi, que son chagrin serait dévastateur.

» Je lui ai dit : Vous êtes jeune, vous pouvez refaire votre vie, avoir un autre enfant. Ben, lui, ne le peut pas. Notre bonheur est entre vos mains.

Elle se tut. Sa respiration était si forte que l'air parut trembler autour d'elle.

Joe s'était plus d'une fois demandé pourquoi Nancy n'avait jamais eu d'enfant à elle. Cela avait dû être difficile, lui fit-il remarquer, de savoir si jeune qu'elle serait sans descendance.

— Ah, mais à l'époque, je n'en savais rien. C'est très mal ce que j'ai fait. Je lui ai menti. (Elle essayait d'humecter ses lèvres sèches, mais sa langue se collait à son palais.) En entendant que j'étais stérile, elle s'est séparée de ce qu'elle avait de plus cher au monde. Toi.

Et maintenant venait le moment de débiter le couplet qu'elle connaissait par cœur. Elle ne se l'était jamais pardonné. L'église était devenue territoire ennemi, Dieu hors d'atteinte. Comment aurait-elle pu le supplier de l'absoudre ? Toutefois, elle ravala ses paroles.

— Et puis, finalement, il s'est avéré que c'était la vérité. Nous avons essayé de concevoir pendant des années, sans résultat. Mon mensonge a pris rétrospectivement une allure prophétique.

Elle tremble tandis qu'il l'entoure de ses bras. Joe est étonné de la sentir si petite, la tête sur son cœur. Elle qui avait toujours été sa protectrice. Il la serre affectueusement contre lui et frotte doucement son menton contre ses cheveux.

— C'est typique d'une bonne chrétienne de se montrer trop dure avec elle-même, lui murmure-t-il.

Nancy part d'un petit rire qui s'étouffe dans un sanglot. Elle pleure au creux de son épaule, s'abandonnant au chagrin, laissant enfin libre cours à une douleur ancienne et tenace, à la longue agonie du châtiment et de la culpabilité.

PARTIE 5

54

Que s'attendait-il à trouver à Tokyo ?

Les Allemands avaient bombardé Guernica ; les Japonais Chungking ; les Britanniques Dresde ; les Américains Tokyo. Tokyo était la dernière ville de la liste terrifiante.

Une nuit de mars, deux cent soixante-dix-neuf bombardiers B-29 Superforteress larguèrent un million de bombes incendiaires au napalm sur Tokyo. Les gens qui essayaient de fuir furent happés par des murs de feu poussés par des vents brûlants. L'eau des canaux se mit à bouillir, des coulées de verre fondu se déversèrent dans les rues. Les oiseaux flambaient en plein vol. Trente-huit km^2 furent ainsi rasés. Il y eut plus de 100 000 morts, 40 000 blessés et brûlés graves. Tout cela, Joe le sait parce qu'il l'a entendu ou qu'il l'a lu. À présent, il se trouve sur les lieux.

En Italie, il avait assisté – et contribué – aux dévastations. Cassino en ruine, les villes et les villages ravagés, partout la guerre avait opéré ses métamorphoses. Mais ici, il y a autre chose.

La ville ne présente plus qu'un vaste terrain vague là où se dressaient des maisons, où des gens travaillaient, respiraient, dormaient. Çà et là, la présence d'une construction en béton rompt la monotonie du paysage de décombres – un grand magasin éventré, un bâtiment carré en pierre surmonté d'une horloge fracassée, une masse noirâtre qui a dû être un cinéma. Il voit aussi deux carcasses métalliques tordues : d'anciens immeubles de bureaux.

Autrefois, lors d'un séjour en Californie, Joe était passé en voiture devant une colline qui avait été la proie d'un incendie et dont le sol fumait encore entre les squelettes d'arbres calcinés. Tokyo, comme cette forêt, est un cimetière d'arbres. Pas une seule construction en bois que n'aient traversée les flammes, pas une seule maison qui soit restée debout.

Le Palais impérial, étrangement indemne sur son îlot, semble encerclé par les eaux magiques de ses douves. À deux pas se trouve le Dai-Ichi Insurance Building, trapu, aussi robuste qu'une forteresse. Joe voit des Jeep garées devant et des employés en uniforme qui entrent et sortent. Il est arrivé au Q.G. américain.

Le seuil pas plus tôt franchi, il se retrouve aux États-Unis. Un décor rutilant, meublé de fauteuils confortables, un lieu où s'affairent des jeunes gens dont le physique athlétique est rehaussé par leurs tenues militaires. Le tout éclaboussé de lumière par les plafonniers, les lampes de bureau, les lustres. L'air lui-même n'a pas la même odeur.

À l'accueil, il décline son nom et présente ses papiers. Ici, pas de geste de surprise, nulle vérification. Joseph Theodore Pinkerton. Ici, il est à sa place.

Il figure sur la liste. Il est identifié, catalogué, sauf que cette fois l'étiquette le classe parmi les types normaux. Il appartient à la catégorie de ceux qui font tourner la boutique.

Dès qu'il s'assied à son bureau, il est absorbé par les check-lists, les informations de toute nature : circulaires, emplois du temps, « sujets à éviter ». Il apostrophe son voisin, un autre jeune homme en uniforme dont le bureau croule sous la même masse de paperasse :

— Quels sujets faut-il éviter ?

— Il y en a trente et un : les critiques à l'égard de la force d'occupation, les critiques à l'égard des États-Unis, les critiques à l'égard des alliés, le marché noir... Tout est dans la liste.

— Autrement dit, on opère une censure.

— Oui, mais on n'a pas le droit d'en parler. Regarde, c'est écrit là. Sujets à éviter. Allusions à la censure.

Il se promène beaucoup et scrute les ruines avec les yeux d'un archéologue qui cherche à reconstituer une ville antique à partir de vestiges. Il constate que la vie reprend, lentement. Ici et là, des planches en bois jaune pâle viennent jeter une note lumineuse dans le gris de cendre. Des immeubles sortent de terre, cette terre que foulent à grand bruit les socques à plateforme, les gros souliers crissant sur les résidus métalliques. Les habitants se meuvent avec lenteur, l'air éberlué. Ils sont curieusement habillés de vêtements dépareillés : un bustier cousu de perles récupéré dans les décombres, un pantalon d'été, une jupe évasée, un kimono déchiré, des chiffons en guise de chemise, des bouts de tissus en papier qui fondent sous la pluie. D'anciens soldats errent parmi eux dans leurs uniformes en haillons, laissés-pour-compte de la machine de guerre impériale, êtres hagards qui seraient volontiers morts au champ d'honneur plutôt que d'être condamnés à vivre.

L'eau et le savon étant des denrées rares, ces gens en général si à cheval sur la propreté circulent le visage noir de crasse, les habits maculés, les souliers crevassés, crottés. Quant aux enfants, ils vont pieds nus.

Le long de ce qui avait été de grandes avenues commerçantes, des éventaires proposent tout ce qui est susceptible de se négocier, à la vente ou au troc : de vieilles décorations militaires, de beaux sacs en cuir souple esquintés par les flammes, une capote de soldat, une paire de chaussures trop délicates pour être portées. Une femme réussit à attirer Joe pour lui faire admirer ses trésors d'ingéniosité : des casques de soldat transformés en casseroles, « et pour sept yens seulement ».

De leurs glaives ils forgeront des hoyaux. Et de leurs lances des serpes. Une nation ne tirera plus l'épée contre une autre, et l'on n'apprendra plus la guerre.

Enfant, combien de fois il avait entendu ces paroles, mais Isaïe n'avait jamais abordé la question des casques.

Sur une grande place, les murs à moitié écroulés sont couverts de bouts de papier griffonnés. Il reconnaît les caractères *kanji*, et remarque que les mots « mère » et « maison » reviennent souvent. Auprès de lui, un vieil homme montre du doigt un ex-voto et commence à traduire, mais Joe ne veut pas rater une occasion de pratiquer son japonais, qu'il a amélioré grâce à des cours au camp d'entraînement. Il déchiffre à haute voix : *Ton frère t'attend.* Et lentement, le message suivant : *Ta mère t'attend chaque soir au coucher du soleil…*

Lui aussi a envoyé des messages, pas sur des bouts de papier, mais ses mots étaient chargés du même espoir. Les lettres, *via* les services de l'armée, ont été adressées à Suzuki, la seule adresse qu'il possède.

La pluie a effacé les caractères de certains dont l'encre paraît brouillée par des larmes, et le son produit par tous ces ex-voto qui faseyent dans la brise est pareil au murmure de milliers de voix inaudibles.

Depuis qu'il est ici, il lutte contre une impression d'horreur, il se sent de nouveau déchiré, écartelé. Que fait-il là, sur cette terre brûlée, sa terre natale, où des décombres s'échappe encore une odeur de cramé, où les gens crèvent de faim ? Doit-il se compter parmi les vainqueurs et les généraux ou bien parmi les conquis et les tués ? Où se situe-t-il ? Où serait-il à présent si Nancy ne l'avait pas enlevé ?

Les rues sont encombrées de cyclo-pousse et de chariots tirés par des chevaux ou des bœufs. Quelques taxis gazogènes passent en laissant un nuage de fumée dans leur sillage. On baigne en permanence dans une sorte de brouillard. Pour éviter d'en respirer les miasmes, les gens portent des morceaux de tissu devant la bouche. Les seules voitures à se faufiler dans le trafic, en bondissant d'ornière en ornière, sont les Jeeps des forces d'occupation. À l'intérieur de ces véhicules militaires, les visages sont jeunes, frais, et incroyablement propres.

Un peu plus loin gisent les coquilles vides d'usines dominées par des cheminées brisées qui ne fumeront plus jamais. C'est avec étonnement et émerveillement que Joe distingue à l'horizon les contours du mont Fuji, d'un violet tavelé de jaune, comme la peau d'une prune pas tout à fait mûre, coiffé d'une couronne de nuées blanches. À chaque fois qu'il aperçoit le volcan, il se rappelle les estampes d'Hiroshige qu'il regardait dans le baraquement de M. Murakami au camp de Tule Lake. Cette vision est une nouveauté à Tokyo, où, il n'y a pas si longtemps, elle était cachée par les immeubles.

À la nuit tombée, comme il n'y a plus de réverbères, les lampes à acétylène des éventaires jettent des lueurs inquiétantes sur les visages proches tandis que les phares des Jeeps projettent contre les murs des ombres mouvantes que Joey associe à celles qui, dans les phares des automobiles passant devant chez sa grand-mère, couraient devant les vagabonds en route pour nulle part.

Au coin des rues de Ginza, où l'on frappait jadis la monnaie, se trouvent des commerces ambulants tenus par la Huitième Armée et réservés à la Huitième Armée. Les Tokyoïtes, mutiques, regardent les G.I. tendre la main vers un hamburger, ou bien vers une de ces longues saucisses jaunes fourrées dans de petits pains. Ils ne mendient pas, ils se bornent à observer. Ils sont chez eux, mais le marchand de hot-dogs est un bastion américain : On ne sert pas les *Japs*.

Joe sait pertinemment qu'il n'est pas autorisé à acheter quoi que ce soit si c'est pour le donner à des Japonais. Il faut au moins qu'il morde dedans d'abord, afin que ce qu'il offre puisse être qualifié de « rogatons ». Comme cela lui paraît injustifié et discriminatoire, il contourne le règlement en coupant le hot-dog en deux. Il tend une moitié à un homme aux cheveux gris, et l'autre à la femme à côté de lui.

— *Tsumaranai mono desuga.*

La formule traditionnelle ne semble guère appropriée, étant donné que « ce pas grand-chose » pourrait se révéler en fait la seule qu'ils aient à se mettre sous la dent de toute la journée, mais ils acceptent en silence, avec une inclinaison de la tête pleine de dignité.

Tout le monde savait qui était à la tête de l'armée d'occupation. La photographie avait fait le tour du monde : la haute taille du général américain, décontracté, les mains sur les hanches, dépassant d'une tête l'empereur vaincu, Hirohito, debout auprès de lui, l'air impénétrable, aussi raide qu'une poupée de cire ; un dieu capitulant devant un *gaijin* qui avait pour nom MacArthur.

Mais ce que tout le monde ne savait pas, c'est qu'au moment de la signature de la capitulation du Japon, comme on pouvait le voir aux actualités et sur les photos publiées dans la presse, il y avait deux drapeaux américains : la bannière étoilée et un drapeau historique : celui que le commodore Perry avait fait flotter au même endroit lorsqu'il avait pénétré en 1853 dans la baie d'Edo afin de proposer aux Japonais d'établir des relations commerciales avec l'Occident, sous la menace des canonnières. L'orgueil n'était pas étranger à l'affaire. Pour le Commandant Suprême des Puissances Alliées, pour MacArthur, Perry et lui étaient de la même famille.

La famille de Joey était elle aussi touchée : par une cruelle ironie du sort, le héros du jour n'était autre que l'homme responsable de la mort de son père. MacArthur avait été à la tête des troupes à Washington. C'était lui qui avait donné l'ordre de disperser les vétérans. C'était à cause de lui que Ben était tombé inconscient dans la rivière. Et aujourd'hui, il usurpait la place de l'empereur, il revêtait son habit pour mieux faire revenir une nation à la vie.

Les Jeeps passent en cahotant. Quand ils aperçoivent la tête blonde de Joe, les G.I. lui font de grands signes. Une nuit en Italie, alors qu'ils partageaient un trou boueux et un morceau de bâche, Otishi lui avait dit que si l'on restait vingt minutes à un coin de rue de Ginza, on était sûr de voir quelqu'un que l'on connaissait. Ils avaient conclu un pacte, scellé avec une barre de chocolat à moitié fondue, selon lequel ils devaient un jour vérifier cette affirmation. *Tu veux faire rire Dieu ?*

Soudain, derrière lui, une voix flûtée s'exclame :

— Mais regardez qui va là. Le garçon aux cheveux parfaits.

Elle est vêtue d'une espèce d'uniforme, ses yeux sont cachés derrière des lunettes noires. Ses cheveux, couleur ébène, brillants, sont plus longs que dans son souvenir. Elle porte un rouge à lèvres écarlate. Sa bouche lui sourit, ou plutôt les coins de sa bouche s'étirent vers le haut.

— On dit que si on se tient à ce coin de rue…

— Salut, Yasuko, l'interrompt Joe d'un ton faussement désabusé, furieux contre lui-même alors qu'il sent s'épanouir sur sa figure un sourire béat.

Pourtant il est compréhensible, et hautement pardonnable, qu'il soit content de retrouver un visage familier dans cet environnement pétri de chagrin et de douleur réprimés. Il n'en est pas moins prêt à supporter quelques piques de sa part.

— Que fais-tu ici à Tokyo ?

— Je rédige la nouvelle constitution, réplique-t-elle, cette fois avec un vrai sourire. Blague à part, ils m'ont engagée pour préparer le café, mais vu que celui que je fais est infect, ils me permettent d'aider. Comme je sais taper à la machine et que je suis forte en statistiques et que je parle la langue… Et comme nous allons donner aux femmes le droit de vote, vois-tu, ça joue en ma faveur…

Elle penche la tête de côté et le dévisage par-dessus ses lunettes noires.

— Nous leur apportons la démocratie, Joey, sans aucune inégalité fondée sur la race ou les origines familiales. Pas de détention illégale. Ici, ils ne pourraient pas avoir un Tule Lake. Cela ne te rend pas fier ? Tu ne te félicites pas ? Ah, mais, tu me trouves peut-être trop sarcastique ?

Elle jette des regards aux ruines qui les entourent.

— Tu sais de quoi il s'agissait, en fait ? Nous nous sommes vengés de Pearl Harbor. Tu te rappelles cette expression, « capacité de surdestruction » ?

Les passants lancent dans sa direction des coups d'œil soupçonneux, sinon carrément hostiles : une Japonaise très élégante et d'une propreté immaculée, aux lèvres peintes, aux ongles vernis.

— Et toi ? ajoute-t-elle. Qu'est-ce que tu fais ici ?

— Je travaille pour le programme de rééducation, comme interprète...

— Interprète. Mais quand as-tu appris le japonais ?

— J'ai suivi un cours avant de partir. Je suis venu enseigner aux adultes. Je suis « agent de liaison ».

— Autrement dit, un espion.

— Non.

— Tu n'as pas à avoir honte. C'est ce que je suis aussi. C'est ce que nous sommes tous.

— Nous ?

— Nous, les étrangers. Tu n'as pas besoin d'avoir les cheveux blonds pour être un *gaijin*. Tu le sais bien. Demande aux Coréens. Nous sommes tous des espions, d'une façon ou d'une autre. MacArthur et ses aides veulent entrer dans la tête des Japonais pour savoir ce qui les motive, et pour les changer.

Elle a dit « nous ».

Pour sa part, il doit organiser ses cours, présenter aux enseignants japonais la nouvelle constitution, les endoctriner. Elle, elle doit envoyer des télégrammes.

Ils se donnent rendez-vous plus tard. Il propose qu'ils se retrouvent au Ernie Pyle Theater.

— Tu veux dire le Takarazuka. Tous ces changements de noms, vous êtes des impérialistes culturels.

Vous. L'espace d'un instant, c'est l'ancienne Yasuko qui est reparue, la moue boudeuse, le visage impavide.

Il s'empresse de suggérer :

— On pourrait aller au cinéma.

— Pourquoi pas ? Au fait, j'ai revu *Le Faucon maltais.* C'est pas mal.

En s'éloignant, elle ajoute par-dessus son épaule :

— Cette dernière réplique que tu aimes tant. Une citation de Shakespeare. Eh bien, elle est citée de travers.

Il la suit des yeux. Elle marche vite sur ses talons plats, et sa mince silhouette ne tarde pas à se perdre dans la foule miteuse. Que faisait-il là ? lui avait-elle demandé. Il n'avait pas été franc avec elle. Paralysé par une peur indéfinissable, il lui avait énoncé son statut, sans lui avouer que c'était un prétexte : que s'il était venu jusqu'ici, c'était pour rechercher sa mère.

Ils dînèrent à la périphérie de Tokyo dans un restaurant à peine éclairé où les serveurs circulant entre les tables veillaient à ce que leurs verres soient toujours pleins et s'empressaient de débarrasser leurs assiettes pour leur apporter de nouveaux plats fumants de la cuisine. Yasuko regardait autour d'elle d'un air affreusement triste.

— Yasuko ? Ça va pas ?

— Je hais cet endroit. Ils me rendent malades, tous ces gens.

— Quels gens ?

— Nous tous. Nous qui pouvons nous permettre de laisser de la nourriture dans notre assiette alors que dehors ils meurent de faim. Tu connais la blague : « Quel est le point commun entre de bons parents et leurs enfants ? La malnutrition. » Je me déteste moi-même d'être ici.

C'est là qu'il apprit que Yasuko n'avait pas été plus franche que lui à propos de la véritable raison de sa présence à Tokyo. Elle cherchait à réunir une famille éclatée, à honorer les morts, à sauver ce qui pouvait encore l'être.

— Mon oncle. C'est un instituteur. Il travaille tout le temps et pourtant il n'arrive pas à nourrir sa famille. Le marché noir est hors la loi, mais il n'y a rien à manger, Joe. Il va peut-être finir par se tuer.

Un de ses cousins avait été officier de l'armée impériale. Elle ne savait pas où il se trouvait.

— Ma mère espère qu'il est mort. Suivant la tradition, il serait bien sûr plus honorable qu'il n'ait pas survécu.

— Ce matin, tu disais que nous étions des espions. Quand je me promène, je me fais à moi-même des remarques. Aujourd'hui, j'ai donné la moitié d'un hot-dog à deux personnes qui m'ont remercié avec la courtoisie traditionnelle. Mais notre présence, tout ce que nous observons, est-ce que ça va changer quelque chose ?

— Cela se pourrait. (Elle haussa les épaules.) Enfin, n'en sois pas trop sûr. L'harmonie du groupe ne tolère pas l'individualisme. Les coutumes ont la peau dure.

Mais Joe n'en était pas convaincu.

— Nous avons organisé des commissions pour réfléchir à ces problèmes. Nous avons l'impression qu'ils devraient être un peu plus comme nous. Seulement, quand est-ce que « un peu plus » devient « trop » ? Combien de temps faudra-t-il pour que les traditions soient abandonnées, le nouveau monde réclamant son tribut ? Peut-être devrions-nous essayer d'être un peu plus japonais.

— Parle pour toi, lui rétorqua-t-elle.

Après cela, il eut moins de mal à lui raconter l'histoire de ses parents. Ou du moins une partie de leur histoire.

— Alors comment ça se fait que tu sois encore à Tokyo ? s'étonna-t-elle. Tu devrais déjà être à Nagasaki.

— Je pars demain, par le train. Suzuki m'en apprendra sans doute davantage.

— Suzuki ?

— La veuve de mon grand-oncle.

— Une chose est sûre, les hommes dans ta famille aiment bien les Japonaises.

Ils passèrent la nuit dans une maison en bois rapiécée du quartier des plaisirs, ce fameux « monde flottant » où l'évasion était encore possible, où des filles à la peau douce et une musique tonitruante occultaient la réalité au bénéfice de ceux qui pouvaient se payer des rêves aux tarifs du marché noir. Eux-mêmes flottèrent un moment, se livrant à de timides explorations, puis, saisis, emportés, bouleversés par la force du désir, ils se déshabillèrent l'un l'autre, leurs corps se mêlant en de lisses et soyeuses étreintes, bouche écarlate perdant ses contours et se gonflant de volupté, le sang brûlant dans leurs veines, l'extase les propulsant dans un ailleurs.

Enlacés sur un futon qui fournissait un bien maigre matelas, ils regardèrent le ciel derrière les carreaux sales de la fenêtre glisser lentement de la nuit au jour.

Ils n'avaient pas dormi.

Elle versa de l'eau dans un baquet en bois et le lava soigneusement. À son tour il la débarrassa de toute trace de sueur et de sperme.

— Tu as des pieds parfaits, lui fit-il observer en lui séchant les orteils et en embrassant sa plante de pied.

Puis, prenant en coupe dans ses mains ses petits seins, il ajouta :

— Tout est parfait chez toi.

— Tu sais ce qu'on dit des Japonaises. Belles de la tête à la taille, mais quel dommage qu'elles aient les jambes si courtes.

— Parfait, répéta-t-il fermement, comme mes cheveux.

À présent, il pouvait lui avouer combien elle l'avait effrayé lors de leur première rencontre à Tule Lake.

Elle rit et déclara que c'était sa manière de réagir aux événements importants dans sa vie : elle devenait cassante.

— J'étais un événement important ?

— Et comment. Je te dévorais des yeux à la cafétéria. Un jour, j'en ai même renversé mon assiette sur ma robe.

— Je t'ai cherchée pour te dire au revoir, le dernier jour avant mon départ pour le camp d'entraînement. Je ne t'ai vue nulle part.

— J'avais une espèce de grippe, et je te jure qu'un malade a rien à foutre dans l'hôpital du camp ! J'ai porté plainte, mais ces salauds s'en foutaient complètement.

Sa virulence n'éveillait en lui qu'une immense tendresse. Yasuko était une mégère de papier. Il n'avait pas à l'apprivoiser… Désarmé, fasciné par ce petit visage qui le fixait d'un air interrogateur, il ne songeait qu'à en chasser cette ombre douloureuse. Elle paraissait tellement plus jeune quand elle riait.

Il prit un train matinal. Dans la gare, il fut obligé de marcher entre les corps emmaillotés de couvertures des sans-abri qui, par centaines, dormaient par terre. Un peu plus loin, des prostituées arpentaient les quais sur leurs chaussures à talons compensés, avec leurs mollets striés et trempés dans du thé afin d'imiter les bas nylon qu'elles parvenaient parfois à soutirer à des G.I. bien lunés.

L'une d'elles, aux yeux fatigués et à la permanente hirsute, l'apostropha en anglais :

— Dis, beau gosse, t'aurais pas du fromage ?

Il sortit de sa poche un paquet de chewing-gums qu'il lui tendit en marmonnant un :

— *Tsumaranai mono desuga.*

De stupéfaction, elle le salua instinctivement d'une flexion du buste avant de lui dire merci. Ils échangèrent un sourire.

— Dis, Johnny, cria-t-elle alors qu'il s'éloignait, toi bon Américain. Apprendre vite.

55

De nouveau en route pour une destination inconnue. Il se laissa ballotter par les cahots du train, bercé par sa cadence, la musique des roues d'acier roulant sur des rails d'acier, un rapide roulement de tambour, mais quelle vieille chanson pourrait-il chanter cette fois sur cette mélodie ?

De la fenêtre, il regardait le paysage défiler avec la sensation de contempler un jardin, tant tous les détails semblaient de petite taille, variés, nuancés. Des rivières minuscules, des arbres délicats penchés sur l'abîme, des montagnes pailletées de cascades. Comme ils étaient loin, les champs de blé et les prairies américaines qui déroulaient leurs océans de verdure jusqu'à la ligne droite de l'horizon. Les terrains montagneux n'étant pas favorables à la monoculture, on y pratiquait une agriculture en miniature, une rizière informe côtoyant le quadrilatère d'un potager, le tout ingénieusement planté de façon à ne pas perdre un seul centimètre carré de terre arable. Que penseraient ces fermiers des hectares de betteraves que les *Issei* et les *Nisei* avaient cultivés avec tant de soin, ces immenses champs dont la monotonie verdâtre s'étalait à perte de vue... ?

Il était seul dans le compartiment réservé aux forces d'occupation, alors que le reste du convoi était bourré de Japonais – « le personnel autochtone ». Le nez contre la vitre, il s'autorisa à lâcher prise, entraîné par le rythme du train dans une zone de souffrance qu'il avait régulièrement recréée, en se cramponnant à des souvenirs très anciens que colorait le chagrin.

Il se rappela alors l'arrivée de la lettre, l'impression que l'on tirait un tapis de sous ses pieds : le tapis de son deuil.

Pas une mère, finalement, mais une femme sans lien avec lui qui s'était juste délestée d'un poids pour mieux vivre sa vie. Comme il l'avait détestée. La soie, la peau douce de sa joue, tous ces chers souvenirs, gâchés d'un seul coup, jusqu'au jour où Nancy lui avait brossé encore un autre tableau.

Deux changements et de nombreuses heures plus tard, quand une voix annonça l'entrée en gare et prononça le nom du terminus, il crut pénétrer dans la sphère des rêves.

Nagasaki. Existait-elle vraiment ?

Il descendit du train et la vit immédiatement, au bout du quai, une petite femme râblée, au visage carré, vêtue d'un vêtement sombre qui tenait tout à la fois du kimono et de la robe à l'occidentale. Suzuki.

Elle remonta le quai en courant à petits pas, ses socques claquant sur le ciment, et se figea à un mètre de lui, l'expression grave, solennelle. Elle le salua d'une profonde inclinaison du buste ; il l'imita. Puis, en riant, tremblants, ils se jetèrent dans les bras l'un de l'autre.

— Bienvenue à Nagasaki, dit-elle dans un anglais hésitant.

— Comment as-tu deviné que j'étais dans ce train ? lui demanda-t-il en japonais.

Elle eut alors un énorme sourire de soulagement.

— Ah ! Je vois que je n'ai pas besoin de chercher mes mots en anglais.

Puis, jetant un coup d'œil au train, elle répondit à sa question :

— C'est le seul aujourd'hui.

— Je pensais te faire parvenir un autre message une fois ici.

Il baissa les yeux sur le sommet de sa tête à l'endroit où ses cheveux gris se clairsemaient. Son front était sillonné de rides, comme tout son visage d'ailleurs, un filet appliqué par le temps. Des joues burinées, un fruit desséché sur sa tige.

Sortant de son sac un petit paquet joliment emballé à la japonaise, il le lui tendit avec une courbette. Elle le remercia, puis il y eut un silence.

— Je suppose que je devrais t'appeler Joey. (Ses mains s'agitèrent nerveusement, elle tira sur ses manches.) Tu dois avoir quoi... vingt-trois ans. Tu parais plus... mûr.

— Plus vieux, tu veux dire, répliqua-t-il en riant. C'est l'armée. La guerre.

Un court silence s'installa.

Comment poser la seule question qui vous tienne vraiment à cœur alors qu'elle se présente comme trop crue, trop importante, pour surgir comme ça au détour d'émouvantes retrouvailles ? Ce serait tellement peu japonais, cela risquerait de fendre la fine couche de vernis qui oblitérait les fissures de la façade sociale.

Les mots jaillirent de sa bouche malgré lui :

— Je suppose que ma mère est morte.

Entre les ombres du soir qui s'étiraient sur le quai à présent désert, leurs deux silhouettes baignaient dans une flaque de soleil. Une petite brise courant le long de la voie souleva un tas de bouts de papier dans les airs, les faisant tourbillonner comme un bouquet de papillons.

— Cela te réconfortera peut-être un peu de savoir qu'elle est morte sur le coup. Elle n'a pas souffert.

Elle n'a pas souffert ? Il la fixa intensément.

Elle le prit par le bras, comme pour l'empêcher de partir.

— Quand tu verras la maison, tu comprendras.

Un cyclo-pousse les emmena à travers la ville, le long d'immeubles écroulés, ou plutôt aplatis, de murs à moitié effondrés, de portes s'ouvrant sur le vide. Ils ne tardèrent pas à gravir une pente escarpée, laissant rapidement la baie en contrebas.

L'amphithéâtre naturel de la ville portuaire s'étalait à leurs pieds. Il distinguait la carcasse de l'église catholique, brûlée, diaphane, semblable à l'esquisse d'un projet d'architecture, son dôme effondré à moitié enfoui dans le sol. Un pont en pierre enjambait le fleuve, et le reflet de ses arches dans l'eau avait la forme d'une paire de lunettes. Comparé au vaste terrain vague qu'était Tokyo, Nagasaki était encore presque une ville.

Suzuki surprit son regard sur le panorama et, l'espace d'un instant, elle le vit à travers ses yeux : Nagasaki, apparemment, ne s'en était pas trop mal tirée. Elle ne put s'empêcher de chercher à rectifier cette impression :

— Certains bâtiments en béton et acier ont résisté à la déflagration, surtout ceux adossés aux collines. Les maisons traditionnelles en bois ont tout simplement disparu. Des quartiers entiers autour du point d'impact ont été totalement rasés. Il n'en reste plus rien.

Elle lui toucha le bras et lui désigna d'un geste les épais poteaux télégraphiques qui bordaient la rue : il nota alors qu'ils étaient brûlés d'un seul côté.

— Cinquante mille personnes sont mortes ce jour-là. Et beaucoup plus, par la suite. Et ce n'est pas fini, il y a énormément de malades.

Le cyclo-pousse peinait dans la montée. De nouveau Suzuki toucha le bras de Joe. Cette fois, elle lui montra du doigt une tour en pierre éboulée un peu en retrait de la route. Brûlée, tordue, comme liquéfiée, une horloge indiquait 11 h 02.

— Le moment de l'explosion.

Plus tard, elle lui raconterait ce qu'elle avait vu, ce jour-là, en revenant à Nagasaki.

Alors qu'elle était en train d'installer ses filles dans un refuge provisoire à l'écart de la ville, un peu plus loin sur la côte, elle avait entendu le bourdonnement d'un avion. Elle était sortie sur le pas de la porte et avait mis sa main en visière au-dessus de ses yeux pour scruter le ciel couvert ce jour-là. C'est alors qu'entre deux nuages, elle avait distingué un objet noir en forme de poisson. Il y avait eu un éclair très puissant, bien plus fort que la foudre, puis un coup de tonnerre qui avait fait trembler le sol sous ses pieds avec la puissance d'un séisme. Un souffle était passé dans l'air, puis, le silence.

En arrivant aux abords de la ville, la fumée et les flammes avaient obstrué sa vue. Mais le vent brûlant qui soulevait les humains et les bêtes dans les airs comme de simples jouets dissipa bientôt la fumée. Devant elle il n'y avait plus que la terre semée de morts et d'agonisants. La rivière était pleine de cadavres, certains jetés là par la force de l'explosion. D'autres, dans l'espoir d'éteindre l'incendie qui les ravageait, avaient rampé jusqu'à l'eau pour mieux s'y noyer. Les vivants marchaient les mains devant eux comme des somnambules parmi les ruines calcinées, nus, leurs cheveux et leurs vêtements en feu. Du liquide dégouttait de leurs mains, comme s'ils sortaient de la rivière. Elle fut étonnée de les voir en haillons. Puis elle se rendit compte que ce n'était pas du tissu, mais des bouts de peau qui pendouillaient de leurs bras. Les gouttes qui tombaient de leurs mains étaient du sang.

Évidemment pour l'heure, elle ne soufflerait rien de tout cela à Joey. Elle n'était même pas sûre de pouvoir articuler les mots. Il les lirait dans les livres. Des livres déjà étaient en train d'être écrits, des thèses. Des artistes bientôt peindraient des tableaux. Le cyclo pédalait dur dans la montée qui se faisait plus raide, zigzaguant vers la maison où Suzuki avait vécu avec Henry. Les règles de l'hospitalité étaient intraitables : il devait se reposer après son voyage, se restaurer, boire un peu de thé. Ensuite seulement, elle l'emmènerait à l'endroit où il était né, de l'autre côté du port.

La maison d'Henry présentait une façade accueillante derrière son portail en fer.

— Nous sommes dans le quartier américain, lui dit Suzuki. Les maisons ici ont tenu bon, grâce à leurs solides fondations.

Elle le guida jusqu'à une grande pièce puis disparut préparer une collation pendant que Joe inspectait le cadre où l'oncle de Nancy avait élevé sa famille et était mort en paix avant l'horreur des bombes. La maison regardait la baie et les collines environnantes.

En se détournant de la fenêtre, quelle ne fut pas sa surprise de voir une jeune fille debout dans l'encadrement de la porte, qui l'observait intensément.

— Tu es sûrement Joey.

— En effet, et toi, qui es-tu ?

Il s'adressa à elle en japonais ; elle répondit en anglais.

— Mayu. Nous avons souvent parlé de toi.

Bien sûr. La fille d'Henry. Naturellement elle s'exprimait en anglais. Il était toutefois surpris par la dureté de son ton.

— Nous ? s'étonna-t-il.

— Ma mère et moi. Et Cho-Cho.

Son cœur eut une étrange contraction, pas douloureuse, non, mais qui présageait de douleurs à venir. Cette enfant avait parlé de lui avec sa mère.

— Elle nous racontait des histoires. Comment c'était quand elle était jeune.

Il pressa sa main contre sa poitrine, en s'efforçant de respirer normalement.

— Tu en sais plus long que moi, lâcha-t-il.

— Oui, elle nous racontait tout.

Suzuki, qui marquait une halte sur le seuil avec son plateau, avait entendu les deux dernières phrases. Elle s'empressa de préciser :

— Mayu était la préférée de ta mère. Cho-Cho disait toujours que lorsqu'elle serait grande, Mayu servirait d'exemple à la Nouvelle Femme japonaise. Elle serait libre de diriger sa vie. Elle aurait été si heureuse de savoir que les femmes vont avoir le droit de vote.

Suzuki s'agenouilla afin de poser le plateau sur la table basse.

— Quand tu seras assez reposé après ton long voyage, nous monterons voir la maison de ta mère.

— Ce qu'il en reste, murmura Mayu.

Suzuki, gênée, débita :

— Bien entendu, comme tout ici, les dégâts...

Cette jeune fille était sa cousine. Il se demandait pourquoi elle lui manifestait tant d'hostilité. Afin de se gagner sa sympathie, il lui dit :

— Je suppose que ma mère t'a raconté comment mon père et elle se sont rencontrés et se sont mariés.

— *So desu ne* (en effet). Elle nous a raconté comment il l'a achetée. Ou plutôt louée...

Après avoir laissé échapper un petit cri, Suzuki se courba sur le plateau où étaient disposés le thé vert et une assiette de petits gâteaux aux haricots comme si elle se repliait sur elle-même. La fille soutint un moment le regard de Joe, puis, avec un sourire, sortit de la pièce.

Voilà donc le vilain petit secret de sa naissance. Il était le fruit des ébats d'une prostituée et d'un marin en goguette. Comme toujours dans ces moments, Joe s'observa afin de prendre le pouls de son émotion. Et comme d'habitude, rien ne vint. Il se sentait vide, seulement vide.

Il n'éprouvait même pas la cuisante brûlure de la trahison. Après tout, sa vie entière était basée sur le principe hypocrite selon lequel le mensonge permet de conserver un vernis de respectabilité, et une forme de bonheur aussi, car chacun, à sa manière, avait cherché à le protéger. Mais le temps était venu qu'on lui dise la vérité, toute la vérité. Et il comprit que, sur ce chapitre, il ne pouvait faire confiance à Suzuki.

— Y aurait-il quelqu'un à qui je pourrais parler, quelqu'un qui l'a bien connue ?

Après mûre réflexion, Suzuki hocha tristement la tête.

— Ils sont si nombreux à nous avoir quittés...

L'instant d'après, elle frappa dans ses mains et son visage s'éclaira :

— *Isha.*

— Le docteur ? Son médecin ?

— Oui, oui, pendant des années.

— Où puis-je le trouver ?

Le bâtiment était plus que décrépit avec ses vitres et ses portes brisées réparées hâtivement. À l'intérieur, la réception se révéla d'une propreté immaculée. Dans la salle d'attente, les patients étaient innombrables, perchés sur des tabourets, ou recroquevillés sur des chaises, quand ils n'étaient pas assis par terre. Dignes dans leur malheur, ils présentaient des bras emmaillotés dans des pansements, des visages masqués par de la gaze. Joe entrevit toutefois des plaies affreuses, des brûlures effroyables. Les malades ne faisaient pas un bruit, mutiques témoins d'une douleur inconcevable.

Parmi eux, comme au camp de Tule, il détonnait. Pire encore, c'était cette fois sa bonne santé qui le mettait au ban, car lui n'arborait ni blessures ni pansements. Par les interstices des planches mal jointes des fenêtres, il apercevait le métal fondu et les murs lézardés de la ville brûlée, ce qui lui rappela la phrase d'Oppenheimer assistant à la première explosion de son invention : *Maintenant je suis devenu la Mort, le destructeur des mondes...*

Au bout de quelques minutes, la réceptionniste appela son nom. Il ne put s'empêcher de protester :

— Mais... il y a des gens avant moi.

— Vous avez rendez-vous, je vous en prie. Le Dr Satô est prêt à vous recevoir.

Joe marqua une halte sur le seuil du cabinet. L'homme très mince aux cheveux gris qui se tenait

431

assis derrière le bureau se leva et le salua d'une flexion du buste.

— Bonjour. J'espère qu'on ne vous a pas fait attendre trop longtemps.

Joe décela dans ses intonations plus qu'un soupçon d'accent américain.

— J'ai mauvaise conscience d'être passé devant tous ces gens. Vous devez être très occupé aujourd'hui.

— Comme tous les jours, Pinkerton-*san*. La situation est singulière. Tous mes patients souffrent de la même maladie. Ils sont parmi ceux qui ont de la chance et en ont réchappé… (Il dévisagea quelques instants Joe en haussant ses sourcils argentés d'un air interrogateur.) Que puis-je pour vous ?

Toujours taraudé par la culpabilité d'abuser du temps du médecin alors que tant de malheureux avaient besoin de lui, Joe alla droit au but :

— On m'a dit… Enfin, j'espérais que vous seriez en mesure de répondre à quelques questions concernant ma mère. Cho-Cho-*san*.

Les mains pâles du médecin brassèrent les papiers devant lui. Des questions à propos de Cho-Cho… Une jeune fille inanimée sur une civière, son premier contact avec le suicide rituel.

Ce n'était pas le moment de ramener ces souvenirs à la surface.

— J'ai bien connu Cho-Cho-*san*.

Au début, pendant longtemps, elle avait refusé de lui adresser la parole, même quand il lui prodiguait ses soins, se contentant de réduire au strict minimum ses échanges avec cet homme qu'elle mettait dans le même sac que l'équipe de secouristes à qui elle devait le déshonneur d'être encore de ce monde. Peu à peu, néanmoins, elle avait admis que, bienvenue ou non, la présence d'un médecin s'imposait parfois. Et par la suite, ils étaient devenus amis.

Un jour, il avait, avec mille précautions, timidement, suggéré que s'il cessait d'être son docteur, il pourrait lui offrir des attentions d'une nature plus intime. Elle avait répondu sur un ton agacé qu'en qualité de praticien, il lui était utile et qu'en qualité d'ami, elle le tenait en haute estime.

Mais en qualité de mari ? Elle avait secoué la tête.

En se rappelant sa déconvenue, le médecin articula :

— *Gankomono.*

— Têtue ? traduisit Joe, sidéré.

Tout aussi étonné, le Dr Sato s'exclama :

— Vous comprenez le japonais. Ah. J'emploie cette expression dans son sens positif : votre mère était... avait l'esprit libre. Je dirais même *dokuritsushin.* L'indépendance d'esprit.

Il fixa sur Joe un regard pénétrant, cherchant dans un anglais un peu maladroit les mots qui ne lui feraient pas mal.

— Votre mère était une jeune fille d'un autre âge, qui honorait la tradition. Plus tard, les traditionalistes l'accusèrent d'être une révolutionnaire, une femme moderne qui voulait prendre la place de l'homme, comme ils disaient, en organisant des meetings et des manifestations. Après, elle a changé. Elle est devenue une femme d'affaires. C'était une grande dame.

— Vous l'aimiez ? s'enquit Joe, sans penser aux implications de sa question.

Le médecin fronça ses sourcils argentés.

— Je n'ai pas à aimer ou ne pas aimer mes patients. Je les soigne.

— Suzuki m'a dit qu'elle était morte dans l'explosion.

— Oui. Une mort-éclair.

— C'est ce que tout le monde me répète. Mais comment pouvez-vous en être aussi sûr ?

Le médecin remua de nouveau ses papiers sur son bureau. Impossible de trouver les mots justes cette fois. Il contempla Joe avec ces yeux pensifs que ses malades connaissaient bien.

— Je ne vais pas employer d'euphémisme. Les victimes de la bombe ont été pulvérisées, consumées instantanément par les radiations. Nous ne pouvons recueillir leur témoignage, mais la science nous permet d'affirmer qu'ils n'ont pas eu le temps de souffrir. Rien n'est prévu pour permettre à la physiologie humaine d'enregistrer un passage aussi rapide de la vie au néant.

Suzuki l'attendait dans le cyclo-pousse devant la clinique avec une expression fermée. Rien ne se déroulait comme prévu. Après la révélation catastrophique de sa fille, elle avait tenté non seulement de l'excuser mais aussi d'expliquer son accès de violence : les Américains avaient représenté l'ennemi. Ils avaient lâché la bombe qui avait tué leurs amis et les familles de leurs amis. Le père de Joe était américain.

— Mayu a décidé de te punir, je suis désolée.

434

— Pourtant, elle disait la vérité.

— La vérité est pareille à l'eau qui prend la forme du vase qui la contient. Elle apparaît sous un jour différent selon le point de vue de chacun. L'eau est source de vie quand on la boit, cause de mort quand on s'y noie. Certains penseront qu'une fille de maison de thé a couché avec un marin américain. D'autres verront en elle une orpheline vendue par un homme à un autre homme. Il n'en reste pas moins vrai qu'une jeune fille a vu monter vers elle sur le sentier de la colline un homme doré et que, à partir de ce jour, elle n'a jamais cessé de l'aimer.

Il gravit la route en lacets qui s'élève à flanc de colline depuis le port. Sous le soleil, ses cheveux blonds paraissent presque blancs. Même de loin, il a l'air américain. Il marque une halte, se retourne, attend.

Suzuki, qui peine à le suivre, lui crie d'une voix essoufflée :

— C'était plus facile avant qu'ils ne goudronnent le vieux chemin. J'ai du mal à marcher sur le plat… Je me rappelle ton père grimpant jusqu'à la maison dans son uniforme blanc. Il était si beau.

Tout ce dont se rappelle Joe est un homme fatigué, aux mains trop grandes, aux cheveux ternes, qui chantait en même temps que Bing Crosby à la radio.

En l'écoutant décrire les événements de ce jour lointain, aussi pâles et flous qu'un paysage derrière un rideau de pluie, déformés par les méandres de sa mémoire, Joe sort machinalement de sa poche sa vieille toupie usée dont la peinture s'était depuis longtemps écaillée, ne laissant plus que quelques traces de rouge et de jaune. À la vue du jouet, Suzuki s'exclame :

— Tu l'as encore ? La toupie. J'ai couru l'acheter pour que ton père te la donne.

Et de nouveau, la vérité, l'infidèle vérité, vacille dans son esprit. À quelle version doit-il se fier cette fois ? Un par un, tous ses souvenirs lui sont dérobés. Cette toupie, n'était-ce pas un cadeau de sa mère ? Comment peut-il s'être trompé là-dessus aussi ? Y a-t-il une chose au monde qui soit avérée ?

— Je vais me reposer quelques minutes ici. Tu n'as qu'à continuer sans moi, lui annonce Suzuki alors qu'ils arrivent à la hauteur d'un ensemble de bâtiments.

Elle désigne ce qu'il reste de la maison. Il se rend compte qu'il se trouve au pied du sentier escarpé, à quelques pas du seuil en pierre où, enfant, il avait l'habitude de s'asseoir. Ou était-ce encore un de ses fantasmes ? Il se souvient du contact froid de la pierre sous ses fesses. Des voix lui parvenaient de la pièce derrière lui, et il se penchait pour ramasser un escargot. Il rapprochait celui-ci de son visage tandis que ses doigts devenaient visqueux. Les minuscules antennes s'agitaient dans le souffle chaud de son haleine. Puis quelqu'un, d'une pichenette, faisait sauter l'escargot de sa main. Sans doute ce quelqu'un était-il son père. Il revoit une manche blanche, un poignet bronzé auquel brillent des poils dorés. La suite est embrouillée. Était-ce à ce moment-là qu'ils l'avaient pris par la main pour l'emmener ? S'était-il alors souvenu de sa toupie et,

436

s'étant dégagé d'une secousse, était-il remonté en courant…

L'enfant hurlant tire la femme par la manche de son kimono blanc, de sorte que sa main glisse de sa gorge, que le couteau roule à terre, que le sang coule à flots…

La respiration coupée, il laisse échapper un grognement. Suzuki, qui l'a entendu, tourne vivement la tête vers lui et l'instant d'après, la voilà qui le tient serré dans ses bras. Toute petite, elle étreint le corps athlétique d'un jeune homme secoué par un chagrin trop longtemps refoulé.

Le toit et les parois en bois ont été pulvérisés. À la droite de la porte, un seul mur tient encore debout.

Il étudie la carcasse de la maison et cherche à reconstituer en imagination ce qui a été la pièce à vivre et la scène qui s'y est déroulée. Suzuki, une main posée sur son bras, l'aide à remplir les blancs : Henry, monté en catastrophe, qui avait tout de suite emmené sa mère voir un médecin. Et tous les deux, avec quel amour ils avaient veillé sur elle. Et comme elle avait été furieuse contre eux, quand elle s'était réveillée.

— Henry disait qu'elle ne lui pardonnerait jamais de lui avoir sauvé la vie.

Cela fait des heures que Suzuki le guide à travers le dédale du passé. Les trois ans d'attente, pendant lesquels Cho-Cho ne se lassait de répéter, comme une incantation, qu'un jour, Pinkerton serait de retour. Elle verrait son navire entrer dans la baie.

Il monterait le sentier de la colline. Jusqu'au jour tant attendu où il était en effet revenu...

Tandis qu'elle dévidait le long écheveau de ses souvenirs, Suzuki, la servante qui avait tout observé et permis aux autres de mener la vie de leur choix, Suzuki qui savait tout et avait enfin trouvé une oreille attentive, se retrouvait pour la première fois de son existence à jouer le rôle principal. Et avec le flot de paroles, s'écoula une amertume dont elle n'avait jamais eu conscience jusqu'ici mais qui, en disparaissant, la remplissait enfin de cette sérénité qui s'était toujours lue sur son visage.

Dès qu'elle se taisait, il la bombardait de questions. Elle était pour lui une mine d'informations.

Alors qu'ils redescendaient ensemble la colline en direction du port, il lui annonça qu'il repartirait en Amérique dès sa prochaine permission : il avait des affaires à régler. En essayant d'expliquer à Suzuki combien Nancy avait souffert, tourmentée par le remords, après ce qu'elle avait fait, il se remémora ses leçons avec M. Murakami et le concept de *honshin*, la vérité du cœur.

— Elle a écouté ce que lui disait son cœur. Je voudrais lui rendre la paix.

Elle prit son bras et se laissa conduire.

— Tu agis selon ton propre *giri*. Tu es un bon fils américain.

— Elle n'est pas ma mère, mais elle m'a choyé comme si elle l'était...

— Nous avons un vieux proverbe.

— Qu'est-ce que vous avez... (Il eut un instant d'hésitation.) Qu'est-ce que *nous* avons à citer des vieux proverbes à tout bout de champ ?

— C'est une autre forme de culte des ancêtres.

— Et celui-ci ?

— *Umi-no-oya-yori sodate no oya.*

— Ceux qui ont pris soin de l'enfant sont plus précieux que les vrais parents, répéta-t-il.

Il contempla son visage carré, lourd, sans beauté mais agréable à regarder, rassurant. Il perçut sa tranquillité.

— Henry et toi, vous êtes restés longtemps ensemble.

— Un homme d'une grande bonté. Il était dévoué à ta mère.

Elle s'arrêta là. À Joe de deviner la suite.

— Merci, lui souffla-t-il.

Se rendait-elle compte qu'il la remerciait pour toutes les années consacrées à s'occuper de Cho-Cho ? Pour peupler les déserts de son passé.

— Pour la toupie, ajouta-t-il.

Il rentra à Tokyo en train. À mesure qu'il se rapprochait du centre, le tissu urbain presque encore intact des faubourgs de la ville céda peu à peu la place aux décombres. Mais où que son regard se portât, il voyait des ouvriers qui s'affairaient : lentement Tokyo était en train de renaître de ses cendres.

À une époque de sa vie, il s'était considéré comme un Américain. Par la suite, des liens ténus et anciens l'ayant tiré dans une autre direction, il s'était vu comme dans le dernier plan d'un film en technicolor, en route pour le pays du Soleil levant. Mais à présent, il s'apercevait qu'il était trop tard pour prendre racine... où que ce soit.

Le ciel au-dessus du paysage en ruines était criblé de minuscules points noirs. « Lorsque les hirondelles seront de retour, avait dit Pinkerton à Butterfly, je reviendrai moi aussi. » Suzuki lui avait répété la promesse de son père avec un sourire triste.

En voyant, telles des flèches de dentelle pointées vers le vide, les vols d'oiseaux défiler en formation, vague après vague, Joe se demanda s'ils ne détenaient pas la réponse qu'il cherchait : comme eux, il allait partir, traverser les mers et s'installer, temporairement, dans un lieu qui lui conviendrait. Puis, un jour, à l'appel de quelque solstice intérieur, il reprendrait le chemin de l'occident – ou de l'orient, selon la saison.

Pendant ce temps, Yasuko serait fiévreusement en train de rassembler les fragments épars de sa famille – un chien de berger irascible collé à leurs talons –, déterminée à les ramener sur les chemins de la vie. Parce qu'ils étaient « importants ». Pour une fois qu'il tenait à quelque chose, à quelqu'un, que chez lui se manifestait un désir d'attachement...

— Je serai bientôt de retour, lui avait-il dit alors qu'ils étaient couchés, étroitement enlacés, sur le mince futon.

Elle lui coula un regard sceptique et distant, en haussant un seul sourcil :

— Je ne compterai pas dessus.

— Tu devrais.

Il y avait tant de choses qu'il voulait accomplir ici, comme parcourir le collier brisé d'îles depuis l'archipel d'Okinawa jusqu'à l'île d'Hokkaïdo, reconstruire la maison de Cho-Cho. D'après Suzuki, elle lui appartenait, sa mère ayant pris soin de la lui léguer avec sa coutumière efficacité. Avant de partir, ils avaient tous les deux arpenté la petite bande de terre brûlée entre la maison et la route.

— Avec une bonne dose d'efforts, je réussirai peut-être à faire un jardin zen.

Elle murmura une petite phrase qui le fit rire aux éclats.

— Pas approprié ?

— Elle a toujours souhaité un jardin américain.

— Je ne peux pas faire ça. (Il singea ses mimiques.) Tu crois qu'elle me pardonnerait ?

— Là n'est pas la question. Elle sympathiserait avec ton point de vue.

En le quittant, elle lui confia une cassette métallique, jadis moulurée et ornée d'émaux, à présent noire et, sous les doigts, aussi granuleuse qu'une plaque en braille – emblème d'énigmatiques messages.

— Elle y rangeait les lettres qu'elle t'a écrites jour après jour, année après année…

— Jamais postées…

— Elle espérait qu'un jour tu pourrais les lire et la comprendrais un peu mieux.

La fournaise avait scellé le couvercle. Quand il parvint finalement à l'ouvrir, à l'intérieur, il trouva les feuilles carbonisées, des copeaux charbonneux, friables, bruissants, des pelures d'oignon cramées.

Quand il l'avait aperçue pour la première fois, de loin, au détour de la route, elle lui avait paru presque indemne. Mais de près, il avait pu constater qu'il n'en restait qu'une carcasse informe et il avait contemplé cette absence de maison avec le sentiment d'avoir été floué : rien, pas la moindre trace, ne demeurait de sa mère.

Puis du bout des doigts, Suzuki avait frôlé son bras et montré où regarder.

La déflagration, à l'instant où elle avait consumé Cho-Cho, avait aussi imprimé sa silhouette sur le mur. Dans cette fraction de seconde où le monde est devenu un champ d'éclairs, son corps, en protégeant la surface derrière elle, y a appliqué son contour en ombre chinoise : une ombre qui a été une femme. La silhouette d'une femme aux bras levés au-dessus de la tête, à croire qu'elle a été surprise esquissant un pas de danse. Mais Suzuki lui murmure à quoi elle était occupée : « Il y avait une corde à linge, ici. » En entendant l'avion, Cho-Cho avait suspendu son geste et regardé par-dessus son épaule à l'instant où la bombe avait explosé.

Il se rapproche d'un pas de la silhouette, si petite que le haut de sa tête lui arrive à peine à la hauteur du cœur. Elle se trouve là, devant lui, sa mère : il peut la voir, frêle, menue, tout en courbes gracieuses. Un discret battement dans sa vision intérieure s'est mué en une ombre solide. Les rayons obliques du couchant lui réchauffent le dos. L'ombre portée de Joe se dresse à côté de celle de Cho-Cho. Il lève la

main et alors que l'image de cette main s'avance doucement vers elle, un nuage vient se glisser devant
le soleil et sa main se volatilise juste avant que les
deux ombres ne se rencontrent.

NOTE SUR LE ROMAN
ET REMERCIEMENTS

Mon goût et mon attirance pour le Japon sont nés il y a bien longtemps, à l'occasion d'un reportage. À la suite de ce voyage, j'ai lu sur ce pays tout ce qui me tombait sous la main, ouvrages historiques, romans, biographies... Parmi les nombreux auteurs à qui je suis redevable, je citerais Lafcadio Hearn, Basil Hall Chamberlain, Donald Richie, Ian Buruma et Meirrion et Susie Harries. Ils ont été mes guides. En outre, pendant quelques années, j'ai eu une belle-fille japonaise.

Pour un étranger, écrire sur le Japon, c'est s'aventurer en eaux troubles. Tout semble nébuleux. Les nuances sont si subtiles que n'importe quel nom, verbe, adjectif, acte – pensée, même – peut se révéler plein de chausse-trapes, au point que ceux qui ne se méfient pas risquent de s'y perdre totalement. Un auteur européen a donné de la langue japonaise la définition suivante : « Un instrument conçu davantage pour retenir et esquiver que pour exprimer ou désigner. » De même pour la culture. En dépit de bien des précautions, il y a de fortes chances, et je vous prie de me pardonner, que j'aie commis des péchés d'imprécision et de mensonge par omission.

Une ombre japonaise étant une œuvre de fiction inspirée par une autre œuvre de fiction, je me suis permis certaines libertés à l'égard des contraintes du cadre narratif. J'ai ainsi retardé la date de l'arrivée de Pinkerton à Nagasaki pour la situer en 1922 – un personnage fictif découvrant un monde inconnu et pourtant réel. L'opéra de Puccini m'ayant servi de tremplin, en effectuant le grand plongeon, je me suis posé la question suivante : *Que se serait-il passé si… ?* Dès lors, mes personnages ont été débarrassés de leurs chaînes.

À aucun moment je n'ai consciemment déformé ou détourné les faits historiques. Au contraire, je me suis efforcée d'être fidèle au déroulement des événements : la Grande Dépression ; la détresse des anciens combattants de la Grande Guerre ; le sort des Nippo-Américains après Pearl Harbor (87 % d'entre eux vivaient en Californie, dans l'Oregon et l'État de Washington) ; le rôle joué par les engagés volontaires des camps de détention américains dans les campagnes d'Italie et de France ; les lendemains de l'explosion de la bombe atomique à Nagasaki… Rien de ce que je raconte dans le roman à ce propos n'est inventé.

Je n'ignore pas que Suzuki n'est pas un prénom féminin usuel, seulement le couple que forment Cho-Cho et sa servante Suzuki ayant été immortalisé par Puccini, je n'ai pas pu me résoudre à le changer.

En revanche, j'ai changé celui de la femme américaine de Pinkerton, pour la simple raison que son apparition dans l'opéra est si brève que c'est à peine si elle existe, tandis que dans le roman, la belle-mère devient une figure centrale. Elle est *ma* Nancy, et non la Kate que l'on aperçoit à peine dans l'opéra.

Si on doit à Puccini la partie musicale de l'œuvre, le livret de *Madame Butterfly* a été écrit par Luigi Illica et Giuseppe Giacosa, lesquels s'inspirèrent d'une part du roman de Pierre Loti, *Madame Chrysanthème* (1887) et d'autre part d'une nouvelle de John Luther Long, par la suite adaptée pour le théâtre par David Belasco. Par ailleurs, d'après certains érudits, le livret aurait en outre puisé dans certains incidents qui se seraient produits à Nagasaki dans les années 1890.

Je tiens à exprimer ma gratitude à mes amis, à ma famille et à tous ceux qui ont eu la gentillesse de consacrer du temps à la lecture de mon travail encore en chantier et de m'offrir leurs critiques, leurs conseils et leurs interrogations, parmi ceux-ci, Simon Richmond, Sarah Richmond, William Rademaekers, Mark Wyndham, Kyoko Tanno, Neil Vickers, Hiromi Dugwell, mon excellente agente, Clare Alexander, et ma chère éditrice de chez Chatto, Penelope Hoare.

Je suis reconnaissante à la British Library, à la London Library et à la bibliothèque municipale de Richmond-upon-Thames.

Aux États-Unis, ma reconnaissance va à Mari Watanabe, Kiyo Endecott et Becky Patchett de l'Oregon Nikkei Endowment and Legacy Center, qui m'ont aidée dans mes recherches, ainsi qu'à Scott Daniels, bibliothécaire documentaliste à l'Oregon Historical Society, à Mary Gallagher, archiviste à la Benton County Historical Society et à George

Edmonton Jr de l'Oregon State University. Merci à Dick Sakurai, qui a accepté avec générosité de remuer de douloureux souvenirs afin de me permettre de vérifier la véracité de mes descriptions des camps de détention des Nippo-Américains. Toute inexactitude qui se serait glissée dans la mouture finale du roman serait, bien entendu, de mon fait.

Et surtout, je tiens à remercier mon mari, Theo Richmond. Sans son œil averti, sa patience, son scepticisme galvanisant et son soutien indéfectible, ce livre n'aurait sans doute jamais été achevé.

Lee Langley
Londres
Janvier 2010